该著作为重庆商务职业学院科研创新团队——高职安全教育与管理科研创新团队资助项目；也是2021年度重庆市社会科学规划特别委托重大项目"乡村振兴战略下重庆农产品流通及其创新发展研究"（编号：2021TBWT-ZD10）阶段性研究成果之一；也为重庆市教育科学规划一般课题"新时代高职学生劳动观及培育路径研究"（编号：2021-GX-499）重要研究成果。

驻村无悔

—— 在基层的脱贫攻坚工作记录

贾曦 著

光明日报出版社

图书在版编目（CIP）数据

驻村无悔：在基层的脱贫攻坚工作记录 / 贾曦著
. -- 北京：光明日报出版社，2021.9

ISBN 978 - 7 - 5194 - 6303 - 8

Ⅰ.①驻… Ⅱ.①贾… Ⅲ.①日记—作品集—中国—
当代 Ⅳ.① I267.5

中国版本图书馆 CIP 数据核字（2021）第 178391 号

驻村无悔：在基层的脱贫攻坚工作记录
ZHUCUN WUHUI：ZAI JICENG DE TUOPIN GONGJIAN GONGZUO JILU

著　者：贾　曦

责任编辑：杨　娜　　　　　　责任校对：叶梦佳
封面设计：中联华文　　　　　　责任印制：曹　净

出版发行：光明日报出版社
地　　址：北京市西城区永安路 106 号，100050
电　　话：010-63169890（咨询），010-63131930（邮购）
传　　真：010-63131930
网　　址：http://book.gmw.cn
E - mail：gmrbcbs@gmw.cn
法律顾问：北京市兰台律师事务所龚柳方律师

印　　刷：三河市华东印刷有限公司
装　　订：三河市华东印刷有限公司
本书如有破损、缺页、装订错误，请与本社联系调换，电话：010-63131930

开　　本：170mm×240mm
字　　数：557 千字　　　　　印　　张：34
版　　次：2022 年 1 月第 1 版　　印　　次：2022 年 1 月第 1 次印刷
书　　号：ISBN 978 - 7 - 5194 - 6303 - 8

定　　价：99.00 元

驻村第一书记的真情担当

2020年，是我国全面建成小康社会的目标实现之年，也是全面打赢脱贫攻坚战的收官之年。11月23日，贵州省宣布最后9个深度贫困县退出贫困县序列，这不仅标志着全国脱贫攻坚目标任务已经完成，也向全世界宣告：在以习近平同志为核心的党中央的坚强领导下，全党全国坚持以人民为中心的发展思想，集中力量攻坚克难，全面打响脱贫攻坚战。我们成功走出了一条中国特色扶贫开发道路，形成了中国特色脱贫攻坚制度体系，书写了人类历史上"最成功的脱贫故事"，无可辩驳地向世界证明了中国特色社会主义制度的显著优越性。我们在以习近平同志为核心的党中央的领导下，脱贫攻坚取得的成就和经验，为全球减贫事业贡献了中国智慧和中国方案，赢得了国际社会的高度评价。这是一个了不起的人间奇迹，是中国对人类发展事业的伟大贡献，值得全党全国各族人民为之骄傲和自豪，我国脱贫攻坚取得的成就理当载入人类社会发展史册。

我作为重庆市商务委的领导班子成员有幸参与了这一伟大而光荣的工程，感到无比荣幸。这也是我在几十年的工作履历中，记忆最深刻、收获最丰富的一段经历。

2017年8月，由市委组织部和市扶贫办确定由市商务委组建扶贫工作队进驻秀山县隘口镇，并任命我为驻镇工作队队长，负责市商务委扶贫集团的工作。2019年8月，我们在隘口镇开会，商讨由哪些人员担任驻村第一书记的事情。当时我们想，贾曦同志既是商务学院的副教授、干部，又有机关工作的经历，加上他年轻有为、有专业知识，决定让他在镇上的驻乡工作队工作，负责一些协调沟通及文字材料起草工作。可是在征求他的意见时，他说，我是共产党员，这次下来就是要到最艰苦的地方去锻炼，真心实意地为老百姓办实事。最后，他选择了离镇最远、条件最艰苦、群众收入较低的富裕村去任第一书记。他的一番表白和坚持，立即就打动了我们在场的所有人，当即同意了他的请求。

经过一年多的驻村，贾曦不仅出色地完成了各项工作，而且在工作中处处用心留意，不论工作多忙多累，他都坚持用日记把工作记录下来。他的日记，不仅是他个人的工作记录，也是我们所有驻村工作队队员的工作写照。在他的300余篇日记中，我们看到了驻村工作队队员牢记初心使命，在脱贫攻坚一线日夜奋战、摸爬滚打，真心为群众办实事、解难事，全力帮助贫困群众发展产业、改善生活、改变精神面貌的工作场景。我作为贾曦同志脱贫攻坚的战友，对日记记述的工作画面尤感亲切，很多情景还历历在目，甚至终生难忘。这些日记，体现了驻村工作队队员舍小家、顾大家，忠诚为党、一心为民的高贵品质，生动诠释了共产党人为人民谋幸福的初心。

日记是作者对工作的真实记录，也是作者的真情流露。综观贾曦同志的300余篇驻村日记，处处都能让人体会到一个"真"字。

第一是对职责的真情担当。由于富裕村地处渝黔交界处，是秀山县隘口镇最远的一个村，通外路口多，返乡人员复杂，而且有很多农户准备在春节期间大办喜宴，为防止新型冠状病毒传播带来了一定的难度。贾曦在1月25日（大年初一）主动向我请缨，征得同意后，于第二天一早驱车行驶400多公里回村，与驻村工作队、村"两委"启动了防控工作。春节期间，富裕村有近300名务工人员要从外地返回，其中还有一些是从武汉及湖北其他地区回乡的人员。

贾曦带领驻村工作队、村"两委"迅速反应，严密设防，堵住了富裕村通往贵州的传播通道，在3个路口设立卡点，每个值班卡点都由一名驻村队员或村干部负责，避免了疫情的蔓延。他亲自徒步走村入户，耐心说服村民，劝缓了十余家喜宴，并对返乡人员，特别是从武汉及湖北省其他地区回来的6名返乡人员实施动态监控，制定返乡人员信息统计表。在贾曦的指导下，富裕村驻村工作队、村"两委"对全村从外地返回的近300人进行了逐一走访，适时观察，并建立了信息统计表；对部分人员采取了由工作队队员和村委会干部分头对他们全程监控的措施。共发放各类宣传资料800余份，悬挂横幅标语2幅，流动宣传每天1次以上，疫情排查防控工作落细落实。经过近1个月的奋斗，富裕村近300名返乡人员均未出现异常情况。

为表达对疫情防控一线人员的敬意，激励他们抗疫的斗志，贾曦与村"两委"积极组织富裕村村民为县人民医院、高速执法三支五大队、隘口镇等抗疫一线免费送去新鲜的蔬菜，送到一线的蔬菜已经超过2000公斤。此外，贾曦利用业余时间组织驻村工作队员录制了"防治疫情顺口溜""劝导村民做好院坝（指房前屋后的平地）清洁卫生"等10个手机微视频，向村民宣传疫情防控的政策和措施，宣传效果良好。

在疫情得到控制后，贾曦仍没有松懈，一手抓疫情防控，一手保春耕生产。村民们在他的带领下，熬制石硫合剂喷洒在村里5万多株核桃树上，以防治病虫害；部分村民也正在对高山土豆进行播种，推进春耕生产。

第二是对工作的真抓实干。 在驻村工作中认真履职尽责，带领驻村工作队、村"两委"狠抓精准识别和政策落实，完善和修订了该村的脱贫发展规划，推进扶贫项目逐个实施。多少个夜晚，他和群众围坐在火堆前，认真听取本村群众的心声，掌握群众的基本需求，解决了涉及"两不愁三保障"及生产生活的大量实事，在村基层组织建设和精准扶贫工作中发挥了较大作用，为落实党的精准扶贫政策做出了重要贡献。一年多的时间，对于农村工作来说，虽然很短暂，但是经过他一年多的扎实工作，富裕村的很多脱贫项目日臻完善和落实，特殊种养已成规模，民宿旅游项目已开始实施，电商平台已为老百姓带来了近百万元的经济效益，这些成绩无疑为他的驻村工作交出了一份满意的答卷。

第三是对人民的真心付出。 为了满足村民生活用水需要，贾曦带领驻村工作队，协同村"两委"整修九道组、代家坪组两处饮水池，新建三个供水点，惠及140户600余人。由于大山地势所限，有几户房屋地势较高的村民家里还没有自来水，贾曦就自己掏钱，为贫困户购买小型抽水泵，有效解决了旱季用水的问题。为彻底解决村民出行问题、产业运输问题，贾曦多方协调资金500余万元，帮助村里协调修建了2.5公里通组公路、4公里产业公路，还解决了很多村民小组不通互联网的问题。当他发现村里有困难老人时，便自己出钱向困难户表达心意，以拉近与群众的关系。当他看到村里的学生做作业没有桌椅时，他也会想办法为他们协调桌椅。疫情期间，学生上网课没有手机，他就为学生到爱心单位协调手机。这样的事，贾曦做过多次。试想，他如果对当地人民没有深厚的感情，没有真心为民的思想，作为一个工薪阶层，是绝对做不到这一点的。

我国所有贫困县全部摘帽，困扰中华民族数千年的绝对贫困问题，获得了历史性解决。中国的减贫，在国际上广受赞誉，被称为"人类历史上最伟大的故事之一"。这是中国人接棒打拼、八载精准扶贫、五年脱贫攻坚的结果。打赢这场无硝烟的人民战争，有多少人付出了努力，献出了青春，乃至生命，这其中就包括贾曦同志的真情奉献。他的这本驻村日记，翔实地记录了一个驻村第一书记的工作历程，用文字和图片凝固了驻村工作的点点滴滴，无疑对我们巩固脱贫攻坚的伟大成果、继续做好乡村振兴工作具有弥足珍贵的借鉴意义。

重庆市商务委党组成员、二级巡视员
重庆市商务委扶贫集团驻隘口镇工作队队长

2021 年 4 月

隘口镇富裕村驻村第一书记贾曦的"脱贫日记"

　　秀山网讯　位于秀山县西南角的隘口镇富裕村，在过去几年时间里，由贫穷落后的小山村变成秀山全县核桃产业种植的示范村。这背后，离不开一位扶贫一线的驻村工作者——第一书记贾曦。

富裕村全景（吴国超／摄）

　　3月31日，驻村第一书记贾曦正与村干部一起指导村民修剪核桃树枝。"春季是核桃生长中最忙的季节，抓好春季核桃基地的管理，不仅能保证核桃树正常开花结果，达到丰产、稳产、提高质量的目的，还能有效减少病虫危害程度，做到早预防早治疗。"贾曦说。

站在富裕村的高处望去，只见全村核桃产业已初具规模，蜿蜒的盘山公路两侧都是郁郁葱葱的核桃树，风吹过山坡，满山碧涛摇曳，目之所及皆是苍翠青透。

富裕村漫山种植的核桃树（吴国超／摄）

而在几年前，富裕村还一穷二白。全村80%的房屋是土坯房，村民大多靠种庄稼为生，小伙难娶妻，姑娘出门不回来，村集体经济几乎为零……

近几年，国家精准扶贫政策如何在富裕村落实落地，被贾曦写进了自己的驻村扶贫日记里。在这些日记中，可以看到富裕村发展产业、决战脱贫攻坚的历程，也可以找到富裕村"蝶变"的脱贫印记。

10.了解产业

2019 年 9 月 20 日 天气阴

今天上午一早就去了细沙河组走访农户,这个组的位置不仅离村委最远,而且位于海拔一千多米的山顶上,车子在蜿蜒的山路上行驶了近半个小时才到达。在到达后,我走访了近十户村民,其中包括村委妇联主任的家,她家也是建档立卡贫困户,家里有5个子女,但目前已经脱贫,五个子女也有两个还在读书,都享受着国家的教育资助,她也非常感激国家的资助政策减轻了他们的经济负担。

在走访细沙河组走访完后,我在村支书陪同下来到代家坪组走访,首先来到组长家里几个人一起探讨富裕村 3000 多亩核桃产业的发展。据了解,目前村里的核桃产业在村支书努力下已经育苗了两三年,很多核桃树也已经挂果。我也品尝了几个新鲜核桃,确实味道不一般,感觉核桃品种的选择确实花了很多心血。中午,在组长家里专门吃了"洋芋饭",所谓的"洋芋饭"碗里全是洋芋,可以蘸着辣椒酱一起吃。我第一次吃这个饭,感觉别有一番风味,吃了两碗,但想到村民们经常把洋芋当饭吃,而

没有其他的蔬菜和肉菜,心里确实……除致,这让自己萌发要上智力供

贾曦的日记

"2019年8月30日,天气晴,昨天晚上只睡了不到4个小时,因第二天就要到秀山县隘口镇报到而辗转反思。今天早上8点10分,我就和另一位也即将驻村的'战友'一起上路,经过近7个小时的车程,终于到达了秀山县隘口镇。"

　　"2019年10月11日，晚上伴着细雨，我穿上羽绒服，驾车继续到代家坪组召开院坝会议，会议是在组长家的厨房里召开，通报扶贫对象动态管理、农村医保政策宣传及医保费用收取、核桃产业管护、产业路修建等工作……"

　　日记开头部分记录了一名驻村干部——贾曦从沙坪坝区大学城重庆商务职业学院学工部副部长、副教授到富裕村村里人的转变，在短短的两个月里，从最初的忐忑到笃定开展各项工作，贾曦将自己化身为引导富裕村民的导师，深入了解村里的情况，多次走访村里的贫困群众，引导村民共同做好核桃基地的管护工作，走上了脱贫致富的快车道。

　　贾曦2019年11月12日在日记中写道："我觉得党建工作可以对扶贫起到带动引领作用，以基层党建为载体引领产业发展，以生产保障作为脱贫攻坚利器，更能发挥基层党员在脱贫攻坚中的先锋作用。"

贾曦（右一）与村干部一起给王小琴（左一）讲解核桃树管护技巧

　　面对工作杂乱无序、战斗力不强的班子，贾曦帮助村支委建立健全党员发展、组织生活、"三会一课"、民主管理、学习培训等一系列相关制度并严格落实，督促大家及时树立正确的治村观念，多次组织村"两委"集体学习

《村民组织法》、村级财务管理和"四议两公开"等规章制度，建立村级事务集体决策决议机制，形成村级工程管理办法、村级信访工作条例等。同时，从整治环境卫生做起，推动从严治党，提升战斗力，党员干部、村民代表不仅带头干，还要迎难而上、主动"亮剑"。注重发挥党员联系户作用，关键户多人多次上门开展工作。紧跟政策东风，开展各项工作，渐渐地，党支部和村委会战斗力得到了极大提升，在群众中的感召力和凝聚力逐步加强；富裕村群众中纠结历史问题的少了，畅谈未来发展的多了。

2020年1月18日，贾曦在日记中写道："今天一早各村民小组组长、村民（农业合作社成员）代表陆陆续续来到村委会，村委会门口也挂出了'富裕村（恒祥合作社）2019年总结大会'的横幅，来参会的村民脸上都露出了喜悦的笑容。"

发展产业是贫困群众脱贫的治本之策。为了把核桃产业做实做强，贾曦既当参谋员，又当信息员、服务员，他挨家挨户了解农户种植情况。富裕村还专门聘请技术专家，到田间地头讲解技术。在他的谋划推动下，富裕村组建了核桃专业合作社，截至目前，富裕村现种植3000多亩核桃，基本实现初次挂果，除了继续带领村民坚守管护好村里现有的核桃产业，通过内培外引学习先进的管护方法和经验，确保核桃产业稳定增收，富裕村还发展起了乡村旅游业。

富裕村村景

　　贾曦在2020年4月5日的日记中写道："今天一早，我又驾车来到细沙河组，沿着新修的产业路步行进入了野生杜鹃花区域。在这里完全有种'一览众山小'的感觉，之前我和村支书曾商议在这里修建一个观景台，可以让游客驻足休息，欣赏美丽的山色。"

　　如今，乡村旅游成为旅游新时尚，为进一步拓宽群众增收渠道，贾曦对富裕村又有了新的计划：利用村里海拔较高及风景秀丽的优势，引进大型民宿经营企业，打造周边的"花山花海"景点，从而带动乡村旅游发展，同时结合富裕村现有的土家族文化、红色文化、核桃文化等，结合产业的发展打造特有的文化品牌。

　　如今的富裕村已经彻底改变了贫穷落后的面貌，在贾曦的"脱贫日记"中，我们了解到富裕村的基础设施条件发生了巨大的改变，经过不懈努力，富裕村完成了28余公里的道路硬化和7.6公里的入户便道硬化，新修了3公里环山公路和11公里产业公路，建起了480平方米的村民活动室、大小水泥桥5座、便民桥4座，整治河堤4100米，架设路灯34盏，新修蓄水池11口，彻底解决了村民们出行难、运输难、用水难等问题。

富裕村核桃树的嫩芽

"2020年1月26日，大年初二，随着疫情感染人数上升，镇政府、医护、公安等很多人员都已取消休假返回岗位工作，我便主动向驻镇工作队及镇领导请求回村开展工作。"

"2020年1月28日，为更好地做好防控工作，我们又对大龙门组其他所有农户进行了走访，特别提醒他们'不宴请、少走动；抗疫情、在家聚'，不要到处串门，注意戴口罩防护。"

"2020年2月12日，下午，我们又驾车前往村内的几个村民小组查看疫情防控情况，村民们已经开始对高山土豆进行播种，推进春耕生产。"

在贾曦的日记中还可以看到，2020年以来，富裕村战"疫"战贫并举的记录。驻村扶贫干部和村党员干部一起，顶风冒雨，坚守岗位，农忙时，组织村民有序生产，没有耽误核桃管护。

在驻村的两年里，贾曦写了300余篇工作日记，也许，在他眼里，这只是忙完一天工作后的简单总结，"不值一提"。但这些质朴的文字记录了一个贫困山村脱贫"摘帽"的历程，用心记录了脱贫攻坚驻村工作，向大家展现了基层扶贫工作最真实的一面。正是因为第一书记们无悔地扎进大山，用青春甚至生命的杠杆撬动着如磐的大山，在脱贫攻坚战线上一件一件地解决困扰贫困群众的难题，在帮扶的日子里把自己转化成贫困群众的贴心人，用点滴的付出，与贫困群众结下了跨越血缘的亲情，才让脱贫攻坚事业取得了全面胜利！

（全媒体记者　吴国超）
注：该材料来自秀山网2021年4月2日的报道

目　录
CONTENTS

分类日记

初入山村

初入隘口

2019 年 8 月 30 日　晴

　　昨天晚上只睡了不到 4 个小时，因为第二天就要到秀山隘口镇 SW 扶贫集团驻乡工作队报到而辗转反侧。今天早上 8 点 10 分，我就来到某学校门口，和另一位也即将驻村的"战友"一起出发，也许两个人共同踏上扶贫路，可以彼此做伴减少未知的迷茫。经过近 7 个小时的车程，我们终于到达了秀山县隘口镇。在即将到达驻镇工作队时，首先看到的是宏大的隘口水库，呼吸到了"山水隘口"的清新空气，也许以后扶贫工作将与它们长期相伴，心中掩不住兴奋和期待。但想到离开家人，投入偏远的隘口，心中又有一丝忧伤。这种感觉就像吃到了又甜又辣的食物，甜的是即将在新环境伴随清新空气开展农村扶贫工作，感觉将有属于自己的一片天；辣的是没有了家人的陪伴，自己未来是不是将面对孤独的煎熬。

座谈会现场

我做表态发言

　　到达驻镇工作队后，Z 副巡视员和我们两个即将到任的第一书记做了简单交流，其中提到根据我的简历，想让我留在驻镇工作队工作，但我表

驻镇工作队领导讲话

示我有强烈的驻村意愿，因为下到最基层锻炼是我的心愿，我很想体会农村工作的艰辛和快乐，经过我的强烈要求，Z副巡视员答应了我的请求。

不久后召开了"驻村干部轮换交接座谈会"，会上，两个原第一书记分别回顾了两年来奋斗在扶贫一线的经历，分享了工作经验，流露出满满的不舍之情。我和另一名"战友"作为新到任的第一书记也分别做了表态，坚决服从组织安排，把上一轮驻村扶贫工作队的好传统、好作风继承下来，坚决完成好扶贫攻坚任务。最后，Z副巡视员充分肯定了即将离任的两名第一书记取得的成绩，对新上任的第一书记及与会人员提出三点要求：一是要紧紧依靠村"两委"、人民群众来开展工作，推动精准扶贫，办好惠民实事；二是要积极抓好党建工作，提高政治站位和思想觉悟，为打赢脱贫攻坚奠定基础；三是加强沟通联系，要多与镇领导、村干部、群众沟通，深入推动精准扶贫工作。

今天，我还在空余时间里处理了学校还未做完的一些针对新生的迎新解释工作，自从去年9月看到学校迎接新生工作忙碌不堪、毫无头绪的状态，我就用了近一年的时间推进了"迎新APP"，在8月25日已经上线，但是校领导依然让我站好最后一班岗，完成迎新工作，所以我不时地要到QQ群里回复新生使用APP报到的问题，我也希望我艰辛推进的信息化工作有个答卷。

附：

我的表态发言：深入隘口镇驻村扶贫是落实习近平总书记提出的推动基层建设全面进步和精准扶贫、精准脱贫等指示精神，衷心感谢市商务委扶贫集团给我这样一个难得的学习锻炼机会，让我们到广阔的乡村沃野经风雨、见世面、长才干、提境界。在此，我特做以下表态：一是端正态度，摆正位置，尽快进入角色；二是牢记使命，勇于担当，争做扶贫攻坚排头兵；三是严于律己，恪尽职守，增强廉洁自律的自觉性。

深入山村

2019 年 8 月 31 日　阴

　　今天上午和同行的"战友"一起考察了他将长期驻守的富裕村。这个村离隘口镇较远，但是山水秀丽，同时这里也是重庆与贵州交界的地方。翻山越岭的路途，感觉进入了大山腹地和原生态世界，路途中的玉米地又唤醒了我儿时的记忆，曾经我也在农村生活过，虽然时间不久但记忆犹新。

　　村里几个组的村民也让我感觉特别纯朴，下一步我的工作也要深入每家每户，我默默下定决心一定要认真尽快走访完所驻村的每一户，以便开展扶贫工作。

　　在空余时间我依然在线上处理了一些学校的迎新工作，为了推进迎新工作的开展，我今天专门给财务处的同事打了电话，请他们对新生缴费的数据进行确认，以便新生在线上选择寝室。

我与"战友"和驻村干部合影

夜伴细雨

2019年9月1日 小雨转阴

昨晚我是在驻镇工作队住的，虽然工作队条件比村里条件较好，但是与主城的生活相比仍差距很大。不过对于早就充分做好思想准备的我，是完全可以接受的。

没想到半夜下起了雷阵雨，雨水打在雨棚上很有节奏，我在梦乡里听得也非常清晰。但没承想屋顶居然漏水了，屋顶渗漏的雨水落在与我同住一个房间的L处长脸上，晚上我又和他把床搬离雨水滴落的地方，看来驻镇也是挺艰苦的。

今天白天，我开始学习《重庆市脱贫攻坚工作手册》《驻乡工作队日常管理制度汇编》，感觉在下村之前还需要恶补理论。

驻镇工作队住宿环境

调研"平所"

2019年9月2日 晴

今天是我住在驻镇工作队的第四天了，今天的第一缕阳光将我从睡梦中唤醒，窗外晴空万里，感觉比主城更美。早餐后，我就主动要求提前到即将所驻村庄熟悉环境，简单了解情况。于是，我和另一位即将被安排在富裕村的书记，一

在平所村太空莲基地合影

起去了我即将驻守的平所村。伴随着和煦的阳光，我们一起骑车来到平所村，经过与前任第一书记交流，了解到这里有许多种植、养殖产业，比如太空莲（主要产莲子）、三和柚、核桃、茶叶、西瓜、青蛙等。

在熟悉环境的时候，我又经前任第一书记介绍，去了几家建档立卡贫困村民家中了解情况，看到这些村民已经住进了楼房，条条公路通到家门口，我无比欣慰，切实感觉到以前听说过的"社会主义新农村"是真实的。现在农村的条件确实比以前好太多了，回忆自己小时候曾短暂生活过的四川某个农村，虽然靠近嘉陵江，但是全是土路，住的也是干打垒结构的平房，如今相比而言真是变化太大了。我深深感觉到，习近平总书记精准扶贫、精准脱贫战略思想正在引领隘口镇脱贫攻坚，最终大家一定都能实现小康生活。

接力扶贫

2019年9月3日 晴

今天我又来到了即将驻守的平所村，目的是参加"驻村第一书记轮换调整会"，驻镇工作队的L姓联络员（市级机关的正处级干部）、隘口镇的L姓分管扶贫的副镇长、原驻村第一书记以及平所村的村中国共产党支部委员会和村民自治委员会（以下简称"村'两委'"）干部参加了会议。

"平所村驻村第一书记轮换调整会"现场

会上，首先由原第一书记回顾两年以来的工作，他的发言让我很感动，他两年里不仅走访完村里每家每户，而且带领村"两委"共同打造了平所村特有的青蛙养殖、三和柚种植等产业。紧接着就是我的发言，我对大家进行了自我介绍：我大学毕业后在企业打过工、在学校当过老师和班主任、借调到市级机关部门工作过，但最长的经历还是在学校的党政办公室工作，我在那里待了近十年。我告诉了大家我来扶贫的原因：虽然工作这么久，有高校、市级机关的工作经历，但没有基层工作经历，更没有做过农村老百姓的工作，所以选择来扶贫，更选择下村来当第一书记。最后，我也表了态，要接好前任第一书记的接力棒，继续担当起第一书记的职责，完成好这个政治任务。

其他村村"两委"干部及镇领导也对前任书记的工作进行了肯定，对我

镇领导在会上讲话

的到来表示欢迎。

最后，L姓驻镇扶贫工作联络员对我提了三点要求，同时与大家共勉：一是求真务实，二是谦虚谨慎，三是用心用情。

今天的会议让我感觉责任巨大，所谓"小书记，大作为"。"民亦劳止，汔可小康。惠此中国，以绥四方。"这是我国第一部诗歌总集《诗经·大雅·民劳》中的句子。2000多年前，我们的先民就在劳动和生活中渴求美好的小康梦。历经2000多年的沧桑巨变，勤劳朴实的中华民族虽历经奋斗，却始终没有在整体上摆脱贫困。中华人民共和国成立70年、改革开放40年来，我们走出了一条中国特色的减贫道路，已经使7亿多人口摆脱贫困，人民生活基本实现小康。然而，基本不是全面，要实现共同富裕，中国还要打一场脱贫攻坚的硬仗。那么这场硬仗的排头兵就是我们这些第一书记和驻村干部，当前我面对的只有两个字——"认真"。

工作调整

2019年9月17日 阴

昨晚又住在了驻镇工作队，吃完早饭我就开始坐在会议室里学习扶贫的政策资料。结果 Z 副巡视员把我叫到他的办公室，郑重地和我说想把我调整到较远的富裕村。我虽然感到有些突然，但是并不惊讶，因为我在来秀山之前就已经做好了各种心理准备，去最偏远的村也就是对我磨炼。

Z 副巡视员在征求了我的意见后，给我提出了几点要求：一是加强党建工作，促进班子团结，发扬民主集中制；二是关注群众动态，掌控各类舆情，处理好现存的矛盾点；三是促进产业发展，

扶贫集团驻乡工作队成员（原）

关注种植成果；四是多与驻乡工作队、镇党委政府沟通，寻求各方支持；五是加强工作调研，掌握扶贫数据，处理各类扶贫问题。

奔赴新村

2019年9月18日　阴

今天上午我终于把《重庆市脱贫攻坚工作手册》《驻乡工作队日常管理制度汇编》两本书看完了，看完这两本书感觉自己不仅熟悉了有关扶贫政策，更觉得新时代农村绝对是充满希望的田野，也是党员干部实践锻炼的熔炉。

会后在富裕村村委会门口的合影

下午，我参加了全镇的"不忘初心、牢记使命"主题教育动员会，每个村社也开始了主题教育学习，会上镇领导结合扶贫提出了主题教育要求，我非常认同扶贫不单是经济层面、发展层面的工作，也是党员干部深入群众、联系群众、锤炼作风的一项工作。动员会完了之后又召开了全镇的有关工作会议。

会议结束后，市商务委扶贫集团L处长以及镇党委书记、镇长等把我亲自送到富裕村，并召集村干部、村民小组长、党员代表召开会议。会上宣布了由我担任富裕村新的第一书记，然后由离任的第一书记和我这个即将上任的第一书记发言及表态。镇长、镇党委书记、扶贫集团L处长也提出工作要求和未来期许。看到这么多领导送我到村，并且提出了较多的期许，我能感觉到他们调整我岗位的良苦用心，我也能感觉出我是身负重任而来的。

走村入户

走访农户 1

2019 年 10 月 12 日　中雨

今天早上起床后，感觉天气已经变得特别冷了，秋衣秋裤都已经穿上了。吃完早饭，我就决定冒着中雨去走访前几天到村委会来反映问题的村民杨 XJ，我来到他家后就和他们夫妻二人进行了交谈。

经过深入交流，我了解到他家一共有九个子女（六男三女），最大的小孩已经27岁了，最小的小孩才7岁，其中有六个子女分别在秀山高中、隘口中学、岑龙小学读书，基本上全靠杨 XJ 在外做木工活补贴家用。他们主要有三个诉求：一是前年施工队修路擅自使用了他家堆放在附近

与老党员的交谈

的两立方沙子，但反映后一直未很好地解决；二是房屋侧面的水泥平台有点朝房子方向倾斜，造成房子的木柱子被腐蚀了，但同样反映后没有解决；三是曾经要求给正在读书的孩子开具贫困证明，但一直未得到落实。经过交流和沟通后，村委会主任已经答应补偿他家的两立方沙子，对房屋侧面的水泥平台进行整改；我也立即到村委会为他们的六名正在上学的孩子开具贫困证明。此外由于他们家庭供养六名孩子读书确实有点困难，我主动为他们家一名家庭成员购买农村合作医疗。

下午，隘口镇 L 副镇长和镇扶贫办工作人员来到村里检查"扶贫对象动态管理"工作，我把这几天召开的几个村民小组会议情况及工作进度做了汇报，并与几名扶贫办工作人员进行了交流。在送走他们之后，我又到九道河组杨 XW、大龙门组熊 CF 和杨 ZG 三户人家进行走访，并和他们进行了现场交流，倾听了他们的诉求。走访工作是为了给扶贫工作打基础，同时也是深入群众、联系群众、锤炼作风的精神历练。

走访农户 2

2019 年 10 月 13 日　小雨

今天上午刚吃完早饭，我就和村里的综合治理专干来到吴 EZ 家（建档立卡贫困户），主要是为调研他家"两不愁三保障"情况以及了解他拒绝邻居吴 CX 修一条经过他家土地的路的原因。由于这两天都在下雨，到他家的路还有一小段没有硬化，并且要经过一个小河沟，所以路途还比较艰险。我驾车经过了弯弯曲曲的硬化的山路，又经过了烂糟糟的泥巴路，越过流水的小河沟，终于来到吴 EZ 家。

到达后，我便开始与吴 EZ 交流起来，我了解到他家原本是个四口之家，但是由于家里各种矛盾，妻子离家出走了，留下了一儿一女，儿子目前只有 18 岁，已经去福建打工了，但因为怕家里找他要钱，所以很少与家里联系；女儿目前在秀山第一中学读高一。家里种植的 300 株核桃树还没有收成，所以目前家里基本没有收入来源。

在了解到情况后，我与他儿子在电话里进行了沟通，并约定有空时进行深入交流；我也和他女儿所在的学校联系了，并告知学校她所在家庭属于建档立卡贫困家庭，希望学校在相关资助政策允许的条件下给予倾斜。最后，我们又就邻居吴 CX 修路一事进行了交流。

下午回到村委会后，我和镇武装部部长叶 S 召集几个村干部召开了扶贫对象动态管理工作会，对每个村民小组"进""出"的扶贫对象进行了讨论和研究，并准备按照"两评议、两公示、一比对、一公告"的程序先在村民小组内进行了公示。

在村委会办公室的工作交流

雨天走访 1

2019 年 10 月 15 日　小雨

今天早上一吃完早饭，我便带着两个驻村队员一起去九道河组走访农户。首先来到建档立卡贫困户杨 ZZ 家，了解到：杨 ZZ 今年 50 岁，家里一共五口人，有三个儿子，最大的 23 岁，最小的 12 岁，大儿子在深圳某电子厂打工，二儿子就读于重庆农业学校，小儿子在隘口白沙中学读初中；家里每年种植玉米产量可达 1000 多斤，有核桃树 165 株。在交谈中，我询问了两个小孩读书的情况，我也把国家给予的教育资助政策给他们进行了讲解。

随后，我又来到建档立卡贫困户杨 ZQ 家，刚好他们老两口都在家，通

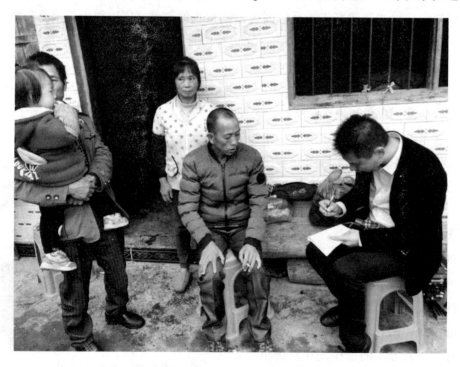

与贫困户进行现场交谈

过交流了解到：杨 ZQ 今年69岁，家里一共七口人，有一个儿子，三个孙子和孙女（最大的21岁，最小的15岁），儿子和儿媳在广东打工，大孙女就读于湘潭大学，二孙女就读于秀山高级中学，孙子就读于重庆农业学校；家里每年种植玉米产量达500多斤，有核桃树360株，还种植了一亩稻谷。在交流中，我了解到他们就读的农业学校收取了4500元的代收费，与我了解到的资助政策不一致，于是我就打电话与重庆农业学校取得了联系。经过核实，学校都是按照国家政策免收学费、住宿费等，并发放相关生活补助，虽然收取了4500元代收费，但是每个月要给学生返还300多元生活补助，学生就读期间共计发放7000多元。

走访过程中，我们还走访了九道河组老党员杨 ZF 家、有卧病不起老人的吴 HC 家、建档立卡贫困户李 CQ 家，不仅了解了这些家庭的具体情况，也收集了一些问题。

在返回村委会的路上，我无意中看到一家农户的孩子写作业的情景，顺手拍了两张照片，回来后越看照片越难过，最后流下了眼泪。我发了平时很少发的朋友圈，希望引起更多的关注，我发的文字内容是："雨天总是让人心酸，希望每个孩子都有写作业的地方。"

某农户的孩子坐在地上写作业

雨天走访2

2019 年 10 月 16 日　小雨转晴

　　今天一早又继续走访，因为今天想把九道河组剩下的两家建档立卡贫困户和一家低保户走完。首先，我来到低保户熊 CM 家，她是口腔癌患者，半边脸已经隆起了，而且已经影响到了听力，所以交流起来很困难，不过可以基本了解家庭情况，我将其记录在了工作手册上。

　　接着，我又来到了建档立卡贫困户杨 GF 家中，只有他的老婆吴 QZ 在家，我便与她交谈起来。他们家一共有五个子女，三个女儿已经嫁人了，儿子就读于重庆渝州车辆工程技术学校，小女儿就读于岑龙小学，家里种植了 140 多株核桃树。我向她普及了教育资助的政策，并向学校核实了资助政策落实的情况。

与熊 CM 交流

紧接着,我又去了建档立卡贫困户杨ZX家中,刚好杨ZX外出打工去了,但他的老婆李CX在家。经过了解,他的两个孩子非常优秀,大儿子已经在南昌大学读研究生了,女儿也在四川农业大学读本科。在交谈中,李CX认为女儿没有享受到学费减免,我马上打电话给市教委资助中心的朋友进行了核实,确认每年学校都返还了学费给她女儿,另外她女儿还获得了国家励志奖学金、国家三等助学金,总共享受资助达11000多元。后来我还联系了她女儿的辅导

走访长堰土组农户

员,并说明了他们家庭的情况,希望按照政策给予照顾。

随后,我又走访了九道河组建档立卡贫困户杨ZC、长堰土组建档立卡贫困户李LZ和杨ZX、长堰土组低保户王SX、杨ZN等。

在走访过程中,发生了有惊无险的一幕:由于这几天每天都在下雨,通往各个农户家的小道确实比较湿滑,加之我路上不停用电话联系一些农户,在农家小道行走时鞋底打滑摔到了旁边的菜地里,还好只是皮外伤,但是裤子已经不能要了,不过这丝毫没有影响我工作的激情。

继续走访

2019 年 10 月 21 日　阴

　　今天上午联通公司派人来处理信号问题，我向其工作人员现场反映不仅信号不好，甚至个别村民小组没有信号。于是，我带着他们来到西沙河组查看情况。联通工作人员在我的指引下确实发现了西沙河组没有通信信号，并收集了附近铁塔分布的情况。他们答应会尽快解决村里信号弱及西沙河组没有信号的问题。

　　下午，我又和我的驻村队员一起走访了千盖牛组的几家建档立卡贫困户，了解了"两不愁三保障"存在的问题，顺便为他们更换扶贫"明白卡"。首先我们来到罗 LM 家，她今年 65 岁，有三个儿子、四个孙子和三个孙女，孙辈中有两个在读书，目前都享受到了教育资助，家里收入来源是儿子在外务工。

与罗 LM 交流

我们来到她家时，看到了她和儿媳妇同时照顾三个孙子、孙女实在忙不过来，想着他们还要照顾另外两个读书的孙子，确实压力有点大。经过现场交流，我们了解到了他们的生活情况，并记录了一些问题准备抽时间去解决。

接着，又走访了杨 ZK 家，他今年也是 65 岁，全家九口人，有两个儿子，三个孙子、孙女目前都在岑龙小学读书，家里种植了烟叶一亩，核桃树250株，红薯和土豆年产量可达 2000 斤，家庭收入主要来源是儿子务工。他特别感谢党和国家的扶贫政策，让他们全家享受到了好政策，完全实现了"两不愁三保障"。

紧接着，我们又来到杨 SQ 家，他家感觉要比前面走访的农户贫困一些，他家不仅是建档立卡贫困家庭，而且全家还都是低

与杨 SQ 交流

保户。他全家一共有三口人，母亲已经 81 岁了，但还在干农活；老婆因为家庭不堪重负而离家出走；女儿目前在重庆某民办高校读本科，学费虽然每年可以减免 8000 元，但仍然要交 5000 多元；他本人刚刚做完腰椎修复、心脏搭桥手术，身体仍在恢复之中。全家完全靠低保金生活。我们安慰他一定要注意身体，多激励女儿努力学习，圆满完成学业后为家庭减负。我也给他女儿打了电话，勉励她要认真学习，争取拿到奖学金。

随后，我们还走访了陶 LX、李 QZ、罗 LC、杨 ZJ 家，并为他们更换了扶贫"明白卡"。

调查缺水

2019 年 10 月 22 日　阴

今天一早接到村民熊 CX 在微信上给我发的消息，说代家坪组有两家海拔较高的农户没有自来水了。虽然下着中雨，但我一早便前往代家坪组邀请组长杨 ZZ 随我一同前往供水储水桶及熊 AB、熊 CX 的家了解情况。

我们驾车行驶在湿滑的山路上，车辆在被水滋润后的水泥路上转弯时偶尔打滑也显得很正常。到达供水储水桶所在的山坡后，我们一起检查了三个储水桶，发现没有出现问题。然后我们又来到了熊 AB、熊 CX 家检查了水管，初步判断是他们的水管被堵了或者进了空气，我们请他们对水管进行堵塞排查，如果问题没有解决再告知我们。终于在今天晚上，熊 CX 在微信上告诉我水管通了，的确是因为水管进了空气，也非常感谢我。

下午，我和驻村队员张 BJ 来到大龙门组一起走访了这里的几家建档立卡贫困户，了解了"两不愁三保障"存在的问题，顺便为他们更换扶贫"明白

与熊 QF 交流

卡"。首先来到熊QF家，他家一共有七口人，分别是父母、三个儿女和他们夫妻二人，家里种了一些土豆、红薯、核桃树，能满足生活，基本收入来源是在外务工。然后，我们又来到熊MZ家里，他家一共有四口人，分别是他和妻子，还有两个儿子，两个儿子都已经20多岁了，目前在福建打工。家里养了两头牛、两头猪，种植了玉米、土豆、红薯等，他自己参与了公益性工作（每个月有1000多元的收入）。

紧接着，我又来到了张ZH家，他家一共有八口人，除他和妻子外，还有六个子女（四女二男），大女儿已经嫁人，二女儿在广州佛山打工，老三就读于重庆信息工程职业学院，剩下的三个孩子分别就读于白沙中学、岑龙小学。张ZH本人患有淋巴结核，目前正在

与杨ZX进行交流

接受药物治疗。他家里养了一头牛、两头猪，种植了玉米、土豆、红薯等，家庭收入主要来源是女儿在外务工。在交流过程中，我了解到他家并不知道三儿子就读高职院校所享受的教育资助政策，我便给他们进行了解答，我告知他们，"重庆籍建档立卡贫困家庭大学生资助政策，学费标准在8000元/生·年以内的全额补助，超过8000元/生·年的定额补助8000元/生·年。生活费补助不低于3000元/生·年，可通过国家助学金渠道解决"，并与所在学校核实了政策落实情况。

随后，我还走访了该组的杨ZC、杨ZX、杨ZD等建档立卡贫困户，和他们进行了深入交流，了解了他们生活中存在的问题。

巡查隐患

2019 年 10 月 23 日   阴

由于近日连续落雨造成部分路段滑坡，今天上午镇武装部部长叶 S 到村里巡查安全隐患，我便主动陪同一起巡查。我们先到代家坪组查看了滑坡路段以及路面清理情况，这里以前经常滑坡，主要是因为滑坡的山坡较陡峭，而且没有植被覆盖，每次下雨都会有落石和泥土滑下，我们交流讨论后准备在该地段修建一个堡坎。随后，我们又来到千盖牛组，我们在这个路段发现了两处滑坡的迹象，特别是有一处滑坡影响了路基，有一定的安全隐患，我们准备将情况上报后进行维修。

我将前两天走访时建档立卡贫困户罗 LM 反映的房子出现裂缝的情况告知了叶部长，并邀请他一同前往罗 LM 家实地查看。经过实地查看，我们发现房屋裂缝可能是地基下陷造成的，我们在现场给罗 LM 做了解释说明，并告知她我们将抽时间为她家房屋下面的堡坎进行增高加固。她非常感谢我们，并邀请我们在她家吃中午饭，我们婉言谢绝了。

与罗 LM 交流地基下陷情况

下午，我又带领驻村队员到九道河的几家建档立卡贫困户为他们更换扶贫"明白卡"，并与在家的贫困户进行了交流。

走访农户 3

2019 年 10 月 24 日　阴转小雨

　　今天一早我们决定到细沙河组走访贫困户，顺便去为贫困户更换扶贫"明白卡"。细沙河组是离村委会最远的一个组，也是海拔最高的一个组，海拔约1200米，但是这里空气清新、风景秀丽、村民纯朴，我们下一步计划利用这里良好的生态环境打造乡村民宿基地。

　　伴随着蜿蜒曲折的山路，我驾车20多分钟到达了细沙河组，这里明显感觉比我们村委会所在位置气温低、湿度大，但是我们都有开展扶贫工作的热心肠。我们首先来到建档立卡贫困户王XQ家中，她也是我们村委会的妇女主席，我便坐下来与她及她的家人进行了详谈。她家中一共七口人，她

与王 XQ 进行交流

的丈夫常年在深圳务工，五个孩子已经有两个出嫁了，还有两个小孩在上学，一个在重庆育才职教中心（合川）读书，一个在育才中学（秀山）读书，家庭收入主要来源是丈夫及小孩在外务工，家里养了两头猪、两头牛，加入合作公社种植了250株核桃树，还种植了土豆、玉米、红薯等，能够满足日常生活需要。在交谈中，我向她传达了教育资助、医疗资助政策，又询问了她是否有"两不愁三保障"问题，她说非常感谢党和国家的精准扶贫政策，目前家中已经脱贫，生活幸福快乐。

　　随后，我们又去了建档立卡贫困户王XQ家中，由于王XQ在外打工，我便与其妻子杨JF进行了交流，他家在村里算比较贫困的，因为四个子女中，有一个因为车祸造成残疾，还有两个正在上学，仅丈夫和一个女儿在外务工。

村委会看到他家庭情况不好，就为其妻安排了乡村道路清洁工的公益性岗位，每个月有1000多元的收入。在交流中，我也告知了其妻国家关于精准扶贫的有关政策，并勉励其妻要干好公益性岗位的工作，多关心子女的生活学习，早日实现小康。

在走访的过程中，我们遇到五保户杨ZD正在一棵板栗树下寻找掉下的板栗果实，我便与他交流起来，了解到了他生活的情况，并约定下次到他家去看看。我们还走访了建档立卡贫困户王YG家，另外到了杨ZQ、杨SQ、黄JS、王JY家，结果他们没在家，我们便更换了他们门口的扶贫"明白卡"。

与王YG进行交流

最后，我们还去了细沙河组一个叫河坎上的地方，因为这里也有三户建档立卡贫困户，我在这里的土路上开车非常吃力，又刚好赶上这里正在修路无法通行，只好改天再来走访了。

今天学校工会主席、宣传部部长夏DL发给了我一个"天天快报"链接，标题是"第一书记和他的扶贫日记"，我打开后非常惊讶，因为这个居然是关于我的报道。我回忆了一下，想起来前几天发了朋友圈，记者朋友孙KF看到之后，就让我提供了一些资料和照片，没想到就这样被发出来了。晚上，学校纪委书记杨SK专门在QQ上给我留言："读了日记，感触颇多！加油隘口，努力隘口！"看到之后我无比激动，向学校表态："非常感谢学校的关注和支持，下一步一定要做好脱贫攻坚工作。"

走访农户4

2019年10月25日　中雨

　　今天上午我和村支书组织在村的干部及驻村队员召开了工作会议，会上研究了中国扶贫网推进工作、报送文化成果、扶贫对象动态调整等几个近期要做的工作。

　　会议结束后，我们收到了本村大学生杨HR所在学校党委寄来的政审函调，我们便入户对其直系亲属及社会关系进行了调查，并结合公安部门所开具的无犯罪记录证明，起草了复函。

　　下午，我又带着驻村队员来到代家坪组，来到前段时间在院坝会上向我反映问题的

与杨HR进行交流

杨ZZ家中，杨ZZ的家庭是建档立卡贫困户，他前段时间说他的大儿子因犯罪坐牢，儿媳妇也杳无音信，造成三个正在读书的孙女需由自己和妻子抚养，经济压力非常大，希望村委会能帮助他们渡过难关。经过现场交流我了解到，杨ZZ和妻子已经年过六旬，妻子身体不好（未能提供诊断证明），他们一共有两个儿子、一个女儿，除了坐牢的儿子外，另外两个子女分别在广东和浙江打工，大儿子的三个孙女分别就读重庆某大学、秀山的初中和小学。家里仅靠另外两个打工的儿女的支援及种植土豆和玉米的收入维持生计，但这两个儿女也有自己的家庭要照顾。我也把他们的基本情况记录了下来，也答应他们只要资料齐全，符合政策，我就会为他们积极争取资助。

　　随后我们还走访了建档立卡贫困户熊GY、老党员刘CR，并为有关贫困户更换了扶贫"明白卡"。

探望村长

2019年10月27日　小雨

　　今天是星期天，上午接到镇党委书记刘 HM 和驻镇工作队联络员李 W 给我打来的电话，他们希望我动员学校的教师和学生下载"社会扶贫 APP"并关注秀山县隘口镇。于是我就编写了"求助通知"发到了学校学工工作 QQ 群里，结果很多辅导员都响应起来，不仅自己下载关注而且通知到了学生。中午时，社会扶贫 APP 关注秀山县隘口镇 XX 村的多了几百人。

　　下午，我驾车到千盖牛组进行走访。行驶在村委会到千盖牛组陡峭且伴有雾罩的山路上，经过了多个又急又陡的急转弯，我不禁想起了村民给我讲的这条路修建的历程：为方便千盖牛村民出行，2009年8月以杨 WZ（现在的村委会主任）为首的23户152个村民准备集资修路（共集资31.8万元），但由于有七户37人因故未参与集资，集资村民将这条4.2公里通往山下的路修好之后，便设立了"收费站"，只允许未集资的村民步行，不允许他们驾车通行，后来县里派来了驻村的赵 MX 不仅硬化了这条乡村公路，而且调解、协调并取消了"收

与村主任进行交流

费站"。

从山下盘旋到山顶的千盖牛组后，我先来到了村委会主任杨 WZ 家，他今天正在整修房子，一见面我们就开始交流农村人自己修建房子的事情。原来农户的房子（不论是木房还是楼房）都是自己动手进行修建的，从打地基到贴瓷砖装修都是自己家人动手完成的，这让我感受到了农村人的勤劳与朴实。交流时，我们又参观了他自己饲养的孔雀，居然看到了孔雀开屏。

村主任饲养的孔雀

随后，我去拜访了几户该组的村民，又去看了看以前留下的"收费站"，感觉以前农村修路太不容易了，但是路修好后村民生活的改变正验证了"要想富，先修路"。

全面排查

2019 年 12 月 12 日　晴转多云

今天早上吃完早饭，我就和两个驻村队员准备按照《隘口镇脱贫攻坚"回头看"全面排查解决突出问题实施方案》开展排查工作。我们首先驾车前往九道河组，对在家的农户进行了访谈和排查，对不在家的农户也进行了电话访谈。

九道河组排查完已经是下午2点了，我们便回到村委会一起吃了午饭，又继续前往代家坪组对在家的农户进行排查。排查过程确实很辛苦，不仅要驾车行驶在"回头弯"较多的山路上，而且要徒步走在山间小路上。临近天黑，我们才返程回村委会，虽然鞋子脏了，裤子也沾满了杂草的种子，但是感觉工作非常充实、非常有意义。

入户排查现场

冒雪遍访

2019 年 12 月 20 日　阴转雨夹雪

今天早上，户外又被大雪染白了，以前的水光山色都已经银装素裹了。虽然到处是积雪，我和两个工作队员为了做好迎检工作依然要去各村民小组进行遍访，顺便到建档立卡贫困户家更换脱贫攻坚"明白卡"。

首先，我们一边驾车沿着顺着河沟修建的蜿蜒山路行驶，一边欣赏着山野雪景，银装素裹的山川伴着山涧中的浓雾，感觉如仙境一般。我们到达细沙河组后，便对这里的贫困户进行了走访。这里海拔是村里最高的，积雪也最多，温度只有 0

遍访现场

摄氏度，这给我们走访也带来了不便，不过我们依然踩在雪上来到每一户贫困户家里了解他们的生活情况，并为他们更换了"明白卡"。接着，我们又驾车分别来到大龙门组、代家坪组进行走访和"明白卡"的更换。在代家坪走访完之后已经是下午 1 点了，我们便返回村委会吃午饭。

刚刚返回村委会把车停好，镇党委书记刘 HM 就专程乘车到村进行督查迎检工作，在简单的交流后，他便去其他村督查工作了。吃完午饭后，我们又驾车前往千盖牛组、长堰土组进行走访和"明白卡"更换。在此期间，我校为岑龙小学捐赠的厨房设备也送到了，我便马上到小学收货。最后，我们又去了九道河组进行走访和"明白卡"更换。

小雨温情

2019年12月21日　小雨

　　昨晚虽然下了一夜的小雨，但没有像昨天那样夜间下雪，不过天气依然很冷。早上起来透过村委会办公室大门看见外面依然下着小雨，看着广场旗杆上的国旗依然随风飘扬，我顿时对扶贫工作充满了信心和激情。

　　正当我准备下组入户时，我曾经教过的学生给我打电话说他即将抵达村里。这个学生叫滕 JF，他和他的妻子都是我曾经在 2012 年教授过的学生，他目前在县检察院工作。我们很多年没见面了，见面后我们交谈了很久，他为我带来了牛奶和水果，我为他送上了学校校友会的纪念品。我们一直交谈到中午，就简单地在村委会吃了一顿热乎乎的面条，我们两个都备感温暖。

产业路修建协调会现场

与杨 ZC 交流现场

送走他之后，我便驾车前往代家坪组去农户杨 ZC 家中访谈。杨 ZC 及其妻子前段时间专门向我反映了家庭困难的问题，我也答应他们有时间一定上门了解情况。到达目的地后，我和杨 ZC 及其妻子进行了深入交谈，原来其妻子身患严重的腰椎间盘突出和胆囊炎，且他们仅有一个儿子，儿子和儿媳的两个小孩（大的四岁，小的一岁）都需要他们两个照顾，家庭的收入来源只有儿子、儿媳在外务工收入，感觉生活特别困难，希望村委会能适当考虑困难资助。随后我又来到农户熊 ZX 家中。熊 ZX 向我反映他一共有四个儿子，但第三个儿子与儿媳被法院判决离婚后，四个女儿判给了三儿子抚养，而儿媳不愿意支付法院要求支付的生活费。四个女儿目前由两位老人进行抚养，家庭经济也非常困难，需要我们驻村工作队给予帮扶。我把他们两家的情况都记录在案后，心中在谋划下一步怎么进行详细调查和处理。

夜幕降临后，我又和村委会主任、综治专干一起组织九道河部分群众召开了产业路修建协调会议，会上我和村委会主任分别告知大家修建产业路的好处及修建的方式，随后又征求了参会的每一位群众的意见，大家基本上都赞同在核桃树山坡上修建两条产业路推进生产。

探访家长

2020 年 1 月 3 日　小雨转阴

今天一早我又驾车赶往新院村便民服务中心会议室，因为今天镇上要在这里召开工作会议。和前几次一样，我驾车在蜿蜒的山路上行驶了 50 多分钟才到达新院村便民服务中心。

会议现场

今天的会议内容是迎接东西部协作扶贫检查、党的十九届四中全会精神宣讲、"不忘初心、牢记使命"主题教育评估等。会上，镇党委书记刘 HM 对迎检工作做了全面部署，相关镇领导对党的十九届四中全会精神进行了宣讲，最后镇长周 SQ 对"不忘初心、牢记使命"主题教育进行总结，县主题教育督导组对全镇开展主题教育进行了评估测评。

会议结束之后，我带领两个驻村队员驾车来到我校秀山隘口镇新院村学生杨 LY

与杨 LY 家长交流

家中，刚好她的爷爷奶奶在家（她的父母在外务工），我便与她的爷爷奶奶进行了交流，了解其家庭生活情况，我向他们宣讲了国家及学校的资助政策，并告知他们杨 LY 今年在校享受了 10150 元的资助。接着，我们又驾车前往隘口镇街道何 QQ 家中，我与她在家的父亲进行了交流，同样向他宣讲了国家及学校的资助政策，并告知他何 QQ 今年在校享受了 10800 元的资助。最后，我们在返回富裕村的路上，来到岑龙村杨 LQ 家中，由于他家里没有人，我便拍了他家里破旧的房子的照片，准备他家长在家时再来家访。

　　回到富裕村村委会时已经是下午 4 点多了，我们才想起来还没有吃午饭，于是我们马上煮饭炒菜，把午饭和晚饭合而为一。吃完饭，夜幕已经降临，在充实的一天即将结束时，我选择先去散了半个小时步，然后回来一边电话对接消费扶贫的事情一边写起了日记。

学生杨 LQ 家的老房子

雨雾穿行

2020年1月4日 小雨

今天早上吃完早饭，虽然村里是雨雾交织、能见度低，但我们三名驻村工作队员仍然驾车前往九道河组杨XJ家，专程看望了他家的三个小学生。他家一共九个子女，其中有三个还在岑龙小学读书，我们驻村工作队给这三个小学生送上了文具盒和水彩笔，三个孩子脸上都洋溢着开心的

与杨CL进行交流

笑容，我们勉励他们树立远大的理想，努力学习，争取早日成为国家栋梁之材，回报社会，回报家乡。

我们又驾车分别前往代家坪组、大龙门组，探望之前有人给我们反映家庭困难的杨CL、吴CY家。在重重雨雾的笼罩下，我们到达了杨CL家。我们与他及其妻子进行了交谈，他们夫妻二人都已经56岁了，两个女儿都已经出嫁，女儿女婿分别在东莞、贵阳打工。两个留守老人都患有轻微的腰椎间盘突出、关节炎等疾病，还带着一个上小学的孙女，今年养的一头猪也死掉了，生活负担较重。

随后，我们又穿过层层雨雾，到达了吴CY家里。我们与她进行了详细的交谈。吴CY是一个孤寡老人，丈夫、儿子早年就去世了，儿媳妇带着一个孙女改嫁了，吴CY就独自抚养两个孙子。现在吴CY已经79岁了，两个孙子也长大成人了，目前在外务工。她一个人留守在农村生活，可谓真正的孤寡留守老人。我把他们两家的情况都做了记录，准备调查核实后，如果达到标准就争取为他们申请困难救助。

回到村委会时已经是下午3点钟了，我便亲自动手为队员们煮了羊肉炖萝卜汤锅，大家吃着热腾腾的羊肉炖萝卜汤锅，感觉非常温暖。

大雾漫步

2020年1月5日　阴天伴大雾

今天一早我驾车前往镇里的扶贫产业园，主要是去跟踪我校购买的富裕村农产品的质量及发货情况。因为之前我校为了响应市商务委扶贫集团扶贫工作的号召，先后为教职工们购买了近20万元的电商平台扶贫产品券，教职工们可以在"山水隘口"公众号上购买自己喜欢的农产品。

我到了产业园后，先去查看了发往我校的农产品，农产品都比较新鲜，希望这些东西能够顺利送到学校。在见到镇组织委员严C（分管电子商务）和"山水隘口"电商平台负责人何JH后，我就向他们反映了最近农产品发货太慢、平台没有客服电话等问题。他们都表示会尽快整改，提高服务质量。

收集村民家的农产品

下午1点多，我回到村委会吃完午饭就带着两个驻村队员前往细沙河组杨ZG家，据说他家比较贫困，所以我们准备入户调查。到达杨ZG家后，只有他的妻子张JX在家，我们便和她围着火堆交谈了起来。在交谈中了解到：杨ZG今年77岁，张JX今年82岁，老两口的儿子早年去世，两个女儿也嫁到外地去了，他们老两口将三个孙子、孙女抚养长大成人后，孙子、孙女就都到大城市去务工了。目前只有老两口生活在这里，张JX患有关节囊肿，刚做完手术不到一年，他们完全靠种植农作物和养殖禽畜来维持生活。张丁×在交谈中告诉我：她的年纪大了，觉得晚上盖的被子不保暖。于是，我立刻给镇社保所所长蒲 Y 打电话申请了两床棉被，准备取到后就给她送过去。我将她家的情况记录了下来，准备适时给予一定的帮助。在返程的大雾中，我遇到了大龙门组村民杨 ZM，他正在吃力地拉着一车捡来准备过冬的木柴往回走，之前我还到他家了解过情况，他养育了一个没有父母的孙女，我很想帮助他，便与他交谈了一会儿才返回村委会。

晚上吃完饭，我看到"山水隘口"公众号发布了我撰写的文章《富裕村驻村工作队开展走访慰问系列活动》，内容是对我们驻村工作队工作的宣传。不久后，驻镇工作队联络员李 W 还专门打电话给我，对我们近期所做的工作进行了赞扬。我在看微信朋友圈时，还看到我 60 多岁的老父亲在朋友圈中转发了该文章，并留言："我儿子在富裕村当第

与张 JX 交流

一书记，请各位多关注，谢谢了。"感觉这句话中父亲对我充满了关怀，同时为我感到骄傲，此刻我深感扶贫工作不仅光荣而且非常有意义。

冻雨前行

2020年1月15日　冻雨

今天一早我就接到驻镇工作队的电话，通知我将前段时间的文章《富裕村驻村工作队开展走访慰问系列活动》进行修改，准备作为一期简报进行印发。于是，我立刻根据之前的文章，对相关内容进行了调整和修改，重新撰写了《富裕村驻村工作队着力四个"扎实"开展帮扶工作》，完成后，便发给了驻镇工作队。

村综合治理专干郎CC到达村委会后，便邀请我一起去为昨天代家坪发生纠纷的村民送水泥，好让他们早日重建排水沟。我与他一起将水泥送达村民家中后，村民非常高兴，并称赞村干部的工作效率特别高。

秀山县隘口镇脱贫攻坚工作 简　报

（第136期）

秀山县隘口镇脱贫攻坚工作指挥部办公室　　2020年1月15日

富裕村驻村工作队着力 四个"扎实"开展帮扶工作

富裕村驻村工作队结合"不忘初心，牢记使命"主题教育，以村民最关心的民生问题为突破口，充分发挥自身优势，从解决群众最关心、最直接、最现实的问题入手，真抓实干，着力四个"扎实"，倾心为群众办实事做好事解难事。

一、扎实遍访贫困村民

去年11月以来，富裕村驻村工作队认真开展了遍访贫困村民活动。工作队根据去年3月的"大走访、大排查"情况，坚持"全面走访、不漏一户"原则，认真走访了每一户贫困村民。每到一

刊发的红头简报

下午，天虽下着小雨，但我还是和镇武装部部长叶S、村支书赵MX等一起驾车前往细沙河组看望建档立卡贫困户王XQ。行驶在陡峭的山路上，我们看到路两边的植被都结了冰，有些道路两边的地面上也结了冰，我看了看

车上的温度计，居然是 –0.5 摄氏度。村支书赵 MX 告诉我，昨晚一辆装载瓦片的货车，可能由于路滑，在进村的山路上转弯时侧翻了。于是，我开车十分谨慎，尽量避开结冰的道路。到达细沙河组王 XQ 家后，正赶上他家刚杀完年猪。我们与王 XQ 及家人进行了交谈后，便一起吃起了新鲜的猪肉汤锅。在吃饭时我在微信群中看到了我撰写的《富裕村驻村工作队着力四个"扎实"开展帮扶工作》已经印发了，心情顿时好了起来。天气虽冷，但有温度的扶贫工作配上热乎乎的猪肉汤锅，让我感觉到扶贫工作非常有意义，让我在冬季无比温暖。

在王 XQ 家闲谈

走访入户 1

2020 年 4 月 9 日　晴

　　今天天还没亮，村委会附近就有机器轰鸣起来，我出门查看，原来今天开始对富裕村至岑龙村的一段路进行加宽硬化施工。吃完早饭，我专门到施工现场查看，只见大货车将搅拌均匀的水泥砂浆倾倒在安装有钢架模具的施工路段上，工人们再用机器把砂浆搅拌、磨平。几个小时的时间，他们就铺设了将近 10 米的路，看来公路硬化施工还是非常快的。

　　查看完施工现场后，我和我们岑龙村的驻村队员一起驾车前往岑龙村杨 ZQ 家。杨 ZQ 是市商务委扶贫集团安排给我校的另一个帮扶户，他家是建档立卡贫困户中的监测户。这户人住在岑龙村一个叫作小坨的地方，我们驾车爬上陡峭的山坡后才到达小坨，在这里可以远远地看见富裕村九道河组。把车停好后，我们便步行来到他家里。到达他家后，我们看到他家里的五六个孩子，有的坐着在学习，有的在吃饭。见到杨 ZQ 后，他告诉我们他家里一共有八个小孩，老大 21 岁，已经外出务工了，最小的才三岁；他患有风湿慢性病，他的妻子不仅有智力障碍，而且是聋哑残疾人，全家靠养牛、养鸡、种植农作物为生。

　　我们向岑龙村驻村队员了解到，为了帮助杨 ZQ 家解决生活问题，他们已为他家八口人解决了农村低保，还为他家的孩子争取了衣服和书包。我在交流中询问杨 ZQ 有什么生活问题需要我们解决，他告诉我需要几本养牛技术的书籍。我也马上答应他会尽快给他送两本关于肉牛养殖技术的书籍，并告诉他生活中有问题及时和我联系。

与杨 ZQ 交流

走访入户 2

2020 年 4 月 10 日　小雨

今天一早，九道河组某村民打电话向我反映九道河组修建产业路的挖掘机在施工时，碎石滑落把自来水管砸坏了，九道河组核桃树附近十几户村民家中没有自来水了。我听到消息后，立刻带领两名驻村队员前往现场查看。

在现场，我们看见黑色的水管被碎石头砸坏了，破损的管子一直在冒水。我马上打电话给施工现场负责人，要求他尽快进城买好管子把水管接好，以保证群众生活用水。回到村委会后，我们接待了一些来访的村民，对他们反映的问题进行了登记和耐心解答。

吃完午饭，我和驻村队员们又驾车前往代家坪组走访。我们先来到组长杨 ZZ 家，在路上我们查看了他家附近山坡垮塌维修的情况。这里山坡垮塌落下来的泥土和倾倒的树木已经被清理掉了，而且山坡下的水渠附近还被垒上了堡坎，感觉这里不会再垮塌了。见到杨 ZZ 后，他专门感谢我能帮忙维修堡坎，解决了生活中的难题。我们向杨 ZZ 表明了

与组长杨 ZZ 交流堡坎维修情况

来意，告诉他这次过来一是想来看一下山体滑坡后的维修是否到位；二是想到熊 CX 家，了解他多次反映的新主水管道安装好后，他家没有生活用水的问题；三是准备到龙 ZH 家了解他的家庭情况。我们邀请他陪同我们一起前往。

我们驾车到达熊 CX 家附近后，沿着水池接到他家的水管查看情况。我们发现水池接出来的新主水管在树林中的走向绕得太远，再加上水池的高度和

与熊 CX 妻子交流用水情况

他的房屋高度差不多，就造成了水没有压力，无法到达他家。与熊 CX 的家人交流后，为了能尽快解决他们生活用水的问题，我答应他们我来出钱为他们购买一个增压泵，但需要他们自己进行安装。熊 CX 的家人同意我们的解决方案，并向我们表示了感谢。

随后，我们又步行来到了村民龙 ZH 家，龙 ZH 多次向我电话反映他家里较贫困，希望能帮忙解决生活问题。这次来就是为了入户调查和了解情况。经过与龙 ZH 及其家人交流后，我们了解到龙 ZH 是残疾人（二级烧伤残疾），无法干农活；大儿子已经分户，和儿媳妇一起生活；二儿子据说左肩胛骨几年前因为受伤，不能干重活，还未出去务工；家里还有一个年迈的老人需要他们照顾，家里农活重活全靠他的妻子来做。

我把了解的情况记录下来后，告知他如果不算大儿子，家里目前还是有两个劳动力。我们会选择二儿子在家时再来，并会推荐他到县里或镇里务工，以此来解决生活问题。

走访入户 3

2020 年 4 月 11 日 小雨

今天早上起床后,我感觉气温骤降,窗外也下起了小雨。吃完早饭,就有村民前来询问修路封道后前往镇里的路线。我为他们在纸上画了一个简单的路线图,并告知他们现在可以驾车前往代家坪组大坳,然后再往岑龙方向出村,经过百岁村,来到 326 国道后便可抵达镇里。为他们指完路不久,湖北返村的已经自我隔离满 14 天的杨 AZ 一家四口前来开具"个人健康申报证明"。我主动教他们用微信扫描二维码,在小程序"重庆健康出行一码通"中申请生成"渝康码",填写电子版"外出务工个人健康申报证明",并为他们开具了纸质证明。

下午,我驾车前往大龙门、代家坪组入户了解情况,顺便查看贫困小学生网课学习的情况。之前,我在镇里争取了十台新手机、两台旧手机,在我单位争取了五台旧手机,我把这 17 台捐赠的手机全部送给了村里没有手机上网课的贫困小学生。今天我在走访时专门去查看了这些小学生的学习情况。在走访查看和与家长交流后,我了解到这些手机的使用效率非常高。当来到龙 YT 小朋友家里时,她正在使用我们前些天发放的手机一边回看前几天的网课,一边完成老师布置的作业,非常认真。我趁她不注意,为她拍了一张照片,并提醒她的家长一定要重视小孩的教育,在教育中遇到问题可以找我帮忙。

下午回到村委会后,我看到重庆市扶贫办的"重庆扶贫"微信公众号发出的《秀山:多措并举推动脱贫攻坚向纵深发展》的新闻信息居然使用了我和驻村工作队的照片,我非常欣慰,感觉这正是对我们工作队开展扶贫工作的肯定。

龙 YT 用手机上网课

走访入户 4

2020 年 4 月 12 日　晴

　　今天是星期天，而且是一个阳光明媚的大晴天。一早阳光就照进了我的卧室，我起床吃完早饭便前去查看了富裕村至岑龙村的公路硬化加宽施工情况。几天没到现场查看，我发现新修的水泥路已经修了将近50米了。虽然今天阳光刺眼，但工人们依然顶着烈日在施工，他们告诉我这几天温度高、雨水少，铺设的路面干得快，必须抓紧时间施工，才能确保在下个月中旬顺利通车。

村民在做家务

　　回到村委会办公室后，我翻开了《重庆市脱贫攻坚驻村帮扶资料汇编》进行温习，这本汇编一共收录了32个文件，是全市乃至全国的扶贫政策精神及文件要求，我又对曾经勾画过的重点内容进行了阅读。

　　吃完午饭，我步行到九道河村民小组进行入户走访，了解了春耕生产情况。在公路两边的田地里，有的村民在犁地和播种水稻，有的村民在给核桃树打药和施肥，也有很多农户趁着天气晴朗在家里做家务。我和田里忙碌的村民交流得知，现在正是这里的水稻种植季节，现在种下去的水稻可以在9、10月份收割，基本上能够满足全家一年对大米的需求。

随后，我又步行到了几个农户家里了解生活情况，他们告诉我新冠肺炎疫情对他们的生产生活影响不是很大，只是对家人外出务工有点影响，对春耕生产基本没有影响。在走访中我了解到，今年猪崽的价格相当贵，往年仅13元/斤，今年却38~40元/斤，一只猪崽要2000多元，价格比往年翻了几倍，据说饲料也在涨价。回到村委会后，我把走访了解到的信息都记录了下来，希望能为脱贫攻坚工作提供一些原始资料。

村民在田里播种

参加排查 1

2020 年 4 月 13 日　多云转阴

今天一早我就驾车前往镇政府参加"全镇脱贫攻坚大排查工作会议"。因为以前走的老公路正在硬化拓宽，现在只能绕道贵州边界，经过百岁村才能到达镇上，这条路不但山高路陡，而且距离远了十几公里。在陡峭的山路上行驶时，与货车错车最为痛苦，有时轮胎甚至会开下公路或者蹭着山坡底部的碎石通过。经过一个多小时的行驶，我才到达镇政府会议室。

会上，副镇长刘 G 对脱贫攻坚大排查工作进行了安排，明确参会人员今天要排查东坪村和屯堡村，并对排查内容进行安排；镇党委书记刘 HM、镇长周 SQ 对排查工作提出了相关要求。根据会议的分组情况，有关镇干部、东坪村和富裕村的驻村队员被分到一个工作组，负责排查东坪村的叶家村民小组。

入户排查 1

　　我们驾车到达东坪村委会后，由于排查涉及174户农户，经过短暂的交流，我们工作组又分成三个小组，我和东坪村驻村队员易YW分在了一个小组，负责排查叶家组马路右侧的农户。于是，我们带好"排查登记表"和笔，便开始逐家逐户进行排查和信息收集。每到一户村民家中，我们便会向他们了解"两不愁三保障"相关问题，根据他们家中的户籍人口生产生活情况，排查和收集脱贫攻坚有关信息。中午1点左右，我们才回到东坪村村委会吃了一个简单的午饭，下午又继续深入排查。一直排查到下午4点多，我们两个人一共排查了50多户在家的农户，完成了排查任务。回到村委会后，我们又整理了排查的有关信息和资料，并配合镇干部对相关数据进行了汇总。

入户排查2

参加排查2

2020 年 4 月 14 日　小雨

　　根据镇政府安排，今天一早我们又来到了岑龙村开展脱贫攻坚大排查工作。今天我被分到和副镇长刘 G、镇政府工作人员杨 SQ（之前我推荐过来的学生）一个组，负责对大寨村民小组附近几个寨子的村民进行排查。

　　短暂的交流后，我们就驾车前往要排查的村民家中。我这是第一次驾车行驶在岑龙村委会到大寨组的山路上，虽然有点陌生，但感觉动力十足，因为又能深入岑龙村村民家中了解情况了。我校也有个学生住在岑龙村新寨组，我前段时间到他家进行过家访。

　　到达大寨组附近后，我们将车停放在公路旁边，便徒步入户排查。我们来到村民家中，一边向他们了解生产生活情况，一边将询问到的信息填入"脱贫攻坚大排查信息表"中。

陪同镇领导进行排查

　　刚排查了3户村民，村支书给我打电话说县电视台副台长唐LH（我的大学校友，且一个年级）一行十余人马上到富裕村收集习近平总书记视察重庆后重庆一年内的变化情况，且要采访村干部和村民。我立刻向刘G请了假便驾车返回村。因为岑龙村到富裕村这一段在修路，所以平时只需要几分钟的车程这次开了半个多小时。

　　到达富裕村村委会后，我见到了唐LH，与他们进行了简短的交流后，我和村支书便带他们前往千盖牛、九道河、代家坪、大龙门组取景。在大龙门取景时，他们用无人机拍摄了富裕村的全貌，我在屏幕中看到全村的风景确实很美。在千盖牛，他们查看了高山土豆、雪莲果种植基地，采访致富带头人；在代家坪，他们录制了关于核桃树生长情况的视频，采访了组长杨ZZ。

　　我们到达细沙河后，便在这里吃个了午饭。午饭后，记者们又采访了几个村干部。采访结束，我们带他们前往野生杜鹃花基地查看了杜鹃花的生长情况。在交流中，唐LH非常赞同我们对细沙河的发展规划，希望我们这里早日实现乡村振兴。

高山土豆生长态势良好

参加排查 3

2020 年 4 月 17 日　阴

今天一早我就驾车前往镇政府参加"全镇脱贫攻坚大排查工作会议"。会上，副镇长刘 G 对脱贫攻坚大排查工作进行了安排，明确参会人员今天要排查百岁村和富裕村，并对排查内容和指标进行了解读；镇长周 SQ 对排查工作提出了相关要求。

排查工作现场

我被分到了第十组，负责对我们富裕村九道河组进行排查，此次行动需要对所有村民进行入户排查。会议一结束，我们第十组成员就分别驾车前往富裕村村委会。到达村委会后，我们又分成了两个小组，分别从外到里、从里到外对九道河组的村民进行排查，我和我的组员们负责到九道河组核桃树附近进行排查。把车停好后，我们便步行前往村民家中排查和收集信息。每到村民家中，我们便会向他们了解"两不愁三保障"相关问题，根据他们家中的户籍人口收集脱贫攻坚有关信息。直到下午3点排查工作才结束，我们一共排查了21个一般户，3个建档立卡贫困户。

随后，我们便返回村委会吃午饭。中午吃饭的排查人员有40多人，还好我们提前准备了几盆"大盆菜"，大家夹好菜便拿着碗筷站在厨房和村委会门口的院坝里吃饭。吃完饭后，我们今天到富裕村排查的几个小组又把所有排查的数据及信息进行了汇总。

临近傍晚，我驾车前往九道河查看产业路修建情况。到达施工地点后，我远远地看到挖掘机在山坡上作业。在挖掘机施工下，碎石逐步从陡峭的山坡上垮塌下来，挖掘机又用挖斗把堆砌的沙土慢慢挖平，一条新的山路逐步显露出来，我顿时感觉到在山区挖一条路的不易。直到夜色降临，挖掘机施工停止后，我才回村委会吃晚饭。

登记贫困户信息

参加排查 4

2020 年 4 月 22 日　阴

今天一早，我驾车来到坝芒村开展脱贫攻坚大排查工作，我和驻村队员被分到和镇纪委副书记廖 ZH 一个组，负责对竹山村民小组附近几个寨子的村民进行排查。

由于天气阴沉沉的，再加上竹山附近的风较大，我虽然穿着外套但在山间行走还是感觉比较寒冷。为了克服寒冷，我尽量在入户时多走动。一个上午，我们四个人就逐户排查了竹山村民小组近 40 户村民，其中包括 14 户建档立卡贫困户。经过与村民们的交流，感受到了他们对党和国家精准扶贫政策的感激之情，我心里和身体都暖和了。直到中午，我们才驾车回到坝芒村村委会吃了个午饭。午饭后，我们又将排查情况进行了汇总。

排查工作现场

在排查工作结束后，由于修路原因，驻村队员们便返回县里、镇里的家，而我独自一人驾车绕道返村。一个小时的路途不仅要穿过百岁村，还要驾车翻越一座山来到一个地名叫"小沱"的地方，从这里再行驶到富裕村与贵州交界的"大坳"，然后再下山来到代家坪组后，沿着山路返回了村委会。虽然行驶路途较长，但一边驾车一边欣赏夜幕降临后的山色，感觉时间过得好快，也真心希望驻村的日子不要过得太快。

走访入户5

2020年4月23日　小雨转阴

今天早上起来，我就和驻村队员们在办公室一起研究前几天全镇脱贫攻坚大排查给我们富裕村反馈的5条问题，分别是代家坪组村民熊CG未能办理养老金、代家坪组村民龙ZH家庭收入未达标、千盖牛组建档立卡贫困户扶贫手册内容未完善及环境卫生等问题。我们一边起草整改报告，一边讨论下午到代家坪组入户核实的有关问题。临近中午，天下起了小雨，村委会门口的坝子被雨水渐渐打湿了，感觉温度也降低了，村委会附近显得格外冷清。

中午吃完午饭，天气逐渐转晴，我和两名驻村队员便驾车前往代家坪组入户走访。我们到达后，先步行来到老村支部书记龙XQ家里，我们看望了久病卧床不起的龙书记，并给他家送去了一瓶洗衣液。随后又来到龙ZH家里，针对脱贫攻坚大排查反馈的他家家庭收入未达标问题，进行进一步核实，

与熊CG家长交流其病情

确定了他家有三个年轻劳动力,我们提醒他们早点外出务工减少生活压力。

随后我们又步行来到村民熊 CG 家里协调解决其未能办理养老金的问题。经过与熊 CG 的大儿子熊 HB、儿媳杨 BL 在院坝中的座谈了解到,熊 CG 因患有精神疾病,不愿意前往镇里的农商行开户办卡,所以未能成功办理养老金。了解清楚后,我便主动联系镇农商行的廖经理,恳请他上门帮助熊 CG 开户办卡,以便熊 CG 享受每个月的养老金政策。廖经理在电话里也答应抽时间带工作人员上门入户为熊 CG 开户办理银行卡。

离开熊 CG 家后,我们又为代家坪组杨 ZZ、熊 GY 及九道河杨 ZQ、杨 GF 等建档立卡贫困户送去了洗衣液。

为村民送上洗衣液

走访入户 6

2020 年 4 月 24 日　阴转多云

　　今天上午，我和两名驻村队员驾车前往九道河组，到建档立卡贫困户杨 ZX 家处理他们之前反映的问题。我们把车停在附近的路口后，拿着洗衣液和"明白卡"的卡框，步行前往杨 ZX 家。

　　到达时，杨 ZX 的妻子、儿子正在院坝里干农活，杨 ZX 的女儿正在上网课。我们为他们送上了洗衣液，更换并张贴了"明白卡"卡框（之前张贴的"明白卡"卡框已经损坏）后，与他们在院坝里进行了座谈交流。在交流中，他们再次向我们反映：因为修建产业路，垮塌的山石把他家山坡附近的水沟堵塞了，他们担心下大雨时，雨水会流进他家的木房子里。在他们儿女的陪伴下，我们来到他们家屋后的山坡上查看了现场情况，挖掘机确实把山坡上的水沟挖断了。

在村委会办公室交流工作

我立刻通过电话向村委会主任杨 WZ 了解到，即使下暴雨，雨水流进他家里的概率也非常小，基本无安全隐患。我将村委会主任的意见转达到后，告诉他们不用担心，如果因为修建产业路造成雨水流进他们家的话，施工单位和村委会肯定会负责任的。

离开杨 ZX 家后，我们又步行来到建档立卡贫困户李 CQ 家，询问了他最近的生产生活情况，并为他送上了一瓶洗衣液。

为村民送上洗衣液

中午回到村委会吃完午饭后，我和村干部、驻村队员对公益林及商品林管护补助工作、饮水管理公益性岗位名单进行了研究，共同制定了管护补助表，并把确定后的饮水管理公益性岗位名单上报给了镇政府。

下午，代家坪村村民熊 CX 的妻子来村委会取我为他们购买的抽水泵。因为之前他们向我反映水压特别小，家里没有自来水使用，为了能早点解决他们的用水难题，我便自己出钱为他们购买了一台抽水泵。我把抽水泵送给他们后，叮嘱他们一定只在水压特别小的时候使用，否则可能会造成其他农户家里的水压变小。他的妻子向我表示感谢，也答应只在水压特别小的时候使用。

走访入户 7

2020 年 4 月 26 日　阴

今天上午，我和两名驻村队员驾车前往大龙门组，了解建档立卡贫困户生产生活情况。我们先来到大龙门组黄白坳看望了建档立卡贫困户熊 QF、张 ZH、杨 SX，熊 QF 的儿媳妇和杨 SX 的妻子正在家里做家务，我们了解了他家最近的生产生活情况，并送了洗衣液给她们。张 ZH 全家都到山坡上做农活去了，我们便委托熊 QF 的儿媳将洗衣液转交给张 ZH。

随后，我们又步行前往大龙门组另外一个村民聚集居住的寨子。在沿途的路上，我们查看了核桃树的生长情况，核桃树新长的枝叶在阳光的照耀下可以观察得更清晰。我们在黄白坳附近看到有些核桃树叶子有点打蔫了，和附近的村民讨论了许久，怀疑是喷洒的农药稀释得不够，我们特别提醒他们喷洒农药时一定要按照说明书上的比例进行稀释。

为村民送上洗衣液

到达寨子后，我们分别到杨 ZX、杨 ZZ、杨 ZQ、杨 ZD 家了解了近期生产生活情况，并为他们送上了洗衣液。

在回来的路上，我们在山坡上挖了一些竹笋、蕨苔，准备当晚餐。回到村委会后，镇政府组织委员严 C 携"山水隘口"电商平台相关人员到村里来走访确定电商订单供应农户。陪同他们一起走访后，全村共确定了 5 户"隘口镇电商订单农业中心户"。我前段时间在梁平调研时，当地电商带头人唐 J 送了我一本《梁平电子商务简明读本》，我就把这本具有实战性的书籍送给了严 C，希望他分管的"山水隘口"电商平台越做越好。

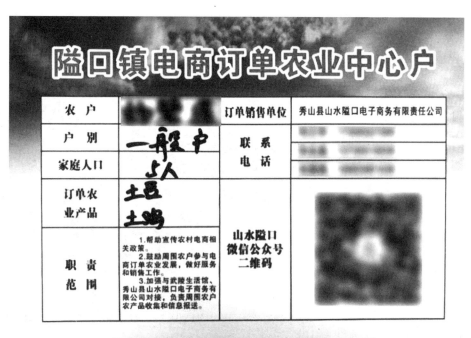

电商订单农业中心户牌子

走访入户 8

2020 年 4 月 29 日　晴

　　今天艳阳高照，气温升高，感觉完全进入了夏季，但为了提醒各村民小组组长要严防境外疫情输入、排查新冠肺炎无症状感染者，我和两名驻村队员一早就驾车前往了代家坪组、大龙门组、细沙河组。

　　到达代家坪组后，在公路边恰好遇见代家坪组组长杨 ZZ，我们与他进行了交流，在了解了组内村民近期生产生活情况后，我们提醒他：如果代家坪组有境外或者外地返村者，一定要及时告知我们，我们会让他们去做核酸检测，以便严防境外疫情输入、排查新冠肺炎无症状感染者。他说如果发现有境外或者外地输入人员，一定向我们报告。

与杨 ZZ 交流生产生活情况

　　交流结束后，我们又前往代家坪、梭板坡进行入户走访和排查。在走访中，我们遇到岑龙小学的教师正在对学生熊 BH 进行家访。正在岑龙小学就读三年级的熊 BH 因为最近拒绝上网课，每天基本上都是在手机游戏中度过的，也不听奶奶的管教，工作非常负责的两名小学教师专程上门家访并劝导他。我也加入了对熊 BH 进行教育劝导的行列，我蹲在地上语重心长地和他说了很多话，如"家长给你手机是用来上网课的，而不是用来玩游戏的；现在的你一定要好好学习知识，如果不学习以后不可能有一个好的未来"等。听到我们对他的教育和劝导，他也认识到了错误，答应听奶奶和老师的话，从明天开始会认真上网课。离开熊BH家后，我们在排查中顺路又来到我之前赠送抽水泵的熊CX家，他家里锁着门，可能到山坡上干活去了。我们检查发现他家的自来水管水压正常，准备下次再来查看抽水泵的使用情况。

查看村民生产情况

随后，我们又驾车去了大龙门组、细沙河组。到达后，我们提醒组长要对境外或者外地返村人员进行报告，严防境外疫情及新冠肺炎无症状感染者的输入，防止疫情反弹。在走访中，我们还查看了村民在田地里的生产情况。

走访完回到村委会已经接近下午2点了，于是我们马上一起做饭。吃完饭后，我们又在办公室填报了镇政府通知上报的有关报表。

深山探访

2020 年 8 月 22 日 阴

今天一早，我便驾车前往平所村太空莲种植基地，今天上午来这里主要是为了补拍几个镜头，让昨天拍摄的"土鸡蛋带货视频"更加丰富。我和刘 B 团队几个成员在太空莲基地的亭子里进行了拍摄，对故事情节又进行了完善。

中午吃完午饭，我趁着今天周末有时间，便邀请驻镇工作队工作人员龙 CM 一起驾车前往我校对口帮扶的贫困"边缘户"雷 CY 家，顺便把学校机关第三党支部的心意送到。我们从驻镇工作队出发后，先经过凉桥村，再经过太阳山村团结组，然后便走上了之前那条未硬化的公路。还好这条

与雷 CY 夫妇合影

未硬化的公路比之前要好得多，因为这是后来经过挖掘机平整的。行驶到尽头后，我们在山间小路上又步行了 20 多分钟才到达雷 CY 家，雷 CY 在他家附近的路上等待我们。雷 CY 家的房子已经被维修过了，也不再漏水了，他们夫妇两个非常感谢我们最先关注他们的生活问题。在交流中，我们向他们了解了近期的生产生活情况，也现场查看了他们养殖的猪、羊、鸡、蜜蜂等。

在交流中，我将我校机关第三党支部捐赠的 4000 元现金交给了雷 CY，并提醒他一定用这笔资金发展好家里的养殖产业。临走之际，我告诉了他们一个好消息，就是他们失踪的女儿已经找到了，目前在深圳一家电子厂上班，而且已经成了家有了孩子。我给雷 CY 夫妇看了他们女儿及外孙的照片后，他们激动地流下了眼泪。我还告诉雷 CY 我们还在继续努力寻找他失去联系的儿子。

走访学生

2020 年 8 月 25 日　阴转小雨

　　吃完早饭，我驾车前往代家坪村民小组，因为临近开学，这个组的小学生较多，我准备到这些学生家里了解他们的生活及学习情况。

　　到达后，我便步行前往临近公路的寨子，还没有走到农户家中，我就看到几个小学生在路边的坝子里玩耍，他们主动向我打招呼："贾书记好！"我告诉了他们一个好消息："岑龙小学的图书馆修好了，教学楼也修好了，开学入校就可以见到新图书馆、新校门了。"他们听到后都非常激动。

路遇留守儿童

　　随后，我又到了几户村民家中了解了他们家里留守儿童的生活、学习情况，特别提醒家长们一定要多关注孩子的安全问题，特别不能让他们到涨水的河沟里游泳。返回村委会时，我们又顺路去查看了几户建档立卡贫困户的生产生活情况，并与他们进行了交流。

代访村民

2020 年 10 月 13 日　阴

吃完早饭，我和驻村队员邀请岑龙村驻村书记李 L 一同驾车前往脱贫监测户杨 ZQ 家中，今天来探访他是为了代表我校机关第一党支部送上一份爱心。上次我校党委书记谭 Y 来到他家时，看到他家里八个孩子住在两个房间里，其中一个房间的地面还是土地，谭书记答应他安排机关一支部出资为他家硬化地面，但必须先由他先行施工，验收时再给 4000 元费用。

到达杨 ZQ 家后，我们发现没人在家，电话联系得知他在附近做农活，我们便让他尽快回家。在等他的时候，我查看了他家卧室地面上铺设的地板，也查看了他家的牛圈及院坝。没过多久，杨 ZQ 就背着一背篼大米回来了，他告诉我们他去打谷子去了。简单交流后，

与杨 ZQ 合影留影

他又带我们参观了新铺设的木地板，我便把我校机关第一党支部的爱心（4000元）亲手交给了杨 ZQ，并告诉他一定要抽时间在这间卧室用木料制作一个大床方便孩子们睡觉，我们还会给予一定补助。离开之际，我们提醒杨 ZQ 一定要再接再厉，努力过好幸福的生活，培养孩子早日成才。

下午返村后，我们又驾车前往代家坪组大坳查看山体滑坡的情况，在转弯的山路上我们看到山坡上落下了一块巨石把公路堵住了，汽车无法通行，于是我在现场拍了照片，并报告给了有关镇领导。

走访小学

2020年10月29日　阴

　　前段时间，岑龙小学校长孙JZ向我求助，请我帮忙协调解决他们学校目前运行所需的硬件设施及生活用品的问题，我也答应帮助他协调爱心单位捐赠。今天一早，我专门驾车到岑龙小学实地查看他反映的问题的解决情况。

　　1.洗漱用品（牙膏、牙刷、漱口杯、毛巾、洗面盆）40元*190人约7600元。
2.教师办公室空调7000元
3.巨人书院四楼功能舞蹈室装修和设备添加15000元
4.校园绿化100元*218平方米。这是我们现在需要做的，您看看适合什么，就搞什么。

岑龙小学的需求

　　到达小学后，首先映入眼帘的是我校为他们捐款修建的校门，每次看见这个校门我都非常自豪，因为协调经费修建该校门时我曾出了不少力，虽然程序烦琐，但最终还是修建好了。进了校门，我在孙JZ的陪同下，首先来到专任教师办公的大办公室，寒冷的冬天教师们在这里办公只能用"木烤箱"，不仅取暖效果不好，而且有很大的安全隐患，所以这里确实差一台大空调。接着，我们又在校园里查看了待绿化的花坛，前段时间校园改造工程结束后，由于小学没有经费，花坛则没有进行绿化。随后，我们又前往学生寝室和综合楼查看学生生活设施及生活用品的配备情况，在这里我发现学生比较需要的是储物柜，学生寝室的储物柜由于使用时间较长，不仅漆面出现了损坏，而且很多都没有了柜门，学生衣物经常受潮。

看望村里的老人

　　之后，我和孙校长到办公室进行了交流，在交流中我们专门讨论了哪些设施和物品是急需的以及具体的解决方案。交流后，我立刻联系了爱心单位的负责人——市政府物流口岸办机关党委专职副书记王S，请他帮忙协调爱心物流企业，共同解决岑龙小学目前运行所需的硬件设施及生活用品的问题，特别是能否捐赠大空调和学生寝室的储物柜。王S表示会积极协调爱心企业来隘口镇支持岑龙小学办学，具体还要和相关企业进行商定。

　　在岑龙小学吃了午饭后，我又驾车返回村里继续走访建档立卡贫困户，完善帮扶手册，直到夜幕降临才返回村委会。我一边驾车，一边欣赏傍晚的山景，感觉驻村的日子真的非常充实。

周日走访

2020 年 11 月 1 日　小雨

今天又是一个下小雨的星期日，绵绵细雨让远处的山林更加青翠，可惜天色有点暗淡，不然富裕村的山景将更加美丽。我原计划到镇上去拍摄"带货"小视频，但由于邀请的主播刘 B 今天临时有事，我就取消了去镇上的计划，准备和驻村队员前往村民小组入户访谈，做好迎接市级调研的准备。

我们驾车前往代家坪组的大坳查看了山体的情况，排查滑坡隐患，还好这里的山体没有受到雨水的影响，滑坡隐患没有扩大。我们继续沿着湿滑的公路来到了代家坪组的村民寨子里，我们与建档立卡贫困户杨 ZZ 进行了交谈，他告诉我们他家厨房里的老灶台已经不能使用了，这几天他请了个师傅帮他家修建了灶台、制作了烟囱，灶台在我们到达前才竣工，师傅的工钱也用了 1000 多元。我们现场查看了竣工的灶台，为了节约用柴，灶台上的锅与灶台用水泥封在了一起，灶台周边也贴有瓷砖。等到灶台干燥了，他们就可以用这个节能的灶台做饭了。新灶台的完工，让杨 ZZ 全家脸上都露出了笑容。在代家坪组走访了几户村民后，我们又来到千盖牛组杨 ZK 家，我与他交谈后，查看了他前几天整修的猪圈。他家里一共养殖了四头猪，猪的长势也非常好，因为喂的都是玉米、土豆，所以预计年底能卖个好价格。我还在附近查看了村民冒雨修建房屋的情况，我们专门提醒他们一定要注意施工安全。

临近傍晚，我们走访结束后，蒙蒙雨雾又笼罩了千盖牛组，我们这才驾车返回村委会。虽然天气寒冷，但是走访了一天之后感觉特别温暖。

雪地走访

2020 年 12 月 4 日　阴

今天气温似乎又下降了，起床后我看到温度计显示气温在 0 摄氏度左右。寒冷的冬天似乎变得非常安静，不再像平时清晨就可以听到虫鸣鸟叫了。

吃完早饭，我们看到今天没有下雪，公路上的积雪也渐渐融化了，我们便准备去千盖牛村民小组继续走访。我们驾车出发后便爬上了陡峭的山路，行驶到山腰时，好像进入了白皑皑的冰雪世界，车子仪表盘上的温度计显示气温下降到了 –1 摄氏度，我驾驶汽车也"打起了十二分精神"，生怕汽车在山路上打滑。

到达千盖牛后，我们决定先到最远的建档立卡贫困户杨 ZQ 家，由远及近地进行走访。没想到驾车越往山里面走，路面上的积雪越多，我放慢行车速度，尽量不踩刹车，以防止行驶过程中打滑。到达杨 ZQ 家后，我们与他进行了交流，特别询问了他们是否缺过冬的物资和生活用品。与他交流后，我们一边欣赏银装素裹的乡村风景，一边又分别来到建档立卡贫困户李 QZ、吴 YZ 家。在吴 YZ 家，我看到了他和妻子正在往瓦楞纸箱里分装刚收获不久的雪莲果。今年我们村春季种植的雪莲果是由村专业合作社统一提供的种子，他们还派人向村民传授了栽培技术，现在不仅取得大丰收，而且果实的品质比以前提升了很多，价格能卖到 2 元一斤，他们家今年可以采收一万斤左右，也就是可以收入 2 万元。在和他交谈时，他们老两口都因脱贫致富露出了笑容。

走访结束已经是下午 1 点多了，蒙蒙的雨雾又把村落慢慢地笼罩了起来，气温似乎又下降了，但看到村民的变化，没有吃午饭的我们一点儿都感觉不到冬季的寒冷。

与吴 YZ 妻子交流雪莲果种植情况

节前慰问 1

2021 年 1 月 20 日　小雨

　　近期已经进入"节前工作模式"，工作较忙所以很久没有写日记了。前些天天气寒冷，路面结冰，我们就在村委会配合村干部处理一些村务工作。没想到村委会的水管被冻住了，自来水龙头也结冰了，没有自来水我们就去小河沟里挑水吃。天气晴朗后，路面的积雪也渐渐融化，我专程驾车前往岑龙村的棉花山看望并慰问了建档立卡监测户杨 ZQ（我派出单位的对口帮扶户）。虽然天气寒冷，但我与他进行了深入的交流，了解了他家冬日的生活生产情况，临走之际我把我校的慰问金亲手交到了他的手上。

　　昨天，全镇召开了村（居）"两委"换届工作会议暨业务培训会。会上，镇党委书记刘 HM 对村（居）"两委"换届工作做了动员讲话和工作部署，县村（社区）"两委"换届工作巡回指导二组组长做了指导讲话，相关镇领导分别对村（居）"两委"换届纪律提出了工作要求，对换届工作业务进行了全面

村（居）"两委"换届工作会议暨业务培训会现场

培训。

今天，永辉超市向全镇贫困户捐赠的大米、食用油、牛奶等物资已经送达镇政府，我们一早把物资领取回来后就制订了分配方案。留在村中的驻村队员及村干部分成了两个组，分别前往九道河等村民小组。我和三名村干部前往细沙河组，由于细沙河贫困户较多，大米、食用油装满了我车子的后备厢，再加上坐了四个人，车子爬坡非常吃力。为了稳妥，我非常谨慎地驾驶汽车在山路上行驶。到达细沙河组后，我们分别步行入户把节前的慰问物资亲手送到了贫困户手上。随后，我们又来到细沙河组河坎上，这里也聚集居住了几个贫困户及突发经济困难的一般户，我们仍然入户亲手送上了慰问物资，并与他们进行了交流。虽然很多贫困户留我们在家吃午饭，但是我们都委婉拒绝了。在工作完成时，已经是下午2点多了，我们才返回村委会喝水、吃饭。我们虽然不能按时吃午饭，但在冬日里为贫困户送去的一丝温暖似乎冲淡了我们的饥饿感。

慰问贫困村民

节前慰问 2

2021 年 1 月 21 日　小雨

　　今天下起了小雨，但丝毫不影响我们继续开展节前慰问工作。我们在村委会商议后，准备依然分成两个小组前往剩下的 4 个村民小组进行慰问。

　　我和镇党委新任命的村支书郎 CC 被分到了一个组，前往千盖牛、长堰土村民小组慰问。我驾车带着郎 CC 和村干部，后备厢装满了大米和食用油。我们先到长堰土组贫困户家中进行了走访慰问，我主动向他们介绍了新上任的郎书记，请他们多支持新书记的工作。我们与他们在家中进行了交流，临走之际为他们送上了大米和食用油。贫困户非常感动，因为我们每年春节前都会为他们送上慰问品和祝福。

与杨 SQ 交流

离开长堰土组后，我们又驾车前往了千盖牛组，我们先来到了贫困户杨SQ家中，围坐在木炭火旁与他进行了交流。杨SQ两年前摔伤造成了脑震荡，虽然经过治疗后恢复得不错，但是一年前又由于心脏不好，做了心脏搭桥手术，国家脱贫攻坚政策为他减轻了许多医疗负担。他去年年底身体状况才逐步好转，但是他最近由于痛风，关节疼痛，行动困难。我们劝导他一定注意饮食，特别要禁食嘌呤高的食物。在交流时，我们谈到了他正在读大学的女儿，也希望杨SQ一定要多勉励女儿努力学习，找到好工作，为家庭减轻负担。临走之际，我们给他发放了大米和食用油，祝福他和家人新春快乐。

随后，我们又前往席LC、罗LM、吴YZ等另外几个贫困户家中进行了走访慰问，我给他们介绍了新书记，发放了慰问品。最后，我们还顺路看望了老村长杨WZ，赠送了电热毯和烧水壶给他，提前祝福他们全家春节快乐。

向贫困户赠送慰问品

入户访谈

2021年1月22日　小雨转阴

今天依然是阴雨天气，我们驻村队员、值班村干部依然驻守在村委会办公室。我们正在商议近期村务工作时，镇党委副书记张 JC、纪委书记李 WP、副镇长刘 G、组织委员严 C 一同乘车到达了村委会，原来他们是专程来检查党建资料及疫情防控工作的。

张 JC、严 C 对我们的党建资料进行了检查，提出了一些整改意见；李 WP 对驻村工作队及村干部到岗情况进行了检查，查看了驻村队员、值班村干部的工作签到情况；刘 G 对疫情防控情况进行了安排，要求返乡人员到村后必须到县城指定地点进行核酸

镇领导在办公室指导村干部

检测，村委会要对返乡人员有关信息进行登记。交流结束后，我们便在村委会一起吃了饭。

下午，我和两名驻村队员又驾车分别前往大龙门组老党员熊 CF、杨 ZN 家中进行走访，这次走访的目的是请他们对村"两委"换届、书记主任"一肩挑"工作进行全面支持，听取他们对换届工作的意见和建议。在老党员们家中，我们围坐在木炭火旁边，我向他们传达了村"两委"换届、书记主任"一肩挑"有关政策精神及镇党委有关决定，询问了他们的意见和建议。他们都表示支持村"两委"换届选举，同时也向我们推荐了村"两委"换届的候选人。

节前慰问 3

2021 年 2 月 2 日　小雨转阴

　　春节越来越近了，村里的返乡人员也逐渐增多了，我们每天都在进行入户排查，对返乡人员进行核查和登记。由于春节期间疫情防控和换届准备工作较繁忙，所以有了空闲时间就把几天的工作写在一天的日记里。

　　昨天，我和驻镇工作队联络员李 W 前往偏僻的陆家河坝看望慰问了我校对口帮扶的边缘户雷 CY。雷 CY 见到我们到来非常高兴，我们查看了他家里的生产生活情况，感觉与以前相比改善了许多。离开前，我们给他送去了慰问金，祝福他们全家春节快乐。

　　今天上午，市商务委二级巡视员、驻镇工作队队长曾 C 和联络员李 W 专程到我们村看望贫困户。我和驻村队员陪同他们一起到细沙河、千盖牛等村民小组看望慰问了贫困户王 YG、杨 SQ。在杨 SQ 家里，我们围坐在柴火堆旁

与脱贫监测户雷 CY 合影

一起畅聊起来，我向领导们介绍了杨 SQ 家里的基本情况及村里的帮扶措施；杨 SQ 也感谢领导们亲自入户慰问；曾 C 在火堆旁向我们驻村队员及村干部分析了当前富裕村产业发展情况，并对我们下一步的乡村振兴工作提出了新的要求。

送走曾 C 一行后，我们又前往千盖牛的水源地查看了管道情况。由于前段时间温度较低，部分水管结冰被冻坏了，我们最近正在请工人对水管进行整修。根据当前施工情况，预计今天能对水管整修完成，千盖牛组用水也很快就会恢复正常。

中午吃完午饭，我又驾车前往驻镇工作队参加年终总结会议。会上，我们五名驻村书记对一年的工作进行了总结汇报。驻镇工作队领导也对第二年的工作进行了部署。

陪同驻镇工作队领导进行贫困户节前慰问

节前慰问 4

2021 年 2 月 4 日　小雨

　　昨天我驾车前往秀山县城平凯街道卫生院接种了县政府提供的新冠肺炎疫苗。接种后，我留在卫生院观察了半个小时离开后，前往永辉超市购买了一些生活物资和蔬菜，临近傍晚我独自驾车返回了村委会。

　　今天一早，我和驻村队员一起驾车前往代家坪、长堰土村民小组对困难党员、贫困村民进行春节慰问。由于下着小雨，山路上笼盖着蒙蒙雨雾，我们驾车沿着湿滑的山路缓缓来到了慰问对象家中，为他们送上了慰问金。在慰问时，我们围坐在他们家中的火堆旁一边烤火

节前慰问贫困户

一边畅聊，感觉一个上午的时间过得好快。

　　为了准备明天的村党支部委员换届选举工作，下午我和村支部书记郎 CC 前往各个村民小组家里，现场和书面通知党员参加换届选举会议。没想到天黑时雨雾越来越浓，也没想到我车子的前灯坏了一个，所以夜晚我在山路上驾车穿越浓雾时非常小心，不时停下来查看山路。

疫情防控

防控疫情 1

2020 年 1 月 27 日（正月初三） 阴转小雪

今天上午，我们冒着雪，驾驶两辆车前往细沙河组宣传疫情防范措施，制止村民操办婚宴。公路上还残留着前几天的积雪，越往高处行驶温度越低，道路也越发湿滑，甚至有些竹子都被积雪压弯了腰，很多路段也已结冰上冻。

冒着轮胎打滑的风险，我们驾车慢慢来到细沙河组后，首先来到王 SQ 家。他家因为女儿出嫁，已经在室外搭建好了灶台，摆好了锅碗瓢盆，我们便对他全家人进行了劝阻，特别提示当前武汉等地暴发了新型冠状病毒肺炎疫情，疫情牵动着亿万人民的心。根据上级部门要求，为做好防治工作，村民近期一律禁止举办婚嫁、乔迁、祝寿、满月等宴席。王 SQ 及家人表示理解，会延期举办女儿的婚宴。之后，我们又对其周边的村民进行了疫情防范

与村干部劝导村民缓办宴席

措施的宣传。

随后，我们又驾车往九道河组行驶，路上我们还遇到了几个步行或驾驶三轮车去王SQ家赴宴的村民，我们对他们也进行了劝阻，并提醒他们一定要戴好口罩（口罩虽然缺货，但可以自己制作口罩），注意防范疫情。他们听到我们的劝阻后，也都返回了。来到九道河组后，我们又走访了几户燃放烟花爆竹后没有进行清洁的村民，提醒他们在当前疫情比较严峻的形势下，一定要保持好门前屋后的清洁，避免给病毒创造有利于存活的环境。他们都表示会尽快进行清洁，保持居家卫生。

回到村委会时已经是下午2点多了，天空又飘起了鹅毛般的雪花，我们正吃午饭的时候，我昨天在隘口镇遇到的两个十多年前的学生专程开车到村委会来看我，他们为我送来了一箱苹果和一箱饮料。满满的情谊让我非常感动，我也为他们送上了学校校友会的纪念品，并与他们在村委会门口合影留念。天气虽然寒冷，但对扶贫工作的热情加上学生对我的满满情谊让我格外温暖。

与两位学生合影

防控疫情 2

2020年1月28日（正月初四） 多云转阴

今天早上吃完早饭，我们便驾车前往大龙门组杨SQ家，因为他的儿媳妇石YH前段时间刚从湖北孝感回来，我们去了解她的身体状况，并向该组宣传疫情防范措施。路上看到远处的高山上积雪还没有融化，在浓雾的映衬之下犹如仙境一般。

到达时，他们全家刚好都在，我们便询问了石YH回来的时间以及身体情况。经过了解，石YH回来已经将近20天了，过了病毒的潜伏期，而且没有出现任何症状。我们向他们告知了新型冠状病毒肺炎疫情情况，并宣传了防治措施。

为更好地做好防控工作，我们又对大龙门组其他农户进行了走访，特别提醒他们"不宴请、少走动；抗疫情、在家聚"，不要到处串门，注意戴口罩防护。

与从湖北返村的村民进行交流

　　返回村委会时已经下午1点了，我们在各个村民小组报上来的务工人员返乡统计表中，发现千盖牛组有一户村民家中有一个在腊月二十七（1月21日）返村的武汉务工人员，到目前才刚刚七天（还没有过感染新冠状病毒肺炎的潜伏期）。我们非常紧张，全体驻村工作队员立刻驾车前往千盖牛组吴YZ家。经过了解，武汉返乡人员叫吴HF（是吴YZ的孙女），她在武汉市武昌区工作，腊月二十七乘坐火车到湖南怀化，然后又乘坐汽车回村，目前身体没有任何异常状况。我们特别提醒她及她的家人，新型冠状病毒肺炎的潜伏期可长达14天，潜伏期内也是有传染性的，一定要做好隔离工作，过了14天后才算平安。她和她的家人也答应按照我们的意见做好隔离，防范好病毒感染。我立刻打电话将该情况向镇上做了详细的汇报。

　　回到村委会时，已经是下午2点了，我们吃完午饭，又开始对务工人员返乡统计表进行核对。

　　晚上7点，我们又接到电话有村民反映代家坪组有三户村民家中有从湖北回村的务工人员。于是，我和村委会主任趁着夜色驾车前往代家坪组入户进行核实。经过核实，原来有两户村民家中有子女在湖北务工但未返村，另外一户已经全家到秀山居住，家中也没人在湖北务工。

与村干部研究疫情防控工作

防控疫情 3

2020 年 1 月 29 日（正月初五）　晴转阴

　　今天起床后，发现天气晴朗，阳光明媚，吃完早饭，我们准备对九道河组从武汉返乡村民杨 HF、吴 SM 进行走访，了解他们的身体状况，顺便宣传新型冠状病毒肺炎的防治措施。

　　由于九道河组离村委会比较近，我们驻村工作队员和值班村干部一边感受冬日暖阳，一边步行前往杨 HF、吴 SM 家。久违的阳光照射在这片沃土上，感觉我们中华大地一定能战胜新型冠状病毒肺炎。到达他们家后，他们表示已经从武汉回来近 20 天了，目前身体没有任何异常状况。我们提醒他们一定注意防治病毒，如身体有异常一定要通知相关人员。我们又对九道河组的其他村民进行了入户走访，向他们通报了疫情情况，并宣传了新型冠状病毒肺炎的防治措施。

　　中午回到村委会后，我们吃完午饭就认真研究了村里 6 名武汉返乡人员的情况，说明特别要关注其中一名还没有度过潜伏期的村民。我们将这 6 名武汉返乡人员的信息做成了统计表，并上报给了镇政府。随后，我们按照镇政府的要求，分别驾车前往细沙河组、大龙门组对五保人员杨 ZD、杨 Q 进行新型冠状病毒肺炎的防治措施宣传，并在他们家门口张贴了《秀山县新型冠状

与湖北返回的村民交流

病毒肺炎防控指挥部一号令》。

随后，我们又对细沙河组、代家坪组村民自发封闭村道的情况进行了现场查看。这两个组的村民为了降低新型冠状病毒传播扩散风险，把通往贵州的村道用树木、杂物等进行封闭，我们看了后真的非常佩服村民的智慧。

在工作的空闲时间，我还专门制作了一个"驻村工作队防控疫情的汇报"视频，这已经是我用"抖音"APP制作的第三个驻村工作视频了。在这个视频中，我们驻村队员告诉大家："今天阳光明媚，祥云高挂，村民非常配合我们的排查工作，我们坚信祖国一定能战胜新冠肺炎疫情！"这也是我们驻村工作队"向党宣誓，能够全力配合战胜疫情"的行动。

吃完晚饭临近傍晚，我和两个驻村队员步行前往岑龙村，主要是为了完成我之前定下的家访任务（隘口镇一共有四个重庆商务职业学院的在校学生）。岑龙村的杨LQ是我校2019级会计与统计核算×班的学生，春节她刚好在老家岑龙村，之前我到她家来过两次，但她的家长和她都没在家。和她及她的家长畅聊了许久，

探望学生杨LQ

我了解到他们家一共6口人，姊妹一共4人，两个哥哥姐姐都在外地务工，另一个哥哥有智力障碍，她是家中最小的孩子。我向她父母宣传了国家和学校的资助政策，告诉他们2019年杨LQ在学校享受了1.15万元的资助，并勉励杨LQ作为家中唯一的大学生，一定好好学习，毕业后积极参加家乡建设工作，回报社会。

防控疫情4

2020年1月30日（正月初六）　晴

今天吃完早饭，我们就收到了《秀山县新型冠状病毒肺炎防控指挥部二号令》（简称《指挥部二号令》），内容大致是"暂时停运县内各种客运班车、暂停逢场赶集活动、全县餐饮单位暂停提供聚餐性质消费服务、个体诊所及门诊暂停营业等"。于是，我们驻村队员及值守的村干部便分别前往各村民小组张贴《指挥部二号令》，在张贴过程中我们也向周边村民宣传了相关的防疫措施。

在前往大龙门组张贴《指挥部二号令》的时候，我们顺便前往建档立卡贫困户杨SX家看望他的儿子杨DG。杨DG是重庆理工大学的2019级学生，去年年底他向我们工作队多次反映了在校享受教育资助的问题，我联系重庆市教育资助中心的朋友帮助他解决了他的疑问。我们在他家里和他进行了深入的交流，他告诉我们已经解决好了之前学费减免的疑问，非常感谢我们的帮助。我在现场向他及他的家人宣讲国家及重庆市的教育资助政策，并勉励他一定好好学习，毕业后以实际行动回报社会。

在返回村委会的路上,我们接到村民杨 ZQ 的电话,他向我们反映他还没有得到之前农业专业合作社的分红,而且他的母亲及兄弟也没有得到分红。于是,我们便前往他们家了解情况。我打电话向组长、经办村干部了解了有关情况,告知他们是按照实际入股户数分红的,具体分红金额可以到组长家里领取,如果因为村干部制作分红名单有差错的话,后面会及时纠正,不会遗漏任何一家的分红金额。杨 ZQ 对我们的处理结果非常满意,也感谢我们专门上门处理。

中午吃完饭,我们得知昨天村民自发封堵的通往贵州的山路又被打开了。于是,我们和村支书赵 MX 便驾车分别前往细沙河组、代家坪组查看封路的情况,结果发现昨晚过往车辆的司机已经把封路的大树等障碍物移到了一边。村支书又组织附近的村民,增加堆放的树木等障碍物,封闭了该道路,以阻止疫情蔓延。

向村民宣传疫情防控措施

防控疫情 5

2020 年 1 月 31 日（正月初七）　阴

　　今天吃完早饭，我戴好口罩就驾车前往千盖牛组，主要是去了解武汉务工返村人员吴 HF（还没有过新冠病毒肺炎的潜伏期）的身体状况。伴着绵绵细雨，路面有点湿滑，但经过长堰土组时，我看到细雨把公路两边的树木清洗得青翠欲滴；随着山路盘旋上升，到达千盖牛组，我看到细雨造成的雨雾已经慢慢笼罩了山路，心里突然冒出"翠竹幽幽长堰土，雨雾蒙蒙千盖牛"这一诗句。

查看武汉返村人员的体温情况

　　到达吴 HF 家里后，我就请她重新量了一下体温，温度计显示 36.8 摄氏度，属于正常体温，而且她说身体没有任何异常状况出现。我建议她一定要做好隔离，千万不能影响家人，再坚持 4 天就过了病毒的潜伏期了。她告诉我她一定会坚持的，感谢我们驻村工作队对她的关心。

向村民发放疫情防控宣传资料

中午回到村委会吃完午饭，我和村支书赵 MX 一起把村民平时跳广场舞的大音箱放进了他车子的后备厢，播放着秀山县新型冠状病毒肺炎防控指挥部一号令、二号令。

然后，我和值守的村干部、驻村工作队队员一起驾车到每个组进行疫情防控宣传，把《致村民倡议书》在各个村民小组进行了张贴和发放。每到一个组，村民们都会驻足聆听音箱播放的一号令、二号令的内容，我们也告诉他们一定要"不宴请、少聚集"，并发放了倡议书。

忙完防控宣传工作回到村委会已经是下午6点了，吃完晚饭后，我在电脑前写日记时，看到自己上午写的两句诗，就把它扩展成了一首"七律"，具体内容是：

致敬富裕村
贾曦

翠竹幽幽长堰土，雨雾蒙蒙千盖牛。
流水潺潺九道河，特色古朴大龙门。
云雾缭绕伴群山，代家坪上看梯田。
核桃树下寄梦想，富裕人人非等闲。

注：长堰土、千盖牛、九道河、大龙门、代家坪、核桃树都是富裕村的地名，核桃种植又是富裕村的扶贫主导产业，核桃盛产之际便是富裕村村民梦想实现之时。富裕村群山相伴、云雾缭绕、空气清新，犹如仙境一般。

防控疫情6

2020年2月1日（正月初八）　阴转小雨

今天一早，镇政府就送来很多新型冠状病毒肺炎疫情防控的宣传海报和传单，要求我们驻村工作队张贴并发放到每一个村民小组。于是，我们又驾车按照"九道河组—代家坪组—大龙门组—细沙河组—千盖牛组—长堰土组"路线行驶到每一个组。我们每到一个组，就把两种不同的海报张贴到显眼的地方，驻村队员和村干部们分别把宣传单给村民送到家里，并提醒村民一定要少聚集、勤洗手、多通风，共同防止新型冠状病毒的传播。

下午，我又来到九道河建档立卡贫困户杨ZX家里，他家里有两个子女，由于党和国家的利民教育资助政策，其儿子杨FH已经在南昌大学读研究生了，女儿杨HR也在四川农业大学读本科二年级。我与杨ZX夫妇、杨FH兄妹进行了简短

与杨FH兄妹交流

的交流，特别询问了其家里的生活情况及两兄妹的在校学习情况，并向他们宣传了党和国家的资助政策，提醒他们一定要心怀感恩之心，努力学习，学业有成后一定要报效国家、回馈社会。

防控疫情 7

2020 年 2 月 2 日（正月初九）　小雨转阴

今天一早，我和驻村工作队队员、值守村干部冒着小雨驾车前往细沙河组与贵州交界的地方。这里是通往贵州的村道，为避免新型冠状病毒肺炎疫情扩散，村民自发组织将该路道用垃圾箱、树木等杂物进行了封闭，但是还有很多过路车辆不听劝阻，移开路障通行，我们准备到细沙河对今天准备过路的车辆进行劝返。

到达细沙河组与贵州交界的路段后，我们刚看到村民们设置的路障，就发现从贵州方向行驶过来了一辆小轿车。司机一家四口（包括两个小孩）准备到附近的岑龙村走亲戚，请求我们移除路障放行。我们在场人员对他们进行了劝阻，向他们普及了最近的疫情情况，并提

路障放置情况

醒他们人员走动太多会导致疫情传播加快。他们一家人表示理解我们的劝阻，便驾车掉头返回了。他们返回后，我们驻守在路障附近一边烤火一边劝返了三辆车。

下午这里已经没有通行的车了，我们便前往代家坪组与贵州交界的地方，这里同样有一个村民自发设置的路障，路障是横放在公路上的一棵杉木，我们对路障进行了查看后发现它没有被破坏，起到了一定的封路作用，路上也没有准备从这里通过的车辆。

返回村委会时夜幕已经降临，吃完晚饭，我又联系了昨天入户走访的在读研究生杨 FH 的导师徐 H 教授，我向他介绍了杨 FH 的家庭情况，并希望他能多帮助杨 FH，让他圆满完成学业。徐 H 教授也表示愿意支持，共同努力促进杨 FH 成为栋梁之材。

防控疫情 8

2020 年 2 月 3 日（正月初十）　小雨转阴

今天一早，我和驻村工作队员、值守村干部、村民代表驾车前往代家坪组的大坳（这里也是与贵州交界的地方），因为我们听说昨天村民自发设置的路障被破坏了，而且已经有车辆从这里通行了。我们到达后，发现之前拦路的直径 40 厘米的树木已经被人用油锯锯断了。

在看现场时，听见远处有人声传来，我们便前往查看。前去了解后得知，原来是贵州省松桃县石梁乡两岔河村驻村第一书记徐 ZS 带着村干部、村民代表等十余人在设置路障，他们用拖拉机对道路进行了封锁，并设置了"疫情防控期间禁止通行"的提示牌。我们与他们一边烤火一边进行了短暂的交流，其间我们一起劝返准备过路的车辆，提醒他们疫情期间一定要减少外出。随后，他们便帮我们一起将路边的还未安装的数十根防护栏抬到了路中间，防

与两个村防疫人员的合影

护栏很重，能起到一定的封路作用。

下午，我们又来到细沙河组村民封路的地方，这里堵路的垃圾箱也被夜里过路的车辆挪到了一边。于是，我们几个人共同在装满垃圾的垃圾箱的底部填上石头，以增强垃圾箱的摩擦力，让跨省通行的车辆行人挪不开路障。不知不觉忙了一个多小时，虽然是寒冷的冬天，但我们都已汗流浃背。

回到村委会的路上，我们又接到通知说村里有个反复发烧的村民，镇卫生院也派来了医生现场诊治，该村民在20多天前从外地返村，之前没有任何症状。穿着防护服、戴着口罩的医生诊治后，告诉我们他体温正常，如果再出现发烧症状就需要到卫生院抽血化验、照 X 光片。

回到村委会后，镇里又送来了《关于依法处置新型冠状病毒肺炎疫情防控期间十一种违法违规行为的通告》《社区排查防控工作十条》，需要我们明天到各村民小组张贴和发放。

防控疫情9

2020年2月4日　阴

今天需要完成排查全村务工返乡人员信息、张贴《关于依法处置新型冠状病毒肺炎疫情防控期间十一种违法违规行为的通告》和发放《社区排查防控工作十条》等工作任务，我们驻村工作队、当值村干部在进行了简单的会议讨论后，便分成了两个小组前往全村各村民小组。

我们今天同样将村民平时跳广场舞的大音箱放进了汽车的后备厢，到达村民小组后就将播放音频宣传资料的车停在附近，在显眼的地方张贴《关于依法处置新型冠状病毒肺炎疫情防控期间十一种违法违规行为的通告》，然后到每家每户对务工返乡人员的信息进行登记和核对，并向他们发放《社区排查防控工作十条》宣传单。

研究防疫工作情况

经过大家的努力，终于在下午5点多完成了排查和宣传任务。我们在村委会主任杨WZ家吃了晚饭，香喷喷的排骨汤锅被架在钢炭火上加热，一边吃饭一边烤火，感觉一天的疲惫逐渐消失了。

吃完饭，我们又回到了村委会办公室，开始重新统计全村务工返乡人员信息、武汉市及湖北省其他地区返乡人员信息、温州市返乡人员信息等。经过统计，全村务工返乡人员为246人，其中武汉市及湖北省其他地区返乡人员6人、温州市返乡人员10人。

防控疫情 10

2020 年 2 月 5 日　阴转阵雨

今天上午，我们驻村工作队员、当值村干部在村委会办公室碰头短暂交流后，准备按照镇政府的要求继续加强疫情防控宣传。正在开会时，县联通公司领导也来到了村委会，因为之前我向他们反映了村里有些地方没有信号，他们来了后表示会在村委会加装一个信号放大器，尽量解决有些地方无信号的问题。

送走他们后不久，驻镇工作队联络员李 W 及有关人员专程到村里看望我们，并为我们送上了 20 个一次性口罩。他赞赏了我们大年初二就返村的行动，对坚守在疫情防控第一线的所有工作人员表示慰问。我表示富裕村驻村工作队、村干部将守初心、担使命，将把防疫工作、扶贫工作继续做好。

中午，我亲自驾车带领驻村工作队员、驻村干部一行五人，前往这几天未宣传到位的农户，我们到达后向他们宣传了新型冠状病毒肺炎疫情防控政

驻村人员、村干部现场办公

策，并提醒他们一定要少聚集、勤洗手、多通风。随后，我们又前往通往贵州的路口"大坳"，我们之前已经对这里的道路封闭很多次了，但是不理解工作的村民总是趁盘查的驻村队员、村干部离开后，就将拦路的大树锯断并移开障碍物通行。我们到达大坳后，便值守在这里观察是否有村民破坏路障。一个下午的时间里，贵州方向有两辆准备行驶过村的轿车过来，村里也有两辆摩托车准备越过路障前往贵州方向，但都被我们耐心地劝返了。附近的村民看到我们工作这么执着，也就放弃了走动的念头。

由于大坳这里风大，特别冷，再加上大家都没有吃午饭，值守期间我们便生起一堆火，到附近的村民家中买了一些红薯和土豆，一边烤火一边烤起了红薯、土豆，中午饭就用烤红薯、烤土豆代替。虽然一会儿阴天，一会儿下小雨，但在有意义的疫情防控工作的感染下，我们感觉烤红薯、烤土豆特别美味。

驻镇工作队领导送来口罩

防控疫情 11

2020 年 2 月 6 日　小雨转阴

今天上午，我和驻村工作队队员、值守村干部正在讨论如何加强疫情防控及宣传工作时，镇长周 SQ 率三辆车（包括一辆公安车辆）来村里进行巡查。我与他们进行了短暂的交流，他们在九道河组巡查完便离开了。

我和驻村工作队员、值守村干部又将大音箱放到车子后备厢，一起驾车在九道河组继续进行广播宣传。因为之前有村民提议将家中滞销的蔬菜无偿捐给镇政府食堂、卫生院，部分村民也跟着响应，我们也顺便去查看了大家准备蔬菜的情况。村民们为镇政府食堂、卫生院等捐赠的蔬菜有萝卜、白菜、土豆等，看起来非常新鲜。

询问大货司机防疫情况

在宣传过程中，我们又接到镇政府电话通知，要求我们对全村村民及行驶出入村的车辆进行登记和排查，禁止外地车辆到处行驶。于是，我们又分成三个小组分别前往各个村民小组对车辆进行登记，提醒外地车辆不要违反禁行规定。大家完成工作回到村委会时，已经是下午 4 点了，吃了"早晚饭"后大家又聚在村委会办公室对今天统计的车辆信息进行了汇总。

防控疫情 12

2020 年 2 月 7 日　阴转小雨

　　今天村民们已经把第一批捐赠给防疫战线人员的蔬菜准备好了，蔬菜包括高山土豆、萝卜、白菜等，我和驻村队员、村干部将蔬菜搬上了村委会主任的皮卡车后，便一起驾车前往隘口镇。路上各个村居都在主要路口设置了交通劝导站，统一摆放了镇上制作的"离开隘口再回来需要隔离 14 天，请你想好再离开"提示牌，看来各个村居对疫情防控得都非常严格。

　　我们首先驾车前往镇政府，把皮卡车停到镇政府食堂门口后，镇人大主席明 GF 亲自过来迎接我们，并向我们表示感谢。我们把蔬菜搬进镇政府食堂后，又前往了驻镇工作队、镇卫生院、镇派出所，他们都对我们送来的蔬菜赞不绝口，并感谢我们在蔬菜较紧缺的防疫时期送来了高品质蔬菜。

　　蔬菜送完之后，我们在返村路上又接到镇政府打来的电话，确认我们村

富裕村的蔬菜送达镇政府

在湖北襄阳过春节的长堰土组杨 MJ 是否返村。回到村后，我们先深入杨 MJ 家进行核实，核实确认后就向镇政府回电告知杨 MJ 平时是在广东省中山市务工，春节前往其男朋友老家湖北襄阳过节，一直未返村。

　　直到将近下午两点钟，我们才返回村委会吃午饭。吃完午饭后，我们驻村人员、村干部又在村委会附近的交通劝导站对来往的车辆进行劝导，劝他们少出门、少出行，防止新冠病毒传播。驾车的村民也看到很多地方都进行了交通管制并设立了劝导站，对我们的劝导表示理解，表示会支持村委会的工作。

　　临近傍晚，我又驾车带着驻村工作队队员、值守的村干部冒着浓浓的雨雾，前往代家坪组大坳，来这里主要是巡查之前设置的路障是否被破坏，查看是否有车辆通行。到达之后，我们发现路障完好，也没有车辆通行。

富裕村的蔬菜送达镇派出所

防控疫情 13

2020 年 2 月 8 日（元宵节）　阴

今天是元宵节，也就是重庆常说的"大年"，清晨我被村民们燃放的鞭炮声吵醒了，起床后我和村支书、村委会主任取得了联系，准备今天把村民自发捐赠的蔬菜送到秀山县城疫情防控第一线。

我们来到几个村民小组把蔬菜装满村委会主任杨 WZ 的皮卡车，不仅种类丰富，有高山土豆、萝卜、白菜等，而且重量上也有上千斤。我带着驻村队员、部分村干部、村民代表驾驶两辆车前往县城。路上经过各个村居设置的交通劝导站时，他们看到我们车上贴着"富裕村爱心蔬菜送到防疫第一线"提示牌后便主动放行。行驶在 326 国道上，我们看到车辆已经很少了，经过清溪场镇时，更没有往日车水马龙的场面，门市基本上都是关门停业的状态。

富裕村的蔬菜送达县人民医院

没过多久我们就到达了县城，村支书赵 MX 已经在县人民医院附近等我们了。我们把车辆开到了县人民医院食堂附近，分管后勤的副院长也在食堂门口迎接我们，我们把医院食堂及被隔离的病人近期所需的蔬菜搬了下来。他们向我们表达了谢意。

接着，我们又驾车来到秀山高速执法大队，把皮卡车上所有的蔬菜都搬了下来。高速执法大队负责人对我们表示非常感谢，特别指出村民们在脱贫之后完全没有忘记党和国家，把自己种植的蔬菜送到防疫第一线是对社会的回报。

富裕村爱心蔬菜送往防疫第一线

在送菜的过程中，秀山电视台的记者杨 F 跟随我们进行了摄像和采访，不仅采访了县人民医院及高速执法大队的相关负责人，还采访了我们村的村支书赵 MX 及村民代表王 L。本来也要采访我，但我刚刚被重庆日报的《秀山富裕村第一书记贾曦：带领驻村工作队打响疫情防控阻击战》报道过，就把机会让给了村支书。

采访结束已经下午两点多了，由于到处在管控疫情，没有餐馆开业，我们只有回村吃午饭了。回到村里时已经4点了，我们就把午饭、晚饭合并在一起吃了。吃完饭，我又加入了交通劝导的队伍中，对还驾车出入村的村民进行了劝阻。

防控疫情 14

2020 年 2 月 9 日　阴

　　今天一早，我接到镇党委书记刘 HM 的电话，他说接到村民投诉，称村里有人对树木乱砍滥伐，还用大卡车进行整车运输，并询问我是怎么回事。我告诉他是九道河组部分村民为了备足家里一年的柴火，便租用了亲戚的大卡车进行运输，前天我和村干部也对大货车运输木柴多次进行劝阻，但没想到又开始运输了。放下电话不久，刘 HM 及有关镇领导便乘车到达了富裕村，我们一起前往千盖牛组查看村民砍伐树木的情况。

　　到达千盖牛组紫木坪后，我们看到三辆大卡车司机好像提前得到了风声，将大卡车停到了山坡的小路上，经核实，三辆大车正是砍伐树木后用来运送木柴的。我们对车辆及砍伐现场进行了拍照取证，暂扣了三辆大卡车的行驶

与镇领导现场讨论工作

证，并要求三辆卡车司机抽时间到镇派出所接受处罚。砍伐现场还散乱摆放着砍断的树木，山坡上的树木也稀疏了许多，这些树木被当地人称为杂木（非质量上乘的杉木树材），但这样大规模的砍伐，并用大卡车运输造成的影响非常不好。随后，刘HM及有关镇领导又前往我们村设立的交通劝导站查看，并与值守的驻村队员、村干部进行了交流。

中午回到村委会吃完午饭后，我们对经过村委会主要路段的车辆进行了劝导，并提醒驾车村民戴好口罩、不要驾车随意走动。在劝导过程中，我们接到镇政府的通知，要求给村内的外地牌照车辆贴上盖有"隘口镇人民政府"公章的封条，实行就地封存。于是，我们拿着送来的封条，驾车前往细沙河组、大龙门组、九道河组，给停放在村里的外地牌照车辆贴上了封条，并电话提醒了车主。贴上封条禁止行驶上路不仅可以防止疫情传播扩散，而且还可以减少驻守在主要交通要道上防疫工作人员检查的工作量。车主们都表示理解支持，防控疫情人人有责。

晚上回到村委会时已经6点多了，我们剩下的几个人一人吃了一碗镇上今天送来的方便面。之后，我对今天给外地牌照车辆贴封条的视频进行了剪辑，并用"抖音APP"制作了一个工作纪实视频，通过微信朋友圈转发后得到了很多好友的"点赞"，其中有个微信好友点赞后留言为"方法简单而粗暴，但有效"。

富裕村驻村工作队队员封存村内的外地车辆

防控疫情 15

2020 年 2 月 10 日　小雨转阴

今天我们又继续开展昨天没有完成的任务，对剩下的三个村民小组的外地车辆进行了贴封条封存。天空虽然下着小雨，但我和驻村队员、值班村干部仍一起驾车来到代家坪组、长堰土组、千盖牛组。

我们在代家坪组看到公路较宽的路段停着两辆外地牌照的轿车，我们便通过电话与车主进行了联系，通知他们因防控疫情需要，必须要将外地车辆进行封存。车主们表示同意后，我们便封条贴到了车辆侧面的前后门连接处。我们又分别前往代家坪组、长堰土组、千盖牛组有外地车牌车辆的农户家中，在告知即将封存车辆的情况后，我们对其车辆贴上了封条。在贴封条的过程中，我们对路遇的村民宣传了疫情防控政策，并提醒他们要勤洗手、多通风、少聚集。

为外地车辆贴封条

封存完全村20多辆外地牌照车辆后，我们便驾车返回村委会。吃完午饭，村委会主任杨 WZ 和部分村干部将大音箱放进他的皮卡车货仓里，大音箱播放着防控疫情的音频宣传资料，他们便前往了各村民小组。我和驻村队员、值班村干部对前期排查出来"返乡务工人员统计表"进行了再次核对，纠正了一些错误信息，并按照镇政府的要求分成"武汉返回""湖北非武汉返回""温州返回""浙江非温州返回""其他省份"等几个子表。

吃完晚饭，我又对今天无意录制的驻村队员杨 ZM 劝导村民打扫卫生的视频进行了剪辑，通过"抖音 APP"制作了一个劝导村民做好清洁的视频，并转发到微信中的"富裕村干部、村民联系群"，劝导村民爱惜环境，共同努力打造绿色美丽乡村。

防控疫情 16

2020 年 2 月 11 日　阴

　　今天早上我接到镇长周 SQ 的电话通知，说县纪委监察委有位领导要带队来村里进行巡察，目前他们已经到达镇里，让我做好相关准备。于是，我马上通知驻村队员、值班村干部迅速到岗，提醒他们准备好疫情防控的有关数据和资料。

　　大约 10 点半，县纪委监察委常委潘 F 一行乘车到达了村委会，我主动上前迎接，随行的还有县纪委监察委 X 室主任刘 YY、隘口镇纪委副书记廖 ZH。他们来到村委会办公室后，我与他们进行了交谈。他们向我了解了近期富裕村的疫情防控情况，询问了务工返乡人员及隔离未满 14 天的村民情况。我

迎接县纪委监委检查

——向他进行了汇报，并请潘常委放心，作为驻村第一书记，我一定会指导村"两委"、驻村队员加强防控工作，确保不出现任何状况。

送走潘常委后，我到村委会附近的交通劝导站进行查看，并与驻守在这里的村干部对过往的车辆和行人进行了劝导，提醒他们尽量不要外出和聚集，以防止新型冠状病毒传播。吃完午饭，我又在电脑上设计了务工证明、出行证明两个证明模板，并征求了驻村队员、值班村干部的意见，对证明模板进行了完善。由于疫情防控，各地对交通的管制都非常严格，证明主要是让村民近期返城务工或出村办理事务使用的，打印出来只需要简单填写就可以使用了。

随后，我又和驻村队员、值班村干部一起驾车前往大坳（与贵州交界路口）查看封路情况，到村民小组查看昨天被封存的外地车辆是否被移动使用过。到达后，大坳这里的路障完好，也没有行人经过，我们停留了20余分钟后便驾车前往代家坪组、大龙门组。在代家坪组较宽的公路上，我们发现有辆外地车辆的封条居然不在了。我们先重新给该车辆贴了封条，然后立刻给车主打电话进行了询问和告诫，提醒他这几天是不能撕去封条的，外地车辆更不能移动行驶。

防疫卡点工作现场

防控疫情 17

2020 年 2 月 12 日　晴转多云

今天我和村支书赵 MX 带领驻村队员、值班村干部一起驾车前往代家坪。到了代家坪组组长杨 ZZ 家后，他已经架好了锅、准备好柴在等我们到来了。我们便将随车携带的石灰粉、硫黄粉都抬了出来，因为我们准备今天教各个村民小组的代表熬制"石硫合剂"。

村支书赵 MX 亲自将白色的石灰水放在大锅里熬制，驻村队员也为灶里添加柴火保证火力充足。等到石灰水烧开后，我们便把搅拌均匀的黄色硫黄水慢慢倒进锅里，然后不停地用长棍子搅拌。随着时间推移，大锅里的生石

教村民代表熬制"石硫合剂"

灰水与硫黄的混合物被煮开了，锅里的混合物颜色慢慢加深，漂浮在水面上浅色粉剂也越来越少，水面上渐渐出现了"油皮"的迹象。直到水面的"油皮"越来越多，浅色粉剂消失后，"石硫合剂"便熬制好了。赵 MX 一边等待熬制好的石硫合剂冷却，一边告诉大家："目前是喷洒石硫合剂的最佳时期，生石灰、硫黄粉、水的比例是 1：2：13，'石硫合剂'在核桃树未发芽之前喷洒，可预防多种病虫害。"在场的人员都学到了核桃树春季的管护知识。

下午，我们又驾车前往村内的几个村民小组查看疫情防控情况，村民们

已经开始了高山土豆的播种，推进春耕生产。我看到田地里的村民将准备好的土豆种子裹上"熟牛粪"，栽种到犁好的耕地中，撒上肥料，好一派春耕生产的忙碌景象。在前往细沙河的路上，我们看到一辆之前被封存的外地车辆已经行驶到了这里，封条也不见了。我立刻给车主打电话进行了训诫，提醒他疫情期间外地车辆是不能撕去封条的，更不能到处移动行驶。我们给该车辆重新贴了封条后，又前往细沙河组、代家坪组查看了与贵州交界的村道上的路障是否完好。

查看春耕生产情况

回到村委会后，我把昨天晚上编写的抗击新型冠状病毒肺炎的顺口溜交给驻村队员杨 ZM，请他朗诵并录制成视频，提醒村民及进城务工人员做好相关防护，避免感染新型冠状病毒肺炎。

防控疫情 18

2020 年 2 月 13 日　多云

今天早上吃完早饭，我便和驻村队员、值班村干部一起驾车前往代家坪组的大坳，这里是与贵州交界的村道，我们准备到现场查看一下路障的设置情况。到达后，我们就看到贵州那边有村干部带领近十个村民代表驻守在边界上。我们与他们进行了短暂的交流，并赞扬了他们时刻轮流坚守在边界阻断疫情传播的行为。

随后，我们又驾车前往村内的细沙河组考察植被生长情况，查看村民疫情防控和春耕生产情况。考察植被生长是因为这里山坡上的野生杜鹃花非常壮观，金银花盛开时，香气扑面而来，原野金黄一片，十分吸引人。去年，我们驻村工作队、村"两委"联系的重庆交通大学专家提出通过建立专业合作社，将这里的农户的木质住宅改造升级为特色民宿，吸引游客夏季来避暑纳凉，冬季来观山赏雪，从而带动村里其他产业发展。我们行走在山路上，山坡上的部分野生杜鹃花也挂出了花骨朵。我们对山坡上的植被类别及生长情况进行了考察后，又到村民小组内查看了他们的疫情防控及春耕生产情况。

与杨 LL 进行疫情防控交流

在返回村委会的路上，我们接到了镇政府的通知，说是通过大数据比对，九道河组村民杨 LL 曾在春节前与新冠病毒携带者同乘过一辆客车，要求我们加强监测。我们通过查询资料得知，杨 LL 是 1 月 19 日从重庆返村的，目前已经回村 20 多天了。我们便前往九道河组杨 LL 家，为她送上了一个口罩后进行了简单交流，告知她理论上虽然过了潜伏期，但也有 20 多天才发病的病例，一定要多留意自己的身体状况，此外还向也普及了疫情现状，宣传了一些防治措施。

防控疫情 19

2020 年 2 月 14 日　多云转阴

今天上午，我和驻村队员、值班村干部在村委会附近的交通劝导点，又对村里行驶比较频繁的车辆进行了劝导和训诫，特别提醒这几辆车的车主在疫情防控期间一定要减少上路行驶的频率，人员流动越大越会让病毒传播有机可乘。

临近中午，村支书赵 MX 驾车从县城赶来，他准备去大龙门组指导村民代表熬制"石硫合剂"。我让他先去指导，我劝导完车辆再前往。下午基本上没有过往的车辆了，我便带着驻村队员前往大龙门组，准备参与"石硫合剂"熬制。驾车行驶在盘旋而陡峭的山路上，缓缓地来到村民熊 CF 家里。村支书赵 MX、组长杨 TG 及部分村民已经围着大锅开始熬制"石硫合剂"了，我便主动上前帮忙对锅里的混合物进行搅拌。在熬制时，我还提醒村民们注意熬制的比例，锅里的混合物颜色越来越深，渐渐地从浅黄色变成了深红色。冷却后，我们便把出锅的"石硫合剂"装进了大桶里，准备明后天对核桃树进行喷洒。

熬制完成后，我们又去看望了正在地里种植土豆的村民，他们忙碌不堪，犁好地便把土豆种一颗一颗埋在土壤里，真是一派忙碌的景象。

回村后，我又对前两天在村里录制的视频进行了剪辑，

查看村民春耕生产情况

之前为了录制朗诵《致敬富裕村》的视频，我们已经到好几个地方取了景并录了短视频，确保每一句诗词在一个地方录制，我将视频进行了剪辑组合后，便发到了微信朋友圈，收获了满满的"点赞"。

防控疫情 20

2020 年 2 月 15 日　小雨

今天气温降低了很多，我也穿上了厚衣服。早上一到办公室，就有村民到村委会来开具务工出行证明，我们了解清楚他们的去向后，便按照镇政府的要求为他们出具了出行证明，并提醒他们离开隘口镇前要去镇卫生院和镇政府党政办盖章。一个上午，我们接待了五六个准备驾车的村民，核实信息后，为他们开具了务工出行证明。

中午，县联通公司专门派人到村委会来安装信号放大器，因为之前我向他们反映过联通在富裕村村委会、细沙河组等 3 个地方信号不好，严重影响了工作开展。他们来了之后，两个施工人员就开始牵线，在村委会办公室一楼安装了信号放大器。一个多小时过去了，村委会办公室里的手机信号也增强了。

下午，我们又根据九道河组实际返乡人员名单，对"返乡人员统计表"进行了清查，结果发现有 40 多个人没有被统计进来，于是马上对统计表进行了整改。随后，我又认真学习了《关于扎实做好新型冠状病毒肺炎疫情防控期间贫困人口精准帮扶和脱贫攻坚有关工作的通知》(渝扶组办〔2020〕7 号)、《李明清同志在全市做好疫情防控期间贫困户帮扶和脱贫攻坚工作视频会议上的讲话》两个文件。

防控疫情 21

2020 年 2 月 16 日　阴转多云

今天早上一起床，我看到半山腰以上的地方都已经银装素裹了，原来是昨夜下起了小雪，在较高的山上形成了积雪，远处的村民小组都被笼罩在了白色之中，感觉雪景很美。在吃早饭时，我接到了驻镇工作队的电话，通知我县领导准备上午 10 点半到富裕村看望驻村工作队队员。于是，我马上打电话给村里的综合服务专干，让他通知村里的保洁员把道路打扫干净。

没过多久，镇长周 SQ、武装部部长叶 S、副镇长陈 C 便乘车到达了村委会，我便与他们一起乘车前往九道河组、代家坪组巡查乡村道路卫生。一路上我们行驶在盘旋而上的山路上，慢慢进入了白色世界，山色显得格外秀丽，周边的道路也已经被公益性岗位保洁员打扫得非常干净了，我们转了一圈便从另外一条路返回了村委会。

与田书记在办公室进行工作交流

　　大概10点半，两辆越野车到达了村委会。我便和村支书赵MX前去迎接，县委副书记田GH缓缓从车上下来，我们与他主动握手，我向他进行了自我介绍，他说他看到我在《重庆日报》上的报道了。我们一起走进村委会办公室进行了短暂的交流，他向我们询问了疫情防控、春耕生产的情况。我们一一进行了汇报，并表示我们富裕村会进一步做好疫情防控工作，同时也会大力恢复春耕生产。

　　送走田书记后，我们又对"返乡务工人员信息表"进行了核对，目前统计到全村返乡务工人员有302人，武汉返回的4人，除湖北其他地方返回的人员有2人。

在村委会门口与田书记及镇领导交流

防控疫情 22

2020 年 2 月 17 日　阴转多云

　　今天一早我便驾车前往镇政府，参加全县组织召开的"做好疫情防控期间贫困户帮扶和脱贫攻坚工作视频会议"。路上，各村已经按照县里要求撤掉了交通劝导站，村干部们也集中到各村民小组入户排查。个别山路上可以看到前几天雨夹雪引起滑坡下来的泥土和石头。路过往日车水马龙的镇上街道时，感觉也清静许多。

镇领导在会上进行总结讲话

　　到达镇政府一楼不久后，视频会议就开始了。视频会议由县委副书记田 GH 主持。会上，县扶贫办主任陈 M 传达了"在全市做好疫情防控期间贫困户帮扶和脱贫攻坚工作视频会议"精神。副县长陈 AD 通报了疫情发生以来，全县扶贫干部开展防控工作的情况，对近期疫情防控下的脱贫攻坚工作做了相关安排。最后，田 GH 进行了总结讲话，对当前贫困户帮扶和脱贫攻坚工作提出了要求。在视频会议结束后，镇党委书记刘 HM 又对消费扶贫、电商扶贫等近期工作及会议精神传达做了有关强调。

　　由于前段时间各村封路，车油量即将耗尽了我也没有驾车到镇里进行加油，而且近一个月也没有理发。会后，我便驾车去镇里的加油站把油加满，然后在镇里的理发店把头发剪了。随后，我到驻镇工作队向联络员李 W 汇报了近期疫情防控、春耕生产等工作情况。

　　下午回到村委会后，我又协助村干部帮助一些准备出门务工的人员办理了出行证明，感觉这两天进城务工的村民也越来越多了。

防控疫情 23

2020年2月18日　阴

　　今天一早，一些准备到外地务工的村民便来到村委会开证明。我们帮他们开具了出行证明，并提醒他们还需要到镇卫生院三楼进行体温检测，让卫生院的工作人员在出行证明上盖章，然后再到镇政府一楼的党政办盖章备案。开具了证明后，我们将他们的务工信息进行了登记，他们在外地的月收入都在3000元以上，分别在广东、重庆、贵州等省打工。

　　中午吃完午饭，我们又来到九道河组组长杨JL家，一起为九道河组的村民熬制"石硫合剂"。我们一起把柴火灶点燃，等把锅里的石灰水熬开后，我们再把用水搅拌成膏状的硫黄粉倒进锅里一起熬制。我们一边搅拌一边熬制，锅里沸腾后混合物的

为出行人员开具健康出行证明

颜色越来越深。大概继续煮沸四十分钟后，锅里的混合物变成了褐色，液面上也出现"油皮"，"石硫合剂"便熬制好了。我们又继续熬制了4锅，足够九道河组村民喷洒核桃树使用了。

　　回到村委会时已经下午六点了，我们吃完饭又一起对全村恢复春耕生产的工作进行了研究讨论。

防控疫情 24

2020 年 2 月 19 日　多云

　　今天一早，我们便在村委会办公室召开了工作会议。会上，镇武装部部长叶 S 传达了前天召开的全县做好疫情防控期间贫困户帮扶和脱贫攻坚工作视频会议精神；我传达了《关于扎实做好新型冠状病毒肺炎疫情防控期间贫困人口精准帮扶和脱贫攻坚有关工作的通知》等文件精神。然后，大家对细沙河组打造民宿基地的方案进行了讨论，准备下午村干部找涉及相关山地的村民签完字后，便开始挖掘观赏杜鹃花的山路。

　　吃完午饭，又有部分准备外出务工的村民来到了村委会。我和驻村队员为他们开具了相关出行证明后，他们便去镇卫生院去签字盖章了。随后，我们便驾车前往代家坪组了解部分村民反映的自来水管出水量小的问题。经过了解，该问题的成因是该组春节期间返乡人员较多，平时够用的自

镇领导传达相关会议精神

来水在人多时不够用了。我们答应尽快为他们再安装一条进水管，以解决当前水量小的问题。

　　然后我们又驾车前往细沙河组现场查看了准备挖掘观赏山路的地方，并与周边的村民进行了沟通，他们都表示非常支持细沙河打造民宿基地和"花山花海"项目，带动家乡的经济发展。之后，我和村镇领导、驻村队员一起去王 XQ、杨 SQ 等几户建档立卡贫困户家中进行了疫情防控宣传，并为他们送上了《新型冠状病毒肺炎疫情防控宣传手册》。

防控疫情 25

2020 年 2 月 20 日　阴

今天一早又有近 20 名准备外出的务工人员来到村委会办公室申请开具《重庆市外出务工人员健康申报证明》(以下简称《健康申报证明》)。由于有部分村民文化水平比较低,不会填写表格,我和驻村队员、值守村干部一边登记备案一边帮助他们填写表格,真是忙得不可开交。

正当我们非常繁忙的时候,有两个戴着口罩的人员进入了我们办公室。我原以为是镇政府组织的村民代表来村里检查卫生,便上前迎接。结果没想到其中一名比较面熟的中年人说他姓陈,在县扶贫办工作。我马上认出来他就是县扶贫办主任陈 M,原来今天他专门带工作人员到村里暗访相关工作开展情况。

我便邀请他们在办公室里坐下喝茶,他看到我们忙碌的情况,便询问外

为村民开具《健康申报证明》

出务工人员情况、疫情防控及村里恢复春耕生产的情况。我一一向他进行了汇报，并表示我们富裕村有信心战胜新冠肺炎疫情，当前正在恢复春耕生产上下功夫。在办公室简单交流了一会儿，我又陪他们前往代家坪组、细沙河组查看了与贵州交界的路段，之后我们又来到大龙门组杨 ZX 等几家贫困户家中了解生产生活情况。中午，我邀请陈主任一行三人在村里吃了顿便饭，然后才把他们送走。

下午，镇里规建办主任向我反馈了对村里卫生的检查情况，他把相关照片也发给了我。经了解，村里的公路卫生良好，但是细沙河组公路附近的农户家中还残留一些鞭炮燃放后的纸屑，个别农户院坝里还堆放着垃圾。我向他表示会尽快通知村保洁员和农户加强整改，确保富裕村环境、整洁。随后，我便通知村综合服务专干，请他尽快督促保洁员和农户进行清理，确保整改到位。

下午我们又为几位即将外出务工的村民开具了《健康申报证明》。今天从开具证明的情况看，外出务工村民主要是前往广东、福建、浙江等地，外出开具证明的村民越来越多，说明当前党和国家对疫情的防控措施得当，并且取得了阶段性的成果，除湖北外的各省区市的各类企业已经有序复工复产。

与县扶贫办主任交流

防控疫情 26

2020 年 2 月 21 日　阴

今天早上我们还未吃早饭，就又有 20 多个村民陆续来村委会办公室开具《健康申报证明》，他们准备去沿海一带较大的城市务工。我和在岗的驻村队员、值守村干部帮助一些不识字的村民填写表格，填写好审核后进行了相关信息登记。忙碌了一个上午，村委会办公室聚集的村民逐渐减少后，我们才去吃早饭。

中午吃完饭，镇武装部部长叶 S、纪委书记李 WP 到村里走访贫困户，我便陪着他们一起前往千盖牛组的陶 LX 等三户建档立卡户家进行了入户走访，我们向他们宣传了疫情防控政策和措施，了解了他们

与镇领导慰问贫困户

的春耕生产情况，并提醒他们要多注意身体。

走访完送走叶部长、李书记后，我又回到村委会为几名准备外出务工的村民开具了《健康申报证明》。

防控疫情 27

2020 年 2 月 22 日　小雨转阴

　　今天是全县恢复正常上班的第一个周末，但昨晚我收到了会议通知，我需要今天早上 9 点前到镇政府，参加全县召开的促进农民工就业暨推进就业扶贫工作电视电话会议。因为开会时间较早，我早上七点便起床做早饭，吃完饭便驾车行驶在蜿蜒而陡峭的山路上前往镇政府。当我行驶到岑龙村至东坪村的路上时，发现前方公路的山坡上出现了垮塌，岩石和泥浆堆在公路上，一棵较大的杉木也因为滑坡横倒在路上。车子无法通行，我马上电话向镇政府报告后，就掉头往另一条更陡峭的前往镇政府的山路行驶。

　　因为昨晚刚刚下过雨，上下坡路面比较湿滑，我小心翼翼地在这条很少有人走的山路上行驶。到达镇政府时，会议已经开始二十多分钟了。会上，县长向 YS 对全县印发促进农民工就业及推进就业扶贫相关文件进行了解读，对当前疫情防控与复工复产工作提出了相关要求。

为村民办理出行证明

　　因为今天是周六，村委会办公室没有人值班，会议还未结束就有几个村民给我打电话，申请开具《健康申报证明》或《加散装汽油证明》。一个多小时的会议一结束，我便立刻驾车返回村委会。经过 50 分钟行驶，我到达村委会时，开证明的村民已经在门口排起了长队。我连忙开门，为他们开具证明。

正当我忙碌不堪的时候，有个在家的村干部也来到村委会帮忙。经过两个小时的忙碌，村委会聚集的人终于变少了，我们便煮了一锅热汤面条作为午饭。

吃完午饭，我驾车前往千盖牛组，查看这个组"石硫合剂"熬制的情况。经过"翠竹幽幽"的长堰土组后，越往山上行驶越能感受到"雨雾蒙蒙"。路过村委会主任杨 WZ 家时，他正在家里种树，我送了两箱牛奶给他，感谢他对驻村工作队工作的支持。与他进行了简短的交流后，我又驾车前往千盖牛组组长杨 ZY 家中。

到达杨 ZY 家时，他正与周边的村民一起在熬制"石硫合剂"。我查看了已熬制好的"石硫合剂"后，告诉他颜色有点深了，可能是熬制的时间太久了，提醒他烧开后熬制40分钟即可。附近的村民也拿来容器盛装"石硫合剂"，我在场提醒村民们一定要按照1∶5的比例进行稀释后，才能在非下雨天对核桃树进行喷洒。

查看村民熬制石硫合剂现场

我在现场亲自指导一锅"石硫合剂"熬制好后，才驾车趁着慢慢降临的夜色返回村委会。然后，我蒸了一盘速冻饺子吃。我一边吃着饺子，一边回忆一天的经历，感觉一天的驻村工作好充实。

防控疫情 28

2020 年 2 月 23 日　阴转多云

今天虽然是星期天，但是一早就有村民敲门申请开具《健康申报证明》和《加散装汽油证明》。我顾不上吃早饭，就到办公室为他们填写表格、登记出行记录、盖章等。

还好今天开具证明的村民不多，完成后我去吃了早饭。早饭吃完后，我便在办公室认真学习《关于做好外出务工人员健康申报证明服务的通知》（渝肺炎组办发〔2020〕40号）、《隘口镇新冠肺炎疫情防控期间贫困户帮扶和脱贫攻坚工作要点》等文件，其中两个文件中都提到了开展"五个一"帮

了解春耕生产恢复情况

扶工作，即"对于结对贫困户，至少打一个电话，进行一次疫情防控知识宣传，力所能及地帮助其购买或赠送一些防护用品，开展一次脱贫需求调查，制定一个脱贫增收计划"，我觉得这是当前疫情防控期间的重点工作。

为落实好"五个一"帮扶工作，下午我便和值班村干部一起前往九道河组杨 ZZ 等三户建档立卡贫困户家中进行走访，向他们宣传了疫情防控政策措施及注意事项，询问了他们的春耕生产恢复情况、疫情对家庭经济收入的影响以及农业生产需求情况等。

走访完三户建档立卡贫困户后已经五点多了，但还是有村民到村委会开具《健康申报证明》，为他们开具证明后，我才开始做晚饭。

防控疫情 29

2020 年 2 月 24 日　阴

　　今天是星期一，距我大年初二离开家人已经整整一个月了，虽然想家但感觉当前工作更重要。今早不到八点，就有准备外出务工的村民到村委会敲门，申请开具《健康申报证明》，我立刻来到办公室为他们开具证明。随着疫情管控良好的势态，外出务工的村民也逐渐增多了起来，我和驻村队员们一个上午都在为他们开具证明，进行信息登记。

　　在为村民开具证明的时候，我接到镇扶贫办电话通知，需要让帮扶人通过"渝扶贫"APP 开展建档立卡贫困人口外出务工意愿、就业服务和产业发展需求信息采集工作，具体流程是：登录渝扶贫 APP—工作台—就业产业需求摸排—填写贫困户人员务工意愿信息。吃完午饭，我便在"富裕村帮扶微

为村民办理出行证明

信群"里通知各帮扶人尽快通过渝扶贫 APP 开展此项工作。

为了能协助驻村队员杨 ZM 做好信息采集工作，我们驻村工作队一行三人驾车前往细沙河组入户采集信息。我们到达该村民小组后，分别前往杨 SQ、王 XQ 等五户建档立卡贫困户家中，经过短暂交流收集到他们的务工意愿、产业发展等信息后，我们便立刻将其录入了"渝扶贫"APP。随后，我们驾车经过细沙河一片农田时，看到了一幅春耕农忙的景象，我们便下车与正在农忙的村民交谈起来，了解了疫情对他们的生活生产的影响。他们正在犁地，准备播种高山土豆。我们提醒他们不仅要做好疫情防控，而且要抓紧时间推进春耕生产，如果有什么生产生活难题可以向我们驻村工作队多多反映。

向村民宣传就业信息

随后，我们又驾车来到大龙门组，入户走访了杨 ZX 等四家建档立卡贫困户，将他们的务工意愿、产业发展等信息录入"渝扶贫"APP，并了解了他们当前的生产生活情况。在返回的路上，我们又遇到了村支书赵 MX，他正准备带领一个投资商前往细沙河，查看民宿投资项目。与他短暂交流后已经临近傍晚，我们才驾车返回村委会。

防控疫情 30

2020 年 2 月 25 日　阴

今天仍然有很多外出务工的村民来到村委会开证明，很早我就开始和两个驻村队员忙碌起来了。今天外出务工的村民有到广东、福建、四川等外省的，也有前往重庆主城的。我们为他们开具了《健康申报证明》，提醒他们出行时一定戴好口罩，注意出行安全。

开完证明后，我在村委会书柜里找到一本《习近平的七年知青岁月》，便趁空闲阅读起来，这本书收集的全是对以前与习近平总书记一起下乡下队、共同工作过的知青的采访实录。不知不觉看了很多页，我感觉我现在的驻村生活远远比习近平总书记在梁家河的七年知青岁月的条件好太多了，不仅是生活条件，而且现在农村里的交通、通信也便利很多。

正在我聚精会神看书时，镇宣传委员通知我要将村委会大门口的 LED 标语进行更换，我便和驻村队员一起将标语更换了，经过半个小时的工作，LED 显示牌新增了"统筹推进新冠肺炎疫情防控和经济社会发展工作""落实分区分级精准防控策略，有序推动复工复产"等标语。

中午吃完午饭，隘口中学教师杨 H 打电话问我是否在村委会，并邀请我一起去看望九道河组建档立卡贫困户杨 ZX 全家。杨 H 去年 8 月被镇政府调整为杨 ZX 的第一帮扶人，但刚刚调整后他就到山东某高校进修去了，帮扶工作也就出现了空档。我多次通知他，要在学习完之后多到他对接的贫困户家中走访，帮其解决生产生活中存在的问题。他在学习结束后计划春节期间来村里走访，但因为新冠肺炎疫情影响迟迟未来。

杨 H 及其同事到达村委会后，我便带他们前往贫困户杨 ZX 家。到达杨 ZX 家时，只有他的儿子杨 FH（南昌大学在读研究生，之前日记提到过）在家，他告诉我们，他父母去贵州走亲戚去了，妹妹杨 HR 在亲戚家上网课。我们与杨 FH 进行了深入的交谈，了解了他家生产生活的情况，杨 H 家送了他一套床上用品。在我问及他妹妹为什么去亲戚家上网课而不在自己家学习时，他告诉我因为他家住在九道河组核桃树山坡上，距离公路较远，所以无法安装网络。于是，我马上联系了秀山县电信公司的网络运营部经理杨 ZW，请他帮忙解决核桃树附近农户的网络安装问题，他表示抽时间实地查看后想办法解决。

回到村委会后，村支书赵 MX 带领彭水县大娅乡龙龟村村干部一行八人来村里考察核桃产业，我在村委会为他们准备了茶水，短暂的交流后，他们便前往核桃基地进行考察。

临近傍晚，我请岑龙小学的老师用货车搬运了一张学生餐桌（我校捐赠给岑龙小学）到杨 XJ 家，因为他们家一共有九个孩子，其中有三个孩子还在小学读书。之前我路过他们家时，看到三个孩子坐在地板上写作业，家里也没有小孩学习的课桌，我便请岑龙小学把未使用完的餐桌搬运过来给三个孩子使用。一个餐桌有四个座位，三个孩子刚好可以同时坐在餐桌的凳子上学习。他们一家人看到我送来的桌子，都非常高兴。

迎接龙龟村干部来村调研

防控疫情 31

2020 年 2 月 26 日　阴转小雨

　　今天早上仍然有很多准备外出务工的村民到村委会开具证明，我和驻村工作队员、值班村干部帮助他们开具了《健康申报证明》。

　　上午 11 点，农业银行秀山凤鸣支行党支部到我们村里与村支部共同开展"站疫情、备春耕"党日活动。会上，我们共同学习了习近平总书记在统筹推进新冠肺炎疫情防控和经济社会发展工作部署会议上的重要讲话精神，并对当前疫情防控和春耕生产工作进行了讨论、研究。农行凤鸣支行党支部、行长彭 Y 在会上介绍了乡村致富带头人、进城务工人员贷款业务，为了推进乡村振兴事业，农行给予他们的贷款利率为基准利率 4.35%，希望在场的致富带头人、村干部以及全村的务工人员积极办理贷款发展产业。与会人员对春耕生产、产业发展、贷款办理等工作进行了现场讨论交流。

党日活动现场

　　在会议现场，村委会主任杨 WZ、综治专干郎 CC 都办理了贷款手续，他们准备带头贷款发展种植产业。

　　会议结束时已经下午两点了，吃完午饭，村"两委"干部、驻村工作队员又在会议室召开了"2020年一季度工作会议"，会上我们共同研究了村民小组路灯安装招标、细沙河杜鹃花观赏产业路修建、行道树种植及核桃产业树补植、100亩雪莲果种植、5亩魔芋种植、村民矛盾化解等工作。会上，村干部、驻村队员各抒己见、集思广益，把相关工作具体落实到人。

　　会后，我们又前往九道河组杨 JH 家了解他们反映的问题。之前他的家人多次向我们反映村干部因某些原因没有给他家发放核桃树管护费。下午我在会上提出了这个问题，会议研究决定不能把村民反对修建产业路作为不支持村委会工作的参考条件，更不能以此作为理由不发放核桃管护费等资助费用。

在杨 JH 家解决问题

防控疫情 32

2020 年 2 月 27 日　阴

今早同样有很多准备外出务工的村民到村委会开证明，我就和驻村队员们帮他们填写表格，进行信息登记，忙碌了近两个小时。

上午，镇政府规建办主任文 SM 专程到村里查看村民房子新建现场情况。我和驻村队员一起陪同他们到九道河组对准备修建的宅基地进行现场查看，核查李 SJ、熊 XZ 两家农户使用的宅基地是否属于基本农田、是否存在安全隐患。经过核查，这两家农户符合修建住宅条件，但需要到镇政府规建办办理有关手续。于是，我们通知正在修建和准备修建房子的两户村民，让他们及时办理相关手续。

中午，秀山电信公司因我之前反映九道河组部分居民不能安装互联网，

帮助村民办理出行证明

而一行四人驾车来到村里实际查看网络情况。我陪同他们来到九道河核桃树杨 ZX、杨 JH 等几户人家中查看了地理位置及线路布局，他们答应会尽快解决这里不通网络的问题。

下午，我与驻村队员陪同村委会主任杨 WZ 一起乘坐皮卡车，前往细沙河组、代家坪组发放补植的核桃树。因为极少部分核桃树在去年种植时未能存活，村委会决定统一购买各村民小组农户需要补植的核桃树。今天村委会主任将 500 多株核桃树拉进了村，我们陪同他将核桃树发放到两个村民小组。村民收到补植的核桃树后爱不释手，并表示天晴后会马上进行补植。

与村干部一起发放补植的核桃树

防控疫情 33

2020 年 2 月 28 日　中雨转小雨

　　今天上午我们驻村工作队、村"两委"在村委会办公室召开工作会议，研究全村向疫情灾区捐款及农业专业合作社运营工作事宜。最近，镇党委政府组织了"战疫情、献爱心"抗击新冠肺炎募捐活动，呼吁全镇社会力量参与，一起迎战"疫魔"。会上，我和村支书赵 MX 带头分别向疫情灾区捐了500元，同时动员参会的驻村队员、村干部进行捐款，并要求各村民小组组长组织村民做好捐款工作。会议还研究了专业合作社做好春耕生产、完善社员证信息等工作。

　　会议结束之后，我们邀请九道河组村民杨 XJ 夫妇到村委会办公室座谈。他们夫妇共有九个子女（其中有五个孩子还在上学），他们因为之前个别村干

村务工作会议现场

部承诺办理的事宜未及时兑现，而到村委会多次向我反映问题，我不仅为他们解决了一些问题，而且为他们申请了有关资助，其中包括村民困难补助500元、三个孩子的学费减免共600元。在交流中，我们向他们宣传了党和国家的资助政策，告知了此次申请资助费用的程序，要求他们明年一定要在条件允许的情况下为全家购买居民医疗保险。他们非常感谢党和国家的关心，也感谢驻村工作队员、村干部的帮助，表示明年会购买三个以上家庭成员的保险。

下午，我和村支书赵MX驾车来到村委会主任家，不仅参观了他家的耕地和孔雀养殖处，而且坐下来一边烤火一边交心谈心，统一了近期工作思路。临近下午五点钟我们才驾车从千盖牛组村委会主任家返回村委会。这时雨也下大了，我们驾车慢慢行驶在雨雾缭绕的山路上，因为雨大雾大路滑，我们开车也比平时小心很多，近半个小时才终于回到村委会。

雨雾缭绕的村庄

防控疫情 34

2020 年 2 月 29 日　小雨

今天虽然是星期六，但一早我便驾车前往镇政府参加紧急会议，虽然细细的小雨已经将路面打湿，但是仍然没有影响我驾车行驶的速度。经过 50 分钟左右的行驶，我终于在九点开会前到达了镇政府一楼会议室。

今天召开的会议名称是"隘口镇农民工返岗出行和保障用工紧急工作会"，会上镇领导部署了农民工返岗出行工作及市内外企业用工安排，特别提醒各村庄要对农民工重新进行排查，积极引导农民工返岗复工，避免农民

会议现场

工出现待业在家的情况，并给各村庄分配了市内外企业的用工名额。

会后，我驾车前往平所村看望"战友"，一路上我看见田野里的油菜花全都开了，金黄色的一片，感觉春天已经到来。与"战友"短暂交流后，我便返回村里召开了工作会议，会上我和村支书赵 MX 向村干部、驻村队员传达了会议精神，安排了近期的工作。

防控疫情35

2020年3月9日 小雨

　　习近平总书记于3月6日在决战决胜脱贫攻坚座谈会上发表了重要讲话，对脱贫攻坚收官之年的工作进行了再动员、再部署。今天全县要召开学习贯彻"决战决胜脱贫攻坚座谈会精神"视频会议，我便于昨晚乘坐火车从重庆主城赶回秀山，虽然购买的是卧铺票，但一路上都戴着口罩，加上我本身患有严重的鼻窦炎，感觉喘气非常困难。火车于凌晨三点提前到了秀山站，我连忙带上行李下车出站。出站口已经排起了长队，原来是防疫检查站要对每一位下车的旅客进行登记并依次测量体温，看到他们深夜还在工作，感觉防疫一线的工作人员真的很辛苦。

　　出站后，我在之前停放在火车站附近的私家车里休息了几个小时后，便赶往隘口镇政府参加视频会议。九点半，会议开始了，由县委副书记田GH主持，会上县委书记王J从十个方面传达了习近平总书记在决战决胜脱贫攻坚座谈会上的重要讲话精神，从压实工作责任等两个方面

视频会议现场

对当前脱贫攻坚战做了相关部署和要求。视频会议结束后，镇政府又召开了工作会议，会上相关镇领导、驻镇工作队联络员就各自分管的工作进行了工作安排。

　　会议结束时已经下午1点了，我便驾车返回驻镇工作队，一边吃午饭一边向二级巡视员曾C汇报了富裕村的近期相关工作。回到村委会时已经是下午三点了，大家正在办公室忙着各自的工作，我便简要地向大家传达了今天上午的会议精神，要求涉及的村干部、驻村队员尽快贯彻落实。

防控疫情 36

2020 年 3 月 10 日　小雨转阴

今天一早镇武装部部长叶 S 就来到村委会，我们共同研究落实了昨天的会议精神，确定让两名贫困人员作为公益性岗位人选，负责清洁卫生保障等工作。开会时，有几个准备外出务工的村民来开具《健康申报》证明，由于现在需要线上加线下申报，

镇领导会议现场

我们便暂停了会议，指导村民在微信上利用"渝康码"申报《健康证明》，并为他们开具线下书面证明。

证明开具完成后，我们又在会议上确定分成三个小组，下午分别前往各村民小组，摸排农户中小学生因家庭没有智能手机而无法完成疫情期间网课学习的情况，并顺便通知各组长按照每户 10 元的标准收取农村房屋保险。

吃完午饭，我和同在一个组的驻村队员老杨驾车前往代家坪组、九道河组。到达代家坪组后，我们在寨子中摸排中小学生较多的农户。经过摸排，我们发现建档立卡贫困户杨 ZZ、一般农户熊 YN 家里都有三个中小学生共用一部智能手机上网课的情况，一个学生用手机上网课而另外两个只能在旁边玩耍，学习效果并不好，甚至无法按时完成老师布置的网课作业。随后我们又来到代家坪组组长杨 ZZ 家中了解情况，结果发现他家的两个留守儿童也在用一部手机上网课。我们在和杨 ZZ 的交流中了解到，该组村民龙 ZH 的外孙

同样没有智能手机，无法完成网课学习。我们将以上的信息进行了汇总，并告知杨 ZZ 抽空按照每户 10 元的标准收取农村房屋保险，以减少自然灾害和意外事故对房屋造成损坏对大家的损失。随后，我又随杨 ZZ 来到他之前向我反映的他家附近山坡垮塌的地方。经过现场查看，这个山坡确实在慢慢垮塌，掉落的泥土已经把入户便道旁边的堰沟堵塞了，水流无法通过。我马上电话联系负责基建的副镇长陈 C，请他尽快帮忙解决山坡垮塌及堡坎修建的问题。

之后我们又驾车来到九道河组村民居住的寨子里进行走访，经过摸排，我们了解到杨 XW、杨 XJ 家里的留守儿童较多，家长的智能手机数量远远无法满足子女上网课的需求，我们与组长杨 JL 简单交流并做好信息登记后便返回了村委会。

当我们回到村委会时，另外两个小组已经返回了，我们便把所收集的数据进行了汇总，全村的留守儿童共需要 12 台智能手机上网课。我将信息表报到了镇政府，同时将驻镇工作队《捐赠旧手机倡议书》发给了我校工会主席夏 DL，恳请他帮忙组织教职工捐赠旧手机，解决留守儿童上网课的问题。

与留守儿童奖交流网课学习情况

防控疫情 37

2020 年 3 月 11 日　阴

　　今天上午长堰土组、细沙河组、大龙门等村民小组组长到村委会办公室帮村民缴纳"农村房屋保险"，我们现场组织了村干部为他们开具保险收据并告诉了他们一些注意事项。

　　在为他们办理保险手续时，有村民专程来为已去世的母亲开具死亡证明、办理户口注销手续。经过询问了解到，这个村民的母亲已经去世两年，需要注销户口才能将生前遗留在银行的存款取出。我们便对其提交的资料和家庭情况进行了调查和确认，得知他母亲是正常死亡，他是母亲财产的唯一合法继承人。为其开具了死亡证明后，我提醒他还要到镇卫生院核实盖章，然后才能去镇派出所注销户口。办理完证明后，这位村民及家属向我们表达了真诚的谢意。

村委会工作人员为村民服务

中午吃完午饭，我便前往九道河组正在修建堡坎的地方查看了施工进度。施工的工人正是我们村的村民，他们在现场非常认真地搅拌水泥砂浆，并小心地用铁锤打磨岩石、垒砌堡坎。

看完现场后，我便驾车前往新院村便民服务中心会议室参加县里召开的"深度贫困乡镇深化脱贫攻坚工作现场推进会"。从富裕村到新院村开了近一个小时，我到达会场后不久会议就开始了，会议由县长向 YS 主持。会上，首先由镇党委书记刘 HM 做脱贫攻坚工作推进情况汇报，他汇报了近一年的工作开展及上次现场工作会议精神落实情况，并提出了 8 个需要解决的问题。现场参会的县级相关部门负责人针对 8 个问题进行了讨论，并明确了如何解决和落实；相关县领导、驻镇工作队队长曾 C 部署了脱贫攻坚及近期的相关工作。最后，县长向 YS 对隘口镇一年来的脱贫攻坚工作给予了充分的肯定，指出隘口镇脱贫攻坚关系着全县扶贫工作大局，隘口镇也是今年市委市政府挂牌督战的乡镇之一，要紧盯目标，齐心协力，完成任务，持续巩固好脱贫成果。

全县推进会现场

防控疫情 38

2020 年 3 月 12 日　多云转阴

　　今天上午，有不少外出务工的村民陆陆续续到村委会开具证明，我和驻村工作队员指导他们在微信中的小程序里注册"渝康码"、填写电子版的《健康申报证明》，并为他们开具了纸质版的《健康申报证明》。

　　中午吃完饭，我和两个驻村队员便驾车前往细沙河组去看望建档立卡贫困户。在大龙门组至细沙河组的路段上，我们发现山坡上的电线倒了两根，垂降的电线也把路拦住了，不仅车辆无法通行，而且存在较大的安全隐患。经过了解，垂降的电线很有可能是移动公司或电信公司的通信电缆，我马上电话通知了移动和电信的片区经理，他们均表示会尽快派人来维修。随后，我便编辑了一条"安全提醒通知"发到了"富裕村村干部村民工作联系"微信群里，提醒过路的车辆和村民注意安全。

指导村民申报健康证明

之后我们驾车来到杨 SQ、王 XQ、吴 CX 等人家里，与他们坐下来进行了简单的交流，询问了他们复工复产及子女外出务工的情况，临走之际我们为他们及家人送上之前在镇扶贫办争取到的棉被、新衣服等。他们非常感谢我们的关心和帮助，并邀请我们在家里吃晚饭，但我们婉拒后离开了。

我们又驾车来到建档立卡贫困户吴 CX 种植的金银花基地附近，山坳里的田中插满了金银花的枝条，有些枝条已经长满了翠绿的、饱含希望的细芽，加之今年由于疫情，金银花的市场价格可观，感觉他家 30 多亩金银花在未来将有满满的收获。

为贫困户送上棉絮

防控疫情 39

2020年3月13日　阴

今天一早我独自驾车前往镇政府开会，经过近50分钟在山路上的行驶，九点多就到达了镇政府会议室。今天的会议分了两个阶段进行，分别是"隘口镇学生居家学习帮扶暨控辍保学工作会""隘口镇2020年第一季度工作推进会"。

在"隘口镇学生居家学习帮扶暨控辍保学工作会"上，县政府教育督导室清溪片区主任洪TF指出受疫情影响，各地各级学校开学时间推迟，网上教学活动全面开启，中小学生都是在家通过上网课完成学习任务的，隘口镇作为深度贫困乡镇，有较多农村中小学生因为无手机、无网络导致无法正常学习、完成作业。他要求全镇各中小学校长一定要加强排查，将募捐来的手机、平板电脑等亲手送到贫困中小学生的手上，确保他们能顺利完成疫情期间的学习任务。

镇党委书记刘HM在会上感谢全镇驻村工作队、对全镇学生网上学习情况的排查，由于网络条件、硬件设施的制约，全镇有203名学生在网络学习时存在没有手机、网络流量费用较高等问题。经过多方求助和协调，目前已经募集到相关单位及社会爱心人士捐赠的新手机197台、新平板电脑40台、二手手机15台。他要求驻村工作队员、村"两委"成员、中小学教师务必坚持务实、踏实的工作作风，

会议现场

要户户上门、人人见面，把手机亲手送到贫困中小学生家中，帮助他们解决网络学习中的问题。中国移动公司清溪片区负责人在会上介绍了针对农村中小学生上网课的优惠手机流量和宽带网络资费，并准备对隘口全镇网络进行优化，确保学生在上网课时不出现问题。会上印发

传达上午的会议精神

了《关于进一步做好学生居家学习帮扶工作的实施方案》，要求各村全面摸排每个学生的网上学习情况，对教学平台使用情况、学习渠道畅通情况、家庭线上学习硬件条件等各个环节做到精准掌握，要求各中小学教师、镇村帮扶干部，每周要主动开展一次居家学习学生的上门帮扶工作，确保学生的学习成效和健康成长。

随后经过中场休息，镇村干部又召开了"隘口镇2020年第一季度工作推进会"。会上，副镇长杨SX对《隘口镇建档立卡贫困户产业扶持奖补方案》进行了全面解读，要求各村庄在3月18日前将申报材料报到镇扶贫办。副镇长刘G对近期疫情防控、就业保障、公益性岗位管理、低保续保、医保报销、完善扶贫资料等工作进行了部署和安排。副镇长陈C对全镇农房修建、建筑安全、环境治理等方面工作进行了安排。最后，镇党委书记刘HM、镇长周SQ对近期工作安排进行了补充，并对相关工作提出了内容更清晰、目标更明确、效果要更好、重点更突出等要求。

会议结束后，我又驾车前往驻镇工作队与领导进行了座谈交流，在这里吃了一个暖心的午饭。下午我便驾车返回村委会，到达村委会办公室时，镇武装部部长叶S、村支书赵MX及村干部、驻村队员、组长正在召开工作会，我便在会上传达了上午的会议精神，并对近期工作进行了部署，会议也研究了到云南采购魔芋、雪莲果种子等工作。

防控疫情 40

2020年3月14日　晴转多云

　　今天早上天还没亮，村民杨 GF 就给我打电话，告诉我村里有部分公路被施工的挖掘机给压坏了。我马上驾车前往现场进行查看，村民杨 GF 在现场为我指出被挖掘机压坏的公路。我将现场的照片通过微信反馈给了分管工程建设的镇领导，镇领导立刻通过电话对施工老板进行了训斥。不久，施工老板专程来找我，表示会尽快修补被压坏的公路，以后施工时也会避免让挖掘机碾压公路。

　　前几天全镇通过爱心倡议募集了第一批新手机，给我们村分了6台新手机，后续还将送来6台手机解决贫困小学生的网课学习问题。10点半钟，我们和岑龙小学的教师代表召集了全村的小学生到会议室集合，我们告知了他们网课学习及新手机使用的要求。我趁开会的时间向每个在场的小学生发放了一个口罩，并在会议结束后教他们怎么使用口罩。

　　会议一结束，我们就组织全村的公益保洁员、护林员、村民代表等到村委会集合，对村委会附近的九道河及公路附近的白色垃圾进行了拉网式清理。可爱的小学生也跟着保洁员叔叔、阿姨们在九道河附近捡拾垃圾、清理淤泥，逆九道河而上七八公里的范围内，都有大家清理垃圾的背影，场面非常壮观。

告知小学生网课学习的要求

清理完垃圾已经是下午2点了，我们30余名参与劳动的人员在村委会厨房一人吃了一碗提前准备好的番茄鸡蛋面条，因为大家都非常累，而且很饿，所以虽然是简简单单的面条，吃起来却特别香。

吃完午饭，村支书赵MX驾车到达了村委会，他邀请我和他一道去细沙河组查看准备打造成"花山花海"的野生杜鹃花民宿基地。我们经过20余分钟的驾车行驶到达了基地附近，这里产业路已经修了800多米，我们便踩着产业路上的碎石步行前往长满野生杜鹃花的山里。不一会儿我们就走到了产业路的尽头，这里已经修建了一个大坝子，我们觉得可以在这里修建一个广场，未来不仅可以让游人向远处观望、欣赏美景，而且可以在此聊天休息。不久后，我们走进了山间小路，在这里我们看见漫山遍野的野生杜鹃花，有些正在长枝发芽，有些已经含苞待放，预计五六月份将遍地盛开红色鲜花。我们又步行前往附近的一个山顶，虽然刚刚开辟出来的小道上杂草丛生，但我们依然用手抓住周边的树枝慢慢前行。到达山顶后，我们既能看到富裕村的很多村民小组，又能看见贵州的梯田。

在返程的路上，我们又到大龙门组山坡上查看了核桃树发芽及生长的情况，并与附近的村民交流了核桃树打药施肥等相关管护经验。

晚上吃完晚饭，我静静地坐在电脑前，把下午和村支书到细沙河查看野生杜鹃花的情况写成了一篇《春游细沙河小记》。

与保洁人员一起吃午饭

春游细沙河小记

贾曦于 2020 年 3 月 14 日夜

　　沿着崎岖而陡峭的山路，漫步来到全村最高的细沙河驻地。这里是著名国家级风景区梵净山的余脉，纬度不高，但海拔1200多米，冬暖夏凉，风景一点也不亚于梵净山、川河盖。早已听闻附近的山坡一到夏季，野生的杜鹃花就会染红整个山坡，场面非常壮观。而且这里村民有种植金银花的习惯，金银花盛开时，香气扑面而来，原野金黄一片，十分吸引人。

　　这里还有一个山崖叫"冒水孔"，能看到一股股清泉从地下冒出来，这个"冒水孔"也就是本地岑龙河的源头。每当细雨过后，我都会抬眼望去，只见绵延起伏的山峦沉浸在云雾之中，漫山树木青翠欲滴，缕缕云雾在山谷间升腾、缠绕，时而浮上山顶，时而又沉入河谷，云舒云卷，变幻无穷，真如一幅灵动的泼墨山水画。

　　此刻，我真心希望我们全村上下推进的细沙河"花山花海"项目早日开工，到时候年轻力壮的村民不用再外出务工挣钱，而是可以在家创业，齐心协力共同建设我们美丽的家——富裕村，相信富裕村一定会富裕、富足、富强起来！

与村干部查看野生杜鹃花情况

防控疫情 41

2020年3月15日 多云

　　今天虽然是星期天，但是一早就有村民敲门，申请开具证明。正在村委会打扫卫生的我，立刻开门指导村民用微信注册"渝康码"，帮助他们开具《健康申报证明》。

　　忙完以后，县文化委又派来了工作人员前往各个村民小组安装高音宣传喇叭，以方便我们更好地开展工作。我立刻陪伴两名工作人员前往各个村民小组，每来到一个村民小组我便会邀请组长带我们到广阔的中心位置，在寻找到合适的电线杆后，工作人员便会用专业工具攀爬到电线杆的顶端安装高音喇叭。

为村民开具健康证明

直到下午两点，各个村民小组的高音喇叭基本安装到位后，我们才驾车返回村委会，煮起一锅汤面条当作午餐。在吃饭的过程中又有村民来到村委会开具证明，我便放下碗筷为他们办理。

下午四点，县林业局局长陈 TF 带领相关工作人员驾车到达了村委会。我们与他经过短暂的交流后，便一起前往细沙河野生杜鹃花基地查看情况。我们陪同陈局长一行来到基地附近后，一起踩着正在修建、布满碎石的产业路，步行进入了野生杜鹃花基地。我们共同查看了产业路修建、野生杜鹃花生长的情况，并对准备打造的"花山花海"项目进行了探讨，陈局长表示愿意支持这个项目的建设，同时也给了我们很多中肯的意见。

陪同县林业局领导查看基地

快吃晚饭时，我接到某村民电话，他反映某施工工地出现故障的挖掘机把液压油漏进了饮用水源中，存在严重的安全隐患。我便立刻趁着夜色一边步行赶往施工工地，一边电话通知施工现场负责人。赶到现场后，我让施工现场负责人重新安装了进入净水池的管道，绕开被液压油污染的水源，同时又让组长通知附近的村民今晚暂停饮用水管里的水。

防控疫情 42

2020 年 3 月 16 日　小雨

　　今早起床就看到昨晚重庆晨报发布的新闻《重庆，清零！》，新闻中提到："3 月 15 日，重庆住院治疗确诊患者数清零！"看到这一新闻，我非常高兴，疫情持续了这么久，党和国家花费了这么多人力、物力、财力，终于要打赢疫情阻击战了，但我也知道"数据清零≠疫情结束"，所以我们这些基层工作者仍需继续努力。

　　早上到达办公室后，我们就开始为低保户办理低保续保手续，在前来的低保户及亲属提供了相关资料和证明后，我们便将其相关信息登记到了系统里，再由镇政府相关人员进行审核。办理低保续保时，有几个准备外出的村民来办公室注册了"渝康码"，办理了《健康申报证明》。

油菜花长势

　　上午 10 点，我再次步行前往昨天挖掘机漏油污染水源的地方。路上，我看到村里公益性保洁员田 RZ（建档立卡贫困户）正在九道河的河沟里保洁，她一边寻找掉落在河沟里的垃圾，一边用火钳捡拾，工作非常认真，我主动上前和她问好，并道了一声"辛苦了"。

　　到达被污染的地点后，我实地查看了污染的情况，看到有些油污浸入了土壤里，有些油污甚至流进了九道河了。我又立刻打电话给负责挖掘机施工的人员，要求他们尽快把挖掘机修好，把受污染的土壤清除干净。

　　返回村委会的途中，我走在山坡上的公路上，从高处远远地看见九道河组村民院坝前的田地中布满了正在盛开的油菜花，非常美丽而壮观，我停下脚步纵情欣赏了许久。

　　在村委会吃完午饭后，我和两名驻村工作队员准备驾车前往建档立卡贫困户吴CX的另一片金银花种植基地。车子停好后，吴CX带我们走了近一公里的山路，进入他家的金银花基地。我们在基地中看到了一株株种植不久的金银花已经长出了嫩芽，感觉非常欣喜，觉得这片土地几个月后一定会长出很多芳香扑鼻的金银花。吴CX还告诉我们，他准备在每两株金银花之间套种魔芋，将能获得更好的收成。

　　返回村委会后，代家坪组组长杨ZZ打电话向我询问之前申请维修垮塌山坡的情况。我立刻又电话催促镇政府相关负责人帮助落实维修事宜。

　　为了落实好全村建档立卡贫困户产业资金奖补工作，我和驻村队员、值班村干部一起驾车前往代家坪等村民小组贫困户家中查看养殖、种植产业的情况，并到组长家对养殖、种植的数据进行了核对。

查看金银花种植情况

防控疫情 43

2020 年 3 月 17 日　小雨

今天一早，镇纪委书记李 WP、副书记廖 ZH 专程到村委会查看驻村工作队员在岗工作情况，了解去年受党纪处分的村干部的工作表现情况。我们和他们简单交流后，他们便到其他村开展工作了。

为了把全村建档立卡贫困户产业资金奖补工作做到位，在镇纪委领导走了之后，我立刻又和驻村队员、值班村干部一起驾车前往 6 个村民小组组长家中，请他们对贫困户养殖、种植的数据进行核对。组长们都认认真真地对贫困户家中的产业数据进行了核对，并且签字进行了确认。

快到中午时，县人才交流中心主任钟 Y 在社保所工作人员杨 F 的陪同下，

陪同人才交流中心领导宣传就业政策

到村里对准备到山东德州务工的两名建档立卡贫困户人员进行信息确认。我便陪同他们来到贫困户吴 CX 家中，与其两个子女进行了座谈交流和信息确认。随后，我又向他们推荐了还未出门务工的建档立卡贫困户杨 ZQ 的孙女、长期在家的建档立卡贫困户杨 ZZ 的儿子，建议一同前去动员他们到山东德州务工。我们驾车分别来到这两个建档立卡贫困户的家里，告知他们在山东德州工作半年就可以享受到 9800 元的补贴，不仅每个月的工资在 3000 元以上，而且可以包吃包住，每年报销一次往返的差旅费。在我们的劝导下，他们都同意前往山东德州务工。钟 Y 和杨 F 为他们选择了意向性的企业及工作岗位，并进行了信息登记。

吃完午饭，县农业银行凤鸣支行行长彭 Y 一行带着口罩、消毒液到村里慰问贫困户、老党员。我们陪同他们来到九道河组杨 ZZ、杨 ZQ、杨 ZF、杨 XW 家中，对他们进行了慰问，送上了口罩和消毒液，提醒他们疫情期间出行一定要戴好口罩。他们把还未发放的口罩、消毒液搬到了村委会，委托我们对贫困户发放这些物资。

送走他们时已经是下午四点多了，我们又各自忙起了工作，我在起草工作信息，驻村队员们在整理扶贫资料，值班村干部在录入低保信息、统计产业信息。

工作人员各司其职

防控疫情 44

2020 年 3 月 18 日　多云转晴

　　今天早上，我们电话通知了还缺少智能手机上网课的 6 名小学生及其家长到村委会领取手机。10 点左右，家长们带着小学生陆陆续续来到村委会，我们便亲手将镇里募集来的 6 台智能手机送给了这些贫困小学生，并告诉他们一定要利用好手机，学习好网络课程，千万不能用手机玩游戏、看视频。没过多久，我之前通知的电信公司办理手机卡的工作人员也赶到了现场，为他们办理了疫情期间流量免费的手机卡。

　　吃完午饭，秀山县农行派来的两名工作人员准备与我们一起去将昨天未发完的口罩、消毒液继续发放给贫困户。经过商议，我们准备将驻村队员、值班村干部分成两个小组，到 6 个村民小组进行发放。我和村委会副主任李

为贫困小学生送上手机

DQ、临时公益性岗位人员吴 HF 被分到了一个组，我驾车带着她们两人先到达了长堰土组，向该组的杨 ZJ 等三户贫困户发放了口罩、消毒液。之后没有休息又驾车前往千盖牛组，到达后我们就从最远的贫困户杨 ZC 家到最近的吴YZ 家依次发放口罩、消毒液，我们一边发放一边提醒他们在疫情期间戴好口罩，室内要多通风，要经常消毒。

　　当来到贫困户杨 SQ 家中时，他的母亲何 MW 和杨 HP 正好在家，我把口罩、消毒液拿给他们后，便专门与杨 HP 进行了交流。我之前就了解到何 MW已经80多岁了，杨 SQ 又体弱多病刚做完手术，杨 HP 就读于某民办独立本科学院，学费较高，每年一万多元学费虽然有八千元的减免，但仍负担较重。我现场向他们宣讲了国家的教育资助政策，勉励杨 HP 一定要好好学习，在学习生活中遇到问题可以随时与我联系。

为贫困户送上防疫物品

　　直到夜幕降临我们才驾车返回村委会，村委会有几名准备外出务工的村民正在等待我们，我们停好车后便指导他们用微信注册"渝康码"，帮助他们开具了《外出务工人员健康申报证明》。

防控疫情 45

2020 年 3 月 19 日　晴

　　今天晴空万里，阳光明媚，气温也随之回升。上午，我们正在落实镇政府布置的更新"渝扶贫"APP 帮扶信息时，副镇长刘 G 给我打电话告诉我富裕村九道河组一个村民杨 Z 从广东深圳返回了村里，杨 Z 乘坐的小轿车驾驶员目前出现了发烧症状，正在县人民医院接受隔离，请我上门确认信息。

　　接到电话后，我立刻放下手上的工作，马上在户籍信息中查找杨 Z 的信息。经过查询，九道河组没有查询到该村民的信息，但在长堰土组中查询到了。迎着明媚的阳光，我和值班村干部驾车前往长堰土组，在该组组长的带领下，我们来到了杨 Z 的家里。我们与刚回到家的杨 Z 进行了交流，他告诉

与杨 Z 进行交流

我们因为他要照顾年迈的奶奶，就从广东深圳乘顺风车回村了。我们告诉他乘坐的顺风车驾驶员由于出现发烧症状已经被隔离了，他自己要在家隔离14天，不能到处走动。他表示愿意配合我们的工作，自己会在家隔离14天。临走时，我们为他家送上了几个口罩和一瓶消毒酒精，特别提醒杨Z做好自我隔离工作。

返回村委会的路上，我们看到长堰土组有村民用点燃山坡上的草木的方法进行开荒，我立刻下车进行了制止，告知他目前气温回升，很容易发生森林火灾，在野外用火一定要谨慎。

返回村委会吃完午饭后，我和值班村干部又对"渝扶贫"APP中的信息进行了完善。为完成好镇政府布置的"社会扶贫网"注册150人的工作任务，下午3点左右我们又驾车来到各个村民小组，劝导在家的村民注册"社会扶贫"APP。

完善"社会扶贫"APP有关内容

防控疫情 46

2020 年 3 月 20 日　多云

今天一早，我还没有吃早饭，就有很多准备外出务工的村民到村委会来开《健康申报证明》。由于办理证明的人较多，村委会门口排起了长队，我也催促在家的村干部尽快赶到村委会办公室帮忙。我主动在村委会大厅引导村民用微信扫描二维码，在小程序"重庆健康出行一码通"中申请生成"渝康码"，填写《健康申报证明》。

临近中午，办理证明的村民越来越少，我们便开始煮饭。吃完"早午合一"的午饭，我和驻村队员、值班村干部便驾车前往代家坪组、大龙门组了解移动宽带安装、捐赠手机使用情况，排查贫困学生网课学习等问题。

之前，代家坪组和大龙门组的组长反映他们所

指导外出务工人员办理健康证明

在的寨子几户人家都不通宽带网络，中小学生没有网络，无法上网课。我便与移动公司进行了多次联系和反馈诉求，移动片区公司经理田 X 在我的多次恳请和要求下，答应尽快解决该问题。这两天他们正在安排技术人员为这两个组的村民安装移动网络，所以我们专程去查看情况。此外，我们前几天为贫困小学生捐赠了 12 台手机，现在准备到这两个组收到手机的小学生家里去看一下他们上网课的情况，也顺便把我在学校、市政府物流办募集来的五台旧手机捐给还需要手机上网课的学生。

　　到达代家坪组后，移动公司技术人员正在牵线安装宽带，预计过几天这里就会通网络。我们在这里一家一户地排查学生上网课的情况，当走到村民杨 ZY 家中时，我们发现他的两名外孙正用一台反应非常慢的旧手机上网课。经过了解，他两个外孙的父母已经到外地务工去了，他们每天都是使用外公的旧手机听课的。于是我当机立断把我带来的手机捐赠给他们一台，并嘱咐两名小学生一定要认真上网课，严禁用手机玩游戏。杨 ZY 非常感谢我们，也答应一定会督促两个外孙上好网课。随后，我们又来到熊 YN、杨 ZZ 家，查看了他们家中的小学生使用捐赠手机的情况，并拍照做了记录。

　　来到大龙门组后，我们了解到这里的宽带已经通了，附近居住的村民也可以上网了，他们脸上都露出了笑容，对我表示感谢。在这里走访时，我发现组长杨 TG 家里有三个孙子孙女在家上网课，而他们的父母也外出务工了。杨 TG 和老伴的手机也不

向留守儿童发放网课学习用的手机

能满足三个孙子孙女的学习，于是我也将随身携带募捐而来的旧手机捐赠给了他们，并勉励他们一定要认真用手机学习。

　　傍晚，回到村委会办公室后，我便将募捐来的 5 台旧手机的流向情况通过微信反馈给捐赠人，并向他们表示衷心的感谢。

防控疫情 47

2020 年 3 月 21 日　晴

　　今天早上，村委会主任杨 WZ 把前几天去云南考察时购买的雪莲果种子用货车拉到了村委会。我和他们一起把一箱箱雪莲果种子搬下了车，并通知各村民小组组长到村委会领取。不一会儿，长堰土组组长杨 PA 就骑着摩托车到了，我们为他装了三箱种子后，他就开开心心地把种子拉走准备去种植了。

　　中午吃完饭，我和村委会主任用皮卡车拉着雪莲果种子深入每家每户，为不方便取货的农户送上门。农户看到这么好品质的种子，都非常兴奋，期待着未来将有满满的收获。

搬运雪莲果种子

送完种子回到村委会后，正好遇到村支书赵 MX 陪同成都市温江区寿安镇苦竹村支部书记赵 ZK 来村里调研，考察产业发展。我们便陪同他们到代家坪组考察了核桃树种植管护情况、到细沙河组考察野生杜鹃"花山花海"民宿项目推进情况。随后，我们一起在村委会会议室进行了简短的座谈交流。在开会时，县水利局工作人员专门到村里核实水利工程使用情况。在简单交流后，村委会主任便带他们实地查看了工程项目运行使用情况。

与村干部共同搬运雪莲果种子

下午，我们又陪同重庆交通大学规划设计团队一起去实地考察了细沙河组拟在野生杜鹃花基地基础上规划的"花山花海"民宿项目。这几天正值艳阳高照，很多野生杜鹃花已经挂出了花蕾，有的枝头上已经布满盛开的花朵，加上这里的高山流水，风景非常美丽。考察完后，我们又在会议室针对该民宿规划项目进行了讨论。会上，交通大学规划设计团队李 DY 针对规划设计方案进行了汇报。我和村支书赵 MX、村委会主任杨 WZ 对规划设计方案进行了探讨，并提出了修改意见。

防控疫情 48

2020 年 3 月 22 日　阴

今天虽然是星期天，但是全县要求疫情期间正常上班，镇村干部都已经连续工作一个多月了。上午，镇纪委书记李 WP、副书记廖 ZH 专程到村委会了解去年受党纪处分的村干部的工作表现情况。我与他们在办公室进行了深入的交流，他们向我了解了村干部杨某的工作及表现情况，我也如实告知了他们。最后我代表村党委在访谈表上进行了确认签字。

下午，有两个准备外出务工的村民到办公室开具《健康申报证明》。我和值班村干部指导他们在微信中的小程序里注册了"渝康码"，填写了电子版的《健康申报证明》，并为他们开具了纸质版的证明。

镇领导了解村干部表现情况

随后，我又驾车前往代家坪组查看宽带网络安装情况。受疫情影响，秀山县中小学全面实施线上教育。由于我们村存在通信网络和手机硬件不足等问题，我就向所在单位重庆商务职业学院及秀山移动、电信公司求助。我校工会立刻组织全校教职工进行了募捐，短短两天时间，就为富裕村寄来了5部智能手机，我便于前几天将手机代捐赠者发放给需要手机上网课的中小学生。秀山移动、电信公司片区经理在我的多次求助下，答应帮助解决村里核桃树、大龙门、代家坪三个地方不通宽带网络的问题，目前核桃树、大龙门已经通了宽带网络，今天移动公司技术人员正在安装代家坪的宽带网络。

到达代家坪后，移动公司技术人员正在牵线联网，把光纤线路拉进代家坪附近的农户家中。网线拉好后，我便陪同技术人员到农户家中调试设备，指导中小学生使用软件上课。

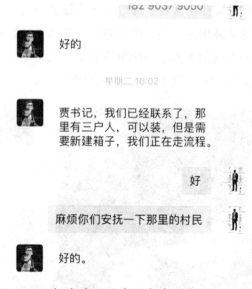

与移动公司片区负责人交流

防控疫情 49

2020 年 3 月 23 日　阴

　　今天早上，我和负责在隘口镇修路的建筑老板刘 XQ 一起驾车前往细沙河组河坎上，查看公路滑坡情况。此前建档立卡贫困户吴 EZ 向我们反映，修路时山体出现了滑坡，滑下来的碎石把山崖下的水沟堵塞了，导致他家里的农田没有水源灌溉了。

村务工作会议现场

　　到达滑坡地点后，我们与吴 EZ 实地查看了垮塌情况。由于挖掘机无法行驶到滑坡地点，我们便在一旁共同商议如何清理水沟，最终协商确定由刘老板出钱1200元，吴 EZ 请附近村民一起清理水沟。吴 EZ 对处理结果表示非常满意，也感谢我们帮助他们解决了农田灌溉问题。

　　返回到村委会时已经快11点了，驻村队员、村干部也已基本到齐了，我们便齐聚二楼会议室召开了近期工作会议。会上，我们听取了由村干部、组长组成的询价考察小组到云南考察魔芋、雪莲果种子及相关种植技术的汇报。会议研究了魔芋种子、雪莲果种子的采购及询价、比较、选择情况，确定全村种植3亩花魔芋，如果种植效果好，明年就向各村民进行推广。会议还研究了低保续保、村干部工资补发、扶贫资料整理等工作。

　　会议结束、吃完午饭后，我和驻村队员、值班村干部一起驾车前往千盖牛组。到达千盖牛组建档立卡贫困户杨 ZK 家后，经过了解，他们家的三个小学生正在共用一台智能手机上网课。我就把还未捐赠出去的最后一台智能手机捐赠给了他们，要求三个小学生一定要好好上网课，他们向我们表示衷心感谢。随后，我们又步行前往建档立卡贫困户杨SQ家，向他解释低保续保的资料收集问题。他之前因为不理解为何续保需要提供详细的家庭成员资料而拒绝提交资料。此次，我们专程过来向他解释资料收集的问题，顺道与他家正在读大二的女儿进行了交流。我们向他进行了解释，如果资料收集不全将会影响到他的低保审核，有可能发放不了每月的低保费用。经过我们耐心解释，杨SQ表示理解，愿意配合我们提交资料。我又和他的女儿进行了交流，了解了她的学习生活情况，告知她如在学习中遇到问题可以联系我们，我们会想办法帮助解决。

离开千盖牛组后，我们又驾车经过细沙河组河坎上前往九道河组。一路上看到盛开的各种野花映入眼帘，感觉春天已经来到了村里。到达九道河组时，村支书正在向大家展示最新的打药设备。这个打药设备像一个"土炮"一般，不仅效率高，而且"杀

与贫困户杨SQ交流资料收集情况

伤力"强，"土炮"喷出的农药烟雾能够很快覆盖到每一棵核桃树。村民看到这个设备后都赞不绝口，纷纷表示愿意购买这个设备喷洒农药。

回到村委会时虽然已经临近六点，但大家又忙起了各自的工作。

防控疫情 50

2020 年 3 月 24 日　多云转阴

今天一早，村支书赵 MX 和县应急管理局工作人员一同来到村里查看产业发展及应急管理情况。前段时间，我们给县应急管理局提交了请示，恳请支援两顶帐篷用于村民应急管理和安全保障，没想到他们这就派工作人员来查看情况了。

我陪同他们到九道河组查看了核桃树生长的情况，目前很多核桃树多发出了嫩芽，在阳光照耀下非常可爱，我们一边讨论核桃管护技术，一边步行查看山坡上的核桃树的生长情况。后来，我们又驾车前往大龙门组查看森林防火情况，县应急管理局的工作人员与森林防火员进行了工作交流。

核桃树新长出的嫩芽

回到村委会后，又有准备外出务工的村民前来办理《健康申报证明》，我和村干部引导村民用微信扫描二维码，在小程序"重庆健康出行一码通"中申请生成了"渝康码",填写了《外出务工个人健康申报证明》。

证明办理结束后,我们就吃了一个简单的午饭。吃完饭后,我和驻村队员、值班村干部拿起锄头和铁锹,来到与岑龙村交界的地方,沿着马路对刚种下不久的行道树进行检查,把被风吹倒的小树重新种植好。经过近一个小时的工作,我们完成了岑龙村到富裕村马路上的行道树的排查和部分小树的重新种植。

临近傍晚,我和驻村队员、值班村干部又带上锄头,驾车来到细沙河组的一个山坡附近挖野菜。我们大家一起努力,在山坡上挖到了很多折耳根(学名"蕺菜",又称"鱼腥草")、蕨苔、野芹菜等,看到满满的收获,我们都非常高兴。

重新种植被风吹倒的行道树

防控疫情 51

2020 年 3 月 25 日　阴转多云

　　早上，我独自驾车前往代家坪组组长杨 ZZ 家，查看他家附近山体滑坡后的修缮情况。到达后，我看到山坡滑坡下来的碎石碎土及倾倒的大树已经被清理了，被堵塞了好几年的堰沟已经露出来了，但是防垮塌堡坎还未进行修建。在杨 ZZ 的邀请下，我在他家吃了一个早饭。虽然是平平常常的肥腊肉炒土豆片、清炒蕨苔配米饭，但感觉吃得非常舒服。

　　吃完早饭，我又来到山坡垮塌维修现场，给施工单位打了电话，提醒他们要抓紧时间施工，避免下雨导致山坡二次垮塌。

提醒村民爱惜环境

　　返回村委会后，有保洁员打电话向我举报有人在九道河组的河沟里倾倒垃圾。我马上和驻村队员步行前往被倾倒垃圾的河沟查看情况。由于没有证据证明是哪个村民倾倒的垃圾，我们便对住在河沟边的每户村民进行了提醒，并请他们一定要制止这种污染环境的不道德行为。之后，我们和保洁员一起对河沟里的垃圾进行了清理。

吃完午饭，我和驻村队员们又驾车前往千盖牛组查看雪莲果种植情况。汽车行驶在半坡上，我们远远看到九道河组组长杨 JL 带领几个村民正在田地里辛勤劳作。他们之前已经用锄头把土地犁了出来，现在正在往犁出的田沟里放寄满梦想的雪莲果种子。我和驻村队员停下车，用锄头帮正在劳作的村民把土掩埋在雪莲果种子上。

干了几个小时的农活后，我们又驾车前往千盖牛组的农田里，查看了村委会主任杨 WZ 种植的高山土豆、雪莲果的情况。在返回村委会的路上，我们又在沿途采集了很多椿芽、刺芽、折耳根叶等野菜。带着满满的收获返回村委会后，我们把采集来的野菜洗干净，做成了丰盛的晚餐。

高山土豆种植现场

晚餐后，镇里用货车送来了农药、化肥，我又组织驻村队员、值班村干部对送来的农药、化肥进行了分类清理，发放给了各村民小组组长。

全国哀悼

2020年4月4日 阴

今年的清明节是一个特殊的清明节，国务院决定今天举行全国性哀悼活动，以表达全国各族人民对抗击新冠肺炎疫情牺牲的烈士和逝世同胞的深切哀悼。我也一早把村委会门口的国旗降至半旗，并于9点半打开电脑观看清明节全国哀悼活动的直播。10点钟，我和值班村干部随着网络播放的全国哀悼活动，在村委会办公室为抗击新冠肺炎疫情牺牲的烈士和逝世同胞默哀了3分钟。看着全国哀悼活动直播，心情也逐渐沉重起来，希望全世界人民能早日战胜新冠肺炎疫情。

查看村民种植金银花情况

吃完午饭，我驾车前往几个村民小组巡查清明祭祀情况。很多村民都选择今天来到逝去的亲人墓前进行祭奠，很多都是全家人一起来到亲人墓前烧纸、放炮和摆放祭品。我在巡查的过程提醒他们一定要小心用火，爱惜环境卫生，特别要避免发生山火事件。

巡查结束后，我在返回村委会的路上看到九道河组村民正在为地里种植的金银花施肥。我停下车专门步行到地里查看了金银花发芽的情况，与施肥的村民进行了交流。这里的金银花是套种在核桃树下方的，目前核桃树、金银花都长势喜人。在交流中村民告诉我，施肥时一定要与金银花留30厘米的距离，不然融化后的肥料会腐蚀金银花的根部，反而会起到反作用。

视频会议

2020 年 10 月 30 日   阴转小雨

今天一早，我驾车前往镇政府参加"全县疫情防控调度视频会议"及"全镇工作推进会议"。虽然路面比较湿滑，很多路段雨雾弥漫，但我还是准时到达了镇政府。

视频会议于九点准时开始，会上县领导任 Q 传达学习了全市抗击新冠肺炎疫情表彰大会精神，要求全县上下要深入学习领会，大力弘扬伟大抗疫精神，凝聚起同心同德、锐意进取的磅礴力量，慎终如始、再接再厉，坚决打赢疫情防控的人民战争。县委书记向 YS 在讲话中

视频会议现场

指出，秋冬季是呼吸道传染病的高发季节，加之当前疫情防控已从"应急式"转变为"常态化"，最关键的是注重"外防输入"。大家要有长期作战的思想准备，坚决克服麻痹思想、厌战情绪、侥幸心理、松劲心态，以万全准备应对万一可能，对防控漏洞再排查、对防控重点再加固、对防控要求再落实，确保全县疫情不出现反弹。他要求常态化开展核酸检测、严格落实报告制度、推进多病共防，使监测预警体系更加完善。

会议结束后，镇党委书记刘 HM 又在会场组织召开了"全镇工作推进会议"。会上，镇相关分管领导就 2021 年城乡居民医保参保筹资工作、低保续保工作、迎接"人居环境三年行动"第三方评估工作、迎接市级脱贫攻坚"收官大决战"调研及档案资料归档工作、秋冬季疫情防控工作等做了具体要求。

最后，刘 HM 在讲话中要求镇村干部：一要有荣誉感。镇村干部要以自己今天从事的工作为荣，以隘口这个集体为荣，要以隘口近年来取得的成绩为荣，继续坚守好这个荣誉。二要有责任心。认真地对待工作，百分之百地投入工作，没有不需要完成任务的岗位。每一个干部都要有责任心，认真干好每一项工作。三要有执行力。镇村干部对待每一项工作都要迅速安排、迅速落实，把工作做好。四要严守底线。时刻对纪律和规矩怀有敬畏之心，自觉抵制各种不正之风，守住底线，按规矩办事，始终保持对党纪国法的敬畏，恪守从政做人的底线。

镇领导在会上讲话

会议结束时已经临近中午十二点，我便在驻镇工作队吃了午饭，然后驾车返村和值班村干部一起在办公室准备迎检资料。

抗击新型冠状病毒肺炎疫情顺口溜

富裕村驻村工作队

父老乡亲大家好，主动在家不乱跑。

病毒防疫很重要，不能放任和"耍骄"。

传染速度很惊人，所有聚会都取消。

相互不要再串门，待在家里无限好。

交谈定要有距离，不到人群凑热闹。

勤洗手来勤洗脸，室内通风才是好。

若要外出去务工，个人防护很重要。

务工创业好门路，家庭致富少不了。

出行证明极重要，不忘先行预约好。

抗击新冠全参与，阻断疫情春光照。

参加会议

启动工作

2019年9月24日　多云转晴

　　我今天上午在会议室召开了一个驻村工作队会议，这是我们工作队第一次正式开会。我们驻村工作队只有三名人员，但他们两个都不是简单的人物，一个来自县里的三峡银行（以前当过乡镇领导，后来便到银行工作了），另一个来自镇里的财政所（据说以前是财政所的所长，后来改为非领导职务了）。今天的会议主要是为了研究好以后的工作，Y姓队员提出今后的工作要做好民生实事和人居环境改造；Z姓队员提出要在建强基层组织的同时，以"团结"促进工作开展，强化好工作队及村委会的职责，还要稳定推进产业发展。会上我们还决定除了走访好贫困农户，还要走访好全村的22名党员，统一好全村党员的思想，也要发挥好基层支部的战斗堡垒作用。

工作队第一次开会

　　会后，我们又分别到细沙河组、代家坪组走访了8户进行小额信贷但需补交资料的建档立卡贫困户，在细沙河组提醒完两户建档立卡贫困户在周四前准备好相关资料后，正好看见一个农户在安置和培育蜂窝，我第一次看到蜜蜂分家和安家的情景，感觉特别新奇。在代家坪走访时，也正好看到相邻的几户人正在聚会，有打牌的，有喝茶的，有聊天的，他们对我们非常热情，不仅给我们倒茶让座，而且还让我们品尝刚刚出炉的烧土豆。我感觉他们的生活好幸福、惬意，这与党和国家当前的扶贫政策是分不开的。

农产培育蜂窝

　　走访结束后，我在山坡上看到远处的青山与天上的鱼鳞云连在一起，共同连绵起伏，引人入胜，就像党与人民群众通过鱼水之情连接在一起一样。晚上我参加了村里的社区巡防，当前的社会主义新农村真的不一样，在党和国家的关怀下真的可以说是"生产发展、生活宽裕、乡风文明、村容整洁、管理民主、安全稳定"。

季度会议

2019年10月8日 阴

我在国庆节假期里的最后几天得到了通知，镇里要在今天召开"第四季度工作推进会"。我一早就赶到会议地点——隘口中学，隘口全部的村镇干部共130多人参加了会议。

会上，分管扶贫工作的镇领导对2019年扶贫对象动态管理工作的工作内容、标准流程、进度安排、工作要求等方面进行了安排；分管产业发展的镇领导对全镇产业发展、林政及秋防工作进行了安排；镇党委副书记和组织委员对"不忘初心、牢记使命"主题教育及基层党建工作进行了安排，并部署了"村庄清洁治理秋冬战役"工作；其他镇领导也安排了安全稳定、政法综治、异地扶贫搬迁、危房验收、道路交通、环境保护、民族宗教、宅基地及公益事业建

第四季度工作推进会现场

设用地报批等工作。驻镇工作队联络员 L 伟也在会上对扶贫工作提出了要求，镇主要领导也在会上对第四季度的整体工作提出了具体要求。

会议从上午10点一直开到下午2点20分，四个多小时的会议让我感受到了农村工作的事情多、工作杂，而且村干部压力也大。不过正因为有这些工作压力，农村才会有今天翻天覆地的变化，党和国家的政策改变了村民的生活环境。中午，全体参会人员在镇政府食堂用餐，吃饭期间感觉村镇干部总是那么随和，饭菜也非常接地气。

饭后，我又和富裕村村支书、村委会主任商量明天要召开村干部及组长会议，要把今天的会议精神落到实处。

落实精神

2019年10月9日　阴

　　被群山围绕的富裕村日常气温要比镇里低几度，而且早晚温差特别大。昨天晚上又下起了细雨，感觉温度骤降，因为没有备厚衣服，我晚上睡觉时冷得发抖。好不容易熬过了一晚上，今天我们要组织召开贯彻落实隘口镇第四季度工作会精神的工作部署会，也是为了把昨天的工作落到实处，所有的村"两委"干部、驻村工作队人员、村民小组组长都参加了会议。

　　会上，村支书赵MX提出十余项议题，包括布置扶贫对象动态管理工作、宣传农村医保政策及收取医保费用、做好核桃产业管护工作、产业路修建、细沙河民宿产业规划、主题教育等。我是第一次参加村里的集体工作会议，与会人员一项项地研究这些工作议题，会议从上午10点开到下午3点，超过了4个小时。会上还要求我们分成两个组，利用晚上的时间分赴各个村民小组

村务会议现场一

召开"院坝会议",布置扶贫对象动态管理工作。会议结束后,参会人员在下午三点简单地吃了个午饭,虽然米饭夹生了,但为了尽快适应乡村生活,我也顾不了这么多了。

傍晚,道路上已经布满了薄雾,但我们仍驾车来到细沙河组召开村民小组会议,由于到得较早,Y姓村民就让我们一起吃了个便饭。在我回忆中,只有很小的时候在农户家里吃过农家饭,没想到二三十年后的今天又重温了小时候的味道,相信以后会更多。晚饭结束后,我们就在组长家里召开了村民小组会议。会议由我主持,相关村干部传达下午的会议精神,我再做补充,最后再由村民与我们详细交流。历时两个小时的会议,村民对于"扶贫对象动态管理"相关工作的交流还意犹未尽,我们依然一一为他们做出了解答。

村务会议现场二

会议结束后,下山的山路显得比平时更为陡峭了,因为重重迷雾已经包围了山路,还好驾车的村干部对山路比较熟悉,我们在绵延的山路中穿过层层迷雾,最终回到了村委会。

政治学习

2019 年 10 月 10 日　阴转中雨

今天是 10 月 10 日，每个月的 10 号都是村里组织生活和专题学习的日子。10 点 30 分，全村的党员集中在村委会办公室进行了"不忘初心、牢记使命"主题教育专题学习活动。会上，隘口镇武装部部长叶 S 为全村党员同志上党课，村支书赵 MX 对主题教育进行了安排，我有选择性地为大家读了《习近平关于"不忘初心、牢记使命"论述摘编》的部分内容。此刻，我深深理解了"党建并不等于扶贫，但党建却可以对扶贫起到带动引领、督促鞭策的作用"的含义。以基层党建为载体引领产业发展，以生产保障作为脱贫攻坚利器，将推动党的基层组织核心优势、战斗堡垒优

大龙门组村民现场

势，转变为攻坚战役中的发展优势、脱贫优势，集中"火力"使党旗牢牢插在脱贫攻坚的最前线。

傍晚天色暗了下来，一会就下起了中雨，湿滑的山路、骤降的气温依然不能阻止我们工作的脚步，我们又到达大龙门组召开村民小组会议。会议是在 Y 姓组长家的院坝里进行的，会议由我主持，伴着淅淅沥沥的雨声，相关村干部围绕着昨天下午的会议精神，通报了扶贫对象动态管理工作、农村医保政策及医保费用收取、核桃产业管护、产业路修建等工作后，再由我做补充。会后，村民与我们详细交谈，我们也为他们做好了各方面的解答。

赴县参会

2019 年 10 月 14 日　小雨

　　因前两天县委组织部通知我今天到县城参加"第一书记（工作队长）工作会议"，上午我便驾车从富裕村出发了，准备先到驻乡工作队向相关领导汇报一下工作。走了半个多小时的蜿蜒山路到达镇里，驻乡工作队离隘口镇不远，我到达后见到了队里的联络员李 W 处长，将我近期驻村开展的工作进行了汇报。

　　汇报完后，我便驾车一个多小时到达县政府大楼参加了"全县第一书记（工作队长）工作会"。会上，六名驻村第一书记分别进行了经验交流发言，我在他们的发言中听到了工作的苦累与辛酸，更听到了取得成绩后的成就感。县扶贫办主任陈 M 对近期的扶贫工作进行了部署，要求做好各类问题整改、

第一书记会议现场

扶贫对象动态调整，解决好"两不愁三保障"突出问题，谋划好今冬明春产业发展，加强村民感恩教育等；县委组织部部长 X 颖最后在讲话中指出：一要高度重视强担当；二要务实建强党支部；三要严格纪律转作风。

　　会议结束后，县委组织部为我们安排了晚餐。晚餐后，虽然县委组织部安排了住宿，但为了晚上能够完成今天的日记，第二天准时开展走访工作，我吃完饭便驾车从县城往村里赶。我伴着雷阵雨行驶在路上，虽然雨比较大，但是不能影响我回村的动力。第一次夜晚走在镇里回村的山路上，感觉汽车灯光（哪怕打开远光）在这里远远不够用，急转弯时也看不到具体路况，只有放慢速度慢慢前行，夜晚的山路在汽车灯光的照射下，感觉到处都是一个样子，路边除了公路和山林，就是急转弯，我第一次在开车时有种晕车的感觉。由于这几天都在下雨，有些地段有些轻微滑坡，随时可以听到落石从山坡上落下。不知不觉40多分钟过去了，我才走完从镇里回村的近20公里路程。

崎岖的山路

镇里参会

2019年10月17日　小雨转晴

　　今天一早我又驾车行驶在蜿蜒的山路上，因为今天上午要到镇政府参加秀山县深度贫困隘口镇"10·17"消费扶贫推进活动。近几天的细雨确实让山路增加了几分"陡峭"，狭路错车确实考验我的驾车技术，每次错车时车子与车子之间只相差数厘米，想到这里我觉得农村扶贫不仅需要技术，更需要坚守。

　　由于下雨，20多公里山路走了50分钟。我刚到达镇政府广场不久，活动就开始了，镇党委书记刘HM致辞并对"山水隘口"公众号的功能做了详细介绍；驻镇工作队联络员李W处长通报了"山水隘口"公众号运营情况；副县长陈AD对下一步消费扶贫工作做了要求指示。会后，参会人员到展示厅实地参观，并现场观摩了"山水隘口"公众号功能演示。

消费扶贫推进会现场

工作会议

2019年10月28日　晴

　　今天召开了全村的扶贫对象动态调整及相关工作会议，会议从上午11点开始，持续到下午3点钟，与会人员直到下午三点多才吃午饭，这也许正是农村工作的特色，不过我已经适应了。各村镇领导、驻村工作队员、全体村干部、各村民小组组长都参加了会议。

　　会议由村支书赵MX主持，会上各个组长把扶贫对象的增减情况进行了汇报，具体经办人员通报了各小组公示情况，参会人员对扶贫对象动态调整情况进行了研究并审议了结果。在审议完动态调整结果后，各个村民小组负责人通报了医保收缴情况，目前经过村干部的努力，富裕村参加2020年农村合作医疗保险的村民已经达到了42%。此外，会上还通报了我们村的"社会扶贫"APP下载及注册、关注情况，近几个月财务开支情况。最后，我们邀请了两位中药材种植企业负责人与村干部、各组长洽谈中药材合作种植事宜。

　　洽谈中药材合作种植事宜主要是想发展核桃树的林下经济，因为核桃树一天天地长大了，林下的土地可以被充分利用起来种植中药材，刚好我们村里有些地方的土地非常适合种植苍术和黄精。

扶贫对象动态调查会议现场

参加会议

2019 年 12 月 10 日　晴

早上8点半，我就驾车行驶在通往镇里的蜿蜒陡峭的山路上，因为今天要去隘口中学参加全镇"脱贫攻坚工作推进会"。今天的会议由镇党委书记刘 HM 主持，副镇长刘 G 解读《隘口镇脱贫攻坚"回头看"全面排查解决突出问题实施方案》；镇纪委书记李 WP 通报了近期违反中

脱贫攻坚工作推进会现场

央八项规定精神的案例；驻镇工作队联络员李 W 安排了近期工作，强调了驻镇驻村人员的工作纪律；最后镇党委书记刘 HM 做总结讲话，并对脱贫攻坚工作提出要求。

会议结束时已经快下午一点钟了，我在驻镇工作队吃完午饭后，便返回村里参加专题组织生活会。会上，与会人员对党员、党支部进行了民主评议，村支书赵 MX 对近期工作进行了安排部署；我在讲话时给大家解释了我最近20多天没有在村的原因——我被抽调到市级脱贫攻坚成效检查组到丰都县、巴南区、市民政局检查相关工作，之后又到市扶贫办参加了为期三天的"驻乡驻村人员专题培训"，并告诉大家最近我在忙村里的消费扶贫工作，有关单位将要到我们村采购6万元的农产品。与会人员听到我说的这个好消息都非常兴奋，非常感谢我在扶贫工作上的努力。

会议快结束时，我接到我校的电话，告知我院长冉 GX 一行即将到达秀山，我便驾车又从村里出发，前往隘口镇迎接冉院长一行。接到他们后，我便带他们来到太阳山村民宿吃饭、住宿。

县城参会

2019 年 12 月 16 日　阴

　　早上七点我就从村委会出发了，准备赶到县城参加"全县第四季度驻村工作会议"。我先驾车在盘旋的山路上行驶了 50 多分钟，快到镇里时遭遇了堵车，才得知今天"赶场"，又绕路在平所村接到"战友"后，才前往县城。

　　到达县城时离会议开始还有十分钟，我停好车后便奔赴会场。今天出席会议的领导有县委组织部长许 Y、副部长喻 L、县扶贫办副主任曹 G，会议由副部长喻 L 主持。会上，喻 L 传达了 12 月 8 日市委组织部组织召开的"全市抓党建促脱贫攻坚工作调度会"会议精神，解读了当前县委关于加强扶贫干部队伍建设、强化对扶贫干部的关心关爱的系列政策举措；曹 G 对近期

全县第四季度驻村工作会现场

省际交叉检查工作进行了安排，并对相关业务进行了培训；许 Y 指出脱贫攻坚是党中央的重大决策部署，也是党对人民做出的庄严承诺，全县驻村工作队要以时不我待的担当坚定决胜脱贫攻坚的决心，要以刀刃向内的勇气全面查找问题，要以精准精细的作风完成好 2019 年的各项任务，为明年工作奠定坚实基础。

再次参会

2019 年 12 月 22 日　阴转多云

今天一早我和村委会主任杨 WZ 驾车前往镇里参加迎检工作会，同样是驾车在盘旋的山路上行驶了近 50 分钟才到镇政府。周日的镇政府比较安静，只看到了陆陆续续前来参加会议的村干部。

9 点半会议开始了，会上副镇长陈 C 对项目申报、公示、验收等资料准备进行了要求，并要求项目实施方案与具体实施工作要一致，确保实施内容与合同一致；副镇长杨 SX 对项目资金、股权项目验收情况进行了要求，相关人员须做好配合；组织委员严 C 对"不忘初心，牢记使命"主题教育相关资料准备做出了要求，并强调要做好相应的活动；最后镇

迎检工作会现场

党委副书记张 JC 对村居环境卫生整治、风险防控及迎检工做出了有关要求。

会后，我们回到村里，镇政府党政办在微信群里又发出了通知，要求各村领取"农村环境卫生保洁监督公示牌"并在村内各组进行张贴。正在查看该通知时，我又接到了镇扶贫办的电话，要求更正个别农户的"农村住房安全等级标识牌"的有关信息。于是，我和驻村队员张 BJ 又驾车前往细沙河组、长堰土组等村民小组，张贴了"农村环境卫生保洁监督公示牌"，更正了个别农户的"农村住房安全等级标识牌"的信息，顺便看望了贫困户家中的老人。

座谈会议

2019年12月24日　阴转小雨

今天镇党委书记刘HM要亲临富裕村，参加"四类人员"座谈会，四类人员即建档立卡贫困户、低保户、五保户、残疾人。

上午11点，会议开始，由村支书赵MX主持，首先由刘HM讲话，他向大家讲述了富裕村产业发展、硬件设施建设等情

"四类人员"座谈会现场

况，并介绍了下一步发展思路，同时希望村民们团结一致、奋力拼搏，打好脱贫攻坚战。

我在会上给乡亲们通报了近期我校到村里进行消费扶贫的消息，希望村民们与工作队多进行沟通，及时解决生活中的问题。镇武装部部长对扶贫有关政策进行了解读，并部署了近期的迎检工作。

会议结束后，村"两委"、驻村工作队以及参会的四类人员在村委会一起吃了火锅，虽然桌子和座位有限，但大家吃得特别高兴。

村务会议

2020年1月2日　阴转小雨

　　今天一早我就开始协调"山水隘口"电商平台，联系我校购买第一批富裕村农产品的事情，学校食堂已经开出了近两万元的购物清单（猪肉、高山土豆、萝卜、白菜等），与电商平台协调完后，我又联系村委会主任组织农产品收集。

　　上午11点，我们召开了村务会议，因为天气比较冷，我们驻村队员、村干部、组长挤在有大空调的办公室开会。会上，我们研究了春节慰问困难农户、安装各村民小组路灯、核桃树管护费发放等事宜，参会人员各抒己见，热烈讨论，不知不觉就开了近5个小时会。

村务会议现场

　　会议结束后，所有的参会人员一起来到村委会主任杨WZ家吃刨猪汤，他家刚刚杀了一头肥猪，新鲜猪肉、猪血、猪肠煮了一锅，大家围绕在柴火灶加热的一锅美食的周围，一边吃一边闲聊，别提多么高兴、多么幸福了，也许这就是幸福的农村小康生活，感谢党和国家给农村带来的幸福美满生活。

现场会议

2020 年 4 月 3 日 小雨

今天早上不到 8 点半，我冒着小雨驾车赶到镇政府参加了"全镇产业扶贫现场会议"。各村的参会代表到齐后，我便和村干部及专业合作社代表随着长长的车队到产业现场参观学习。

首先我们来到新院村的茶叶加工厂，新院村委会相关负责人现场为我们介绍了该村的茶叶种植及加工的情况，告知我们隘口镇出产的茶叶品质上乘，被重庆市有关专家认可，厂里的茶叶加工生产线使用的也是西南地区最为先进的设备。听完介绍后，我们在厂房查看了茶叶烘干及成品包装的情况。

产业园相关企业工作情况

然后，我们又跟着车队来到隘口镇乡村扶贫产业园的方便火锅、方便米线的生产厂房进行参观，虽然产业园也曾受到疫情影响，但在疫情得到控制后这里就马上复工复产了。我们在现场看到生产线上的工人穿着防护服，不停地在生产线上作业。现场管理人员为我们介绍了生产及销售情况，并告诉我们生产线上的工人也都是隘口籍的村民，为隘口镇解决了一部分的就业问题。

随后，我们又跟着车队来到坝芒村金银花黄精示范基地、屯堡村茶叶基地、富裕村核桃基地、东坪村中药材育苗大棚等，虽然山路上小雨伴着浓雾，但丝毫没有影响参观学习人员的热情。我们在坝芒村看到了金银花和黄精套种在一起的种植田里冒出了嫩芽，屯堡村的茶叶新叶长势良好，我们富裕村的核桃树已经发芽，东坪村的黄精等中药材苗子即将"出炉"，相关的村庄负责人也为我们讲解了产业发展情况。

实地参观完后，镇党委书记刘HM会同有关镇领导在东坪村会议室组织召开了工作会议。会上，隘口居委会、太阳山村、岑龙村等6个村庄在会上进行了简短的产业发展汇报。分管产业项目的副镇长杨SX传达了有关会议及文件精神，对扶贫项目有关术语进行了解读。镇党委书记刘HM对近期扶贫工作进行了有关部署，并提出六点工作要求。

会议结束时已经两点多了，在东坪村食堂吃了午饭后，我便独自一人驾车返回富裕村。快行驶到岑龙村时，轮胎胎压监测报警提醒我轮胎气不足，我马上下车查看轮胎情况，没想到右后胎已经没气了，我便马上在后备厢中找出工具更换备胎。由

在东坪村会议室召开工作会议

于几年没有更换过轮胎了，我花了一个小时的时间才把轮胎换好。

回到村委会后，我接到镇政府的通知，4月7日上午要去参加"全镇脱贫攻坚大排查工作会议"，我也马上通知有关村干部和驻村队员做好大排查工作的相关准备。

片区会议

2020年4月15日 多云

　　今天上午，我在村委会办公室接待了几个来访的村民。他们有些是来咨询农业管护费未上卡原因的，有些是来开具《个人健康申报证明》的，我为他们进行了解答和办理。

　　因为富裕村到岑龙村路段修路，需要绕道才能前往镇里，我便提前了两个小时到镇里参加"市级挂牌督战村和清溪、溶溪片区驻村工作现场会议"。绕行的这条路比平时行驶的路程多了十几公里，到达镇里也需要一个多小时的时间。我首先前往代家坪组与贵州交界的大坳，

与全人员参观扶贫产业园

这段路完全是陡峭的上坡，到达这里后又前往小坨，接着顺着公路又来到一个岔路口，再沿着路窄坡陡的山路下山来到百岁村，最后经坝芒村来到326国道。这一路上，虽然路陡弯急、路途遥远，但是沿途风景很美，公路两边长满了五颜六色的野花，而且从高山上向山下望去，蜿蜒山路和农家缕缕炊烟尽收眼底，美不胜收。

　　下午一点多钟，我才到达隘口乡村扶贫产业园，参会人员也陆续到达。一点四十左右，近60名参会人员到齐后，我们便根据会议安排现场参观了隘口乡村扶贫产业园。大家首先来到了电商展厅，镇党委书记刘HM亲自为大家进行解说，并给大家展示了有隘口特色的电商产品，接着又来到了方便、

酸辣粉和方便火锅的生产车间，透过参观通道的玻璃窗，我们看到工人们忙着生产和包装，据说这些产品现在供不应求。参观完产业园之后，我们又统一乘车来到新院村茶叶基地，这里的茶叶已经开始采摘了，解说员告诉我们隘口茶叶的品质非常好，已经得到了市内外专家的认可，现在茶厂也购置了自动化非常先进的制茶设备，茶叶的销量也非常不错。

随后，我们又来到新院村村委会，驻村第一书记向 XZ 现场给与会人员介绍了该村脱贫攻坚工作开展情况，并邀请我们一起品尝他们出产的茶叶和金丝皇菊泡的茶水。

两点半左右，我们在新院村委会会议室参加了会议，会议由县委组织部副部长喻 L 主持。会上，镇党委书记刘 HM 汇报了隘口镇抓党建促脱贫攻坚的情况；驻镇工作队联络员李 W 通报了市商务委扶贫集团开展脱贫攻坚及推进隘口建设四个扶贫示范镇工作的情况。接

着就由六个村的驻村第一书记汇报驻村工作及工作感悟，我作为市派的第一书记第一个进行了发言，我在发言中谈了三点感受，汇报了三点工作开展情况：完善发展机制，确保脱贫攻坚落实到位；及时沟通驻村扶贫，寻求更多单位支持；全力做好抗疫工作，把村民损失降到最低。随后，县妇联副主席曾 A 对近期脱贫攻坚工作做了详尽细致的说明。

最后，县委常委、副县长戴 H 在讲话中肯定了驻村干部脱贫攻坚工作的成效，对驻村干部提出了三点要求：思想认识再深化，切实增强驻村工作责任感、使命感、紧迫感；目标任务再明确，确保各项政策措施落实落地；组织管理再严格，确保工作作风更扎实、更务实。

会议结束后，我和参会人员在新院村吃了个晚饭，然后驾车在慢慢降临的夜幕中绕道返回了富裕村。

普查会议

2020 年 6 月 21 日　小雨

今天虽然是星期天，但镇村干部依然忙碌着。上午，镇政府组织召开全镇脱贫攻坚普查清查摸底培训会议。一早，我便驾车迎着蒙蒙大雾沿着蜿蜒的山路来到了镇政府会议室。

会上，副镇长刘 G 结合市县有关会议精神对参会的村干部、驻村队员进行了脱贫攻坚普查清查摸底工作培训。镇长周 SQ 对近期的防汛隐患排查及疫情防控工作进行了部署。驻镇工作队联络员李 W、镇党委书记刘 HM 最后要求大家务必要按照文件规定及会议精神扎实做好脱贫攻坚普查清查摸底工作，以迎接全市乃至全国的脱贫普查清查工作；此外要在当前雨季和北京疫情出现反弹之时提高警惕，认真开展排查工作，防止出现任何安全隐患。

全镇脱贫攻坚普查清查摸底会议现场

下午，我们回到村委会又召开了全村普查清查摸底工作会议，准备明天组织村干部、驻村队员分组对全村进行普查清查摸底。

调整会议

2020 年 10 月 19 日　阵雨转阴

　　早上起床后，雨点渐渐大了起来，我一边听着淅淅沥沥的雨水声，一边吃早饭，感觉农村生活特别惬意。吃完早饭我就驾车前往镇政府参加全镇的建档立卡贫困人员动态调整会议，路上依然非常湿滑，在爬陡坡时新换过的轮胎依然打滑了很多次，车子自带的 ESP 系统也启动了很多次。

　　9点半，我驾车到达镇政府后就进入了会议室。镇党委书记刘 HM 主持会议，驻镇工作队联络员李 W 及相关镇领导坐在第一排听取各村的建档立卡贫困人员动态调整情况。会上，各相关村庄针对动态调整情况进行了汇报，驻镇工作队相关人员及有关镇领导就各村居汇

建档立卡贫困人员动态调整会议现场

报的内容进行了质询，特别针对脱贫及收入计算有争议的贫困户进行了讨论。我们村的村支书在会上汇报了富裕村的调整情况，建档立卡贫困人员龙 ZH 因病故调出，目前系统录入已经完成。

　　会议结束后，我又驾车来到驻镇工作队，我向联络员李 W 汇报了近期村里的相关工作及带货短视频拍摄情况。下午，我和李 W 冒着大雨到隘口镇周边的几个村居查看了防汛实施情况，虽然鞋子被打湿了，我仍然坚持到结束。临近傍晚，我又驾车返回了村里。

返城参会

2020 年 11 月 12 日　多云

最近很久没有写日记了，因为我不仅要迎接年底的脱贫攻坚成效考核工作，每天都在走村入户、完善资料，而且在准备职称晋级申报材料，我的副教授任期已满，可以申报教授职称了，所以每天下班后我都在整理个人的职称申报资料。

由于县委组织部的通知，我昨天一早便驾车到县委党校报到，参加全县巩固拓展脱贫攻坚成果专题培训。上午在报到时，见到了许久没有见面的市里派到其他乡镇驻村的同事，同为重庆主城来的脱贫"战友"见面后又是一番畅聊。在县委党校食堂吃过午饭不久，这次培训

专题培训开班仪式

在党校报告厅举办了开班仪式。开班仪式由县委常委王 J 主持，仪式上县扶贫办主任陈 M 对秀山县脱贫攻坚开展情况进行了通报，县委党校常务副校长田 L 对培训纪律做了相关要求，最后由县委组织部部长许 Y 进行了讲话。

中途休息后，马上进入了下午的学习，第一堂课是县农委副主任杨 YJ 为我们讲授的秀山县农业发展情况及对接乡村振兴有关措施。参加培训的驻村人员都听得非常认真，因为这堂课为我们在脱贫攻坚收官关键时期如何有效衔接乡村振兴提供了产业发展思路。

下课后准备到食堂吃饭时，市商务委消费促进处副处长陈MH打电话告知我，因为把我抽调到了市级脱贫攻坚成效考核组，所以后天我要到主城参加市扶贫办举办的"脱贫攻坚成效考核动员部署暨培训会议"。我也告诉陈处长明天我会出发返回重庆主城，后天一定准时

培训现场

参加会议。接完电话，我就立刻购买了第二天中午返回重庆主城的火车票。

今早，我通过手机短信专门把要到主城参会的事情向有关领导进行了汇报及请假备案。为了能多听一堂讲座，我想中午再出发回重庆主城，所以今天上午又来到了县委党校参加培训。

今天上午的讲座是县委党校常务副校长田L为我们讲授的"《习近平谈治国理政（第三卷）》学习导读"，她结合习近平总书记的有关论述及自身学习的感受，为我们驻村扶贫工作提供了相关思路和建议。课程结束后，我来不及吃午饭，就连忙前往火车站坐车。到了火车站没想到我乘坐的K9510次列车晚点了一个小时。我只能在候车厅打开电脑，一边修改材料，一边候车。

直到临近下午两点钟，我乘坐的车次才开始检票。上车后，我发现今天坐车的旅客非常少，可能是由于火车晚点的原因吧。在乘车时，市商务委消费促进处陈X给我发来了参会的有关资料，我一边坐车，一边学习相关资料，感觉此次乘车的时间过得好快。

迎检会议

2020年11月30日 阴转小雨

　　被抽调到市级考核检查组的日子过得真快，不知不觉为期半个多月的对两个区县、一个市级部门的检查结束，检查工作不仅要深入扶贫项目、乡村农户，而且我要负责收集整理问题并形成东西部扶贫协作的检查报告。在忙碌的日子里，完全没有时间写日记。

　　昨天我在完成相关的文字材料后，下午便和"战友"们返回了秀山。今天镇政府召集驻村工作队员、村干部召开"隘口镇2020年度国家成效考核暨深度贫困乡镇专项评估迎检工作会"。会上，副镇长刘G传达了全县脱贫攻坚会议精神，特别强调了县领导要求的对于脱贫攻坚工作要再重视、再过细、

会议现场

再周全、再落实，具体要做到：全面巩固提升"两不愁三保障"成果；全面整改各类问题；全面提高数据质量；全面规范档案资料；全面开展总结宣传。刘G部署了国家成效考核的迎检工作，他通知大家国家考核将于12月5日全面启动，并从考核内容、考核方式、存在的突出短板和薄弱环节及结果运用等几个方面进行了工作安排。驻镇工作队联络员李W最后对驻村队员、村干部提出了工作要求：一是要做实基础工作；二是要保证剩余贫困户稳定脱贫；三是要高度关注贫困群众满意度；四是要准备好迎检资料；五是要明确把握迎检工作的重点。

会议结束后，我与驻村队员们就有关工作进行了交流。随后我又驾车前往孝溪乡的"秀山扶贫公路"进行参观，这条扶贫公路长10.84公里，解决了附近非常多村民的出行及生活问题，彻底连通了两个乡镇。

秀山扶贫公路项目

合作会议

2020 年 12 月 2 日　小雨

    今天起床后感觉特别冷，整个村落也同样被蒙蒙雨雾笼罩着。为了做好迎接国家成效考核的工作，今天一早我和村支书、驻村队员一起驾车前往大龙门组贫困户家中进行走访。我们先来到了大龙门组贫困户杨 ZQ 家，在他家门口我们专门查看了新修建的通组公路，有了这条硬化的公路，这里的村民可以把车子开到房屋附近了。我们与杨 ZQ 的家人进行了交谈，并填写完善了帮扶手册中的走访记录。

    我们在走访大龙门组其他贫困户时，顺路去查看了一个临时垃圾倾倒点。在现场查看时，我们认为这个倾倒点极不规范，容易污染环境，便共同商议提出了整改方案——撤销这个垃圾倾倒点，在附近的公路边摆放垃圾倾倒箱。在走访有关农户时，我们顺便提醒村民不要再向以前的垃圾倾倒点倒垃圾了，要多走两步将垃圾倒进垃圾箱里。

与村干部一起走访贫困户

　　临近中午，我们还在继续走访时，村支书赵 MX 接到了邻村（贵州省铜仁市松桃县冷水镇木材溪村）村支书李 M 的电话，李书记告诉我们，他们准备到我们村里来商议准备打造"花山花海万亩杜鹃花"项目。之前，我们与他们电话里沟通过许多次，也多次邀请他们来我们村进行交流，没想到他们今天来了。我们驾车接到他们后，便一起到野生杜鹃花基地实地查看了野生杜鹃花的生长情况及产业路的修建情况。

　　看完基地，我们又共同返回村委会一起吃了个便饭。饭后，我们在村委会会议室召开了工作会议。我们双方针对"花山花海万亩杜鹃花"项目进行了交流，一致认为这个项目不仅能带动乡村经济发展，更能推进下一步的乡村振兴工作。经过商议，李书记准备回村后与他们村的村干部及涉及土地的农户进行沟通，推进两村村民共同打造该项目。大家在会上洽谈得非常愉快，这个项目也许正验证了习近平总书记所讲的"实施乡村振兴战略是一篇大文章，要统筹谋划，科学推进。要推动乡村产业振兴，紧紧围绕发展现代农业，围绕农村一二三产业融合发展，构建乡村产业体系，实现产业兴旺，把产业发展落到促进农民增收上来，全力以赴消除农村贫困，推动乡村生活富裕"[①]，我也对两个村共同打造的"花山花海万亩杜鹃花"充满了期待。

交流"花山花海万亩杜鹃花"项目

---

① 习近平、李克强、王沪宁、赵乐际、韩正分别参加全国人大会议一些代表团审议 [EB\OL]. 人民网，2018-03-09.

选举会议

2021年1月25日 阴

今天上午我们在村委会会议室召开了"富裕村党组织书记、主任'一肩挑'主任选举第二次村民代表大会",我和镇党委组织委员严C、武装部部长叶S、村干部及村民代表一共30余人参加了会议。

会上,我们组织村民代表对新任村支部书记郎CC兼任村委会主任一事进行了无记名投票表决。经过选票统计,郎CC获得了全体村民代表一致支持。郎CC随即进行了表态发言,表示"一肩挑"后,一定会兢兢业业开展工作,为村民当好公仆、做好服务工作。我也在会

书记、主任"一肩挑"会议现场

上向村民代表传达了中组部关于加强基层党组织建设相关文件及会议精神,要求村民代表们一定要贯彻县委及镇党委关于村"两委"换届选举及党组织书记、主任"一肩挑"的有关要求,要全力支持村"两委"开展工作,大家一起努力把富裕村打造成美丽乡村。

会议结束后,我与村民们针对雪莲果滞销问题进行了交流,最后大家决定把雪莲果认真拣选后装袋,然后送到镇上"山水隘口"电商平台进行统一销售。

吃完午饭,我和驻村队员列席参加了村党支部委员会议。会上,我们针对下个月即将召开的支部委员选举会议进行了研究,初步确定了会议议程及选举方式。

会议结束后,我和村支书郎CC前往九道河组查看了河道情况,入户提醒个别村民一定要注意环境卫生,特别是不能向河里倾倒垃圾。

迎接检查

脱贫检查1

2019年11月18日 小雨

今天早上吃完早饭，我们检查组所有人员便从宾馆乘车前往县政府大楼。到达县政府大会议室后，便开始召开检查情况交流会。

会议由检查组组长吴JH主持，他首先委托联络员彭JM进行检查组成员介绍，县委书记徐SG也介绍了县委县政府参会人员。首先，由县委书记徐SG进行2019年度脱贫攻坚工作情况汇报，他简短介绍了丰都县的情况，并从责任落实、问题整改、核心指标、产业扶贫、社会扶贫、精准投入、作风建设等几个方面进行了汇报。组长吴JH进行了检查部署，他指出要充分认识开展脱贫攻坚成效考核的重大意义，针对市级检查的总体安排，对检查组、考核区县提出了相关要求。

会议现场

　　会议结束后，我们便乘车返回宾馆的大会议室，开始了检查工作。我被分到资料二组，主要负责对县扶贫办、县农业农村委会、县商务委提供的十余本脱贫攻坚资料进行查阅，从上午10点半一直查阅到下午6点，并把相关问题记录了下来。

资料检查现场

　　晚上吃完晚餐，我们检查组一共16人又在小会议室召开了工作研究会议，会上每个小组分别汇报了访谈及资料查阅情况，并对未来几天的具体行程进行了安排。组长吴JH对大家尽心尽力查阅资料的行为给予了充分的肯定，并要求大家用金睛火眼对标对表查找问题，告诉大家今天仅仅是拉开了检查的序幕，大家一定要继续发言特别能战斗、特别能吃苦的精神把后续工作做好。

脱贫检查2

2019年11月19日 阴

今天早上8点30分，我们便出发前往双龙镇检查脱贫攻坚成效工作。虽然道路不像从秀山县进富裕村那么蜿蜒和陡峭，但仍然行驶了一个半小时，我们才从县城到达双龙镇政府。

到达镇政府后，我们便开始分组与镇领导及相关人员进行谈话、对有关档案资料进行检查。根据分工，我们组主要负责查阅巡视整改方案、建章立制政策等，同时抽查2019年实施的部分扶贫项目。经过一上午的资料查阅，我记录了一些问题，准备下午进村去核对。

检查脱贫攻坚成效工作现场

中午在镇里吃完午饭后，我们驾车行驶了半个多小时来到该镇的付家山村。我们两个队员在村委会进行了短暂的停留后便根据抽查名单深入农户。我们去了六户农户，但是仅有四户在家，我们便进行了入户访谈调查，并填写了入户调查表。

在村里走访完后，我们晚上近七点才到达宾馆。在吃完晚餐后，我们又召开了小组碰头会，会上各组成员汇报了今天的检查情况，组长、副组长对我们的工作也提出了新的要求。

脱贫检查3

2019年11月20日　阴

今天早上8点30分，我们根据前一天晚上会议的安排，又乘车大概一个小时到达了丰都县仙女湖镇，检查工作和昨天一样。上午，我和同事在镇政府会议室查阅了该镇落实中央巡视整改的方案及资料、脱贫项目资料等，然后走访抽查了镇政府所在竹子社区两家今年脱贫的农户的情况。

仙女湖镇检查工作现场

下午，我们又乘车前往该镇所属的厢坝村，到达村委会后，我所在的小组负责抽查该村今年贫困户脱贫的情况，一个下午我们小组两个人一共走访了五户农户。他们都解决了"两不愁三保障"问题，非常感谢党和国家的扶贫政策。

脱贫检查4

2019年11月21日 阴

我们早上依然是8点半钟乘车出发的，今天前往的是市级重点贫困乡镇——三建乡。经过40多分钟的车程到达三建乡乡政府后，我们发现工作人员居然在活动板房里办公。经过了解才知道，乡政府正在异地修建之中。

到达乡政府会议室后，我们便对脱贫攻坚资料进行了检查，组长、副组长对乡党委、乡政府有关领导进行了访谈。资料查阅之后，我们便到附近的丰都县仙女湖镇和廖家坝社区都有竹子社区走访了六家农户，了解了"两不愁三保障"有关问题。

赴三建乡检查脱贫攻坚工作

脱贫检查5

2019年11月22日　阴

　　早上8点半，我们就出发来到了附近的三合街道，今天主要是对这个街道进行脱贫攻坚成效检查。

　　到达办事处后，在工作人员的引导下，我们资料检查组来到堆满备查资料的会议室。经过近一个半小时对资料的检查和对有关人员的访谈后，我们便深入距三合街道办事处较远的刀溪村进行入户调查。

　　我们到达刀溪村后随机抽取了今年脱贫的贫困户、一般农户各三户进行调查，在调查过程中发现他们都不存在"两不愁三保障"问题，而且非常感激党和国家的扶贫政策。

三合街道检查工作现场

脱贫检查6

2019年11月25日　小雨转阴

早上8点半，我们吃完早饭便统一从宾馆乘车前往巴南区区政府。虽然距离很近，但能明显感受到巴南区与其他远郊区县的不同，因为巴南区就是主城区了。

9点，见面会议在区政府正式开始。首先由巴南区委副书记何YG做脱贫攻坚工作情况汇报，然后检查组组长吴JH对脱贫攻坚成效考核工作进行了安排，提出了工作要求。

巴南区脱贫攻坚检查会议现场一

短暂的会议结束后，我们检查组利用一天的时间，分别访谈了区委、区政府分管扶贫的领导，区农委、区扶贫办、区教委等相关部门负责人，界石镇党政负责人，金鹅村、新玉村、钟弯村党政负责人等22人，并查阅了区、镇、村三级的相关文件资料。访谈和查阅资料两项工作都完成时已经是下午三点半了，我们检查组又分成了8个小组到界石镇新玉村、钟湾村走访了农户20户并实地考察了扶贫项目。

巴南区脱贫攻坚检查会议现场二

　　为了如实地考察危房改造情况，我们这个小组来到了新玉村道路状况最差的几个村民小组。因为附近在修建铁路隧道，很多重车将这里的道路破坏得非常严重，再加上近日雨水较多，路面很多地方不是断裂严重就是满是泥浆。越野车行驶在路上，底盘也被崎岖的道路碰到了几次。但这丝毫没有影响我们工作的热情，我们依然对三户农民进行了入户调查。在返程时，由于一辆挖掘机挡住了返程的道路，附近铁路施工队的负责同志就驾驶摩托车，带领我们从正在施工的铁路隧道中通行。这是我第一次穿行铁路施工隧道，感觉隧道里如电影场景般壮观，隧道施工道路极为艰险，我也感受到了铁路建设者们的伟大。

　　回到宾馆已经是7点多了，吃完晚饭，我们又召开了小组内部会议，汇总了今天的工作开展情况，并安排了明天的巴南区成效考核工作和市民政局东西扶贫协作考察工作。

脱贫检查7

2019 年 11 月 26 日　阴

我们今天同样是8点半出发的，经过近一个小时的车程到达了南温泉镇，我和同事到达镇政府会议室后，首先对该镇的中央巡视整改及市级督查整改、会议研究脱贫攻坚情况、扶贫项目资金使用情况等资料进行了检查。随后，我们前往贫困村黄金林村入户调查，上午入户调查了两户，下午入户调查了四户，并填写了入户调查表。

在调查过程中，印象最深的是一个叫孔 DY 的村民，他今年已经 92 岁了，老伴91岁，女婿65岁，他家户口本上一共就三个人。孔 DY 虽然已是高龄老人，但是依然在做农活，在我入户访问的时候，他刚扛着一根一米多长的木柴回来，看到这位高龄老人还在坚持做农

南温泉镇资料检查现场

活，我瞬间感觉世界上再难的工作也变得轻松了。还有另外一个村民叫文 H，他虽然只有四十多岁，但身患耐药性肺结核，平时不断咯血，妻子见他患病便离开了他，而他一直留在村里养病。在养病的同时，他还养殖了100余只鸡，经济来源主要是养殖和低保。我并没有像个别村干部那样怕与他近距离接触，而是近距离与他深入交流，并鼓励他一定要安心养好病，做好家鸡养殖，提醒他有什么困难及时向村"两委"和驻村工作队反映。

脱贫检查8

2019年11月27日　小雨转阴

8点半整个检查组就出发了，经过一个小时的车程到达了姜家镇，我和同事同样在到达镇政府会议室后，就对有关资料进行了查阅，并根据资料上的慰问数据对贫困户慰问情况进行了现场电话抽查。

下午，我们乘车前往白云山村入户调查了六户

姜家镇资料检查现场

农户，其中三户脱贫户，三户一般农户。随机抽查到的一般农户钟 GR 家一共三口人，居住的房子破旧，已经出现了裂缝，感觉已达到危房程度了，儿子40多岁还没有成家，也没有很好地赡养两位老人。于是，我们便将掌握的情况反馈给了有关镇领导和村干部，并希望他们协助解决住房问题。

脱贫检查9

2019年11月28日 阴

今天又是8点半乘车出发的，在高速路上行驶了约一个小时，到达了巴南区较远的双河口镇，我们在组长的带领下到达镇政府会议室后就分成了几个小组，分别进行谈话交流和资料查阅。我和另一个同事继续像之前一样，检查该镇的中央巡视整改落实方案及资料、脱贫项目资料等。

双河口镇走访现场

检查完资料后，我们就乘车前往该镇的塘湾村进行入户调查，经过几个小时的走访，我们一共去了村里龙洞口组、走马沟组的五个贫困农户、一个一般农户家，并通过深入交流了解了他们的生活情况。

脱贫检查 10

2019 年 11 月 29 日　阴

今天上午在检查完有关脱贫攻坚资料后，我们便在区政府会议室召开了检查总结会。会上，副组长简单通报了检查情况，肯定了巴南区在脱贫攻坚工作中取得的成果，也指出了一些问题：一是扶贫基础工作还需要进一步落实；二是住房安全保障还需要进一步提升；三是对象识别退出还需要进一步精准。

脱贫检查总结会现场

随后，区委书记辛 GR 对检查组对巴南区脱贫攻坚的指导表达了感谢，并表示一定会加强整改，不仅要落实好国家大政方针，还要强化使命担当。

准备资料 1

2019 年 12 月 13 日　晴

今天早上吃完早饭，我便和驻村队员、村干部按照《隘口镇脱贫攻坚"回头看"全面排查解决突出问题实施方案》要求，一起完善"农户脱贫攻坚'回头看'调查表"。富裕村一共有248户，1468人，建档立卡贫困户有36户，215人；低保15户，20人；五保户3人，残疾人22人。不仅这些人的调查表需要完善，而且一般户也需要进行遍访。

下午，县应急管理局局长杨 J 一行到村里开展了主题教育"三访（访扶贫先进个人、访致富带头人、访企业党支部）"活动。座谈会上，村支书赵 MX 对自己的事迹进行了介绍，我和有关村干部也对他的事迹进行了讲解。赵 MX 从2015年7月到现在已经在村里坚守了4年，为推进扶贫

完善调查表

事业，大力发展了核桃产业及林下经济，获得了"中国好人""扶贫先锋"等荣誉称号，他的事迹是值得我学习的，我也下定决心牢记初心，打好富裕村的脱贫攻坚战。

晚上，我散步时看到邻村村民驾车把九道河某村民饲养的鸭子压伤了，两村村民间发生了争执，我便上前进行了调解，最终九道河组村民没有让对方赔偿就放行了邻村村民的轿车。

准备资料 2

2019 年 12 月 14 日　阴

今天一早，我的老鼻炎发作得很厉害，两个鼻孔又不通气了，于是又吃药又喷药，希望能坚持，不用按照医生的意思去做手术。来到办公室后，我们又开始按照镇里的要求整理资料，为了让相关贫困户的信息能准确录入APP，我给有关贫困户的主要帮扶人打了电话，恳请他们按照进度和程序要求把相关信息录入 APP。

为了采集贫困户的房屋、用水照片，顺便帮我的队员、细沙河组三户贫困户的主要帮扶人杨 ZM 慰问贫困户，我们驾车前往了细沙河组，在这里我们收集了 APP 中需要上传的照片，与杨 ZM 一起去慰问了三户贫困户。我每到一个贫困户家里，问贫困户的第一句话总是"最

细沙河组收集资料

近生活上有问题吗"，同时也会坐下与贫困户们交流一阵。

在细沙河组完成工作之后，我们又驾车来到了长堰土组，在这里我们走访了三户贫困户和一户非贫困户（杨 ZG），了解了他们的生活情况，采集了很多关于房屋及用水的照片。

雨中迎检

2020年1月6日　阵雨

今天又下起了小雨，村委会附近被浓浓的雨雾笼罩着。昨天国家东西部扶贫协作项目检查组已经到达了秀山，可能今天就要来隘口检查了，虽然富裕村涉及东西部扶贫协作的项目较少，到富裕村里检查的可能性小，但我们仍然在认真准备迎检。

在等待的过程中，有个村民专程到村委会办公室找我们反映问题，我便与他坐下来进行了交流。在交流中，我得知他是大龙门组村民熊MZ，他的妻子叫滕CY，他家里一共有四口人，除了他们夫妻二人外，还有一个儿子（已离婚）和一个孙子，家里的经济来源全靠老两口务

为村中老人送温暖

农和儿子务工。他拿出了妻子住院的诊断证明给我，请求我们工作队给予帮助。

我看了他的诊断证明后，告诉他他的妻子虽然住院治疗了，但患的是甲状腺左叶结节性囊肿和右侧胸壁脂肪瘤，不属于重大疾病，而且医保为她报销了7000多元，村里还有很多村民比他家困难得多，我们现在的救助尽量向特别困难的村民倾斜，请他多理解。他听到我的解释后，表示理解，也答应我会自强不息，提高生活质量。

随后，我和驻村队员张BJ前往岑龙村，准备对我校在读学生杨LQ进行

家访，因为上次来时她的家长都没有在家。我们到达她家的老房子，敲了门后，只有她的哥哥（患有智力障碍）在家，我们准备等他们父母回来后再过来家访，于是又返回了村委会办公室等待检查。

中午吃完午饭，我和两个驻村队员迎着大雾，又驾车前往细沙河组。今天到细沙河主要是准备将上午驻村队员杨 ZM 在镇里领来的棉絮送到杨 ZG 家。我们三人到达杨 ZM 家后，他与妻子张 JX 正在家烤火，我们便把两床

与建档立卡贫困户交流

棉絮送上，他们非常感动。驻村队员用手机记录下了这一美好时刻。在返回村委会的路上，我遇到建档立卡贫困户杨 SX 的妻子正在清扫马路（她是公益性岗位保洁员），我便下车与她就其儿子享受教育资助的情况进行了交流。我告诉她，她儿子刘 DG 作为建档立卡贫困户子女，不仅学费全免，而且可以享受国家二等以上助学金。在返程路上，大雾笼罩住了马路边的青山绿水，感觉别有一番风情，于是我们下车拍照留念。

返回村委会后，我通过微信联系了市口岸物流办工会主席王 S，请求他们对我们村委会副主任李 DQ 进行援助。李 DQ 在去年年底检查出来患有甲状腺癌伴淋巴结扩散，做完手术后身体还在恢复之中，我们驻村工作队也去慰问了两次。最后，市口岸物流办答应给她 3000 元慰问金，希望能帮助她早日康复。

迎检准备 1

2020年6月6日　阴转小雨

今天虽然是星期六，但明天秀山县脱贫攻坚"百日大会战"检查组将会到富裕村来检查工作。所以一早，我就和值班村干部认真研究镇领导在微信群里发出的检查内容，根据具体要求继续完善有关表格和资料。

中午吃完自己做的午饭后，我们又继续完善迎检资料。下午三点，村支书组织在家的村干部在村委会办公室召开迎检会议。会上，我和村支书就迎检工作做了安排，特别是今天下午要做好扶贫"明白卡"的更换、填好全村产业项目资金情况表、通知各村民小组做好清洁卫生等。会后，村干部们分别到自己联系的村民小组更换"明白卡"。我陪同村支书赵 MX 驾车来到大龙门组，走访了他帮扶的杨 ZD、杨 ZX 等建档立卡贫困户。我们询问了他们最近高山土豆产出、核桃树管护及家人外出务工情况，并完善了他们的帮扶手

整理资料现场一

册中的走访记录和帮扶措施。

随后，我和村支书又来到了细沙河组河坎上的吴EZ家里。他之前向我们反映他家坡下的公路在硬化时，占用了他家的部分土地，村干部及施工负责人答应为他挖一条从坡下公路通往他家的入户便道。但公路硬化后，村干部和施工方并没有任何作为，因此他特别生气。我和村支书来到吴EZ家后，他才从山坡的田地里赶回来，我们便在他家院坝进行了座谈交流。经过了解，原来他多次向个别村干部反映过这个问题，但是没有人回复和处理。我和村支书立刻联系有关村干部及施工方核实了这个问题，经过协调，施工方同意尽快派挖掘机到现场为他家挖这条入户便道。吴EZ对我们的处理结果非常满意，特别感谢我们两个书记专程来处理这个问题。

返回村委会的路上，我们又专门去查看了这里村民反映的"由于山坡下采石，造成山坡上的公路出现裂痕，从而容易产生垮塌"的路段。我们到公路的山坡下、公路对面的山坡上观望了出现裂痕的山坡。经过查看，初步还不能确定是否是山坡下采挖岩石导致公路出现了裂痕，准备邀请专家现场勘查。回到村委会后，我们又在一项一项核对备查的有关表格数据，直到很晚才结束工作。

整理资料现场二

迎检准备 2

2020 年 6 月 7 日　小雨

今天是星期天，但镇村干部的忙碌似乎丝毫没改变。早上虽然下着大雨，但大家一早就赶到了村委会，到达时间也比平时早很多。因为县脱贫攻坚"百日大会战"检查组将于今天到富裕村来检查工作。昨晚加班的成果在办公桌上被陈列了出来，我们又检查了一遍资料，大家都在等着检查组的到来。女村干部们又把办公室及会议室打扫了一遍，没过多久办公室和会议室里便一尘不染了。

上午 10 点半，我们接到镇政府通知，由于雨下得较大，加之我们村地理位置较偏远，检查组准备今天先去离镇政府较近的平所村、新院村进行检查。

研究迎检工作

　　吃完午饭，全体村干部、驻村队员在村委会办公室进行了简单的会议交流，然后便分成了三个小组，冒着小雨分赴被抽检到的九户建档立卡户、一户五保户家中，提醒他们做好门前屋后的清洁卫生，完善帮扶手册相关内容。我和驻村干部付 FY、驻村队员杨 ZM 驾车来到了代家坪组后，分别去了贫困户龙 XQ、杨 ZZ、熊 GY 家里。我们认真检查并完善了帮扶手册，查看了他们院坝的卫生情况。在龙 XQ 家中，我们专门看望了长期生病卧床的龙 XQ，他是富裕村的老支部书记，他当村干部期间为村民们做了许多实事，所以获得了大家的敬重。我们与卧床不起的龙 XQ 进行了简短的交流，提醒他一定要好好养病，有什么需要可以与我们联系。

探望老书记龙 XQ

　　走访结束后，我们又迎着小雨返回村委会。我在山间公路上看到对面的大山被重重浓雾环绕，感觉此刻富裕村的山野间呈现出了另一番景色。

接受检查

2020年6月8日　小雨

　　今天没有下雨，我们早上接到电话通知，检查组将派两名工作人员到富裕村检查资料、入户走访。全体村干部及驻村工作队员8点左右就赶到了村委会，比平时早很多。检查组的两名工作人员早上8点半就从县城出发了，但由于途中经过的清溪场镇今天"赶场"，所以他们在那里堵了很久。有的村干部和驻村队员在办公室整理着准备资料，而有的在厨房认真准备午餐，大家都忙碌不堪。

　　11点左右，检查组的两名工作人员到达了村委会。他们在办公室详细地查看了建档立卡贫困户信息采集表、脱贫攻坚政策明细账、农村居民2019年家庭年人均纯收入调查表以及全村的项目资金情况表等，并询问了驻村工作队员、村"两委"干部有关脱贫攻坚工作的情况。

　　临近中午，我和镇武装部部长叶S陪同检查组的两名同志前往细沙河组、大龙门组、代家坪组的建档立卡户家中进行走访，两名检查人员询问了建档立卡户及五保户的相关情况，认真比对了贫困户信息采集表和脱贫攻坚政策明细账的相关内容，也查看了他们居住房屋的情况。

检查组检查工作现场

　　直到下午两点多，我们才返回村委会吃饭。吃完午饭，我们又驾车陪同检查组前往千盖牛组走访另外三户，他们同样询问了建档立卡户及五保户的有关情况，认真比对了相关表格。走访结束后，我们带他们查看了千盖牛组核桃产业发展及核桃树生长情况。

迎接检查

2020 年 7 月 1 日　阴转阵雨

　　昨晚我们得到通知，全市脱贫攻坚工作专项督查组将于今早到隘口镇有关村庄进行督查，所以全体村干部、驻村工作队员在清晨就到达了村委会办公室。9 点钟左右，市级督查组组长（璧山区政协主席）向 BJ 及两名工作人员在驻镇工作队及镇党委有关领导的陪同下，来到了我们村委会办公室。向组长一行首先查看了我们村委会的办公条件，然后向组长在会议室对村党支部书记、村委会主任进行了访谈，而督查组两名人员在村委会办公室对排查表、脱贫明细账、入户照片、会议记录等脱贫攻坚资料进行了检查，他们不仅对资料检查得非常仔细，而且其间询问了驻村工作队工作研究、走村入户、开展帮扶的情况。

向 BJ 组长入户检查

　　在访谈及资料检查结束后，检查组在会议室随机抽取了需要上门入户的十户建档立卡贫困户。我们便陪同督查组前往千盖牛组、细沙河组、大龙门组、九道河组进行了入户检查。督查组三名工作人员在贫困户家中主动与贫困户家人聊家常，询问其了解的帮扶政策及有关帮扶情况，查看了房屋及用水情况，并在现场填写了"入户调查表"。在临走之际，向组长专门与贫困户握手告别。

在大龙门组入户时下起了大雨，虽然打着雨伞但步行时仍然被雨水打湿了裤子和鞋，但督查组人员仍然毫不松懈地坚持到抽中的每户贫困户家中进行检查。在九道河组检查完最后一户后已经是下午两点钟了，我们陪同检查组的三名工作人员冒着大雨返回村委会吃午饭。吃完午饭，检查组肯定了我们村工作的成果，简单反馈了一些督查情况。

迎检工作总结会议

送走督查组及驻镇工作队、镇党委的有关领导后，我们又在村委会办公室召开了会议对这几天的迎检工作进行了总结。

助销农货

备货销售

2020年1月7日 小雨

昨晚下起了阵雨，雨点打在玻璃上特别响。早上起床后，天已经放晴，天空是蓝天白云，久违的阳光从窗户照射进来。东西部协作检查组虽然昨天没有到富裕村检查，但依然在秀山，所以今天我们依然要做好迎检准备。

在等待迎检期间，我和村委会主任杨WZ去准备了"山水隘口"电商平台订的农产品。我们驾车先来到大龙门组的几户农户家中，对准备好的高山土豆、萝卜、白菜、南瓜、雪莲果等农产品进行验货检查、称重后搬运上车。电商平台收购的价格高于市场价很多，村民们脸上都露出了幸福、温暖的笑容。村委会主任杨WZ在皮卡车装满货后，便驾车前往隘口扶贫产业园交货。

准备电商平台产品

其实这个事情我已经策划了很久了，之前我在了解到村里的高山土豆、萝卜、白菜、雪莲果等农作物无公害、原生态、质量好，但村民特别是贫困户苦于没有销路，存在增产不增收的情况后，便向驻村工作队、村"两委"

提出了思路：一是要充分利用现有的"山水隘口"微信公众平台，销售富裕村特有的高山土豆、萝卜、白菜等农产品；二是要主动去动员市政府口岸物流办、重庆商务职业学院等对口帮扶单位，利用消费扶贫解决村民农产品销路问题，特别是要发挥重庆商务职业学院师生人数众多、消费需求量大的优势，大批量采购农产品。

　　他们非常支持我的想法，于是我与驻镇工作队及隘口镇有关领导对接后，富裕村特有的农家土猪肉、高山土豆、萝卜、白菜、雪莲果等农产品的精美照片就在"山水隘口"电商平台上被一一展示了出来；我们又利用元旦和春节两大传统节日，及时与对口帮扶单位进行了多次沟通协调，我校专门拨付了近6万元专款给电商平台，用于购买富裕村农产品，我也主动引导教职工将发放的每人400元的"山水隘口"扶贫消费券用于购买富裕村的农产品；市政府口岸物流办也答应了将2万元的扶贫消费券尽量用于购买富裕村的农产品。

查看农产品情况

助销土豆 1

2020年6月1日 多云转阴

今天一早，我和驻村队员杨 ZM 驾车前往代家坪村民小组组长杨 ZZ 家里。因为之前京东集团重庆市场部经理冯 QA 告知我，他们准备联合市商务委于 6 月 16 日—6 月 17 日，围绕 18 个深度贫困乡镇，在直播平台上对扶贫产品进行直播，为了方便直播，需要我提供一段关于直播产品的视频介绍。我向他推荐了我们村的高山土豆，并答应他今天会录一段推介视频发给他。

到达杨 ZZ 家后，他带我们来到了他家的田地里，然后便开始挖土豆。我也让驻村队员架好手机，以杨 ZZ 及他家人采收土豆的场景为背景开始录制视频。在视频中，我简单介绍了我自己和富裕村的环境气候，然后又介绍了富裕村高山土豆的特点及功效，并恳请观众们多多购买富裕村的高山土豆，推进消费扶贫，助力隘口镇打赢脱贫攻坚战。

录制完视频已经临近中午了，我们顾不得吃午饭，又步行到附近的几个寨子里的建档立卡贫困户家中，按照县建委的意见将以前张贴的房屋等级公示牌进行了更换。

驾车回到村委会时已经下午两点了，吃完午饭后，我在村委会办公室开始对上午录制的视频进行剪辑和字幕录入，不知不觉过去了两三个小时，终于将视频剪辑好了。我把视频及相关文字、图片资料发

更换房屋等级公示牌

送给了京东集团的冯经理。冯经理在 QQ 上对我录制的视频大为赞赏，表示有时间一定来富裕村考察调研。

附：

视频字幕

　　大家好，我是秀山县隘口镇富裕村驻村第一书记贾曦，今天我给大家带来的产品是我们富裕村的高山土豆。因为富裕村位于著名国家级风景区梵净山的余脉，高山土豆种植的海拔都在800米以上，加上昼夜温差较大，所以种出的土豆个头大、表皮光、品质高、口感好。我们的高山土豆含有大量淀粉、蛋白质、B族维生素、维生素C等，不仅能促进肠胃消化，同时能中和人体代谢后的酸性物质，有一定的美容、抗衰老作用。

　　5月正是采收高山土豆的最佳时期，大家可以看到农田间处处呈现出一派丰收的繁忙景象。农产品的销售能促进贫困地区脱贫，请大家为农产品消费扶贫贡献一把力。

　　6月16—17日，我在京东直播为秀山县隘口镇富裕村的高山土豆代言。上京东买高山土豆，京东物流送到家！

宣传高山土豆

助销土豆 2

2020 年 6 月 2 日 雷阵雨转阴

今天一早，我就和驻村队员一起走进了九道河组部分村民的家里了解高山土豆产出情况。由于昨晚下了雨，今天村民们都没有到地里采挖土豆，我们只能到村民家里查看前几天采挖的土豆的品质。我们在查看中发现，今年的土豆表面匀净，品质也不错。在村民家里，我电话询问了"山水隘口"电商平台关于对高山土豆的收购价格，他们告诉我：收购价格共有三类，小于鸡蛋大小的土豆 0.5 元 / 斤，大于鸡蛋小于 3 两的土豆 0.8 元 / 斤，大于三两的土豆 1 元 / 斤，但需要村民把土豆送到镇乡村扶贫产业园。我把这个收购信息告知了村民们，请他们尽快把需要销售的土豆送到指定地点。

步行回到村委会后，我又电话联系了京东商城和永辉超市。我向京东商城冯经理争取的高山土豆的收购价格是 1.2 元 / 斤，他答应我会尽快完善销售方案，在京东商城网站上挂出我们的高山土豆，至于是进村收购还是委托我们送货还有待确定，但是 6 月 16—17 日会在京东直播

检查扶贫情况完善资料

上直播推介我们的高山土豆。永辉超市的余经理（负责酉阳、秀山片区）告诉我高山土豆的收购价格是 0.8~0.9 元 / 斤，他表示下周会抽时间到我们富裕村现场来查看高山土豆的种植及出品情况。

没过多久，村支书赵 MX 就带领县发改委雷主任及相关人员来村里调研

核桃产业。在陪同他们考察完大龙门组、代家坪组、千盖牛组的核桃生长及管护情况后，我们便返回村委会一起吃午饭。

正在吃午饭时，驻镇工作队联络员李 W、镇纪委书记李 WP、镇党委委员姚 YJ 等人乘车来到了村委会，我们便邀请他们一起吃了午饭。午饭后，下起了大雨，村支书赵 MX 驾车送县发改委雷主任一行返回县城，我便主动陪

新挖的高山土豆

同驻镇工作队联络员李 W 及相关镇领导前往千盖牛组查看这里通往细沙河组河坎上的公路硬化情况。由于下雨，通往千盖牛组的山路上升起了浓雾，我们到达后冒着大雨查看了公路硬化竣工及山坡滑坡情况。返回时，我们又在村委会主任家附近查看了长势好、挂果多的核桃树。

送走他们后，镇党委书记刘 HM、副镇长刘 G 及镇扶贫办相关人员专门又到村委会检查了扶贫资料完善的情况，镇扶贫办相关人员在检查资料时，我与刘 HM、刘 G 就脱贫攻坚工作、高山土豆销售情况进行了交流，另外向他们推荐了中药材菌剂养猪项目。他们对这个项目非常感兴趣，我便拨通了推荐该项目的新华社主任记者王 ST 的电话，刘 HM 与他在电话里针对该项目进行了交谈，达成了初步合作意向。

刘 HM 一行走后，我们驻村队员及村干部又对全村的扶贫资料进行了整理和完善，直到天黑资料整理才告一段落。

助销土豆 3

2020 年 6 月 3 日　阴

今天一早，我来到九道河组村民李 LX 家里，通过认真拣选，以市场价收购了品相较好的 60 斤的高山土豆。我把收购的高山土豆装上车后，准备拉到隘口乡村扶贫产业园电商平台办公室与他们收购的土豆进行比对，顺便向他们推荐富裕村的高山土豆。

到达后，我看到他们仓库墙边堆满了用网袋装好的土豆，工作人员也正在认真拣选电商销售的土豆。我把村里带出来的土豆和他们这里的土豆进行了比对，由于品种都是西森六号，外观上基本上没有什么差别。我请他们的工作人员把两种土豆蒸熟后，又进行了品尝，他们说感觉富裕村的土豆口感更佳，我告诉他们这是由于富裕村的海拔较高、温差较大的缘故。经过

电商仓库的高山土豆

现场的交流，"山水隘口"电商平台答应帮我们村销售高山土豆，品牌定为"富裕高山土豆"。我把车上的60斤土豆也留给了他们进行试销。

返村的路上，我接到了屯堡村第一书记李XN的电话，他告诉我他们的派出单位（重庆市地方金融监管局）领导来了，邀请我一起去接待。我便驾车来到屯堡村，在这里见到了市金融监管局的金局长，陪同他们慰问了一户贫困户后，便驾车前往太阳山村洪家寨民宿用晚餐。

陪同市地方金融监管局领导调研洪家寨民宿

经过半个多小时的车程，我们到达了洪家寨，这里是镇政府大力打造的民宿。在夕阳余晖的照耀下，这里真的很美，我希望我们村细沙河组的民宿能打造得更美。

吃完晚饭散步时，我在公路上看到一条白色脑袋而身体长满花纹的小蛇。我在网上查了一下，原来这条蛇叫作喜马拉雅白头蝰蛇，毒性较大。为了避免过往的汽车把小蛇压死，我便用树枝把小蛇赶进了草丛。

助销土豆 4

2020年6月5日 晴

　　今天阳光很好，由于村委会寝室比较潮湿，我起床后就把被子、棉絮搭到了车上进行晾晒。其间，我接到镇政府扶贫办的电话通知，全县将于本周星期天开展脱贫攻坚"百日大会战"抽查验收工作，让我们做好相关准备工作。于是，我马上催促并指导村干部、驻村队员核实相关数据，继续完善相关验收资料。

工作队队员展示高山土豆

　　临近中午，我和两名驻村队员步行来到九道河村民小组组长杨 JL 家的田地里，他们夫妻正在田里采挖高山土豆。我们看到今年种植的"西森六号"土豆长势特别好，有些土豆单个重量就超过了一斤。我和驻村队员们主动上前帮助他们夫妻采挖，没过多久就将附近一片地里的土豆都挖出来了，足足有上千斤。看到挖出的土豆卖相非常好，我们非常兴奋，杨 JL 夫妇脸上也露出了笑容。我们便在田间手捧着刚挖出来的土豆进行合影留念。临走之际，我专门提醒他们夫妇，一定要对这些土豆进行挑选和分类，而且要使用透气性非常好的尼龙网袋盛装，以便电商公司收购和销售给有关客户。

后来，秀山育才中学校长范 H 随同村支书赵 MX 驾车进村参观调研，我在路上随同他们一起来到了代家坪组长杨 ZZ 家里。杨 ZZ 已经在家里为我们准备好了农家饭，有农家腊肉、青椒皮蛋、炒青菜等，主食就是煎土豆。他家种植的高山土豆特别好吃，我吃了两碗。吃完饭后，我们查看了杨 ZZ 家出产的高山土豆的品质。由于土豆口感好、品质高，范校长现场就购买了 100 多斤土豆，她表示：每个月向富裕村的村民收购 1000 斤土豆，作为育才中学师生餐桌上的食材，以推进消费扶贫工作。

村民采挖土豆现场

随后，我们陪着范校长在代家坪、大龙门查看了核桃树的生长及挂果情况，还来到渝黔交界的地方及野生杜鹃花基地进行了调研。

直播"带货"1

2020年6月15日 晴

前几天，驻镇工作队联络员李W专门给我打电话，让我负责开展直播"带货"工作。经过思考后，我准备联系网络媒体和学校电子商务专业的学生开展"带货"直播。在返回重庆主城的几天里，我专门去拜访了市商务委电子商务和信息处处长何D、重庆电视台资深主任记者张Y，恳请他们帮忙联系电商直播平台，帮

"带货"直播现场

助隘口镇及富裕村销售农产品。何处长、张主任分别为我引荐了京东、腾讯、"重庆吃喝玩乐"公众号等网络媒体进行直播"带货"。

今天一早，我来到了重庆电视台附近的张Y工作室，在工作室里我们共同讨论和研究直播"带货"的脚本，他亲自指导我和主播在摄像机前带货。不知不觉到了吃午饭的时间，吃午饭的时候我们仍然边吃饭边讨论直播脚本。吃完午饭，工作人员们在共同布置出了直播台及背景墙，并在直播台上有创意地摆放出我之前邮寄过来的扶贫产品后，他们又开始架设摄像机、补光灯等，而我和网络主播在讨论介绍产品及展示的有关台词。

下午四点直播开始了，我第一次面对镜头直播"带货"，想着很多观众及驻镇工作队的领导都在手机上观看我直播，心里难免有点儿紧张，但我全力克服着。没想到直播几分钟后就进入了状态，我不仅不紧张，而且非常自然地介绍了隘口镇和富裕村的情况及我带来的四种农产品，并通过多种方式推荐给手机前的观众。直播结束后，工作人员们告诉我直播的效果非常好，驻镇工作队队长、市商务委二级巡视员曾C还专门打电话慰问我，我心里也十分高兴，向曾巡视表示后面的两场直播我一定会更努力。

直播"带货"2

2020年6月17日　小雨

　　昨晚，我和京东集团重庆分公司高级经理冯QA一起驾车来到了铜梁区的京东电商产业基地。昨天下午虽然进行了简单的直播彩排，但是我心里还是特别担心直播"带货"不到位。为了能更好地展现这些农产品，我还提前请酒店里的厨师帮忙，在我直播前将我带来的土豆做

"带货"直播现场

成青椒土豆丝、香酥土豆条、酱油土豆片三道菜。

　　直播开始后，我尽量让自己身体放松。开始后，我便在镜头前非常轻松地介绍了自己及隘口镇、富裕村的情况，当我朗诵完自己创作的描写富裕村的诗歌后，现场观看直播的观众也为我送来了热烈的掌声。这些掌声让我产生了强烈的信心，在现场我非常自如地介绍了我们隘口镇出产的高山土豆和金丝皇菊，并请工作人员端上提前用土豆做好的三道菜、精心泡好的金丝皇菊茶请主播品尝。直播结束后，现场的观众又为我送上了掌声。

　　直播结束后来不及吃午饭，我们又驾车前往重庆朝天门来福士广场，因为需要两点前赶到下午的直播彩排现场。在路上，我们还接上了"带货"直播中的特邀嘉宾——我校烹饪专业的带头人冯Y老师。到达重庆朝天门来福士广场后，我们便坐电梯来到位于250米高空的观景台，腾讯公司准备今晚在这里举办"腾讯直播节·重庆站"活动，我和中益乡华溪村第一书记汪YY

在开场时直播"带货"。能和中益乡华溪村第一书记一起直播，我既紧张又荣幸，因为去年4月，习近平总书记在石柱土家族自治县中益乡华溪村同村民进行了亲切交流。

腾讯直播节现场

　　彩排之后，我又找了一个安静的地方认真准备台词。直播开始后，我在直播台上向大家介绍了隙口镇和富裕村的情况及我带来的三种农产品，在现场以多种方式推荐给观众。最后，我又请出了我的特邀嘉宾冯Y老师，我向大家介绍冯Y老师不仅是我校烹饪专业的带头人，而且是中华金厨奖的获得者。他为直播台上的何处长、主持人亲手端上用富裕高山土豆制作的"清凉一夏""片片风情"两道菜品，我们在台上品尝菜品的时候，冯老师向大家介绍了两道菜品的制作工艺，并告诉大家过段时间将会直播教大家用隙口镇产出的食材制作菜品。

　　直播结束后，我们将剩下的菜品端给在场的观众们品尝，观众们对用富裕高山土豆制作的菜品赞不绝口。

陪同调研

市委领导调研

2019 年 10 月 18 日　阴转晴

昨天晚上 11 点多接到副镇长刘 G 的通知，今天市委整改办副主任张 WC 将会携新华社记者来我村调研。于是，我一早就安排了有关接待工作，村支书赵 MX 也从重庆主城专门赶了回来。

中午 12 点多，市委整改办副主任张 WC 在驻镇工作队队长曾 C，二级巡视员、副县长陈 AD，镇党委书记刘 HM 等人的陪同下来到村委会。我们首先与张主任、曾巡视员在会议室进行了交流，汇报了富裕村村情以及产业发展情况。交流结束后，我

调研现场

们又驾车前往村里的黄伯坳观察了村里的公路建设及核桃树种植情况，我在现场为张主任对选择发展核桃产业的情况进行了进一步的说明。

在送走张主任一行后，某药材种植商刘 Z 又到村里来考察中药材种植现场，同时与我们洽谈下一步与村民合作种植苍术的事宜，我们陪他到代家坪组、西沙河组进行了现场土质考察。

单位来访

2019 年 11 月 1 日　晴

　　今天我所在单位的学工部部长胡 DY、后勤处副处长韩 P、工会办主任李 YJ 到隘口镇及富裕村进行调研。他们上午在驻村工作队联络员李 W、镇武装部部长叶 S 的陪同下，先到平所村虎纹蛙养殖基地、隘口镇电商扶贫产业园进行了参观。之来，一行人于 11 点左右到达了富裕村，我和村支书、村委会主任陪同他们分别到千盖牛组、大龙门组慰问了熊 CF、吴 YZ2 建档立卡贫困户，并在院坝中与他们进行了交流。

　　随后，我们便在村委会的会议室召开了对口帮扶座谈会，会上交流了富裕村扶贫工作及产业发展情况，胡 DY 代表我校现场向富裕村捐赠了 10 万元帮扶工作经费。直到下午两点我们才一起吃了午饭，午饭是我们驻村工作队精心准备的特色菜肴。我校的这些同事非常支持我们的扶贫工作，也感谢我们盛情的款待。

　　他们临走之际，我与他们多次握手舍不得分别，心里总有点酸酸的感觉，因为以前都是天天可以见到的同事，现在却不知道下一次什么时候才能见面。

对口帮扶座谈会现场

单位领导进村

2019 年 12 月 11 日　晴

今天一早我陪校领导及相关部门负责同志吃完早饭后，便一起到隘口镇岑龙小学实地考察了当地小学生的学习及生活情况，并与校长孙 JZ 进行了现场交流，在了解到学校教师没有热水洗澡、学生衣物清洗困难、留守儿童心理疏导难度大等问题时，冉院长便立即承诺将召开专题会议研究解决有关难题，其间还询问了之前学校帮助解决的学生食堂餐桌问题的进展情况。

签订对口帮扶协议

接着，我们又驾车前往富裕村细沙河组进行了实地调研考察，因为我们想在这里发展乡村民宿，在与贵州交界的地方我为他们拍了一张合影。之后我们又到大龙门组走访慰问了杨 ZX、杨 ZC 两户建档立卡贫困户，与他们分别交流了生活情况，并送上慰问金以表祝福。

随后，在富裕村便民服务中心会议室召开了"重庆商务职业学院对口帮扶隘口镇富裕村座谈会"。会上，我向学校汇报了目前富裕村的基本情况、产业发展状况、到岗以来的感悟及下一步的工作思路。冉院长在会上与隘口镇镇长周 SQ 签署了对口帮扶协议后，介绍了学院基本情况，明确表示下一步将扎扎实实按照市商务委扶贫集团的要求做细、做实脱贫攻坚工作，并坚信在市商务委扶贫集团的正确领导下，学校将充分发挥好特色专业优势，在产业发展上给予帮扶，帮助隘口镇及富裕村打好脱贫攻坚战。

市商务委扶贫集团驻隘口镇工作队联络员李 W 在会上代表市商务委对冉院长一行表示欢迎和感谢，他指出，重庆商务职业学院作为今年新增加的成员单位，要发挥好高校特色优势，要在脱贫攻坚工作上下功夫，一是要发挥学校的社会服务职能，做到精准帮扶；二是要利用师生人数众多推进消费扶贫，做到人人参与，人人献爱心；三是学校要加强对富裕村的关注、关爱，把扶贫工作落到实处。

在渝黔交界站合影

会后，我和驻镇工作队领导陪同冉院长一行到隘口镇乡村扶贫产业园进行了参观调研，镇长周 SQ 详细介绍了隘口镇当前脱贫攻坚项目的开展情况。

单位领导来访 1

2020 年 4 月 27 日　晴

　　今天一早，我接到学校相关人员的电话，他告诉我，我校党委书记谭 Y、副校长张 R 等人已从重庆主城出发，准备到隘口镇开展扶贫调研工作，还会到富裕村看望慰问我。我听到此消息后异常兴奋，便主动给谭书记打了电话，表示非常感谢他们专程到富裕村来看我，我下午会到镇里接他们。

　　上午，我和驻村队员、值班村干部一起打扫了会议室，我根据他们来考察调研的情况对会务及食宿进行了安排。忙完之后，我便坐在电脑前起草了座谈会上的汇报材料。在汇报材料里，我首先对谭书记、张院长等人驱车 450 多公里专程来隘口镇富裕村开展扶贫调研，又来看望慰问我表示衷心感谢，

陪同领导调研电商产品

然后汇报了富裕村的基本情况、自己驻村以来开展的工作，表达了自己驻村以来的感悟。汇报材料写完之后，我和驻村队员、值班村干部一起吃了午饭。

下午，我便独自驾车准备到镇里迎接谭书记一行的到来。由于路还没有修好，我是驾车从大坳绕道行驶的。经过一个多小时的行驶，到达了隘口乡村扶贫产业园后，我首先到电商公司为来看望我的六名同事购买了隘口的扶贫特产"金丝皇菊"。

临近下午三点，我将车停在扶贫产业园附近的326国道公路边，我也坐在车上等候他们的到来，没过多久我就接到了他们。根据驻镇工作队、镇政府的接待安排，驻镇工作队联络员李W、镇长周SQ一起陪同他们参观了产业园的电商产品展示厅、方便粉丝及方便火锅生产车间；随后，我们又来到新院村茶叶基地及茶叶加工厂进行了参观，我们还在茶叶加工厂品尝了隘口镇出产的茶叶，谭书记、张校长都对隘口的茶叶赞不绝口。

参观完后，谭书记一行在隘口居委会会议室与驻镇工作队及镇领导进行了座谈，会议专题研究了"山水隘口"电商平台建设有关问题，谭书记在会上对学校支援电商平台建设的工作进行了安排，并表示会尽快安排师生团队到隘口蹲点，支持电商产业发展。

座谈会现场

单位领导来访 2

2020 年 4 月 28 日　晴

吃完早饭后，我和谭书记一行便从昨晚住宿的太阳山村的农家乐驾车前往岑龙村新寨组陆家河坝。这里的公路还没有硬化，我们乘坐四驱越野车到了陆家河坝的道路尽头，然后步行近 20 分钟来到贫困边缘户雷 CY 家。到达后，我们看到雷 CY

陪同领导慰问贫困户

和妻子正在家里辛勤地干农活。在驻镇工作队领导、镇领导的陪同下，谭书记一行与他们在院坝中进行了慰问座谈，询问了常年多病的雷 CY 妻子的身体健康状况、生活及收入情况，鼓励他们要振奋精神，勇于面对眼前的困难，我们会尽全力帮他们寻找失联的儿女，帮助他们尽快过上幸福美满的生活。座谈结束后，谭书记亲手为他们送上了一个装有慰问金的信封。

离开雷 CY 家后，我们又驾车在陡峭的山路上行驶了 40 余分钟，到达了岑龙村小沱组脱贫动态监测户杨 ZQ 家里。谭书记一行在驻镇工作队领导、镇领导的陪同下，看望慰问了杨 ZQ 夫妇，现场查看了他们十口人的生活环境及居住情况，了解了其五个子女的读书学习情况，答应为他家的卧室铺设地面垫层以解决孩子的生活居住问题，并提醒他们好好照顾好八个子女，特别要关注正在读书的五个孩子，争取让他们早日成才。在离开时，谭书记为他们送上了慰问金。

由于修路，我们驾车绕道至与贵州交界的大坳后进入了富裕村，顺路参观了黄白坳的核桃产业种植基地、细沙河组拟打造发展的"花山花海"民宿康养项目。在现场，我和村支书赵 MX 为谭书记一行进行了解说，介绍了富裕村核桃产业发展及民宿康养规划情况。然后，我们又乘车来到大龙门组，在这里我们陪同谭书记一行走访慰问了贫困户熊 QF、杨 SX，在熊 QF 家，详细询问了他家人的外出务工及收入支出情况，希望他们今后在外出务工时，不断学习，提高劳动技能，带动更多的群众脱贫致富；在贫困户杨 SX 家中，了解了其就读于重庆理工大学的儿子杨 DG 在家上网课的情况，鼓励他要不断努力学习、增强本领，朝着更高远的目标努力奋斗。

随后，我们又乘车来到了富裕村村委会。到达后，谭书记一行会见了在县城工作的学校优秀校友左 C、杨 W 及在镇政府工作的2020届毕业生杨 SQ，他们听闻学校领导来到了秀山县，专程赶到村里探望他们。在村委会的会议室中，我们和谭书记一行

在渝黔交界站合影

进行了对口帮扶调研座谈。座谈中，谭书记一行听取了镇、村脱贫攻坚工作有关情况汇报及对口帮扶的岑龙小学的工作落实情况，他对驻镇工作队及镇、村的热情接待表示感谢，对隘口镇及富裕村在脱贫攻坚工作中取得的成绩进行了肯定，表示会全力支持隘口镇电商平台建设和相关产业的发展，大力帮助推进富裕村高山土豆、萝卜等农产品消费扶贫及"花山花海"民宿康养项目的规划与建设，结合实际情况进一步帮扶岑龙小学。

会议结束时已经下午两点多了，我们便在村委会吃了我们驻村队员、村干部提前精心准备的午饭。

陪同调研 1

2020 年 5 月 6 日　阴

　　今天我校电商团队一行四人到达了秀山，他们本次来是为了蹲点支持"山水隘口"电商平台建设。

　　早上刚刚下过大雨，我便驾车前往驻镇工作队等候电商团队。由于山路湿滑，我打起了十二分精神，在山路行驶了一个多小时后才到达驻镇工作队。

　　临近中午，我在驻镇工作队接到了学校的电商团队一行四人。我们在简短的交流后，便一起在驻镇工作队食堂吃了个午饭。

"隘口镇电商发展调研会"现场

　　吃完午饭，我们便在驻镇工作队会议室召开了"隘口镇电商发展调研会"。会上，驻镇工作队联络员李 W 介绍了隘口镇电商发展情况和学校电商团队及镇电商公司参会人员。会上，"山水隘口"电商平台、云智电商学校、博雅食品公司相关负责人根据工作开展情况，提出了电商运营中管理混乱、成本偏高、物流效率不足、客服不到位等问题。学校的电商团队成员根据他们提出的问题，详细了解了隘口镇电商运营情况，针对运营过程中物流、产品、成本、包装、销售、售后等方面遇到的问题展开了深入讨论，并表示后续会加强调研来解决问题。

陪同调研2

2020年5月7日　阴

　　昨晚吃完晚饭后，由于村里修路，我就陪同我校电商调研团队在太阳山村农家乐住了一晚。

　　清晨一起床，我驾车将调研团队送到镇政府食堂吃完早饭后，便和镇党委组织委员严C陪同他们前往平所村武陵生活馆进行调研。我们和电商调研团队一起参观了武陵生活馆，严C向他们解说了武陵生活馆平所店的商品经营及物流运行情况，电商团队也收集了有关信息及图文资料，我们一起在店门口合了个影。

在平所村武陵生活馆门口合影

　　随后，我们又驾车前往隘口扶贫产业园。到达产业园后，我们首先参观了正在装修的办公大楼，办公大楼一层是展馆。这里竣工后，以前的电商产品展馆将搬到这里。这栋楼的二层、三层是办公室、会议室，即将引进一些电商企业，四楼是员工宿舍，严C告诉我们，以后来这里的学校电商团队及实习学生可以安排在四层住宿，因为这里的交通和食宿都比较方便。接着我们又来到了产业园的电商产品展览馆，调研团队在现场认真查看了隘口的特产及电商产品，通过宣传片了解了隘口的基本情况及风土人情。紧接着我们陪同他们来到了方便酸辣粉及方便火锅的生产车间，电商团队在这里了解了产品的生产工艺。

陪同参观隘口镇扶贫产业园

最后，我们又一起来到了"山水隘口"电商平台的发货仓库，在这里，电商团队查看了平台的产品包装、发货流程，也现场指出了一些工作问题。

吃完午饭，我陪他们来到镇政府提供的临时办公场地，在这里他们开始整理收集到的资料，讨论发现的一些问题。我也在旁边为他们充当隘口镇有关情况的"顾问"。

临近傍晚，我独自一人驾车返村，由于天气不好，我谨慎地行驶在伴着浓雾陡峭而蜿蜒的山路上。

陪同调研 3

2020年5月8日　阴

今天一早，我和驻村队员杨 ZM 来不及吃早饭，就一起驾车前往驻镇工作队迎接重庆市电商扶贫带头人唐 J 的到来。我们一边在陡峭的山路上行驶，一边讨论隘口电商发展存在的问题及村里近期的工作。

与唐 J 讨论电商发展平台

经过一个多小时的行驶，我们到达了驻镇工作队。没过多久，唐 J 也驾车到达了。他是昨天下午4点驾车出发的，昨晚到达后便在秀山住了一夜。我们一起来到工作队办公室后，我主动向驻镇工作队领导介绍了唐 J。在交流中，唐 J 也简单介绍了自己公司的运营情况，曾 C 巡视员和他介绍了"山水隘口"电商平台的运营情况及存在的问题。

交流结束后，我便陪同唐 J 到"山水隘口"电商平台办公室进行调研。

在这里，我们与学校电商调研团队会合，共同查看了电商平台后台管理程序及有关统计数据，并与在现场的工作人员进行了交流。唐J在现场向大家演示了电商产品的包装技巧，指导工作人员开展客服工作。吃完午饭后，我们又在乡村扶贫产业园一起研究了电商发展的有关问题。

电商平台办公室调研现场

下午三点，驻镇工作队领导组织学校电商调研团队、唐J、镇政府分管领导在驻镇工作队会议室召开工作会议。会上，电商调研团队向领导们汇报了这几天的调研成果、电商平台发展存在的问题以及下一步的工作方案。唐J也在会上指出了电商平台运营的十多个问题及解决问题的方法，并初步提出了合作的方式。然后大家针对电商平台运营情况展开了深入的探讨，驻镇工作队领导对大家的提议表示感谢，希望学校电商调研团队尽快拿出平台运营问题的解决方案；提出请唐J到秀山参与电商平台运营工作，希望唐J尽快制定合作方案。

陪同调研 4

2020 年 5 月 9 日　多云

昨天我陪同学校调研团队及唐 J 在太阳山村农家乐住了一晚上，傍晚我和电商团队负责人马 JH、唐 J 坐在农家乐院坝里针对农村电商发展畅聊了许久。清晨起床后，我们发现停电了，原来是昨晚的雷阵雨造成了电线损坏，还在维修。

在收拾好行李后，我又驾车载着他们前往县城参观秀山物流园。经过一个多小时行驶，我们来到了秀山物流园。秀山华渝物流投资公司总经理雷 JY（我的大学校友）、镇党委组织委员严 C 已经在园区大门口等候我们了，我们便随同他们到秀山电商产品展馆进行了参观和调研。

参观秀山物流园

在这里我们看到了秀山及武陵地区的特色电商产品，工作人员对产品进行了讲解。参观完展馆后，我们又来到了电商众创空间及快递企业工作车间，在这里我们看到了秀山各类电商企业正在有序运行，也看到了快递物流企业在流水线分货的工作流程。

一起吃完午饭后，我们又在华渝物流投资公司雷总的办公室进行了座谈。座谈中，我们简单了解了秀山电商发展及运营情况，此外还初步洽谈了校企合作事宜。

市商务委领导调研

2020年11月2日　天气零星小雨

昨晚，驻镇工作队通知我今天上午11点参加市商务委到隘口镇的调研会议。一早，我便按照计划驾车来到了隘口乡村扶贫产业园，查看电商平台运营情况。到达电商仓库后，我全面查看了电商订单处理、商品包装、发货物流情况及后台数据，在现场我向负责包装的人员提出了要求，要求他们在对食材进行包装时一定做好卫生防护措施，不仅要保证入口的食材干净卫生，而且要保质保量，把变质或品相不好的产品挑选出来。

陪同领导调研

11点左右，我正准备前往会议室参加会议，在电商研发中心楼下，我遇见了市商务委副主任彭HL一行三人也来参加调研会议，我主动和他们打招呼并对他们的到来表示欢迎。我带着他们一行来到了电商展厅，和镇长周SQ一起为他们介绍了隘口电商产业发展情况及特色电商产品。随后，我又陪同他们来到了会议室，一起交流脱贫攻坚工作。会议由县委副书记田 GH 主持，市商委相关处室及县镇相关负责人进行了汇报和交流，彭主任充分肯定了秀山县及隘口镇脱贫攻坚工作取得的显著成效，希望秀山县和隘口镇一如既往高质量地完成脱贫攻坚任务，建议秀山县隘口镇脱贫攻坚无缝衔接好乡村振兴。

　　会议结束时已经临近下午两点了，我们便陪同彭主任一行在镇政府食堂吃了午饭。下午送走彭主任一行后，我又和刘 B 团队到新院村金丝黄菊基地进行了"带货"短视频的拍摄。为了能让短视频内容丰富，我也在视频当中客串了一个角色。临近傍晚我们把视频拍摄完后，又在一起讨论了下一期关于茶叶的短视频的内容。

脱贫攻坚工作会议现场

单位领导调研

2020 年 1 月 9 日　阴

　　元旦假期后，我和驻镇工作队一同到永川、铜梁有关乡镇进行了考察调研，特别查看了他们在脱贫攻坚工作中的成果，也学习了他们关于乡村振兴战略的一些具体经验和措施。

　　昨天，我校副院长丁Q、纪委书记杨 SK 一行专程到隘口镇进行调研和走访慰问，我陪同他们先后到隘口镇平所村田园综合体、隘口乡村扶贫产业园、屯堡村茶叶基地、岑龙小学、富裕村便民服务中心及大龙门村民小组等地实地考察和调研，深入了解隘

在岑龙小学大门合影

口镇脱贫攻坚工作开展情况，还走访慰问了岑龙村建档立卡贫困户杨 ZQ、边缘户雷 CY。

　　在岑龙小学，我陪同他们实地查看了我校捐建给岑龙小学的大门、洗衣机、厨房设备等，详细了解了这些设施的使用情况。随后，我们又召开了部分贫困小学生及家长座谈会，会上我们为五名贫困小学生送上了慰问金和春节祝福，勉励他们努力学习，通过学习知识改变命运，早日成才回报社会、建设家乡。在完成走访慰问后，我们还抽空去探访了在秀山工作的校友。

　　今天在送走他们后，我和刘 B 团队利用下午的时间在县城拍摄了"隘口老树茶""带货"视频。

拍摄视频

拍摄视频1

2020年8月5日　阴转小雨

今天，我与秀山"网红"刘B团队约好准备录制"山水隘口"电商平台特色农产品的第一个宣传小视频。上午9时，我们在隘口镇乡村扶贫产业园电商办公室商议了视频拍摄的脚本和内容。商议结束后，我请"山水隘口"负责人孙YS为我们带路并配合刘B出演短视频。我们驾车来到了坝芒村的一个养鸡场，顶着烈日在养殖场里进行了机位布置。

拍摄开始后，刘B团队的导演在现场指挥视频拍摄，为了能拍出好效果，每个镜头都拍摄了很多次，特别是"偷鸡"、抓鸡的场面

录制"带货"小视频现场一

更是精益求精。直到下午两点，在养殖场的镜头才拍摄结束，我们来到镇上吃了碗面条，又前往屯堡村暗塘组农户家中拍摄煮鸡、吃鸡及片头片尾的场景。

临近傍晚，所有的镜头总算拍摄完成了。视频通过故事情节反映了隘口土鸡的品质之好，情节基本是：刘哥早上起来闻到了炖鸡的香味，便前去邻

居山水家的养殖场偷土鸡。结果被邻居山水逮住了，刘哥说山水家养殖的土鸡没有别人家的鸡好吃。为了证明山水养殖的土鸡品质好，两个人便一起回家炖鸡。在鸡肉将要炖好的时候，刘哥支开山水，让他去买啤酒，结果在山水买酒返回时，鸡肉已经被刘哥吃得只剩骨头了。

　　跟随他们拍摄了一整天，在视频中我也充当了群众演员，返回宿舍后，我发现自己脖子上的皮肤都被晒伤了，但是我觉得非常值得，因为拍摄短视频是为了给隘口农特产品做广告，肯定能促进隘口镇农产品的销售。

录制"带货"小视频现场二

拍摄视频 2

2020 年 8 月 21 日　阵雨转阴

由于昨晚修改文案修改得较晚，我就住在了驻镇工作队，准备今天和刘 B 团队一起去拍摄第二个"带货"短视频。吃完早饭，我就把昨晚完成的"成果"交给了曾巡视审阅。刘 B 团队电话告知我他们上午先要到洪安古镇取景，下午才能来隘口镇拍摄。

关于拍摄扶贫短视频纪录片的请示

委领导：

为深入贯彻落实习近平总书记关于"脱贫攻坚不仅要做得好，而且要讲得好"的要求，突出展示市商务委扶贫集团脱贫攻坚取得的决定性成就，根据《重庆市扶贫开发领导小组办公室关于组织开展"见证·脱贫"微视频征集活动的通知》，市商务委扶贫集团驻隘口镇工作队及消费促进处、宣传教育处有关同志经过前期调研、素材收集、文案起草等，拟委托专业传媒公司拍摄编制 3 分钟的短视频纪录片投稿。

该视频拟以隘口镇扶贫干部三年时间通过打造太阳山特色土家民宿的故事为主线，折射扶贫智激发村民内生动力脱贫致富的扶贫成果，讲好扶贫故事（见附件 1），费用预算约为 5 万元（见附件 2），拟在委一般性专项经费中列支。

妥否，请批示。

附件：1. 秀山县隘口镇扶贫短片思路框架
　　　2. 太阳山村扶贫短片价格预算表

驻乡工作队
2020 年 8 月 21 日

关于拍摄扶贫短视频的请示

曾巡视确认了文案内容后，我又与市商务委消费促进处陈 X 进行了电话联系，他告诉我如果想取得"见证·脱贫"微视频拍摄经费，就需要提交专项请示并把视频内容及预算方案附后。向曾巡视汇报后，我马上就开始起草请示材料，终于在中午以前把起草好的请示材料传给了陈 X，并请他帮忙交给商务委领导审批。

中午吃完午饭，刘 B 团队赶到了乡村扶贫产业园，我与他们会面后对剧本进行了讨论和修改。今天拍摄的主题是隘口土鸡蛋，也正是为了与上一集视频埋下的伏笔连贯起来。我们驾车先来到了坝茫村山坡上的散养鸡场进行了取景拍摄，拍摄完剧情所需的镜头后，我们又分别来到平所村太空莲基地和屯堡村暗塘组 H 姓农户家中进行拍摄。拍摄的内容大致是：

　　刘哥路过山水家的鸡棚，看到里面有几枚白净诱人的土鸡蛋，用垂涎欲滴的表情自言自语："这四个土鸡蛋才安逸哦，拿来做盘煎鸡蛋简直莫摆了。"环顾四周见没有人，刘哥打起了坏主意，伸手准备去偷鸡蛋。

　　手刚伸过去还没碰到鸡蛋，刘哥突然把手收回来说："不行，山水要是晓得是我偷了他家的鸡蛋，不把我家锅掀了才怪，还是想个其他办法。"刘哥拿起一个土鸡蛋，在石头上轻轻一敲，鸡蛋出现了一条缝，刘哥把鸡蛋放回原处，拔腿就跑。山水正在莲花池里打莲子，刘哥气喘吁吁地跑过来说："山水，你家鸡蛋不行了，快回去看一下。"山水对刘哥说："啥子安？"两人站在鸡棚旁边，刘哥说："你看嘛，那么热的天，鸡蛋都裂开了，那么好的土鸡蛋晒坏了可惜了，还不如拿去煎了吃。"山水说："嗯，有道理，走，拿回去煎了。"刘哥高兴地说："要得。"

录制"带货"小视频现场

　　两人每人拿着两个鸡蛋走了。回到家里，山水说："刘哥，你来烧火。"刘哥说："要得。"火烧起来后，刘哥边烧火边抹汗水说："哎呀，热死我了。"山水在旁边煎鸡蛋（多给锅内的鸡蛋一些特写），快煎好时山水说："刘哥，你去拿双筷子。"刘哥便去拿了两双筷子出来，看见山水在打电话说："喂，燕儿，你上次说你想吃煎鸡蛋，我今天煎了几个土鸡蛋，给你送过来啊。"挂了电话，山水一边从刘哥手里拿过筷子一边说："刘哥，今天谢谢了，我给燕儿送鸡蛋去了，麻烦你把锅洗一下。"刘哥呆若木鸡地看着山水远去的身影。

拍摄视频 3

2020 年 8 月 27 日　晴

昨天下午，我在村里修改驻镇工作队的文字材料时，刘 B 团队打电话与我约好今天去拍摄"教育扶贫"短视频。晚上，市商务委电子商务与信息处处长何 D 将"隘口镇电商产业发展经验材料"修改意见反馈给了我。吃完早饭，我立刻开始根据反馈意见对材料进行修改，驻

拍摄"教育扶贫"短视频现场

镇工作队的同事们也在办公室忙碌起来。临近中午，我才把稿子基本修改完成，在我刚把修改后的稿子发给何处长后，刘 B 团队就到达了驻镇工作队，我们便根据剧情在工作队进行了实景拍摄。

吃完午饭，我和驻镇工作队联络员李 W、刘 B 团队一起驾车前往隘口小学中心校。到达时，他们全体教职工正在开会，我们根据剧本内容在会场进行了拍摄取景，专门拍摄了李 W 在专题会议上传达党和国家的教育方针以及做好教育扶贫工作的有关要求的场景。会议结束后，我们又对校长肖 LB 进行了采访，并对校容校貌的变化进行了取景。随后，我们又驾车来到了百岁小学。百岁小学在集团成员单位的帮扶下，对教学楼进行了改造，并打造了有红色元素的文化墙。我们首先用无人机对校园进行了高空取景，然后采访了校长杨 CR，并对爱心企业捐赠的物品进行了拍摄。拍摄结束后，我们又回到驻镇工作队对短视频的解说词进行了讨论。

拍摄视频 4

2020 年 9 月 3 日　晴

　　由于市商务委同意了我们拍摄微视频参加比赛的请求，所以我最近这几天和远线传播公司摄制组根据市扶贫办印发的开展"见证·脱贫"微视频征集活动文件，对拍摄剧本、分镜脚本进行了研究。曾巡视也专门对剧本内容进行了修改，要求我们的短视频必须要凸显出"激发群众脱贫致富内生动力"的内容，而且要把剧情展现得感人。

　　前天晚上摄制组一到达，我们就一起一边吃饭一边对拍摄内容进行了讨论。短视频纪录片名称暂定为《太阳山村太阳升》，讲述了驻村干部激发村民脱贫致富内生动力，通力协作打造土家特色民宿的故事。我作为拍摄工作的

拍摄现场

负责人，对拍摄工作丝毫不敢怠慢，不仅提前协调安排好摄制组的食宿，而且提前联系好了拍摄场地和演员。

　　昨天我们的第一场戏是在隘口镇太空莲基地拍摄还原当时工作队领导派遣罗 JF 到太阳山村担任第一书记的情景，拍摄内容是：曾巡视与罗 JF 漫步在荷花池附近，曾巡视语重心长地与罗 JF 谈话，要求他担任驻村书记后一定要打造试点示范民宿，推动土家特色民宿建设工作。这个镜头拍摄完成后，我们又来到了驻镇工作队会议室，开始拍摄第二个、第三个镜头，这两个镜头主要是还原当时会议部署民宿改造工作及讨论民宿设计规划的情景。下午，

我们顶着烈日进村拍摄了罗 JF、建档立卡贫困户李 DW（太阳山村第一家民宿老板）的采访视频，并利用李 DW 家厨房拍摄了罗 JF 妻子手把手教李 DW 夫妇俩做饭的镜头。晚饭准备好后，我们又找群众演员拍摄了李 DW 家的"山水人家"民宿迎客的镜头。

　　今天上午，我陪着摄制组拍摄了李 DW 当时抗拒民宿改造的对话情景及同事们对民宿进行现场装修的情景，并对罗 JF 妻子进行了采访。经过我和导演对她的引导，罗 JF 妻子在拍摄中流下了激动的泪水，这样可以让短视频更加感人。后来下起了小雨，温度一下子就下降了10多度，在村里我们感觉非常寒冷，但是我们仍坚持拍摄。下午，我们又拍摄了罗 JF 在办公室办公、太阳山村地理环境等镜头，直到很晚拍摄才结束。

　　两天紧张的拍摄工作，我们感受到了不同的天气，体验了热冷交替，更感受到了拍片制片的艰辛，希望拍摄的微视频不仅能真实记录扶贫工作的艰辛和不易，而且能在"见证·脱贫"微视频征集活动获得佳绩。

附：

《太阳山村太阳升》剧本

旁白：在渝东南武陵山深处有一个叫太阳山的国家级贫困村。重庆市商务委扶贫集团筹集了资金，派去了第一书记，决心发展民宿和乡村旅游，把绿水青山变成金山银山。

曾巡视（情景还原）：任务很艰巨，前两任书记费了九牛二虎之力，才取得了一些成果。小罗啊，你经营过民宿，这次去一定要注意激发干部群众的内生动力，从"四点四范"民宿抓起，要有所突破。

字幕：市商务委党组成员、二级巡视员、市商务委扶贫集团驻临口镇工作队队长曾 C。

罗书记（采访）：先抓一个试点，让老百姓看到好处。

字幕：太阳山村驻村第一书记（第 3 任），罗 JF。

罗书记（情景还原）：李 DW，我们支持你搞民宿，要得不？

李 DW（情景还原）：我是贫困户，不会搞，又没钱装修。

字幕：太阳山村建档立卡贫困户，李 DW。

李 DW（采访）：现在政策好，日子也过得去，搞啥子哟。

罗书记（采访）：群众的难处，就是工作的着力点，没钱我们借给他！

旁白：扶贫集团的钱不能借给个人，罗 JF 和驻村队员便自筹了 5 万元用于民宿改造。

罗书记（情景还原）：装修好了，可以开业了吧？

李 DW（情景还原）：搞民宿我哪里会嘛！

罗书记（情景还原）：那我们一起搞？

李 DW（情景还原）：还是你们先搞。

罗书记（采访）：我当时想的是，他们不愿意干，那就我们来干，让老百姓看到收益，他们才会行动。

旁白：村里事情本来就多，还要帮助李 DW 经营民宿，罗 JF 只好搬来了救兵。

苏 Y（采访）：上有老下有小，非要来当第一书记，照顾不到家人不说，为了开个民宿还把全家人耗进去，值得吗？看他成天这么累，吃不好，睡不好，血压升高，我心疼。

字幕：罗JF妻子，苏Y。

罗书记（采访）：真的，有时觉得自己都快坚持不下去了。

旁白：脱贫不易，好在"山水人家"民宿名声越做越响。李DW一家开始主动出力了。

李DW（采访）：罗书记全家帮我们帮到这个份上，我们再不干就太对不起他了。

旁白：罗书记和他家属都是老师，为帮李DW，关闭了在老家经营的民宿，损失了十多万元的收入。而李DW家，这个夏天就赚了5万多元。

旁白：看到此番情景，所有人都坐不住了，连外出打工的年轻人都回来了……

旁白：三年艰辛，守得云开见"日出"。传说中太阳升起的地方，终于实现了绿水青山就是金山银山。

字幕：

2019年10月，太阳山村民宿合作社正式成立。

2020年4月底，太阳山村洪家寨组土家族传统村落民宿正式营业，五一小长假，共接待游客1200余人次，营业收入超过6万元。

太阳山村民宿可同时接待住宿人数从最初李DW家试点的12人增加到60多人。

拍摄视频5

2020年9月4日　小雨转阴

昨天《太阳山村太阳升》拍摄已经全部完成了，今天我准备和刘B团队把"教育扶贫"微视频拍摄完成。这部微视频纪录片的名称是《爱心助教用真情 教育扶贫暖人心——重庆市商务委扶贫集团书写乡村教育扶贫故事》，主要以驻镇工作队联络员李W的工作为主线，他在发现全镇中小学普遍存在办学条件不佳、硬件设施不足，个别村小学没有图书、电脑，甚至食堂中没有吃饭的餐桌后，主动对接集团扶贫单位及爱心企业，为中小学捐赠了教学电脑、爱心图书、取暖设备、床上用品等，筹集物资及资金共计1000余万元，全镇中小学校容校貌发生了巨大的变化。

爱心助教用真情　教育扶贫暖人心
——记市商务委扶贫集团书写乡村教育扶贫故事

2018年9月，脱贫攻坚进入关键时期。李伟主动请缨到市商务委扶贫集团驻隘口镇工作队工作，而后他被任命为驻镇工作队联络员。在近两年的工作时间里，他兢兢业业与镇村干部携手推进隘口镇的脱贫攻坚工作，特别在秀山书写了感人的乡村教育扶贫故事。

一、制定教育扶贫规划（调研、办公室工作及会议场景）

到隘口镇工作以来，李伟积极参与脱贫攻坚工作调研。在全镇调研过程中，他发现全镇中小学存在办学条件不佳、硬件设施不足的问题，个别村小学没有图书、电脑，甚至食堂中没有吃饭的餐桌。

看到全镇中小学办学的现状，他认为教育是培养人才的百年大计，也是扶智脱贫的重要手段，必须要强化这些学校的硬件建设来提高育人质量。于是，他与镇领导共同讨论制定全镇的教育扶贫规划。

二、争取多方单位支持（照片、文件资料等）

巨人网络集团

金科集团

永辉超市

重庆商务职业学院

重庆市商贸流通服务中心

我们上午便驾车来到了今天的拍摄地点——岑龙小学，到达后，刘B团队先操控无人机对岑龙小学崭新的校园进行了拍摄，特别拍摄了新建好的综合楼（由巨人集团出资200万元修建）。随后，我们又来到教室、微机室、食堂、宿舍、校门口、操场等地点拍摄了一些特写镜头，并对校长孙JZ、教师代表吴 S、学生代表杨 AJ、学生家长代表进行了采访，他们在采访中均表示岑龙小学这两年在扶贫集团的帮扶下，校园环境和教学质量都发生了巨大的变化。

　　我们在夜幕降临后，又对学校的夜景进行了拍摄。雨后夜晚的山村，虽然空气清新，但气温骤降下来，感觉确实有点寒冷，我们一直坚持拍摄到 8 点多，才在学校食堂吃了晚饭。

岑龙小学的夜晚

拍摄视频 6

2020 年 9 月 5 日　阵雨转阴

今早下起了雷阵雨，我本来准备今天上午和刘 B 团队去村里拍摄"带货"短视频，现在也只能在驻镇工作队等待雨停了再和他们去进行拍摄。我正坐在电脑前修改剧本时，曾巡视请我驾车送他到县城赶火车回重庆主城参加会议。我便马上放下手中的工作，准备驾驶驻镇工作队的越野车送曾巡视到县城。

出发后，我和曾巡视先顺路来到了隘口镇乡村扶贫产业园。我们在这里首先查看了近期电商公司的运营情况，在仓库里查看了新上架的电商产品，对腊肉、农家大米的销量提出了一些建议，如对农家腊肉和工厂腊肉进行分类销售，更换农家大米的包装等。

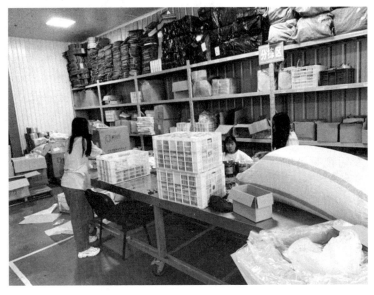

查看电商产品仓库

在前往县城的路上，我们遇到了瓢泼大雨，越野车的雨刷器感觉都不起作用了，我只能放慢速度小心驾驶。临近中午到了县城，我们在火车站附近吃了一碗面条后，我便将曾巡视送到了火车站候车厅。

在返回隘口镇的路上，天渐渐放晴了，刘B团队也给我打来了电话，说准备去拍摄短视频，我与他们约在平所村附近见面。我到达后，便和团队负责人一起指导拍摄。这次短视频的内容主要是突出隘口出产的土猪肉和高山土豆，剧本大致内容是：刘哥叼着一根茅草在路上闲逛，突然看见前面山水提着土猪肉走过，便想去山水家蹭土猪肉和高山土豆吃。在山水家厨房，山水把做好的土豆片炒肉端到桌子上。桌子上共有凉拌黄瓜、炒青菜、土豆片炒肉三盘菜，土豆妹在摆碗筷，准备吃饭。刘哥来蹭饭，山水发现刘哥来了，赶快把土豆片炒肉端到一个地方藏了起来。刘哥找了很多借口寻找藏菜的地方，都没有找到，便故意离开，当山水把肉菜端出来的时候，刘哥又返回来蹭饭。

我们在平所村农户家中一直拍摄到了晚上，很多镜头重复拍摄了很多次，最终在8点前把室内的场景拍摄完成了，明天还要继续拍摄室外的场景，真心期待这一期的"带货"短视频更加精彩。

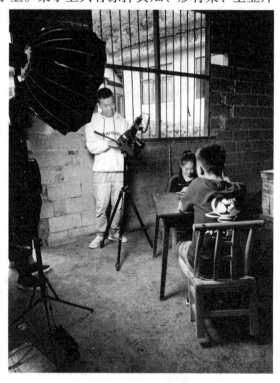

拍摄带货短视频现场

拍摄视频 7

2020 年 9 月 6 日　小雨

今天既是星期天，又是隘口镇"赶场"的日子，虽然下着小雨，但街上"赶场"的人仍然很多，我和刘 B 团队一早来到街上补拍室外镜头。镜头内容是山水在"赶场"的大街上购买高山土豆，结果被刘哥看到了，便有了刘哥到山水家蹭饭的镜头。经过多次重复拍摄，才收获了满意的镜头。第三期"带货"短视频已经拍摄完成，主要是通过搞笑的情节，突出隘口土猪肉和高山土豆的卖点，我们都希望这次能取得较好的浏览量和"点赞"数。分别之际，我还专门嘱托刘 B 团队负责人在视频剪辑中突出这两个农产品。

驻镇工作队吃完午饭后，我在电脑上帮助驻镇队员朱 HN 修改了前段时间

拍摄带货短视频现场

工作会议的简报。修改完成后，我和同事冒着小雨前往前段时间开业的天椒食品加工厂。在加工厂里，我们参观了生产流水线作业，查看了原材料辣椒。工厂负责人告诉我们，他们的产品辣椒酱、泡椒等销量非常好，目前产能还没有实现最大化。我们告诉他，一定会帮助他们推荐种植辣椒的大户，也会把收购辣椒的信息告知村民。

修改视频 1

2020 年 9 月 11 日　小雨转阴

　　早上，我收到了两个视频拍摄团队发来的已剪辑完成的视频，这两个视频正是我们前段时间按照市扶贫办印发的开展"见证·脱贫"微视频征集活动的通知要求，拍摄的两个纪录片《太阳山村太阳升》《爱心助教用真情 教育扶贫暖人心》。我作为两个视频的拍摄负责人，不仅负责了文案起草、

短视频画面

剧务安排，而且作为导演对拍摄内容做了全面指导和安排，虽然拍摄过程非常辛苦，但想到能收获两个记录扶贫工作成果的视频，我工作就非常有动力，今天终于看到了两个视频的初片，心里也非常激动。

　　上午，我把两个视频翻来覆去看了很多遍，与驻镇工作队的同事们对视频进行了讨论，并把在视频中发现的问题一一记录了下来。中午吃完午饭后，我又针对视频中发现的问题与视频拍摄团队进行了电话沟通，要求他们根据我记录下来的问题进行修改。当有客人来到工作队办事时，我就邀请他们作为观众观看两个视频，请他们也帮忙提出建议。

修改视频 2

2020 年 9 月 11 日　小雨

早上，我们接到镇长周 SQ 给我打来的电话，他告诉我市商务委、市扶贫办、重庆农商行将于明天晚上在县消费扶贫馆联合举办"扶贫搭把手 助农拼一单"直播"带货"活动，要求我作为扶贫干部参加"带货"直播。我答应了周镇长后就与负责直播活动的经办人取得了联系，一起确定了直播"带货"的商品。

短视频画面

我在熟悉明天直播"带货"的台词时，视频拍摄团队又发来了已剪辑完成的两个视频，让我再次审核。我又对视频详细地观看了很多遍，征求了工作队同事的意见和建议，再次把需要修改的内容记录下来，并与视频剪辑人员进行了沟通交流。

《太阳山村太阳升》的主要内容是：渝东南武陵山深处有一个叫太阳山的贫困村，某扶贫集团筹集资金，派去第一书记，决心通过激发群众脱贫致富的内生动力发展民宿和乡村旅游。然而，当地是土家族聚居区，传统民俗和发展民宿之间存在难以调和的矛盾。

第三任驻村书记上任后便打算抓一个民宿试点，让老百姓看到好处。可选定的试点对象李 DW（建档立卡贫困户）却因为种种原因不愿意参与。多次上门做工作未果，无奈之下，驻村书记亲自"上阵"，白天当书记，晚上管民宿，还带着自己的妻子、孩子，全家齐"上阵"，排除万难，把民宿开得有声有色。

短视频画面

看到此番情景，包括建档立卡贫困户李DW一家在内的太阳山村所有人都有了干劲，干部群众内生动力被充分激发，集体投入了以民宿脱贫的事业之中，绿水青山终于变成了金山银山。

《爱心助教用真情　教育扶贫暖人心》的主要内容是：重庆市商务委扶贫集团驻隘口镇工作队非常重视教育扶贫工作，以"脱贫攻坚，教育先行""不让留守儿童输在起跑线上"为理念，联络员李W代表工作队多次参加全镇教育工作调研会、教师座谈会，积极走访隘口镇的中小学，经常向学校及教职工传达党和国家的脱贫攻坚政策和教育方针，在思想上全面引导教师们用心用情对留守学生进行教育和培养。

李W在发现全镇中小学普遍存在办学条件不佳、硬件设施不足，甚至小学没有图书、电脑后，他主动对接巨人网络集团等集团扶贫单位及爱心企业，为中小学捐赠了教学电脑、爱心图书、取暖设备、床上用品等，为岑龙小学修建了图书馆，对百岁小学进行了校园改造等，筹集物资及资金多达1000万元，全镇中小学校容校貌发生了巨大的变化。

修改视频 3

2020 年 9 月 13 日　小雨

吃完早饭，我与曾巡视电话沟通了短视频纪录片《太阳山村太阳升》的一些修改内容。曾巡视对这个短视频特别重视，剧本亲自把过关，拍摄现场亲自指导过，也与我对剧情和镜头讨论过很多次。现在，他对这个短视频基本上还是很满意的，认为它不仅有感人之处，还体现了激发群众脱贫致富内生动力的内容。但是他觉得美中不足的是还欠缺一些罗 JF 及妻子忙碌和劳累的画面，有了这些画面更能说明民宿打造的不易。

为了增加不足的画面，我专门电话约了拍摄组、罗 JF 及其妻子明天去补拍几个镜头，希望拍摄一切顺利，后天能按时将视频报送给市扶贫办。除了增加画面的问题，我与曾巡视还对片名进行了讨论，片名暂定改为《太阳山上喜洋洋》；另外又修改了视频中的一些台词及字幕。这次短视频拍摄在曾巡视的指导下，可谓是精益求精，也希望最终能在征集活动中取得一个好名次。

交流短视频修改意见

拍摄视频 8

2020年10月24日　多云

今天是星期六，我和刘B团队约好了要到镇上拍摄第四期"带货"短视频。早上起床后，我没来得及吃早饭就驾车前往镇上，没想到快到镇上时遇到堵车，原来是吊车在修剪树木，经过半个多小时的等待，路终于通畅了。

到达镇上与刘B团队会面后，我们决定今天拍摄秀山隘口的特产酸辣椒，隘口的酸辣椒是用盐和醋腌制而成的，酸辣可口、口感独特。我驾车到隘口乡村扶贫产业园电商仓库取酸辣椒作为道具拍摄时，遇到了市商务委消费促进处处长余XL率机关干部、二手车协会及华润万家超市相关负责人到产业园进行调研，我立刻主动上前打招呼，也与相关人员进行了交流。我陪着他们的调研团队一起进入电商产品展厅进行参观，也给他们介绍了隘口镇及电商产业发展情况。在他们召开座谈会前，我与他们告别，然后离开了产业园。

向调研人员解说情况

　　我和刘 B 团队根据剧情，将今天的主要拍摄地点定为镇上的一家餐馆，然后我们分头去借拍摄所需要的泡菜坛、厨师帽等道具。今天拍摄的内容大致是：刘哥和山水有说有笑地来到餐馆，老板以为他们要吃饭，就特意为他们介绍了菜品，特别推荐了特色菜"酸辣椒炒腰花"并给他们介绍了做法，于是刘哥问山水学会了没有，山水说学会了，然后他们就离开了准备回家自己制作，老板听到后顿时愣住了。

　　中午我们简单地在这家餐馆吃了午饭，下午又继续拍摄，直到临近傍晚我们才拍摄完成。

拍摄"带货"小视频

修改视频4

2020年12月9日　小雨

　　早上，我接到驻镇工作队联络员李W的电话后，就驾车前往驻镇工作队。由于下雨，村里的气温只有1度，山路也特别湿滑，很多地方都笼罩着雨雾。我非常小心地驾车行驶在山路上，穿过山间层层雨雾，就像穿过青纱帐一样。在山间中的"薄纱"里行驶，感觉别有一番情趣。

观看纪录片并讨论修改内容

　　到达驻镇工作队后，李W告诉我今天请我来是想让我和工作队的领导一起观看隘口镇脱贫攻坚成果纪录片《打开贫困的隘口 奔向富裕的大道》并提出修改意见。

　　在观看过程中，我记下了六处需要修改的地方。在观看结束时，我向领导提出了我的修改建议，也听取了其他同事的修改意见。

　　在驻镇工作队吃过午饭后，我又驾车来到离工作队不远的甘龙镇采购了一些蔬菜和食品，因为听说马上要降温到零下三度了，路面很容易结冰，所以我准备多买点菜品以备不时之需。

拍摄视频 9

2020 年 12 月 27 日　多云

昨晚接到镇政府党政办通知，重庆市脱贫攻坚第三方评估组对全镇的检查已经结束，也就意味着评估组不会来富裕村检查了。于是，我决定今天（星期天）与刘 B 团队继续拍摄"带货"短视频。由于前段时间工作比较忙，我们已经很久没有拍摄短视频了，与我之前制定的拍摄10部短视频的计划还差3部。

拍摄"带货"短视频现场

清早起床后，我看到消失了十几天的太阳终于懒洋洋地出来了，我走到村委会门口的广场上一边吃早饭，一边感受冬日的暖阳。吃完早饭，我就驾车前往镇上准备与刘 B 团队会合拍摄"带货"短视频。今天，我们准备拍摄隘口老腊肉、隘口特制酸辣粉两个视频，我们在镇上先后选择了两家餐厅作为拍摄地点，然后根据提前写好的剧本分别进行了拍摄。在拍摄过程中，我们又结合实地场景和剧情对拍摄内容进行了修改和调整，尽量让小视频有可观性和推广性，这次拍摄我们学习了抖音号"山水有相逢"视频中煽情的内容，在通过搞笑视频推广农产品的同时，又弘扬了社会正能量。

驻村生活

学生来访

2019 年 9 月 29 日　晴

今天，我校在秀山工作的校友专门驾车从县城赶到村里看我，这个校友 Z 丞是我 2012 年教授过的学生，他毕业后在重庆主城工作了一两年，然后为了实现自己的创业梦想，就回到家乡所在的县城发展，目前已经打造了微信公众平台"秀山同城"。

他来到富裕村后，我带他参观了富裕村的核桃树种植基地以及重庆与贵州交界的地方，还一起在村里吃了晚饭，虽然是农村的粗茶淡饭，但我们还是非常开心的，因为在这里他看到了的我的扶贫工作，我看到了他的创业发展，我们二人之间浓厚的情谊不再仅仅是简单的师生之情。临走时，我把校友会的纪念品送给了他，他非常感动，表示永远不会忘记曾经就读的母校和陪伴他成长的恩师。

与校友 Z 丞合影

在送走 Z 丞后，有一名五保户村民来到村委会为收养的孩子办理孤儿证明，我看到他提供的"农村五保供养证"后，立刻安排村干部为他办理了证明。因为几年前我曾借调到重庆市中职招生办公室工作过，我还专门找以前的同事联系到了重庆农业学校招生就业处的负责人，我在电话里特别恳请学校一定多给予资助和帮扶，学校也答应给予一定的支持。

整理内务

2019 年 10 月 19 日　晴

　　今天是一个晴天，又是周六，我平时白天要么参加工作会要么走访贫困户，晚上要完成每天的工作日记，基本上没有时间整理内务，所以打算今天好好收拾一下房间。

　　我上午就把换下来的衣物、床单、被套洗干净后进行晾晒，把满是泥土的鞋子全部擦拭干净；然后收拾好寝室的杂物，又把寝室地板打理干净了。下午，我把棉絮、垫絮搬到广场上进行晾晒后，又把满是泥渍的车子冲洗干净了，还给自己换上干净的床上用品。中午开始手机没有信号了，经过联系运营商发现是线路断了，正在维修。我很担心由于手机没信号耽误工作，还好下午4点左右终于恢复了通信。

整理内务

　　一天的内务整理工作确实让我很累，但在休息时我依然坚持在"学习强国"APP上学习，我看到了《习近平对脱贫攻坚工作作出重要指示》，他强调："要全面解决'两不愁三保障'突出问题，集中力量攻克深度贫困堡垒。强化产业扶贫和就业帮扶等措施，加强易地扶贫搬迁后续扶持，巩固脱贫成果防止返贫。"此刻，我找到了指路明灯，明白我下一步的工作要做什么、怎么去做了。

修理手机

2019 年 10 月 20 日　晴

　　今天是一个晴天，我的心情和天气一样都很好，但是我的手机充不了电了。为了不影响工作，我便驾车前往县城去修理手机。将近 20 千米的山路行驶了 40 多分钟，然后从镇里到县城行驶了一个小时。进入县城感觉车水马龙、人声鼎沸，突然有些不习惯，也许我已经融入了乡村扶贫生活，这也正是我所期盼的。扶贫工作让我有机会、有动力、有意愿深入到最贫困、最艰苦的贫困地区和困难群众中去，真正了解掌握民情、民意、民风；扶贫工作同样是深入群众、联系群众、锤炼作风的一项工作。

　　来到县城没过多久便把手机的电池换好了，手机也可以正常使用了，我又驾车返回了富裕村。回程时，我在镇上吃了个饭，在山路上拍了几张隘口水库的照片。乡村虽然偏远，但这里民风淳朴，不仅有新鲜的空气，有美丽的风景，更有我们这群扶贫人员的努力。

隘口水库

返回乡村

2019年12月5日　晴转多云

　　今天我要乘坐晚上11点多的火车到秀山，最近我又是被抽调去检查，又是去参加驻乡驻村人员培训，感觉很久没有回到山村了，非常担心又不能适应乡村生活了。

　　在火车上，我看到富裕村工作群里发了很多照片，原来村里请了专家来给农民培训核桃树下的土豆种植技术，我为自己没有学习到这个种植技术而感到遗憾，准备回村之后找村干部学习一下，因为我一直认为知识学习得越多越好，学到了一定的程度，知识都是相通的。

专家指导土豆种植

护送青蛙 1

2019 年 10 月 29 日　晴转多云

　　今天我接到驻镇工作队的通知，需要我护送卡车运输的虎纹蛙到重庆。之前我日记中曾提到过，重庆市商务委扶贫集团争取了各方项目资金，经过充分调研，在平所村打造了虎纹蛙养殖基地，目前已经创收 120 余万元。驻镇工作队的领导也要求我们市里派来的第一书记每周轮流护送卡车运输的虎纹蛙到重庆水产批发市场。

　　今天是我第一次护送青蛙，于是我晚上 7 点多就来到了平所村的养蛙基地，工人们也正在抓蛙装箱。经过大家两个多小时的努力，冷藏卡车一共装载了 217 箱，将近 4000 斤青蛙。

虎纹蛙养殖基地的宣传牌

　　当晚 10 点左右，我们便从养蛙基地驾驶冷藏卡车出发，从养蛙基地到重庆水产市场大约 450 千米，驾驶员和我需要在高速公路上行驶一夜，第二天早上到重庆主城交货。其实，我是第一次坐在货车的副驾驶位置，视野虽然很开阔，但感觉前方没有像小轿车那样的引擎箱保护还是有点害怕。一夜的行驶确实很疲劳，冷藏卡车在高速公路上的速度一般最多是 80~90km/h，行驶的时间很长，卡车驾驶舱更没有轿车的驾驶舱坐着舒服。看着驾驶员驾车要行驶一晚上，我也下定决心要陪他坚持一晚。

护送青蛙2

2019年10月30日　晴

　　昨晚在高速路上行驶了一夜，我们终于在早上6点多到达了重庆菜园坝水产批发市场。然后，我和驾驶员便开始卸货，平时我不仅不吃青蛙，而且更不触碰青蛙，但是面对工作队的任务，我只能一箱箱地将青蛙搬下冷藏卡车，驾驶员在旁边帮我将搬离的箱子码放整齐。

　　不知不觉，我就把将近4000斤的青蛙卸完了。这时已经7点多了，我便回家看了看20多天未见的亲人。

　　夜晚11点多，我又搭乘返程的货车准备返回秀山

在水产市场卸下的青蛙

县隘口镇。虽然回家的时间只有十几个小时，但是我已经心满意足，在休假时我一定好好地陪陪家人。

回归乡村

2019 年 12 月 6 日　晴转多云

我今天早上不到 6 点就到了秀山，下了火车后，天还没有亮，一个人拉着行李箱走在雨雾之中，感觉远离了家庭一个人在外面漂泊有点心酸。

走了 20 多分钟，我终于找到了自己之前停放在附近广场的车。不知道是时间充足还是自己心情放松，我开了一个多小时才到隘口镇。没想到往常走的那条路由于"赶场"，被商贩占用了。于是，我又跟随导航走了另一条从来没有走过的路回村里。

山村风景

到了村委会，我简单地收拾了一下，吃完午饭又和村干部召开了一个简单的会议，主要是研究细沙河民宿规划方案及近期外出调研的事宜。开完会，我们又一起来到了代家坪组查看核桃树。真的没有想到，我被抽调出去的半个多月里，村里的数万株核桃树都已经穿上白色的"保护衣"（用"石硫合剂"刷白），相信肯定能有效防治明年春天的病虫害。

查看完核桃树，我们来到了今天杀猪的村民小组组长家里，我们与其周边邻居围坐在厨房里和灶台前，共同品尝了新鲜猪肉和猪血做成的菜。我情不自禁地将吃饭的情景发了微信朋友圈，其中有个朋友给我回了一句话："不错不错，有肉有酒，还有两只大黄狗。"

看望校友

2019年12月7日　晴

我牢记以前的上级、现在的学校宣传部部长、校友会会长夏DL的一句话，"扶贫路上，不要忘记看望校友"，于是早上9点多就驾车从村里出发，前往秀山看望校友杨W、左C，其中杨W是秀山盼盼防盗门、欧派欧铂尼木门总代理负责人，左C是"秀山同城"的运营负责人。中午到达居然之家秀山店后，我就和他们两个以及居然之家的负责人（他是我大学时期的校友）一起吃了个饭，还聊了很久。

与校友合影

之后，我就前往了钟灵镇，这个镇是我大学同学曾经担任宣传委员的地方。带着对同学曾经工作过的地方的好奇心，我驱车行驶20多公里到达了镇政府，看完这里的风景后，我又前往镇党委书记刘HM的老家，他家今天杀猪，专门邀请我们来吃刨猪汤。相关村社的干部也受邀来到了这里，我们围坐着一边吃着新鲜猪肉一边畅聊，感觉别有一番风味。

吃完饭后，我专门和镇组织委员交流了前段时间我推荐杨SQ（我校的应届毕业生）作为本土人才来镇里工作的情况，他非常支持她来镇里工作，并希望她能早日来报到。前段时间我在学校发出通知后，很多同学都来和我咨询，但是很多人在得知本土人才要到农村工作，而且每个月工资只有一千多元的时候就放弃了，只有杨SQ一心想到乡村工作，并表示早已做好了到农村工作的心理准备，愿意为脱贫攻坚和乡村振兴贡献自己的一份力。我被她这份诚心打动了，所以把她推荐给了镇里，也真的希望她能坚持到底，能够成就自己的这个梦想。

看望"战友"

2019年12月8日 晴

　　今天早上起床后，我就开始打扫寝室卫生。在寝室内务整理好之后，我便开始洗衣服和晾晒衣服。快到中午时，我决定去看望几个驻村的"战友"，顺便一起准备晚餐。

　　同样是行驶在山路上，我先来到东坪村接这里的第一书记李H，在他们村委会的院子里看到了晾晒的玄参。东坪村主要种植中药材，其中药材产业扶贫多次得到县委县政府的肯定。接到他之后，我又来到屯堡村接另一个第一书记李XN。我们一起驾车前往甘龙镇购买了食材，然后便前往虎纹蛙养殖基地负责人杨GJ家一起烹饪晚餐。

晚餐

　　我们把买来的猪肉做成了回锅肉，再将农户自己种的蔬菜做成了炝炒时蔬，一桌美食准备好后，我和几个驻村"战友"以及杨GJ一家人共进了晚餐。

"战友"来访

2019 年 12 月 15 日　晴

今天一早我就接到了隘口居委会第一书记彭 XC 的电话，他准备到富裕村来找我交流工作，顺便请我带他去找农户购买雪莲果。他到达之后，我们在办公室聊了半个多小时，主要是交流驻村工作的感想体会以及今后的工作思路。随后，我们便驾车前往海拔1100米的千盖牛组组长杨 ZY 家，勤劳朴实的他种植的雪莲果今年产量达到了上千斤。彭 XC 直接购买了300斤雪莲果，而我找附近的农户买了几斤腊肉。

在下山的路上，我们又接到

富裕村的雪莲果

了镇政府的电话，通知我们下午两点到镇政府参加会议。到达村委会后，我们简单地吃了个饭就出发去镇政府了。镇党委书记刘 HM 在五楼会议室组织召开了"迎接2019年脱贫攻坚成效省际交叉检查工作准备会议"，会议要求各村根据省级检查要求做好有关工作。我也认真学习了会议资料，准备明天去参加县委组织部组织召开的全县第四季度驻村工作会议。

惨烈车祸 1

2019 年 12 月 25 日　小雨转阴

今天下午村里发生了一起惨烈的车祸。下午两点多，富裕村的核桃产业发展指导员（某企业负责人）唐 ZG 陪同产业朋友陈某、老乡汪某到村里参观核桃种植情况。他们在代家坪、大龙门的岔路口调头时，由于路面较狭窄，于是让唐 ZG 的老乡汪某下车指挥，可能唐 ZG 对车子性能不熟悉，操作不当（该车是借的别人的车），导致车子倒车倒下了悬崖。

事故发生后，我们驻村工作队、村"两委"人员立刻下山寻找事故车辆和伤员。车子已经破烂不堪，车上的两个人也被甩出了车外，且受了重伤，其中唐 ZG 在送往医院的途中死亡。

事故发生后，我对唐 ZG 感到非常惋惜，因为他不仅为我们村带了产业帮扶，而且

坠下山崖的车辆

对我们村核桃产业的发展提出了很多好的建议。由于工作关系，我和他接触过很多次，他为人谦逊实在，学识也渊博，回答了我很多关于核桃种植的问题。愿唐总一路走好！

惨烈车祸2

2019 年 12 月 26 日　阴转多云

　　今天吃完早饭，村民熊 YN 就到村委会办公室找我沟通前段时间其父亲给我反映的问题。他的父亲叫熊 ZX，家里有四个儿子，三儿子熊 YN（就是他来找我）与其妻子共生育了四个女儿（目前年龄分别在8~13岁），由于家庭矛盾其妻子离家出走了。后来熊 YN 通过起诉离了婚，四个女儿判给了他抚养，妻子每个月为四个女儿提供300元的生活费。但是，在离婚后妻子并没有按照判决书为女儿们提供生活费，熊 YN 也到法院申请了强制执行，但强制执行后并未取得较好的效果。我把事情经过记录下来后，要求熊 YN 提交需解决困难的书面申请及有关佐证材料，准备想办法为他解决一些生活困难。

向民村了解情况

　　交谈结束后，我接到了镇武装部部长叶 S 的电话，他通知我们去找昨天车祸当事人的手机及随身皮包。于是，我们和在岗的村干部驾车前往事故现场，我们小轿车滚落的山坡下方的公路往上爬行，山坡上到处都是轿车散落的零件，车子残骸也破烂不堪。我们来到车子残骸处，拨打了当事人的手机号码，发现车内有手机铃音，于是通过车窗爬进车内才把当事人的手机及皮包找到，在皮包中找到了当事人的证件及一些财物。我立刻委托村委会主任杨 WZ 驾车把这些物品及时送到县里去，也提醒在场的村干部及村民驾车时一定注意安全。

　　随后，我和两个驻村队员又驾车前往大龙门组，到熊 MZ 家了解小额贷款的使用情况及近期生活情况。

　　下午，我们又到九道河组进行了走访，专程来到杨 ZX、李 CQ 等建档立卡贫困户家里进行交流。在回村委会的路上，我们还专门看望了生病卧床的九道河村民小组组长杨 JL，我为他送上了 200 元慰问金，并祝愿他早日康复。

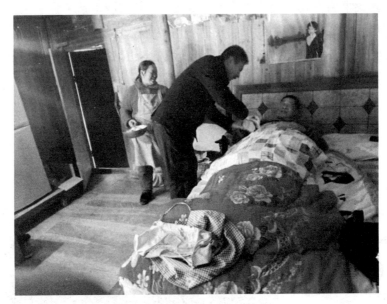

看望杨 JL

惨烈车祸3

2019 年 12 月 27 日　阴转多云

　　今天一早我们驻村工作队员、村"两委"干部便驾车前往县城殡仪馆，主要是瞻仰核桃产业发展指导员（某企业负责人）唐 ZG 的遗容以及看望其家属。

　　到达县殡仪馆后，我们便对他的妻子及子女进行了慰问，他们虽然非常伤心，但并未因此迁怒他人，毕竟谁都未曾想过会发生这种事情。在瞻仰遗容时，我也倍感伤心，因为我初进村时对核桃种植非常不了解，是他给我解答了很多疑惑，让我知道村里的气候和环境确实适合核桃种植。我看到微信上曾经和他聊天的记录，这些记录中有我的疑问还有他的答案，不知不觉因为怀念而眼中充满了泪水。我用殡仪馆的祭奠照片及曾经的聊天记录截图发了一个朋友圈："愿唐总一路走好！"曾经分管扶贫工作的市商务委处长叶 GL 在下面言："前日尚念脱贫，今日怎奈仙逝。"

　　下午回到村委会后，长堰土组村民杨 QC 专程来村委会反映问题。我与他坐下来进行了交谈，他说他家里一共四口人，儿子在外打工，女儿已经出嫁，老两口

杨 XJ 家的孩子在地上写作业

身体不好而且常年吃药，希望村委会能给他们一些帮助。我把他的家庭情况都记录下来后，告诉他要把准备好的申请书及县级医院疾病诊断证明、相关费用的发票等资料提交给我，我争取提交工作会议研究。

晚上吃完晚饭，我在九道河组附近散步，不知不觉又走到家里有六个小孩读书的杨 XJ 家，我又看到他的两个孩子坐在地上写作业的情景，感觉城市里的孩子真是幸福，不仅没有那么多的兄弟姐妹，而且还有写作业的桌子。我暗暗下定决心，一定为他们家解决1~2套写作业的课桌。

惨烈车祸 4

2019 年 12 月 28 日　阴转小雨

在写日记前，我刚驾车冒着沥沥小雨从县城殡仪馆返回村里。这几天受到我们村核桃产业发展指导员唐 ZG 因车祸去世一事的影响，驾车感觉被细雨打湿、雨雾弥漫的山路非常凄凉，特别是每转一个"回头弯"都有种惋惜而难过的感觉。

今天一早我又驾车专程到县殡仪馆陪伴唐 ZG 的家

在殡仪馆悼念唐 ZG

属，我与他的女儿、儿子进行了交流，告知他们我与唐总一见如故，经常交流核桃种植技术、核桃产业发展，并安慰他们逝者已逝，请他们节哀，还请他们一定要继承好唐总产业扶贫的决心，发展好核桃产业。他的儿子唐 SZ 表示一定要接好父亲的接力棒，继续在秀山县及富裕村管好核桃产业，早日看到秀山县及富裕村的核桃盛产，切实推进核桃产业扶贫。

周日加班

2019 年 12 月 29 日　阴

今天早上起床后，我刚准备和村委会主任一起把《农村土地承包经营权复核表》及各村民小组土地公示图发给各组组长（各组组长再去找每户村民审核签字），就接到了驻镇工作队队长曾 C 的电话，他请我去驻镇工作队修改市商务委扶贫集团帮扶隘口镇发展虎纹蛙产业经验交流材料。

放下电话后，我立刻驾车前往驻镇工作队。到达后，我就开始认真阅读该材料初稿。吃完午饭，我便开始结合相关材料对文稿进行修改，首先重新提炼一、二级标题，然后根据标题把精炼后的内容填写进去，修改了5个多小时才基本完成。

讨论经验交流材料

材料修改完成后，镇长周 SQ、副镇长杨 SX、虎纹蛙养殖基地总经理杨 GJ、屯堡村驻村第一书记李 XN、太阳山村第一书记罗 JF 等也到达了工作队，我们便一起对这个经验交流材料进行了长达一个多小时的讨论。

晚上吃完饭，我又陪着曾 C 对材料进行了修改，直到晚上8点我才驾车从工作队返回村里。今天晚上的夜路感觉比昨晚的夜路好走得多，不仅因为没有下雨和起雾，而且因为一天的忙碌让我感觉特别充实而有意义。

初二返村

2020 年 1 月 26 日（大年初二）　零星小雨

最近武汉等地暴发了新型冠状病毒肺炎疫情，截至今天全国已经有确诊病例2081人，疑似病例2684人，治愈49人，死亡56人。昨天，随着确诊人数上升，镇政府、医护、公安等很多人员都已取消休假返回工作岗位，我便主动向驻镇工作队及镇领导请求回村开展工作。

今天上午，我和驻守在梅江镇石坎村的第一书记江 B 一起驾车从重庆主城出发返回秀山，重庆主城也因受到新型冠状病毒肺炎疫情的影响，路上的人和车都很少，而且街上的人都戴着口罩。由于没遇到较严重的堵车，我们很顺利就出了城，高速路上的车辆明显比往年春节少很多。下午6点多，我们到达了秀山县城，我和江 B 便各自驾车返回村里。

行驶在山路上，看着美丽的乡村夜色，我感觉我的工作非常有意义：我是一名高校教师，能看到培养的学生事业成功；我又是一名驻村第一书记，能感受到贫困村民脱贫后的幸福美满。呼吸着乡村清新的空气，感受着当前工作的幸福，我觉得我们一定能控制好新型冠状病毒肺炎疫情，同时心里也在慢慢计划明天怎么样去加强疫情防控宣传，怎么样去说服春节期间准备宴请他人的村民。

深入山林

2020 年 4 月 5 日　阴

"杜鹃如火千房拆，丹槛低看晚景中。繁艳向人啼宿露，落英飘砌怨春风。早梅昔待佳人折，好月谁将老子同。惟有此花随越鸟，一声啼处满山红。"这首诗是唐代诗人李绅所作的《新楼诗二十首·杜鹃楼》，正是描写成片的杜鹃花绽放所映衬的秀丽山色。今天一早，我又驾车来到细沙河组，沿着新修的产业路步行进入了野生杜鹃花区域。

盛开的杜鹃花

随着成片开放的杜鹃花映入眼帘，我知道当前已经进入它们的盛花期，我在山岭中看到它们茂盛的枝叶上开满了红色的花朵，有的才展开两三片花瓣，有的含苞待放，像亭亭玉立的小姑娘，怪不得人们称之为"花中西施"。从远处看，它们三个一团，五朵一簇，像一团团尽情燃烧、跳跃的火焰。从近处看，有的花朵含苞欲放，有的半开半合，有的全开了。那绽开的花瓣，娇艳得就像绸缎，花瓣边弯弯曲曲的，犹如仙女的裙边。花是由五个花瓣组成的，花瓣围绕在几条黄色的花蕊旁，那点点的嫩黄点缀着红红的花瓣，真漂亮啊！

我一边欣赏杜鹃花映衬的秀丽山色，一边沿着山坡往山上攀登，不知不觉中来到了山峰，我站在山峰上向远处眺望，全村的山林和公路尽收眼底，也看到了省界之外的贵州的大山也紧连着我们成片的野生杜鹃花。在这里完全有种"一览众山小"的感觉，之前我和村支书曾商议在这里修建一个观景台，可以让游客驻足休息，欣赏美丽的山色。

在查看完野生杜鹃花的开花情况后，我又驾车到附近的几个村民小组巡查村民清明祭扫的情况。巡查过程中，很多村民正在亲人的墓前祭扫，有很多村民在祭扫的时候烧纸和放炮，我便主动提醒他们要文明祭扫，特别要避免污染环境、避免发生山火。在巡查的过程中，我还遇到镇政府森林防火车来村里巡查，我与他们进行了简单的交流后又继续驾车巡查。

在巡查的路上，我看到了很多村民在田野里辛勤劳作，有些村民正在田里播种，有些村民正在为种植的农作物打药除虫，好一派春季农忙的景象。

春季农忙

帮助寻人

2020 年 4 月 25 日　阴

今早一起床，我就看到了我委托秀山电视台副台长唐 LH（我的大学校友）帮我通过秀山网、"翠翠秀山"公众平台发出的寻人启事。之前，我到岑龙村新寨组看望我校对接帮扶的贫困"边缘户"雷 CY，在交谈中我们了解到他的两个子女雷 RH、雷 TL 因外出务工而与家里失去了联系，至今已经超过一年半了。我不仅帮助他们找镇派出所所长吴 JX 报了案，还请唐 LH 帮忙通过媒体发布寻人启事。

盛开的杜鹃花

没想到今天一早，寻人启事就发出来了，我立刻将该寻人启事的链接分享到了朋友圈，恳请朋友、同事、学生进行大范围转发，以便早日找到雷 RH、雷 TL 两姐弟。

中午吃完午饭，我便步行前往九道河进行入户走访，了解村民们的生产生活情况。在走访中，我看到很多村民都在山坡上干农活，有的村民在播种玉米，有的村民在插秧，有的村民在为土豆除草、为红薯分秧，好一派忙碌的景象。在和村民的交流中了解到，可能受疫情影响，他们今年本想养猪但买不到价格合适的猪崽。在走访中，我还欣赏到了山野美景，特别是看到了绿色绣球花，繁多的绣球花挂在枝干上，像是挂满了绿色的灯笼。

支部活动

2020 年 5 月 10 日　多云

每个月的10号是全村的支部会议或者活动的时间，今天的支部活动是全体党员及村组干部到新院村核桃种植基地参观学习核桃管护工作。一早，我把学校的调研团队及唐 J 送走后，便独自驾车前往新院村核桃种植基地。我到达后，村干部及党员村民代表已经到达。我们便一起走进核桃种植基地，认真参观了长势较好的核桃树，这里海拔较低、日照较强，加之管护到位，所以核桃树不仅枝大叶茂，而且基本上没有病虫害。在参观现场，我们村村支书及新院村核桃基地管护人员现场给我讲解了他们是如何进行修枝、施肥、打药的，村干部及党员村民代表也在现场与基地管护人员交流了许久。我看到村干部及党员代表都笑容满面，感觉他们收获满满且已找到了解决核桃树管护问题的方法，相信他们很快就能学以致用了。

参观完新院村核桃种植基地，我们又驾车来到清溪场镇龙凤村和隘口镇太阳山村参观了核桃种植情况及乡村民宿打造情况。在太阳山村，大家看到了将村民自己住宿的木房子改造成的优质民宿的样板房。村干部及党员代表在现场听到管理人员说五一期间这里的民宿都住满了，给村里带来了很大的收益，都感到非常意外，均表示希望早日推进富裕村细沙河组"花山花海"民宿项目的建设。

参观核桃长势情况

贵州买菜

2020年5月11日　阴

今天一早我发现冰箱里没有菜了，为了满足这几天的伙食需求，我便驾车准备到镇里去买菜。同样因为修路原因，我驾车绕路出村，在蜿蜒陡峭的山路上行驶了一个多小时，到达了326国道上的坝芒村。

路上遇到坝芒村的村干部，他告诉我离这里不远的贵州省松桃县甘龙镇今天有集市，集市上的猪肉品质非常好，而且蔬菜品种非常丰富。

驻镇工作队工作情况

于是，我便驾车前往甘龙镇买菜。这是我第一次到甘龙镇，甘龙镇要比隘口镇大，街上不仅路面宽，而且还有很多饭店和宾馆。停好车后，我便在集市买了十多斤猪肉，没想到距离隘口十多公里的贵州省松桃县甘龙镇比隘口的猪肉每斤便宜一两元，而且品质还更好一些。我还在集市上买了青椒、小白菜、花菜、番茄等新鲜的蔬菜，车子的后备厢都装满了。

买完菜后，我又顺路来到了驻镇工作队。我看到工作队的"战友"们正在忙工作，便主动向驻镇工作队队长、市商务委二级巡视员曾C汇报了这几天陪同学校电商调研团队、来自梁平的重庆市电商扶贫带头人唐J调研的情况以及富裕村近期扶贫工作的开展情况。汇报完工作之后，我又独自一人驾车返回村里。

深入花海

2020年5月12日　多云

今天早上还在吃早饭的时候，九道河组村民杨ZG到村委会咨询事情。我立刻放下早饭，上前接待了他。他告诉我他手臂长期无力，在村里的医生处医治了很久，但是效果不佳，而且自己的儿子在外打工，也无法照顾他，希望我们能为他提供帮助。我告诉他，毕竟村里医疗条件有限，对于这种慢性病治疗效果有限，建议他尽快去县人民医院进行诊治。如果有严重疾病的话，我们驻村工作队和村"两委"一定会给予帮助的。另外，我向他要了他儿子的电话号码，还专门打电话提醒他的儿子，要好好赡养和照顾老人。

为杨ZQ解答疑问

　　中午，富裕村至岑龙村这段拓宽的道路恢复通车了，我们都非常兴奋，因为以后出村不用再绕道贵州边界了。我和值班村干部还帮着焊工师傅拉起了电线，用电焊焊断拦路的钢筋。

　　下午，秀山县摄影协会一行三人来我们村细沙河组航拍野生杜鹃花。我和村支书赵MX一同陪他们来到细沙河组野生杜鹃花基地，他们很快就放飞了两架无人机，我们通过无人机操控板上的手机屏幕看到附近山坡上成片簇拥在一起的红色杜鹃花，就像一团团燃烧的火焰一样，他们通过无人机拍摄了很多风景照片，还录制了成片杜鹃花的视频。拍完后，我们又沿着山间小路步行进入了附近的一条山间小路，小路两边都是杜鹃花，有的正处于盛开之际，有的还含苞待放。快到达山顶时，我们在路边上发现了一株发出了十多条枝干的杜鹃花，这株杜鹃花正在盛开，红红的花骨朵簇拥在一起，真的非常美。

　　随后，我们又驾车来到了细沙河组的渝黔交界处，在这里我们也查看了公路两边山坡及贵州境内山上的杜鹃花的生长情况。

"霸王"杜鹃花

陪伴诊治

2020 年 5 月 15 日　阴

　　今天上午，秀山县精神卫生中心主任田 HM 在镇武装部部长叶 S 及隘口镇卫生院相关人员陪同下，到村里对四名精神疾病患者进行慰问和诊治。我们首先一起驾车来到长堰土组杨 PA 家看望他患精神疾病的儿子，到达后我们为他家送上了一些大米、食用油等生活用品，田主任对他的儿子进行了诊治并做了记录。

陪同医生慰问精神疾病患者

　　在杨 PA 家忙完后，我们又驾车来到大龙门组熊 CG、熊 CY 家，他们是两兄弟，且都患有间歇性精神病。正当我们陪着田主任及镇卫生院相关人员为他们诊断病情的时候，镇农商行的廖主任带领工作人员来为熊 CG 办理银行卡。之前，因为熊 CG 精神疾病较严重，不愿意前往镇里的农商行开户办卡，所以未能成功办理养老金，我当时主动联系镇农商行的廖经理，恳请他们上门帮忙开户办卡，让熊 CG 每个月能按时收到养老金。廖主任当时在电话里也答应抽时间带工作人员上门为熊 CG 开户办理银行卡，没有想到他们这么快就来了。不一会儿田主任及镇卫生院相关人员就为熊 CG、熊 CY 诊断完病情并为他们送上了大米、食用油等生活用品，廖主任及工作人员便开始为熊 CG 现场办理银行卡。今天熊 CG 看到有这么多人为他服务，表现得非常配合。随后，我们又陪着田主任及镇卫生院相关人员来到精神疾病患者杨 ZQ 家，为他进行了诊治，送上了生活用品。

临近中午，我们又来到细沙河组，准备在村妇联主席王 XQ 家吃午饭。趁着做午饭的时间，我们又驾车带田主任及镇卫生院相关人员来到野生杜鹃花基地参观。他们看到这里簇拥在一起的杜鹃花都非常欣喜，均表示这个景区是可以开发打造的。看完杜鹃花以后，他们又在附近采了一些蕨菜准备中午当饭吃。

下午两点多，午饭做好了，我们便在王 XQ 家吃了一顿可口的农家饭。回到村委会后，我又为大龙门组在长江师范学院读大三的杨 LQ 开具了入党的函调证明，并鼓励她在学校要好好学习，定期向组织写思想汇报。

王 XQ 家可口的农家饭

挖野竹笋

2020年5月23日　晴

今天是星期六，驻村队员们都回家了，值班村干部因为家中有事也没有来上班。早上，我吃完自己做的早饭，便迎着初夏的骄阳驾车前往细沙河组查看村民耕种情况。来到细沙河把车停好后，我远远地看见勤劳的村民们挑着农家肥往田地里走。在阳光的照耀下，这里的风景非常秀丽，可谓"小桥流水人家"。我与正在干农活的村民交谈了一会儿后，便独自一人去查看了高山土豆、玉米等农作物的生长情况。

在山坡上的农田边，我遇见了村干部龙LZ，他正准备和堂兄去挖野竹笋，我便随同他们钻进了山坡上的竹林，竹林里的杂草挡住了去路，他们便用镰刀砍出了一条路。在竹林深处，我们看到很多刚长出不久的竹笋，然后便开始采挖。一个小时过去了，我们浑身都被杂草

细沙河一角

和淤泥弄脏了，但是我们有很多收获——挖到了许多竹笋。中午，我们便在村妇联主席王XQ家将挖来的竹笋进行了加工，新鲜的竹笋特别美味，我们吃得非常痛快。

下午，我又步行前往细沙河组的野生杜鹃花基地。我专门深入成片的杜鹃花丛林，在这里我看到杜鹃花有的已经凋谢了，有的正在盛开。一边查看杜鹃花的生长情况，我一边思索，觉得要想把这里打造成引人入胜的景点，还需要争取市商务委扶贫集团的支持，还要投入大量的人力物力财力。

驻村观景

2020年5月24日 多云

路边折野草莓

今天是星期天，但我依然坚守在村。近期，秀山县发生了严重的交通事故，全县对交通安全都紧张了起来。上午，我沿着往岑龙方向新修的公路步行巡查交通安全情况，虽然过往的车辆和行人不多，但我见到车辆便会提醒司机注意交通安全，严禁超载和客货混装。在路上，我看到了山坡上倾泻而下的瀑布，可能是前段时间雨水较多，山坡上沟渠里的流水溢出，从山坡上流了下来，形成了一条瀑布，感觉非常壮观。

早就听说贵州方向山势陡峭、怪石嶙峋，我便准备利用今天下午的时间去游览一下。中午吃完午饭，我驾车经过细沙河组前往贵州方向。我顺着山路来到了贵州松桃县木黄镇，在这里我看到了经过亿万年才形成的奇特地貌。我在山坡上把车停好后，看到了远处的突兀孤峰和深邃沟谷，也在路上看到了瀑流从寸草不生的岩峰上流下，看得我心旷神怡、流连忘返。在山坡上，我看到了叫不出学名的"野草莓"，之前我看到村民们吃过，我便上前摘了许多，纯天然的"野草莓"非常可口。

收获满满

2020 年 5 月 26 日　多云

今天上午，我和两名驻村队员一起驾车来到代家坪组，准备对村民熊 CX 进行用水回访。我们将车停在附近的公路边，便沿着入户便道前往熊 CX 家，路上我们与在家做农活的村民聊了聊家常，了解了他们最近的生产生活情况。后来，我们来到了熊 CX 家，他的妻子正在家里带小孙子，我们在他家进行了简单的交流，了解到他家已经安装好了我购买的抽水泵，解决了生活用水水压小的问题。

我们在现场查看了他家自来水管的水量，当把抽水泵通电后，即使是在用水高峰期，水量也非常正常，不会再因为他家地势较高而水压过小了。我们提醒他的妻子，不能在水压正常时使用抽水泵，避免影响其他村民家里供水。他的妻子再次向我们表示感谢，感谢我们为他们解决了这个一直未解决的生活难题。回访完熊 CX 家后，我们又查看了周边村民的生活用水及生活生产有关情况。

中午吃完午饭，我们又驾车来到位于细沙河附近的吴 CX 家的金银花基地，几个月前我们曾去看过他们种植的金银花和套种的雪莲果，现在再去查看一下长势。我们停好车后，便步行在林间小路里，现在这里的植被比几个月前我们来时更加茂盛，

熊 CX 家自来水管的水量

小路也被杂草占据着。我们虽然吃力地走在小路上，却沉醉在周边美丽的风景中。到达基地后，我们看见金银花都长出了细长的枝条，正在向周边"蔓延"，而雪莲果的叶子也长大了，我们预计明年金银花一定会有很好的收成，雪莲果在今年秋季也定会有产出。

在基地查看时，我们看到周边长满了蕨苔，便一起采了很多。在采蕨苔时，我们也在附近的竹林里挖到了几根新鲜的野竹笋。看到手里和心里满满的收获时，我们都无比欣喜。返程途中，我们又无意间发现了两棵"金银花王"，这两根金银花盘绕在路边的两棵树上，并且开满了金银花，好像金银花就是树上长出来的一样。微风掠过，无数朵金银花散发出阵阵清香，让人心旷神怡，此刻，我们完全沉醉在了富裕村美好的景色之中。

与驻村队员共同查看金银花基地

查看车站

2020 年 5 月 27 日　阴

今天上午，县交委的工作人员专程到村里检查公交车站是否完好。所谓公交车站其实是没有公交车通行的，起到的是提示地名及便于村民临时休息的作用。我陪同他们逐个检查了公交车站的情况，他们将需要维修的内容一一记录了下来。我告诉他们车站顶部的站牌名由于以前是用不干胶粘上

陪同县交委人员检查转运站情况

的，受到风吹日晒后容易脱胶，建议他们重新用油漆喷印。他们把我的建议记录下来后，表示回到单位向领导汇报后再做维修。

吃完午饭，我和驻村工作队员、值班村干部在办公室一起对富裕村今年1—4月份的每笔财务收支情况进行了核对，并通过公示表在村委会公示栏里进行了财务公开。

下午忙完工作之后，我看到阳光还很好，便用井水把车身上的淤泥清洗干净，车内车外也都用毛巾擦拭了一遍。洗完车后，我又将寝室的棉絮抱出来晾晒在车上。经过晾晒，受潮棉絮的霉味没有了。

媒体来访

2020年5月29日　阴

　　早上，我接到村支书赵MX的电话，他告知我重庆市电视台记者专程到村里进行采访和素材收集。我和驻村队员们便对村委会办公室及会议室进行了打扫，并提前到村委会门口迎接记者们。大约9点半，两名电视台记者在县委宣传部科长吴N、镇党委宣传委员王LH及村支书的陪同下到达了村委会。我们在村委会门口的院坝里进行了简单的交谈后，便一起驾车前往千盖牛组的建档立卡贫困户家采访。

陪同记者采访贫困户

　　到达千盖牛组贫困户杨SQ家中后，我们看到久病初愈的他刚扛着竹子回来。我还记得去年见他的时候，他刚做完心脏搭桥手术没多久，走路都没有力气，现在看他居然能扛着手臂粗的竹子回来，我很惊讶，主动上前与他交谈。记者们在我们的陪同下，在他家屋前与他进行了简单的交流。大家聊得很开心，杨 SQ 给记者们讲述了自己如何因病致贫，家里如何剩下老、中、青三口人以及驻村工作队、村"两委"如何帮扶、富裕村发生了什么样翻天覆地的变化等。

随后，我们又来到了吴 YZ 家中，吴 YZ 是村里的老党员，今年76岁了。我们来的时候，他刚从田里赶回来。记者们同样在他家的院坝中与他进行了交流，吴 YZ 说非常感谢党和国家的扶贫政策，正是由于政府及驻村工作队员、村干部的大力帮扶，他们家才顺利脱贫，三个孙子、孙女也长大成才，其中有个孙子大学毕业了，也在秀山工作，全家生活非常幸福。

陪同记者们采访完已经下午两点多了，我们便在附近的村委会主任杨 WZ 家里吃了午饭。送走记者及相关人员后，我们又在千盖牛组查看了核桃树及高山土豆的生长及管护情况。

带领记者们参观富裕村

秀山参观

2020年5月29日 阴

今天一早，我驾驶了一个半小时的车来到了县城，准备到县城里的大超市采购一些生活物资，顺道参观一下秀山博物馆。到达超市后，我购买了方便面、面包、蔬菜、水果、凉席、液体蚊香、杀虫剂等，装了满满一手推车。中午简单在超市附近吃了个饭后，我便驾车前往秀山博物馆。

秀山花灯

以前有人和我说过，要想了解一个地域的文化，最好的手段就是参观当地的博物馆，所以我一直准备来秀山博物馆参观。秀山博物馆是"第六批全国民族团结进步教育基地"，不仅修建得古色古香的，而且在博物馆里能感受到浓郁的苗族土家族的文化。博物馆里有两个展厅展示的都是秀山独特的花灯文化。秀山花灯是以重庆市秀山土家族苗族自治县最具代表性的花灯艺术命名的，又称跳花灯、耍花灯、花灯戏，是一种古老的民间歌舞说唱艺术。这两个展示厅里不仅有花灯道具实物和表演视频，还有多种表演形式的图片。随后，我又分别参观了美术作品展厅、书法展厅、摄影作品展厅、秀山紫砂石展厅等，在紫砂石展厅里我还看到了我们隘口镇出产的紫砂石，紫砂石保留了天然的原石原味，这里的很多工艺品都是大自然与人为雕刻艺术融合的结晶，紫砂石打造的紫砂石壶更是精美和耐用。

参观完博物馆后，我感觉意犹未尽、恋恋不舍，但担心天色晚了不便在山路上驾车，便立刻驾车行驶在返村的路上了。

巡查堰沟

2020 年 5 月 30 日　多云

今天上午，有村民向我反映长堰土组通往岑龙村的堰沟排水不畅，水从堰沟溢出来后流下了山坡，时间久了就会造成山坡滑坡。我听到此消息后，立刻重视起来，虽然今天是星期六，驻村队员们都回家休息了，但我立刻步行来到长堰土组附近的堰沟。去年刚到村里时，我对"长堰土"这个地名非常疑惑，村民告诉我：为了引水和方便灌溉，以前的村民就在这里挖了一条长长的堰沟，挖出来的泥土全堆在堰沟边上，这些土堆一直保留了下来，所以这里叫作"长堰土"。

我沿着堰沟一直往岑龙村方向走去，由于堰沟边很久没有人行走了，茂盛的杂草已经侵占了堰沟边上的路，我用镰刀一边砍一边前行。走了近半个小时后，我发现堰沟里的钢筋滤网上堵满了树叶和垃圾，造成水从沟里溢出来后流下了山坡。于是，我弯下腰用镰刀、棍子清理了堵在滤网上的树叶和垃圾，清理干净后，通过滤网的水流就像泄洪一样流向远方，沟渠里也没有水溢出了。虽然在杂草丛生的沟渠边步行艰难，但我仍沿着沟渠一直走到了岑龙村。走出沟渠后，我又看到这里的村民

堰沟沟渠一角

正在插秧，我一边和他们聊家常，一边欣赏这里农忙的景象。

随后，我又来到岑龙村村委会与这里的村干部进行了交流，返回时我沿着公路查看了岑龙村至富裕村的桥的修建情况，估计通车还要两三个月的时间。

小学座谈

2020 年 5 月 31 日　雷阵雨转阴

周末的清晨，轰隆隆的雷声把我从睡梦中惊醒，室外下起了雷阵雨。我起床后，透过窗户向远处望去，虽然下雨但仍有村民头戴斗笠、身穿蓑衣在田里犁地和插秧。窗外凉爽而清新的空气拂面而来，再加上外面鸟儿的鸣叫，我的心情顿时好了起来。

起床吃了早饭后，我在电脑上学习了近一个小时的全国两会及全市两会精神。然后，我独自一人步行前往岑龙小学，呼吸着山间新鲜的空气，走在拓宽了的新水泥路上，感觉驻村工作就是一种享受。我在岑龙小学见到了校长孙 JZ，我与他就前段时间提出的校门修建问题进行了交流。之前，他在座谈会上恳请我校帮助岑龙小学修建校门，后来我与驻镇工作队领导及学校领

岑龙小学校园

导针对此事进行了交流后，准备使用我校捐赠给隘口镇富裕村的部分捐款为他们修建校门。在现场，他专门带我去查看了新校门修建的位置及工程造价预算方案和规划图，还告诉我：他作为全国优秀教师，一直在努力把岑龙小学打造成隘口镇一流的小学，为周边几个村的留守儿童提供最好的小学教育。我向他表示，我们会尽力支持他的想法，也会努力帮助他们实现办学目标。

　　交流结束返回村委会吃完午饭后，我便准备利用这个下午去清溪场镇逛一圈，因为之前听说这个镇的农业发展得非常好。我独自一人驾车出发，行驶了一个小时左右就到达了该镇的农业生产基地，我看到这里平坦的稻田里种满了水稻，长势也非常好。停好车后，我在农业基地逛了将近一个小时，查看了他们种植的玉米、黄豆等。离开后，我便驾车来到清溪场镇的街上吃了个"早晚饭"。清溪场镇离县城较近，农业生产发展得很好，很多地方值得我们借鉴。

清溪场镇农业生产基地

交通排查

2020 年 6 月 4 日　阴转小雨

早上，我们接到镇政府平安办公室通知，由于今天日子比较特殊，市安稳办要求社区劝导站（队）要启动，各村要开展路检路查相关工作并做好巡查记录。于是，我和驻村工作队员、值班村干部都穿上了社区交通劝导马甲，在村委会附近设置的劝导站进行交通巡查，对过往车辆进行登记，提醒驾乘人员注意交通安全。过往的车辆也非常配合我们的工作，甚至有个别车辆主动接受检查。

培训现场

上午 10 点半，县电商办相关人员及云智电商培训学校的老师来到我们村里准备开展电商培训，参训的村民也坐满了会议室。培训开始后，培训老师向村民讲授了农村电商业务的知识，村民们听得比较认真。培训结束时已经 12 点多了，我与县电商办周 SC 在会议室针对"山水隘口"电商平台的管理与发展进行了交流和探讨。由于中午人较多，我们和县电商办的工作人员及相关老师在村委会吃了面条。

下午，我们又和相关村干部聚集在村委会办公室，对"建档立卡贫困户脱贫攻坚政策明细台账""农村居民 2019 年家庭年人均纯收入调查表"进行了整理和完善。

党员会议

2020 年 6 月 10 日　多云

今天又是全村的党员活动日。上午 10 点，全体驻村队员、村"两委"干部、村民党员共计 40 余人齐聚村委会会议室。会上，我们首先一起学习了全国两会精神、习近平总书记关于扶贫工作的重要论述、党员发展流程等有关内容。然后针对新进村委会担任村干部的龙 LZ 转正事宜进行了讨论研

会议现场

究，大家一致认为小龙在村委会试用期一直虚心学习、工作认真、服从安排、积极肯干，同意正式聘任他为村委会的综合服务专干。

紧接着，我们又对将村委会副主任、入党积极分子李 DQ 发展为中共预备党员一事进行了讨论，经过大家的无记名投票，一致同意她转为预备党员。

会议结束后，中国移动公司清溪片区负责人田 X 专程到村委会来拜访我。之前我与他联系处理过通讯光缆电线杆倾倒的事情，他处理得十分到位。他们到达后，我向他们反映了村委会一楼及细沙河组移动信号差的问题，随后陪同他们一起实地检查了移动手机信号，并查看了村里架设有移动光缆的电线杆。

雨天碌碌

2020 年 6 月 23 日　阴转小雨

今天仍然是小雨不断，山坡上都是雨雾蒙蒙的。早上起床后，村里的山林在雨水的浸润下显得生机勃勃，空气也无比清新，我简单巡视了一下九道河涨水的情况，便返回了村委会办公室。

与孙校长讨论校门修建事宜

上午，重庆电视台某扶贫纪录片摄制组专程到村里采集关于村支书赵 MX 事迹的视频素材。我们在村委会会议室召开了见面会，会上摄制组向我们表明了来意及工作内容，我们也向摄制组介绍了村情及村干部的情况。短暂的会议结束后，村支书随同摄制组前往他对接帮扶的建档立卡贫困户杨 ZX 家拍摄素材，我和驻村队员、值班村干部在办公室完善"脱贫攻坚普查清查摸底表""农村集体产权制度改革人员核查表"。

中午吃完饭，我和驻村队员驾车来到岑龙小学与校长孙 JZ 交流修建校门的事宜。之前，我向学校争取了5万元捐赠款为他们修建校门，校门规划图设计好后，我还未到施工地点查看过。今天我们在现场进行了实地查看，并针对规划设计图提出了一些调整建议和意见。临走之际，我提醒孙校长尽快招标，让校门早日动工。

毕业典礼

2020年6月24日　阴

　　今天一早，我陪同摄制组一起来到千盖牛村民小组。在这里，重庆电视台某节目摄制组以群山云雾缭绕作为背景，开始拍摄村支书赵MX组织村民种植核桃的事迹，我也随同他们进入了拍摄场地，为他们的拍摄工作提供各种便利条件。

　　中午返回村委会后，我接到村民举报有人未办理报批手续就自行修建房屋。我立刻和村干部郎CC赶到九道河组村民杨ZH修建房屋的施工现场，他家请了挖掘机，正在挖地基。我们了解了情况后，便对他们进行了提醒，要求他们到镇里办理房屋修建报批手续后再施工。

中午吃完饭，我便接到了学校党委委员、宣传部部长夏 DL 的电话，他告知我临近毕业季了，由于疫情影响不能召开聚集性的毕业典礼，为了宣传毕业生到贫困乡镇工作的事迹，需要我到镇里去给已经在镇政府工作的 2020 届毕业生杨 SQ 拍摄一部名为《一个人的毕业典礼》的短视频。我到达镇政府杨 SQ 的办公室后，就马上拿起了手机和三脚架拍摄她在办公室工作的场景。为了能采集到她平时在户外工作的场景，我们还专门来到桥梁施工现场、田间地头进行了拍摄。随后，我们又回到镇政府广场的宣传展架前，拍摄了我为她颁发毕业证书和她发表毕业感言的场景。

采集完视频素材后，我又来到驻镇工作队准备进行剪辑。由于明天就是端午节，驻镇工作队的同事们已经回家与亲人团聚了。我顾不得回家，便一个人对视频进行剪辑，经过几个小时的努力，短视频终于剪辑出来了，再配上我当时组织创作及编曲的校歌，自己非常感动，感觉视频展现的就是她"一个人的毕业典礼"。

为杨 SQ 颁发毕业证书

返回村庄

2020年6月28日　阴转阵雨

端午节小长假期间，我们收到了县扶贫开发领导小组关于做好全市决战决胜脱贫攻坚专项督查迎检工作的紧急通知，市专项督查组将于6月28日入驻秀山县，代表市委、市政府开展督查工作。

昨天中午，我们驻镇工作队全体人员便驾车从重庆主城返回秀山，由于路上遇到了雷阵雨天气，临近傍晚才到达县城。由于我们驻村工作队员张BJ的母亲刚刚去世不久，到达县城后我便告别了驻镇工作队的同事们，独自驾车前往张BJ的老家石堤镇。到达后，我在现场慰问了他及他的家人，并送上了我的心意。

临近凌晨两点，我才准备驾车返村，由于疲倦，我便将车停在路边，在车上睡到了天亮。早上返回村委会后，副镇长杨SS与镇农副中心主任王Y来到了村委会。我与他们简单交流后，杨镇长便邀请我同他前往千盖牛村民小组查看核桃、高山土豆、雪莲果种植情况。在地里我们看到核桃树都已经挂果，而且果实比以前大许多，高山土豆也已经成熟，即将可以采挖了，雪莲果的叶子也长得非常好，预计9月可以成熟出土。

陪同镇领导与农户交流生产情况

　　中午返回村委会吃完午饭后，隘口中学来了三位对口帮扶富裕村贫困户的帮扶责任人。我便陪同他们前往九道河、细沙河、千盖牛等村民小组对他们帮扶的建档立卡贫困户进行走访。在走访期间，我们一起完善了建档立卡户的帮扶手册，并对建档立卡户房屋门口张贴的"明白卡"信息进行了核对。

　　回到村委会办公室后，我看到村干部们忙碌不堪，他们正在完善迎检资料。

与帮扶责任人沟通工作

巡查路河

2020 年 7 月 2 日　阴转多云

由于近期阴雨不断，很多路段山坡都出现了滑坡现象。河道里的水位也上涨了许多，甚至有些河段的流水溢了出来。为了减少安全隐患，我和村委会主任、驻村队员们一早就开始驾车巡查全村的道路及河道情况。

我们驾车沿着河道从九道河组经过大青杠树（地名）来到了细沙河组，在路上我们不断停车查看河水涨水及泄洪情况。村委会主任告诉我们，前几年细沙河组农户家有一个 11 岁的小孩因为淘气误落入涨水的河道，被顺流的大水冲走后溺亡了，村干部组织很多村民找了很久才在下游找到了小孩的尸体，这户农户全家人悲痛了很久。听到这里，我们对河道的检查更认真了。当遇到公路边有山体轻微滑坡时，我们就用铁锹、锄头等工具清理掉落在公路上的碎石和泥土，有些石块较大，只能两个人用手搬走它们。

不知不觉我们巡查到了细沙河组，在这里我们到附近的几户村民家中进行了交谈，建档立卡贫困户杨 JF 在交谈中请我帮他的三儿子王 WZ 联系一所重庆主城的中等职业学校。经过与他儿子的交谈，我了解了学生的基本情况及兴趣爱好，就在现场帮他们电话询问了重庆农业学校、重庆商

与村民交流子女学习情况

务高级技校的招生情况及报名条件，请他们决定好再去学校报名。然后，我们又驾车到大龙门组、代家坪组进行了河道及公路巡查，发现山体滑坡、河道堵塞等问题就及时进行处理或汇报。

中午返回村委会吃完午饭后，我们又驾车巡查了千盖牛组、长堰土组道路山体滑坡及河道水流情况。

拍摄花灯

2020 年 7 月 7 日　阵雨

今天虽然下了阵雨，但丝毫没有影响我们组织村民跳花灯的决心，因为重庆电视台某频道记者准备今天傍晚进村拍摄跳花灯的视频。

上午，我和村干部、驻村队员冒着阵雨到各个村民小组查看了连日大雨导致的村民受灾及山路滑坡情况。经过实地巡查和村民小组组长排查，暂时没有发现有村民受到洪涝灾害，但有个别路段出现了山体滑坡情况，有些公路地段堆满了被雨水冲下来的碎石，还好基本不影响交通工具通行。我们冒雨对一些阻碍交通的石头进行了清理。

巡查完，我们又驾车来到了大龙门组、代家坪组查看村民们制作花灯的情况。村民们围坐在屋檐下一起用竹篾和彩纸制作了各种各样的彩灯和道具，准备下午表演跳花灯时使用。

中午吃完饭，我们陪同重庆电视台的记者分别来到了大龙门组、代家坪组，记者们用三

跳花灯表演

脚架架好了摄录设备后，村民们就一边唱着一边跳着自编自导的花灯节目。我感觉花灯就是民间戏曲，不仅有说唱逗笑，还有追斗打闹的表演情节，特别能营造出节日喜庆的氛围。经过一个多小时的跳花灯表演，记者们记录下了秀山农村最接地气的民俗文化。

协调寻人

2020年7月8日　阵雨

今天，与我们隘口镇交界的贵州省松桃县甘龙镇石板村田堡组有一处山体发生了滑坡，造成停电、通信中断。我们得到消息，现在有六人失联、六人受困，造成岩板滩组63户民房受灾，所以我们在村的值守干部冒着阵阵大雨到处巡查山体滑坡及受灾情况。经过几个小时巡查发现，我们村基本上没有大面积的山体滑坡。

临近中午，我接到县公安局治安大队大队长石B的电话，他告诉我之前我拜托他帮助贫困"边缘户"雷CY寻找子女的事有了消息，但需要我到县公安局办公室进行沟通。由于下雨，我驾车行驶了两个小时才到达县公安局。在办公室里，石B召

到县公安局协调寻人工作

集了刑侦、网安等相关警员在办公室里对雷CY子女与家长失联的案件进行了研究，根据县局掌握的线索初步推断，雷CY的子女雷TL、雷RH陷入了电信诈骗或者传销团伙。在现场，我对警方查询的雷TL、雷RH的手机号码进行了拨打，结果一个无人接听，一个显示是空号，我通过搜索手机号添加了雷RH的微信，但暂时无人回应。在讨论中，我们初步确定了寻人方案：一是由县公安局协调隘口镇派出所对失联妇女雷RH进行立案便于查询（雷TL因是男性青壮年不能立案）；二是由我携带隘口镇派出所开具的介绍信前往雷RH收快递的地址，协调当地公安部门及社区配合帮助寻人。

离开县公安局时已经临近傍晚，我又驾车返回了村里。晚上，雷RH微信通过了我的验证，经过交谈，她说她在上班，等到方便时再与我电话联系。

迎接普查 1

2020 年 7 月 19 日　阴转小雨

　　明天，酉阳县普查小组将到我们村对建档立卡贫困户进行国家脱贫攻坚普查，我们所有工作人员这几天都在准备迎接普查的资料。上午，全体村干部及驻村队员一早就齐聚在村委会办公室，共同研究迎接普查要做的准备工作。会上，我们确定了 4 名迎接普查的引导员，安排了迎检路上的清洁工作及每天的伙食菜品，并要求每名引导员提前熟悉受访的建档立卡贫困户的相关信息，以备普查员在询问时进行回答。

研究普查准备工作

　　吃完午饭，我和驻村队员、村干部又步行到九道河组建档立卡贫困户杨 ZZ、李 CQ 家中，再次查阅了他们的帮扶明细账及帮扶手册。我们还与他们进行了座谈交流，了解了他们近期的生产生活情况。

　　工作结束后，我们又驾车在全村各组巡查因暴雨导致的山坡滑坡情况。虽然前段时间连日雷雨天气，河道里水位也上涨了不少，但我们村非常幸运，基本没有受到灾害影响。在巡查的山路上，我们看到还没有消散的云雾依然笼罩在山头，与山腰间的翠绿连接在一起，感觉特别美。

迎接普查2

2020年7月20日　阴转小雨

　　今早接到镇政府通知，酉阳县普查小组将于今天在隘口居委会开展普查实操训练，今天不一定进村普查，要求我们利用今天的时间继续做好迎检工作。于是，我专门打电话告知村里的4名引导员，请他们一定要继续熟悉被普查贫困户的家庭信息，务必今天抽时间检查他们家中的普查资料是否完整。今天天气逐渐晴朗起来了，虽然有点炎热，但我仍驾车随机到各村民小组建档立卡贫困户家抽查他们的普查资料，并与他们进行简单的交谈。

　　吃完午饭，我趁着天气晴朗准备步行到岑龙小学查看校门改建情况。在路上，我一边迎着绚烂的阳光在刚修好不久的公路上走着，一边欣赏秀丽的山色和潺潺流水，呼吸着山间新鲜的空气，我心情非常愉快。前段时间连日降水导致公路山坡上渗出的山泉水的水流增大了许多，我看到有些地势低洼

流下的山泉水

的公路被流下的山泉水漫过了路面，还好水不是太深，不影响车辆通行，但过往的行人会把鞋子打湿，我便搬起了几个石块铺在了公路边上，行人们便可踩着石块通行了。

　　没过多久我便抵达了岑龙小学，学生们虽然都已经放暑假离校了，但工人们正在施工赶工。校门改建的外形基本上已经完工了，校门旁边的校牌石及立柱已经修好了，立柱之间的栏杆也已经安装到位了，基本上就差安装自动伸缩门及在校牌石上贴大理石、在立柱上安装柱头灯了。透过基本成型的校门，我看到巨人集团投资修建的综合楼也已经基本竣工，目前正在拆除施工栏杆，白蓝相间的外墙漆也逐步露了出来。施工现场的负责人告诉我们，9月份开学时综合楼和校门都能投入使用，那时岑龙小学的办学条件在同等小学里就算是全镇最好的了。在现场查看后，我提醒现场施工负责人一定要保证建筑物的施工质量，另外在雨季要特别注意施工安全。

岑龙小学一角

赠送土豆

2020 年 7 月 21 日　多云

　　昨晚临时接到通知，酉阳县普查人员今天不来村普查了，具体时间另行通知。今天一早，我驾车前往九道河组、代家坪组查看近期村民采收的高山红皮土豆。在九道河组田 RZ 家中，我看到他们正在家里拣选刚采挖不久的高山红皮土豆。由于近期雨水较多，长在地里的红皮土豆受湿泥浸泡较久，有些已经出现了腐烂情况，采挖出来的土豆也沾满了泥土，卖相并不是特别好。我在现场提醒他们，今后在采挖土豆时一定要小心，避免土豆被锄头划伤，不仅卖相不好，而且被划伤的土豆会腐烂。在代家坪组杨 ZJ 家中，我看到了他们已经挑选好了红皮土豆，他们挑选出来的土豆不仅看起来外观较好，而且个头均等。我在这两户村民家中购买了300斤土豆，准备拉到"山水隘口"电商平台和驻镇工作队进行推荐。

村民在家中挑选土豆

　　临近中午，我驾车前往镇里的隘口乡村扶贫产业园。经过40多分钟的山路行驶到达产业园后，我向"山水隘口"电商平台的工作人员推荐了我带来的高山红皮土豆，并且切开给他们看了土豆肉质，他们纷纷点头夸赞品质很好，唯一的缺点就是产量不太大。

　　我推荐土豆的过程中，正好遇到了市商务委党组成员、二级巡视员孙 HP一行五人在驻镇工作队及县领导的陪同下调研产业园。我和孙巡视在十多年前就认识，今天居然在隘口产业园遇见了，他感到十分惊讶，专门询问了我驻村的生活及工作情况。他们临走之际，我将带来的红皮高山土豆搬到了他们车上一些，告诉他们这些是我们富裕村出产的红皮高山土豆，请他们多多品尝，如果觉得红皮土豆品质好的话，就请领导们多多帮助推进隘口镇的土豆产业消费扶贫。

孙巡视调研会议现场

迎接普查3

2020年7月22日 阴

昨晚临时接到镇政府通知，今天酉阳县普查人员将到我们村对建档立卡贫困户进行普查。早上，全体村干部及驻村队员到达了村委会办公室后，就马上一起打扫卫生。真是人多力量大，很快，村委会办公室就焕然一新了。

不到10点，普查小组指导员冉SH、普查员张N来到了村委会，我们在办公室针对脱贫攻坚工作进行了简短的交流后，便一起前往大龙门组。

在大龙门组，我们陪同普查员分别到建档立卡贫困户熊QF、熊MZ、张ZH、杨SX家中进行普查。来到贫困户家中，指导员冉SH、普查员张N首先查看了住房、饮水情况，而后又进入厨房查看了食材及生活情况。在现场，村支书留下来陪同张N对贫困户进行访谈，我们其他人员回避。访谈后，我才得知普查员是围绕"普查户表"26个指标对贫困户进行了生活生产及脱贫

陪同普查员进行普查

情况的访谈。

　　直到下午一点半，普查员才完成对4户贫困户的访谈。我们陪同他们返回村委会吃了午饭，然后，村支书陪同张N又前往大龙门组对剩下的4户建档立卡贫困户进行访谈，而我陪同冉SH对我们村的村表信息进行核对。后来，冉SH让我带他到村医务室、图书室等场所进行了实地确认，并查看了乘车预约标示牌、电商服务站等标示牌。冉SH对查看确认的情况非常满意，并在"行政村普查现场核实表"上签字确认。他将签字确认的现场核实表交给我后，便乘车到其他村查看村表了。

　　临近傍晚，村支书才陪同普查员对大龙门的建档立卡贫困户访谈完返回村委会。我们将普查员送走后，又集中在办公室召开了总结会议，准备明天继续迎接好普查工作。

是否通客车　①是　②否	V25	①	①
是否通硬化路　①是　②否	V26	①	①
是否有村级综合服务设施①是　②否	V27	①	①
是否有电子商务配送站点①是　②否	V28	①	①
是否供水入户①全部②部分③否	V29	①	①
是否集中供水①全部②部分③否	V30	①	①
垃圾是否集中处理或清运①全部②部分③否	V31	①	①
有哪些金融服务基础设施【可多选】①ATM机②助农金融服务点③金融流动服务站④以上均无	V32	②	②

普查指导员（签字）：冉□□□　　　　　　核实时间：2020年7月□□日

注：如果现场核实结果与普查表指标一致，可在现场核实结果处打"√"；如果不一致，应填写现场核实结果和情况说明。

行政村普查现场核实表

陪伴采风 1

2020 年 7 月 30 日　晴

今早，我的派出单位（重庆商务职业学院）的党委委员、工会主席、宣传部部长夏 DL 率学校思政微电影摄制组一行从重庆主城出发来秀山。他们这次来是为在秀山拍摄思政微电影而进行专程采风，去年夏 DL 团队在石柱县中益乡拍摄的思政微电影"初心"荣获第三届全国高校大学生微电影展示活动一等奖，被推送到"学习强国"APP 中进行演播，今年他们依然在努力保持去年的成绩。

上午，我便驾车从村委会出发到县城，准备在高速公路出口处迎接他们。下午两点多，我接到了他们一行四人。经过短暂的叙旧寒暄后，我便充当向导带他们前往需要拍摄微电影的景点。我首先带他们参观了县城的微电

在微电影城门口合影

影城、扶贫产品展示馆，他们根据初定的拍摄脚本查看了可以取景的景点，并收集了拍摄所需的相关资料。

参观完之后，我又驾车领着他们前往隘口镇，第一站我们到达了平所村太空莲荷花基地，由于每年七八月份这里荷花盛开，加上周边的一些人文景观，这里已经成为秀山乡村旅游打卡之地。夏 DL 认为这里可以作为微电影拍摄的重要地点。随后，我又带着他们参观了新院村茶叶基地、坝芒村倒马坎战斗纪念碑、百岁村二道龙门红三军司令部旧址等。临近傍晚采风结束后，我们来到驻镇工作队吃了晚饭。

陪伴采风2

2020年7月31日 多云

昨晚我们住在贵州省甘龙镇宾馆,今天一早吃完早饭,便一起乘车前往我所驻守的富裕村。经过曲折的40多分钟的山路行驶,我们首先来到了村委会进行参观和采风。短暂的停留后,我们又驾车到细沙河组渝黔交界处、建档立卡贫困户杨SQ家中、代家坪组长杨ZZ家中进行了采风。

为了节约时间,临近中午我们又驾车来到驻镇工作队吃了碗面条,便前往"一脚踏三省"的洪安古镇。经过一个多小时的行驶,我们到达了这个沈从文笔下的《边城》的原型。在这里我们看到洪安依山傍水、绿树成荫,河水碧波荡漾,古建筑群立,土家苗寨风情别具一格。经过讨论,我们觉得这里虽然景色优美,但商业气息太重,不太适合我们微电影的拍摄取景。

陪伴校领导考察洪安古镇

我们又驾车前往我校校友左C工作的梅江镇民族村,据说这里的苗寨非常有特色。经过近一个小时的行驶,我们到达了民族村村委会。没想到村委会的建筑就非常有特色,是木质结构的建筑。我们参观完村委会的苗绣展厅后,又驾车来到了某村民小组,在这里参观了特色鲜明的苗寨建筑。我们还专程来到几户农户家里与他们进行了交谈,并参观了他们独特的民族服饰。夏DL团队成员纷纷表示在这里取景拍摄效果会更好,因为这里不仅风景优美,而且有人文特色。

温馨回队

2020 年 8 月 6 日　多云

　　由于昨天拍视频拍摄得较晚，我也很晚才回到村委会，洗完澡就睡了。今早起床后脖子（特别是颈后）有刺痛感，对着镜子一看，原来是昨天被太阳晒伤了，分界线把两种肤色的皮肤分了开来，晒伤的皮肤已经红肿起来了。上午，我和值班村干部在村委会办公室值守，帮助来办事的村民处理问题。

　　下午，我专程驾车前往镇政府找镇党委宣传委员商议与刘 B 团队签订短视频拍摄协议的事情。经过商议，我们准备根据市扶贫办印发的《开展"见证·脱贫"微视频征集活动的通知》再拍摄一部微视频。我们还对协议中的一些内容进行了讨论。

　　离开镇政府之后，我又前往驻镇工作队。到达驻镇工作队就像回到了家，感觉工作队的领导和同事都格外和蔼可亲，我与他们交流了近期的工作开展情况后，便用工作队的电脑修改了工作上的文字材料。傍晚，我在工作队与领导、同事一起吃了晚饭。

在驻镇工作队办公

村民体检

2020年10月12日 阴

今天终于不下雨了，虽然天气阴沉沉，但村民们的心情都特别好，因为今天镇卫生院专门派遣医疗小组进村给65岁以上的村民体检。

一早，我们配合镇卫生院的医生们在村委会门口的小广场上摆好诊疗台，

卫生院医生对村民进行体检

体检的项目既有血常规、血糖、血脂等抽血检验，又有血压测量、心电图等检查。村委会门口陆陆续续排满了老人，他们排队等待着体检，我和驻村队员在一旁配合医生提醒村民做好体检前的一些准备。临近中午，90多位老人的体检才结束，我们便与医生们在村委会吃了一顿面条。

吃过午饭送走医疗小组后，我又和驻村队员漫步在山路上，查看这段时间雨水对公路的侵蚀情况，还好村里的公路还没有出现路面塌陷和路基损坏的问题。

张贴公告

2020 年 10 月 21 日　多云转阴

　　由于最近要正式启动"全国第七次人口普查"工作，镇政府也为我们送来了国务院印发的公告和宣传海报。上午，我和驻村队员们一起驾车来到各村民小组张贴公告和海报。

　　今天没有下雨，时而有阳光照射在山间，山路路面也干了，所以不用担心雨天路滑，我们开展走村入户工作似乎也方便了许多。每到一个村民小组，我们就在显眼的位置张贴"全国第七次人口普查公告"及宣传海报。每当遇到村民，我们还会向他们宣传人工普查工作，并请他们一定要给予支持和配合。

山间学习

　　临近中午，我们张贴了四个小组的公告和海报，路过代家坪时遇见了组长杨 ZZ，他邀请我们到他家里吃个便饭。由于盛意难却，我们便在他家吃了午饭，简单的农家饭让我们节约了回村委会吃饭的时间。下午，我们又前往千盖牛、长堰土村民小组张贴公告和海报，顺路欣赏了山间的风景。

学习先进

2020年10月27日 阴

昨天，镇党委组织办接到县委宣传部通知，他们要到隘口镇检查党建及驻村工作。因此，昨天晚上我们加班到很晚才准备好迎检资料。今早，县委组织部来到隘口镇后没有抽到我们富裕村，所以不到我们村检查了。

吃完早饭，我和驻村队员、部分村干部驾车来到与隘口镇交界的清溪场镇的龙凤村进行参观学习，龙凤村是中央精神文明建设指导委员会评选出的"全国文明村镇"，所以有很多值得我们学习的地方。

龙凤村村委会门口

到达后，我们先在会议室与龙凤村村干部进行了工作交流，他们告诉我们他们村不仅是"全国文明村镇"，而且还是"全国民主法制示范村"（国家司法部、民政部授予），这些荣誉都是村民们对工作的支持和几任村干部共同努力的结果。随后，我们在他们的陪同下，参观了他们村里的产业和文化设施建设。参观完后，我倍感惊讶，龙凤村不仅取得这么多荣誉让我们羡慕，而且他们村的文化建设、科学民主管理更是我们学习的榜样。

下午返村时，我们为了买菜又驾车前往了隘口附近的甘龙镇，这里隶属于贵州省松桃县，因为今天这里"赶场"，所以菜品较多。甘龙镇离酉阳县的李溪镇有40公里，离贵州的沿河县仅有60公里。买完菜后，我们又参观了甘龙镇新城的建设，新城修建得确实比隘口镇要好，不仅有大型超市还有较好的酒店，看来我们隘口镇要更加努力了。

在岗检查

2020年12月3日　小雪

昨晚上感觉特别冷，没想到今早起床后室外已经积起了白茫茫的雪。上午，由于到村民小组的公路上堆满了积雪，车子行驶非常危险，我们便没有进行走村入户。为了做好上个月的信息公开工作，我和驻村队员、值班村干部一边在村委会办公室商讨村务公开事项，一边填写有关信息公开表格。

县委领导组到村检查工作

临近中午，县委督查组驾车来到了村委会。督查组是由县委办公室、县委组织部、县纪委相关人员组成的，他们这次来是督查各驻村工作队的在岗及工作情况，看来下雪并不会影响他们到各村进行督查。见到督查组后，我和驻村队员们向他们汇报了村里的基本情况，他们也询问了我们驻村帮扶工作的开展情况。督查组在查看了村务公开展板、驻村日志、党建工作资料后，表示非常满意。我们本想留他们一起吃午饭，但他们婉言拒绝了，表示还要去其他村进行督查。

吃完午饭，我和驻村队员一边欣赏雪景，一边步行到九道河组贫困户杨ZQ家进行走访。到达后，我们与杨ZQ及其家人进行了交流，了解了他两个孙女的就业及学习情况，并在现场完善了帮扶手册中的有关内容。

政治学习

2020 年 12 月 10 日　阴

　　今天是全村的党员活动日，上午我们驻村队员、村"两委"干部及全村党员在村委会办公室召开了党员大会。

　　会上，我向参会人员传达了十九届五中全会公报精神，对公报中涉及农业农村的相关内容进行了解读。参会人员特别是村民党员对公报精神听得非常认真，甚至有村民要求对

党日会议现场

有关内容进行解释，我在会上非常耐心地向有疑问的村民进行了解释和阐述，并举例说明了实现奋斗目标的具体举措。村支书也在会上组织学习了理论文章《脱贫攻坚以后，乡村振兴如何接续？》。

　　随后，我们又在会上对打造细沙河组野生杜鹃花"花山花海"基地、乡村清洁行动、高山土豆种植、村干部离任审计等工作进行了讨论，并安排了村里近期的具体工作。会上，很多村干部及村民党员都在吸烟，甚至个别村民吸的土烟让会议室烟雾缭绕，但我感觉自己已经适应了这样的会议环境，也适应了农村工作。

　　会议直到下午一点多才结束，我们二三十个参会人员就在厨房吃了一顿大锅饭，虽然场地有限，但大家站着端起碗吃得非常高兴。

　　午饭后，我们又在村委会为部分村民办理了居民医疗保险及养老保险。在办理过程中，我和驻村队员还为大家进行了医疗及养老保险的政策解读。

故人来访

2020 年 12 月 17 日　阴

近期山村里的气温已经下降到零下3度了，很多海拔较高的山路都已经结冰了，车辆无法通行。早上我起床后，便步行到代家坪组查看路面结冰情况，有几处公路急转弯的地方已经严重上冻，我在附近提醒了几辆过路的绕路行驶。在查看的时候，我看到了山坡上凝固的冰柱非常壮观，童心未泯的我也敲下了一两个拿着玩。

返回村委会时，我接到驻镇工作队的电话，告知我以前在隘口驻村工作的杨 XJ、曾 LS 回原来工作的地方进行考察调研，邀请我前去陪同。于是，我非常小心地驾车前往驻镇工作队。到达后，我与许久未见的"战友"杨 XJ、曾 LS 互相问候，并进行了深入的交流。

一起吃了午饭后，我便陪同他们前去隘口扶贫产业园、平所村田园综合体进行参观调研。

陪同"战友"参观产业基地

查看水源

2020年12月11日 小雨

昨天晚上，有村民告诉我千盖牛村民小组有很多村民家没有了自来水。于是，今天一早我和部分村干部就前往千盖牛组水源地及铺设管道的路上查看情况，我们沿着水管走了将近两公里，快走到水源地时我们发现这里是用钢管连接的，而且钢管没有被埋在土里，裸露在外面，由于最近气温都在零下，所以水管被冻住了，导致很多钢管接口处被冻裂，开始漏水。再加上这里的水源水量不大，家家户户近期为了防止水管被冻住，都把水龙头打开放水，所以很多农户家没有自来水使用了。

随后，我们又来到了代家坪组的熊CX家中，他之前也向我们反映了由于他家地势较高，遇到了近期的冷冬天气后水管结冰，多日无法使用自来水的情况，哪怕用我之前给他买的抽水泵也无法抽到水。我们同样沿着水管查看了情况，发现确实是地势及结冰导致了无水可

与村民商谈解决用水问题

用。于是，我们又和熊CX穿过一片葱茏的竹林，为他找到了新的水源。

傍晚时分，我们在村民家中初步商定了向镇政府申报水利项目解决千盖牛村民小组缺水问题一事，同时由村委会购买水管接入新水源，解决熊CX家无自来水的问题。

整改账目

2021 年 1 月 11 日　晴

昨晚，联系我们村的镇武装部部长叶S通知全体驻村工作队员、村干部今天上午10点到镇政府开会。一早我便驾车从村委会前往镇政府，由于驻村也有一年多的时间了，所以我在蜿蜒山路上驾车行驶游刃有余，哪怕今天山路上还有一些没有融化的积雪。

到达镇上后，我随便吃了个早餐就去了镇政府会议室。上个月下旬，县审计局委托清溪场镇有关人员成立审计组，对隘口镇各个村的账目进行审计后，向我们反馈了审计报告。今天叶部长召集我们开会就是为了共同现场整改县审计组反馈的近几年账目存在的问题。

会议开始后，我们认真阅读了《富裕村村"两委"成员任期和离任经历责任专项审计报告》，特别标出了审计查出的问题及定性依据。我们在会上一边针对问题进行讨论，一边对账目进行现场整改，不能现场整改的问题制定了整改方案。中午在镇政府食堂吃了午饭后，

会议现场

我们又继续在会议室工作。直到临近傍晚，我们才把村级及专业合作社审计问题基本整改完成。

探索工作

启动工作

2019年9月19日　小雨转阴

今天上午我到隘口中学参加了"山水隘口"微信公共平台发布会，隘口镇镇长周SQ主持会议，开发公司负责人现场讲解示范；三峡银行秀山支行行长彭SW代表县级扶贫集团发言；市商务委党组成员、二级巡视员、驻乡工作队队长曾C讲话并带

发布会现场

头捐赠扶贫基金。当天共有1250人关注"山水隘口"公众服务号，购买隘口农产品50余单，个人现场捐赠扶贫基金3万余元。

下午回到富裕村后，我就对离村委会最近的九道河组进行了逐户走访，认识了很多该组的村民，同时也了解了他们的一些产业。

了解产业

2019年9月20日　阴

　　我今天一早就去了细沙河组走访农户，这个组的地理位置不是很好，不仅离村委会最远，而且位于海拔一千多米的山顶上，车子在蜿蜒的山路上行驶了近半个小时才到达。在到达后，我走访了近十户村民，其中包括村委会妇联主任的家，她家也是建档立卡贫困户，家里有五个子女，但目前已经脱贫，五个子女有两个还在读书，也都享受着国家的教育资助，她非常感激国家的资助政策减轻了他们的经济负担。

　　在走访完细沙河组后，我在村支书的陪同下来到代家坪组走访，首先来到组长家，我们几个人一起探讨了富裕村3000多亩核桃产业的发展。据了解，目前村里的核桃产业在村支书努力下已经育苗两三年了，很多核桃树也已经挂果了。我品尝了几个新鲜核桃，确实味道不一般，感觉核桃品种的选择确实花了很多心思。中午，我在组长家专门吃了"土豆饭"，所谓的"土豆饭"碗里全是土豆，可以蘸着辣椒酱一起吃。我第一次吃这个饭，感觉别有一番风味，吃了两碗，但想到村民们经常把土豆当饭吃，而没有其他的荤菜和青菜，心里确实一

与村干部交流工作

阵酸，这也启示着我要去努力做好今后的驻村工作。

午饭后，我又和村支书一起去看了核桃树种植的情况，在听到这位 Z 姓村支书的经历后，我肃然起敬。他原本是县残联的副处级干部，为了实现自己的扶贫梦想，扎身于富裕村发展产业扶贫，通过多方面努力，鼓励村民开垦了大量土地，种植了三千多亩核桃。核桃目前长势确实很好，我也相信未来一到两年核桃树一定硕果累累。

后来，Z 姓村支书又和我探讨了一些关于打造民宿、发展乡村旅游的问题，我对这一想法也非常赞同。在看了富裕村民宿旅游规划后，我感觉富裕村的发展大有可为。我也结合他的前期工作，提出了我的三步思路：一是加强基础设施建设，特别是修好乡村道路；二是大力发展产业，实现产业扶贫；三是推进文化建设，弘扬村里的民族文化、红色文化等。

与村支书在核桃树前合影

谋划民宿

2019年9月21日　晴

今天我同样在村支书 Z 书记的陪同下，考察了富裕村民宿业准备发展的基地。昨天我们在车上已经达成了共识，富裕村除了发展 3000 多亩的核桃产业，还要发展乡村旅游业，民宿业也就是其中的重要组成部分。

在山路上美丽风景的环绕下，我们来到了海拔 1200 多米的细沙河组，这里不仅空气好、风景好，而且特别适合避暑纳凉，据说附近的山坡一到春天，杜鹃花就会染红整个山坡，非常壮观美丽。我们还来到了冒水孔，确实能看到一股股清泉从地

细沙河茂密的植被

下冒出来，这个冒水孔也就是本地岑龙河的源头。我觉得这里就是美丽的山水之源。

熟悉"富裕"

2019年9月22日 多云

今天是星期天，吃完早饭我就开始收拾、清洗衣服。10点左右，Y姓村委会主任约我去了解富裕村有些组的情况。于是，我们驾车前往我一直没有去过的细沙河组的另一个片区（据说以前这里是单独的一个组，但由于很多农户外迁，就合并到了细沙河组），这个地方位于山腰的公路下面，正在修一条水泥路，据说有个别村民在外迁后，因为占地问题拒绝在自己家附近修公路，后来村干部多次做工作他们才同意，所以这条路今年才动工。

我在现场见识到了乡村公路修建的难度，特别是要把以前人行道拓宽成公路，需要挖掉山坡上的土坡，而挖掉部分土坡后的山坡依然要负植被的重压，很容易出现滑坡。我们在现场看到了一些类似滑坡的痕迹和裂缝，就提醒现场工人：一是在建设堡坎的时候一定要注意安全，二是要注意建成的堡坎是否能在雨季抵挡山体滑坡的重压。随后，我们又在这里走访了两家建档

记录贫困户有关信息

立卡贫困户，他们非常随和，非常欢迎我们的走访。在交流中，我了解到他们的家庭都享受到了各种资助政策，子女在读书时也享受到了教育资助，他们都非常感谢党和国家的扶贫政策。

走访完之后，Y姓村委会主任又开车带我去熟悉富裕村各组的分布，他在山顶给我指出富裕村各个组主要分布在四座大山，海拔最高的组叫作"细沙河组"，单独在一座大山上（也就是正在策划打造成特色民宿的那座山），顺着山路走上另一座山后就是代家坪组（这里就是我前两天和村支书看核桃树的地方），另外一座山的山顶叫作大龙门组（这里据说有历史悠久的土家族吊脚楼，由于公路被晾晒的玉米阻断，所以还没去），还有一座山靠近山顶处的是千盖牛组，土地不仅平而且面积大（据说

富裕村一角

地方非常大，一千头牛一天只能犁出三块土），千盖牛组上面的山顶叫香农岩，海拔达1350米，风景十分秀丽，山头非常像一个人头，这里的道路也连通了岑龙村蛇皮丰组的椅子山，中间有个地方叫牛背岭，据说这个地方非常像牛的背部。千盖牛组往山下的公路通往长堰土组（据说这里在古代时建立了很长的堰渠，并且挖出来很多的土，目前堰渠还在），长堰土组往下走就是村委会所在地九道河组了（据说以前来到这里要跨过九条水沟才能到达，现在公路都硬化了，就不用跨过这么多河沟了，说明交通便利多了）。

参加培训

2019年9月23日　多云转晴

今天早上起床后，我就准备和村委会主任到镇政府去参加会议，因为离镇里还有近15公里山路，所以需要提前一个半小时出发。我们在40分钟后到达了镇里，在附近吃了个早餐后，便来到镇政府参加会议，会议的名称是"打赢脱贫攻坚战'两不愁三保障'专题视频电话培训会"。

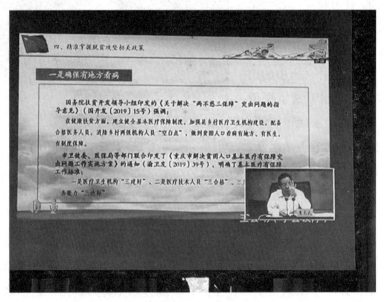

视频电话培训会现场

会议由县长向YS主持，由重庆市扶贫办副主任黄CW授课，培训中黄主任讲了四个方面的内容：系统了解习近平总书记关于扶贫工作重要论述形成的历史背景；准确把握习近平总书记扶贫工作重要论述的丰富内涵；深刻领会习近平总书记视察重庆重要讲话精神；准确把握脱贫攻坚相关政策。向县长对扶贫工作提出了相关要求，并指出要严格贯彻精准方略，认真整改问题，提高脱贫质量。会后，镇领导对近期工作进行了安排，特别要求要开展好"不忘初心，牢记使命"主题教育，驻村干部要自选调研课题，认真开展"大走访、大调研"。

中午我们在镇政府吃了工作餐，这是我第一次在乡镇政府里吃饭，村干部们"不客气"地在食堂用餐，每个人都提前准备好了碗和筷子，饭菜端出来后就"蜂拥而上"夹菜和舀饭，然后站着端着碗一边聊天一边吃饭，吃饭速度也非常快，我有点儿跟不上，我感觉到了乡村干部的豪放与效率，我相信我会很快融入他们之中的。

下午，回到富裕村后我们走访了九道河组山坡上的两户居民，其中有一户居民的房子已有上百年历史了（这个房子也刚好是村委会L姓副主任公公婆婆的房子），另一户的房子也70多年了，这些房子都是木质结构的，我非常惊讶木质结构的房子居然能维持上百年，可以住上好几代人，依然坚固屹立不倒。

村民的木质房屋

专家来访

2019年9月25日　阴

　　我今天一早便乘坐便车前往隘口镇购置了一些生活用品，回到村委会后，村支书Z书记就给我打电话说，他今天要带三位专家来村里查看核桃树。

　　专家到达后，Z书记就向我、村委会主任介绍了三位专家，他们是来自林科院林研所的F所长、L教授以及县林业局科技中心的X主任。经过实地查看，目前核桃树存在最严重的问题就是病虫害，我们发现在部分核桃树根部存在蛀洞，据说是天牛的幼虫造成的，必须要抓紧时间处理。另外，当前正是施肥的好季节，要加强施氮磷钾复合肥，防止炭疽病、褐斑病发生及蔓延，此外还要做好今冬明春的除草、修枝、清园等管护工作。

　　实地考察后，我与三位专家针对病虫害防治工作进行了简单的交流，我学会了针对天牛幼虫蛀洞问题的处理方法，需提前准备的工具有直刀、硬铁丝、注射器

专家查看核桃树生长情况

或棉签、敌敌畏、"石硫合剂"等，具体操作方法是：先找到害虫幼虫蛀洞的位置，用直刀割开涉及的树皮，用铁丝将幼虫勾出来或者杀死，然后用注射器注入敌敌畏或者用棉签蘸上敌敌畏堵洞，最后将用水稀释过的"石硫合剂"敷在被挖掉树皮的树干部位上。下一步我准备带领驻村队员和部分村干部先行练习，然后，将这个简单实用的处理害虫的技术传授给相关农户。

民宿调研

2019 年 9 月 29 日　晴

　　今天上午为富裕村做民宿发展规划的几位重庆交通大学的专家，专门到村里进行民宿发展调研。我和村支书以及联系我们村的镇领导 Y 部长一起陪同他们考察了细沙河组准备打造民宿的基地。

　　之前我们的方案是通过建立专业合作社，动员农户将细沙河组现有的木质住宅，改造升级为特色民宿，吸引游客夏季来避暑纳凉，冬季来观山赏雪，从而带动村里其他产业发展。

　　几位专家和我们几个人经过共同论证，一致认为改造成本可能和新建成本差不多，而且动员农户改造旧房难度较大，所以另外选址修建新的民宿住宅才是最恰当的。

陪同专家调研民宿产业

百日攻坚

2019 年 11 月 2 日　晴

距 2020 年年底只剩 400 多天了，中央号召扶贫战线"不忘初心、牢记使命"，咬定目标，一鼓作气，务求脱贫攻坚全胜。我也参加了镇里今天上午在隘口中学召开的脱贫攻坚"百日攻坚"动员会。

我同样是不到 9 点钟就从村委会出发了，车子又是在一边是悬崖一边是山坡的蜿蜒山路上行驶着。不久我就到达了隘口中学，会议是由镇长周 SQ 主持的，首先由副镇长刘 G 强调了扶贫对象动态调整、农村合作医保购买、贫困学生控辍保学等脱贫攻坚要点；驻镇工作队联络员李 W 部署了消费扶贫及社会扶贫工作。镇党委书记刘 HM 最后在讲话中指出：村"两委"要开好工

动员会现场

作落实会、主题教育会、动态调整"回头看"、贫困户座谈会等四个会议，要突出"两不愁三保障"工作，开展好环境整治、产业管护、书记大走访等工作。

会后，我们又跟随镇领导到近期竣工的电商扶贫产业园进行了参观，产业园确实修建得宏伟大气，装修得也上档次，现场很多展板也展示了隘口镇的扶贫措施、产业发展、特色产品、扶贫人物等。

参观结束已经是下午一点多了，我们全体村"两委"成员、全体驻村队员一起驾车到县城博爱医院看望了刚刚做完手术的村委会主任的妻子，村委会主任非常感谢我们的到来。

晚上回到村委会时已经是8点多了，我回到寝室第一件事就是起草文稿，主要是写昨天学校来村开展扶贫工作的简报和今天的日记。

参观电商扶贫产业园

山路漫行

2019 年 10 月 11 日　小雨

今天到县里办事，回来时我第一次自己驾车行驶。从镇里到富裕村不到20公里的山路，导航显示居然要一个多小时，因为之前都是坐当地人驾驶的车，没有真正感觉到山路的曲折与艰险，今天自己驾车终于彻底体会到了。这两天是阴雨天气，路边山体出现了小型的滑坡，还好附近就停着挖掘机，可以随时将滑坡的碎石移开，但是山坡上偶尔还是有碎石落下。

今天基本上又下了一天的细雨，我可能衣服穿少了受了凉，喉咙疼了起来，而且感觉特别冷。下午吃完感冒药就睡了40分钟。晚上伴着细雨，我穿上羽绒服，又驾车继续到代家坪组召开院坝会议，会议是在组长家的厨房里召开的，内容同样是围绕着前天下午的会议精神，

村民小组会议

通报扶贫对象动态管理、农村医保政策宣传及医保费用收取、做好核桃产业管护、产业路修建等工作。夜晚回去时，山腰上已经布满了浓雾并且伴着细雨，下山的路已经和周边的荒野融合在了一起，再加上喉痛特别严重，我感觉驾驶车辆行驶在山路上有点力不从心，只有强迫自己提高注意力，尽量减少危险。晚上，我吃完感冒药和消炎药就倒头睡下了。在睡梦中，我不断揣摩习近平总书记的那句话："一人一人地帮，一户一户地扶，一件事一件事地办，不放弃，不回头。"

管护检查

2019 年 11 月 12 日　阴转小雨

院坝会议现场

今天我们组织了村干部、驻村队员、部分村民代表一起前往代家坪组检查核桃树管护情况。因为村民的核桃树管护情况与管护费是相关联的，所以村民对核桃树的管护非常用心。我们分成几个小组对各农户种植数量及种植情况进行了实地查看后，便召开了院坝会议，核对核桃树数量及管护情况。院坝会议结束之后，我们近 3 点钟才在组长家吃了午饭，农家午饭虽然简单，但伴着乡村淳朴气息，别有风味。

下午，镇党委副书记张 JC、组织委员严 C 等人专程到村委会检查主题教育情况，他们详细检查了活动简报、照片、会议记录等资料，并进行了详细指导。我觉得党建工作可以对扶贫起到带动引领作用，以基层党建为载体引领产业发展，以生产保障作为脱贫攻坚利器，更能发挥基层党员在脱贫攻坚工作中的先锋作用。

晚上 9 时左右，我正在写日记时，接到了市扶贫办的电话，要求明天前去参加为期三天的"2019 年脱贫攻坚成效考核动员部署暨培训会议"。于是，我马上用手机买好车票，准备明天一早就前往重庆主城报到参会。

抽调临行

2019年11月17日　小雨转阴

因为今天下午3点要赶到检查组集合点一起出发去丰都，我便购买了早上7点15分的"秀山—重庆"的火车票。早上4点30分，我就驾车从村里出发了（将车停在火车站附近），依然经过蜿蜒的山路，夜色下车子的远光感觉照得并不远。

6点半左右，我赶到火车站附近把车停好、吃了早饭后便去候车厅候车了。坐了将近6个小时的火车，我赶到了集合点——政协的广场。

下午3点我们第七检查组一行便乘车前往丰都，到达丰都时已经6点半了。县政府相关人员接待我们用过晚饭后，我们

检查工作会议

便召开了工作准备会议。会上，组长、副组长、相关人员对检查工作进行了部署安排，大家在会上也进行了交流。最后，组长吴JH对检查工作提出了几点要求：一是把握好时间节点，比如出发、开会、报送材料等；二是做好人员衔接，做好市级、区县、组员之间的衔接；三是熟悉政策及考核方式，做好普查、抽查、暗查等；四是及时整理报送材料，尽量不隔夜；五是综合整理，准确全面。

联系工作

2019 年 12 月 9 日　晴

今天早上吃完早饭，我就驾车出发前往驻镇工作队。来到工作队后，我看到墙上展板已经将我的信息更新上了，并且增加了其他关于脱贫攻坚的内容。我首先向联络员李 W 汇报了近期的外出检查工作及培训情况，并说明了下一步推进产业发展和消费扶贫工作的思路。

驻隘口镇工作队展板（新）

下午，我又前往镇政府向镇领导汇报了工作开展情况。汇报结束后，我前往县电商办与相关负责人商议富裕村的消费扶贫事宜，主要是为了让大家能直接通过"山水隘口"公众号购买我们村的农产品，从而通过消费真正对我们村进行扶贫。回到驻镇工作队后，我得知我所在单位的院长、副院长以及相关处室负责人明天将来隘口镇及富裕村调研，我便立即制定了一个接待方案，并报送工作队进行了审核。

陪伴慰问

2019年12月23日　阴

今天一早我就前往富裕村附近的岑龙小学参加"教师周转房热水工程竞争性比选会议"。因为之前我校领导在岑龙小学调研时，发现该小学教师宿舍没有热水供应，无法洗澡，就答应想办法解决热水供应问题。后来，单位领导回主城后会议研究同意解决该问题，就委托我全权办理。会上，我们对三家施工厂商进行了竞争性比选，最后确定了其中一家作为热水工程的施工商。

会后，我回到村委会又遇到县残联有关领导及人员来慰问贫困户。于是，我就陪着他们到贫困户家中进行元旦春节慰问。直到下午2点，我陪他们慰问完才回到村委会吃午饭。

下午，我们又去了代家坪组熊ZD、九道河组杨ZC等三户低保、贫困户家中了解近期生活情况。最后，回到村委会后我又开始整理核对"贫困户享受扶贫政策清单"。虽然一天的工作非常紧张，但我感觉非常有意义。

与贫困户交流

委托慰问

2019 年 12 月 30 日　阴

　　今天一早村支书赵 MX 就带着产业发展指导员唐 ZG 的儿子、女儿、儿媳一起赶到了村委会，我和他们进行了短暂的交流后，便一起前往唐 ZG 驾车出事的现场进行查看，我们一起对出事的经过进行了讨论。唐 ZG 的儿子、女儿、儿媳在出事的公路旁祭奠了父亲。中午回到村委会后，我们一起吃了个午饭，午饭煮的是热热的汤锅，汤锅不仅温暖了在座的每一个人，而且让唐 ZG 的儿子、女儿、儿媳感受到了我们对他们的关怀。

　　下午，受县残联的委托，我和镇武装部部长叶 S、驻村队员张 BJ 一起去慰问了千盖牛组、细沙河组、大龙门组、九道河组的吴 YZ、罗 LM、杨 SQ 等17 户建档立卡贫困户，在慰问期间我们不仅与贫困户进行了交流，而且代表县残联为他们送去了慰问金。回到村委会时已是晚上 6 点半了，我们三人和村委会公益性岗位的工作人员王大姐一起吃了晚饭。

查看车祸现场

赠送礼物

2019 年 12 月 31 日　阴

今天早上起床后，我和两位队员便准备到细沙河组去看望建档立卡贫困户，在路上我们看到产业发展指导员唐 ZG 的事故车辆残骸正在被拖移。因为事故车辆跌落在山沟里，因此只能用吊车从山坡上慢慢将其拖移到山坡下。用了将近一个小时，事故车辆残骸终于被拖到了公路上的救援车上。

看望完建档立卡贫困户后，我们便回到村委会等待贫困户小学生放学。因为我校工会为富裕村的贫困户小学生准备了拉杆书包和水彩笔套装，我就等着今天放学后给他们送上新年礼物。不一会儿，贫困户小学生就挤满了村委会，我和驻村队员们为他们送上礼物，并与

向贫困小学生赠送学习用品

他们合影留念。拉杆书包将会方便贫困儿童徒步上学，套装水彩笔将会帮他们勾画出未来蓝图。

随后，我又来到岑龙小学教师热水项目验收现场。前段时间我和该小学相关人员一起召开了比选会确定了施工单位，现在工程已经施工完成，22 名教职工已经能在学校使用上热水了，他们非常感谢我校的帮助。我对工程完工情况进行了实地查看，并安排我校负责经费报销的人员完成后续工作。最后，我在岑龙小学与校长孙 JZ 一起吃了晚饭，热乎乎的火锅让我暖和了起来，热水工程更能让该小学的 22 名教职工感受到温暖。

元旦慰问

2020年1月1日　小雨

今天是元旦，但昨天镇政府通知我们元旦正常上班，我们驻村工作队员及村干部一早就到岗了。今天吃完早饭，我就通知村委会附近九道河组的贫困户杨GF、杨ZC家的三名小学生及家长来领书包。不一会儿他们便来到了村委会，我先把拉杆书包及水彩笔套装送给他们，三名小朋友非常欣喜。

之后，我们来到了细沙河组，代表县残联对贫困户席LC进行了慰问，并送上了500元新年慰问金。正当我们驻村工作队准备到其他几个较远的村民小组为贫困户小学生送书包时，镇政府打电话通知我们要去通知几个致富带头人一些备检事宜。于是，我们驻村工作队三人驾车前往村里的几个致富带头人家里，告知他们东西部扶贫协作检查的一些工作

向贫困小学生赠送学习用品

事宜，并提醒他们冬季用火用电要注意安全。在返回的路上，我们又到了几户贫困户家中，为他们家中的小学生送上了书包和水彩笔，并与他们交流了生活及学习情况。

直到下午2点多，我们才回到村委会吃午饭。吃完午饭，我们又对近期迎检工作进行了研究讨论。

爱心行走

2020 年 1 月 8 日　小雨

今天早上我接到镇电商平台的电话，他们接到了一些订单，还需要一些农产品。于是，我顾不得吃早饭就驾车前往大龙门组备货。到达村民任 G 家后，我便通知他们备货，他们邀请我一起吃早饭，盛情难却之下，我便和他们在厨房里吃了饭。因为这里的习惯是一天两顿饭，所以农家的早饭就和午饭一样。

吃完早饭，下起了大雨，我依然驾车返回村委会。到达村委会后，我便与镇武装部部长叶 S、村支书赵 MX、村委会主任杨 WZ 等一起开了个短会，主要是研究年底的村务。会议结束后，我们便一起前往九道河组吴 HC 家看望他的母亲，他的母亲是一个二级残疾人员，生病卧床了好几年。当看到她一个人住在一个只用一张破布遮住窗户的房间，床上也凌乱不堪时，我们极为震惊。我们为她送上慰问金后，便与她的儿子进行了深入沟通，提醒她儿

与村干部开会

子一定要安装好窗户，不能让老母亲因房屋漏风受凉，此外还要照顾好母亲，做好她病床上的清洁。

随后，我一个人驾车来到岑龙小学查看我校捐赠的第一批餐桌的安放情况，来到小学时正赶上学生们在食堂吃饭，看着以前空旷的食堂突然多了很多张餐桌，我非常欣喜。再看着小学生们坐在那餐桌上安稳地吃饭，我更欣喜。

离开岑龙小学后不久，我又接到了货车司机的电话，他告诉我：学校的第二批捐赠物资已经被运送到隘口，因为道路狭窄无法送进村里。我便马上驾车前往镇里想办法收货。到达后，我看到两辆十余米长的货车装满了厨房设备和学生餐桌，便和镇领导、相关小学领导商量如何将物资转运进村。经过商议，我们决定先把货卸到"隘口镇扶贫产业园"进行存放，等天晴后再找小货车运进相关小学。我们邀请产业园的工人一起卸货，经过三个多小时的工作，终于卸完了两个大货车的货，可惜的是餐桌在运输和搬运过程中损坏了20多张。

岑龙小学食堂

在驾车返回村委会的路上，我在微信上收到了学校工会给生病村干部的2000元慰问金。这2000元慰问金是我因为村干部李DQ在去年年底检查出"甲状腺癌伴淋巴扩散"而专门找学校申请的。回到村委会后，我便把这2000元慰问金亲手送给了村干部李DQ，并代表学校表示慰问。

洽谈项目

2020 年 1 月 13 日　阴转晴

今天早上返回重庆主城后，我乘趁车前往新华社重庆分社领取《高管信息》（厅局级以上干部参政资料），之前我向他们投过一些关于驻村扶贫的文章，没想到我的稿件《驻村以来的情况及工作建议》被录用了。

我在办公室见到新华社主任记者、《高管信息》主编王 ST 后，他给了我一本刊有我的文章的样书，还鼓励我继续坚持向他投稿，希望我驻村的稿件对党政领导的决策有所帮助。同时，他又向我推荐了"中草药菌剂养殖项目"，告诉我"中草药菌剂"可以将猪圈中的猪粪、食物残渣、

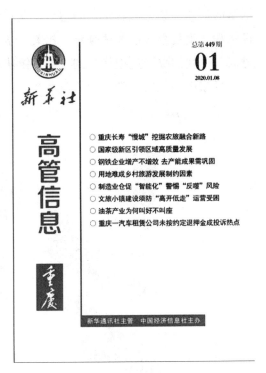

《高管信息》封面

农作物秸秆等进行发酵，发酵后的产物又可作为猪的饲料，而且菌剂因为含有中草药成分，更能促进猪生长。

根据他的介绍，我感觉这个项目如果能成功实施，不仅能实现养殖产业扶贫，而且能大大减少养殖业的污染，更能通过新华社的报道进行推广。我告诉他我回到秀山后，会将这个项目向驻镇工作队的领导汇报，希望他们能支持这个项目的发展。

迎接考核

2020 年 1 月 14 日　阴

今天早上我接到镇政府通知，县扶贫办副主任龙 J 将带队来隘口对 11 个村居的驻村工作队进行年度考核。于是我们一早便在村里迎检。

9 点半左右，县扶贫办副主任龙 J、副镇长刘 G 一行到达村委会后，便与驻村队员分别进行了座谈交流，其他的随行考核人员去了大龙门组入户调查驻村队员工作开展情况并现场查看核桃产业发展情况。

解决村民纠纷

在考核组检查结束之后，我们驻村队员、村干部便前往代家坪组，去解决熊 CW、熊 CX 因水沟排水而引起的纠纷问题。熊 CX 近期多次在微信"干部联系群"反映熊 CW 的污水排水沟将水排放到了他家的便道上，亟须村干部解决。经过现场了解、实地查看、面对面调解，我们终于让他们两家达成了共识。解决方法是村委会用水泥重建排水沟，硬化人行便道，让熊 CW 将污水排放到指定的地方。

领导慰问

2020年1月16日　小雨转晴

今天一早我独自前往九道河组吴 HC 家，一是去看一下之前他卧病在床的母亲所住房屋的窗户（具体情况可看2020年1月8日日记）是否安装好了；二是他在"度小满"金融公司办理了贷款，为完善贷款手续需通知他下载并注册 APP。到达他家后，我首先去查看他母亲的卧室窗户是否密封，结果还是和上次一样透风，我便对他进行了教育批评，要求他尽快整改，不然暂缓发放核桃树管护费。他接受了我的意见，表示会继续尽快对窗户进行密封，同时恳请我帮助取消"度小满"金融公司的贷款。我便帮他打电话给经办人取消了贷款。

回到村委会后，我便开始做早饭。刚刚把饭做好，我就接到镇政府党政办通知，因副市长李 B 要到镇政府慰问驻村第一书记，需要我尽快赶到镇政府。于是，我也顾不得吃早饭了，立刻驾车前往。镇里正好今天"赶场"，路上非常堵。

副市长李 B 慰问驻村人员

我到达镇政府后，李市长也刚刚从屯堡村慰问完贫困户回来，他——与我们驻村的第一书记握手并进行了交流，他笑着说："扶贫工作辛苦了，再接再厉。"我对他说："感谢李市长关心，扶贫工作辛苦是应该的，我们会努力的。"时间虽然短暂，但我倍感温馨，感觉扶贫工作真的很有温度。

吃完午饭，我趁离下午开会还有一个多小时的时间，便驾车前往坝芒村准备对我校在校学生刘YL（她放假在家）进行家访。刘YL家曾是一户建档立卡贫困户，但我到达后看到她家的三层楼房，感觉他们已经完全脱贫了。在交流中，我了解到刘YL还有一个姐姐和弟弟，姐姐在外地务工，弟弟在读中职学校。我向她父母宣传了国家和学校的资助政策，告诉他们2019年刘YL在学校享受了1.9万元的资助，并勉励刘YL作为家中唯一的大学生一定要学好本领，早日参与家乡的乡村振兴工作。

下午3点，我们全镇召开了"2019年村居工作总结大会"，会上镇长周SQ对2019年的工作进行了回顾，镇党委书记刘HM进行了总结讲话。下午4点半，我们又在驻镇工作队会议室召开了"2019年驻村工作总结会"，会上联络员李W传达了中央关于脱贫攻坚的系列精神，对2019年市商务委扶贫集团的帮扶工作进行了回顾；镇长周SQ对驻村工作进行了总结；驻镇工作队队长、副巡视员曾C进行了总结讲话。

与学生家长沟通交流

产业考察

2020 年 1 月 17 日　阴

前几天我向驻镇工作队队长、市商务委二级巡视员曾 C 汇报了新华社重庆分社主任记者王 ST 推荐的"中草药菌剂养殖项目"（可见 1 月 14 日的日记），他听到我的汇报后非常感兴趣，便约我今天前去考察秀山县隘口镇现在的养猪情况。

9 点半左右，我赶到太阳山村周 TF 家时，曾巡视已经到了。我们便坐在周 TF 家的客厅中进行了交流，他向我们介绍说他家已经养猪三年了，家中的母猪每年都会生养两窝小猪，但养猪的成本较大，幸好 2019 年肉价比较高，所以才能获利。往年的肉价较低，养猪的利润不大。当我们和他说到"中草药菌剂养殖项目"时，他非常感兴趣，希望能够尝试。

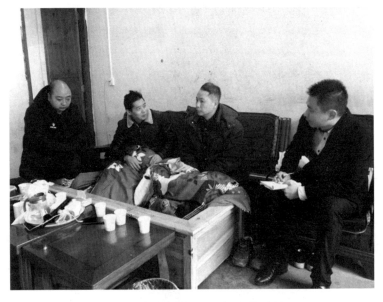

与驻村工作队领导调研生猪养殖情况

随后，我们前往隘口镇居委会杨 YX 正在修建的养猪场，到达时正在干农活的杨 YX 接待了我们并与我们进行了交流。在交流中，我们得知他是隘口镇有名的养猪大户，不仅自己会养猪、为猪治病，而且还打通了猪肉的销路，养的猪不愁卖不愁销。之前他也使用过"中草药菌剂养殖项目"的酵床，认为酵床项目不仅可以让每头猪每天增重两三斤，而且在冬天能为猪圈保温。我们也告知他，希望他在修新猪圈的时候考虑"中草药菌剂养殖项目"的酵床配套，便于今后这个项目的推广。

吃完午饭我便返回了村委会，到达村委会时已经下午3点半了，村"两委"干部正在办公室讨论《村规民约》，我也参与了他们的讨论。讨论完后，我们又对明天总结大会上的"分红"环节进行了安排。

村委会办公室工作场景

总结大会

2020 年 1 月 18 日　小雨

　　由于春节临近，村里的人和车都多了起来，在外务工的大部分村民已经回到了村里，村里很多农户都杀了过年猪，鞭炮声也不断从农户家中传来，感觉节日的气氛渐渐浓郁。

　　今天一早，各村民小组组长、村民代表（农业合作社成员）就陆陆续续来到了村委会，村委会门口也挂出了"富裕村（祥恒专业合作社）2019 年总结大会"的横幅，来参会的村民脸上都露出了喜悦的笑容。会上，镇武装部部长叶 S 宣读了《富裕村村规民约》，希望村民积极提出意见和建议；合作社理事长、村委会主任杨 WZ 对 2019 年合作社的工作进行了回顾；合作社监事长郎 CC、社员代表熊 CY 分别进行了发言；我和镇武装部部长叶 S 为社员代表"分红"；最后由村支书赵 MX 进行总结讲话。会议在祥和而愉悦的气氛中结束，村民纷纷表示会在 2020 年继续努力争创佳绩。

合作社年终总结大会现场

会议结束后，我和镇武装部部长叶S与国家电网工作人员在村委会进行了用电安全宣传，向村民代表发放了用电安全的宣传资料。

直到下午2点才吃午饭，午饭后我们便分成两个小组对全村的建档立卡贫困户、低保户进行了慰问。因为慰问物品较多，我和村支书赵MX便分别驾车前往细沙河组、大龙门组、代家坪组深入建档立卡贫困户、低保户家中，为他们送上了之前登记的过冬必需品。村里温度较低，驾车行驶在公路上，我们看到树枝上结满了冰晶，感觉像是一串串琉璃挂满枝头，很有新春佳节的气氛。村民们对我们送来慰问品表示非常感谢，并邀请我们到家里吃饭。我们婉拒后，又去慰问了三家生活较困难的农户，包括久病致贫的村民、留守孤寡老人等，我们为他们送上了慰问金，祝愿他们新春快乐。

为建档立卡贫困户送上慰问品

直到夜幕降临慰问才结束，我们返回了村委会，今天是非常有意义的一天。

村内巡查

2020 年 4 月 6 日　多云转阴

今天是清明节假期的最后一天，天气也逐步放晴，我对森林防火工作依然没有放松。吃完早饭，我又驾车前往各村民小组进行巡查。在公路旁的山坡上，很多坟前都挂满了白色和红色的"青"，还有县城回来到亲人坟前祭扫的人，不时地可听到燃放鞭炮的声音。我驾车沿着山路行驶，看到祭扫的村民便提醒他们要文明祭扫，特别要避免污染环境，也要小心用火。

山体滑坡情况

这段时间，公路上的防护栏也安装好了，在公路上驾车似乎多了一份保险。

吃完午饭，我又驾车前往代家坪组山体经常滑坡的地方，查看是否还在滑坡。滑坡的地方正好在公路下面，每当下雨这里总是滑坡，滑坡山体的高度有 30~40 米，宽 10 多米，现在山坡变得光秃秃的，远远望去就像一个大瀑布。经过查看，滑坡地段还没有影响到路基，但似乎滑坡没有停止，所以还要经常到这里查看。

深山入户

2020年4月8日　多云转阴

今天一早，我和驻村队员、值班村干部驾车前往岑龙小学。之前，岑龙小学向我们提出了需要四台洗衣机帮助留守儿童解决衣服清洗的问题。我向所在单位（重庆商务职业学院）领导进行了汇报，学校党委会会议研究决定向岑龙小学捐赠四台洗衣机。今天四台洗衣机送到了，我们便前来参加捐赠仪式。

到达岑龙小学后，学校广场前的 LED 字幕格外显眼，内容是"衷心感谢重庆商务职业学院爱心洗衣机送达岑龙小学"。岑龙小学校长孙 JZ、岑龙村党支部书记张 ZH 向我校表示感谢，我们在广场上短暂交流后，便一起合影留念。四台洗衣机凝聚着我校教职工的爱心，将会为留守儿童解决洗衣难的问题。

捐赠洗衣机现场

离开岑龙小学后，我们和岑龙村驻村队员便驾车前往岑龙村新寨组看望我校对接帮扶的"边缘户"雷 CY。雷 CY 住在新寨组非常偏远的陆家河坝，这里的公路还没有硬化。我们驾车行驶了近一个小时才到达陆家河坝附近，然后走在没有硬化的山路上步行前往雷 CY 家。虽然碎石路非常难走，但路边的风景美不胜收。不知不觉步行了 50 多分钟，我们远远地看到雷 CY 来接我们了。在他的引导下，我们又走了 20 多分钟才到达他家。

来到他家后，我们向他表明了来意，为他们夫妻二人送上了一些生活用品。在院坝座谈中，我们了解到他的妻子患有精神疾病，而且经常发作，为了照顾妻子，他不得不放弃外出务工的机会。两个子女因外出务工而失去了联系，至今已经超过一年半没有消息了。家里完全靠养殖猪羊和种植水稻换取生活用品，他和妻子恳求我们帮助解决他家房子的漏雨问题。

交谈后，我们现场查看了他家的生活情况，房屋顶上很多地方都没有瓦片了，这些地方全靠杉木树皮和塑料袋来遮风避雨，两个小房间也破旧不堪，于是我拍照记录了下来。随后，我又给隘口镇派出所所长吴 JX 打了电话，告诉了他雷 CY 子女失踪的情况，希望他们能帮忙立案调查。电话打完后，我又将他们子女的户口页信息拍照传给了吴 JX，并提醒雷 CY 近期一定要抽时间到派出所现场报案，后面我们会帮助他解决生活中的问题。

离开雷 CY 家后，我们依然一边欣赏沿途美景，一边步行返回停车的地方。中午都没有吃午饭，所以大家已经饥肠辘辘了。返回村委会后，第一件事就是吃饭，大家一边吃饭一边讨论对雷 CY 的帮扶措施。

与雷 CY 交流

百日攻坚2

2020年4月30日　多云

　　今天一早，我驾车前往镇政府参加脱贫攻坚"百日大会战"动员部署电视电话会议。由于道路还在整修保养，我依然驾车绕道行驶在山路上，看似非常近的距离，但在山与山之间的公路上行驶要很久。一边在山路上行驶，我一边回忆起学校领导及同事多次提醒我小心驾车，因为他们前天来村里看望我后，返程在山路上行驶时遇到了轮胎打滑的现象，险些酿成大祸。想到他们的提醒，我开始集中注意力开车，一个多小时后到达了镇政府。

　　9点半，会议正式开始了，由县委副书记田GH主持。会上，副县长陈AD传达了全市脱贫攻坚"百日大会战"动员部署和东西部扶贫协作工作电视

工作会议现场

电话会的有关精神。秀山县隘口、龙池、清溪场等三个乡镇做了脱贫攻坚大排查汇报。县扶贫办主任陈M对全县脱贫攻坚"百日大会战"方案进行了解读，对相关工作进行了安排。最后，县长向YS进行了总结讲话，对全县做好"百日大会战"工作提出了相关要求。

　　会议结束后，镇政府又组织召开了脱贫攻坚"百日大会战"工作会议。会上，镇长周SQ对全镇脱贫攻坚"百日大会战"工作进行了部署。镇党委书记刘HM根据全市工作进度安排，对有关工作提出了要求，并提醒各村居干部在劳动节、中秋节守好廉洁关，筑牢防腐线，营造崇廉尚俭的氛围。

　　中午在镇政府食堂吃了饭后，我又向镇政府有关领导汇报了脱贫攻坚大排查有关问题的整改情况，并感谢他们对我校领导来访的热情接待。下午，我和镇党委组织委员严川研究了我校电商师生团队到隘口蹲点支持电商产业发展的办公及食宿问题，并一起现场查看了正在装修、快要竣工的隘口乡村扶贫产业园办公楼的施工情况。

正在装修的隘口乡村扶贫产业园办公楼

假日工作

2020年5月1日 晴

　　今天是五一劳动节，依然是工作劳动日。今天上午天气晴朗，我和村支书赵 MX 一起驾车到代家坪、大龙门组对核桃树、高山土豆等农作物的种植面积进行了测量。我们拿着测亩仪，围着农田步行，一块地一块地地进行累加，大致测出了几个村民小组今年新增的农田。

　　中午回到村委会吃完午饭，我们便在会议室召开了工作会议。会上，村干部、组长们各抒己见、群策群力，我们共同研究了今年核桃、高山土豆的管护及考评方案，准备在五一期间对全村的核桃、高山土豆等农作物的管护情况进行考评。

工作会议现场

研究电商

2020年5月16日 阴

　　今天一早下起了雷阵雨，但隘口镇邮政公司的相关人员仍专程到村委会悬挂"邮政物流覆盖点"的牌子，我陪同他们挂好牌子后，针对有关快递送到村的事情与他们进行了短暂的交流。

　　上午，我接到镇党委组织委员的电话，他通知我中午要到驻镇工作队参加电商工作会议。于是，我立刻驾车冒着大雨从村委会出发。在山路上行驶时，能感受到多种天气变化，有些路段起了浓雾且伴着雨水，而有些路段天气逐渐晴朗。到达驻镇工作队后，驻镇工作队队长、市商务委副巡视员曾C组织召开了电商工作会议。会上，大家针对前段时间学校电商调研团队、梁平的市级电商扶贫带头人唐J对"山水隘口"电商平台的调研指导进行了总结，讨论了电商平台聘请总经理、建章立制等工作。

与驻镇工作队领导研究电商工作

　　会议结束后，我又驾车到乡村扶贫产业园查看电商展厅的装修情况。新展厅已经基本装修好了，面积比原来大多了，老展厅的电商产品也全部被搬了过来，新展厅在 LED 视频和灯光的辉映下，感觉非常上档次。我又来到"山水隘口"电商平台发货仓库了解了运营情况，查看了后台订单及发货情况，电商平台负责人何 JH 告诉我最近工作效率提高了很多，基本上解决了前段时间出现的一些问题。

　　傍晚在镇政府食堂吃了晚饭后，我便独自一人驾车返村。路上遇到阵雨天气，行驶到公路时，还下起了太阳雨，我放眼朝远处望去，看到了一道悬挂在天际的彩虹。

乡村扶贫产业园的新电商展厅

查看果桑

2020年5月21日　小雨

上午，我和驻村队员们在村委会办公室研究了近期有关工作，特别对村内的交通安全工作进行了部署。会后，我们分别打电话通知联系各村民小组的村干部，要求他们必须要提醒各组的驾驶员注意交通安全，严禁超载和客货混装。

中午吃完饭，虽然下着小雨，我仍驾车前往平所村村委会看望一起来到隘口镇驻村的"战友"王WL，顺便去参观他们精心打造的果桑基地。到达后，我们两个一边步行，一边交流着驻村工作中的酸甜苦辣。不知不觉，已经来到了平所村的果桑基地，基地便道的两边整齐地种满了果桑，它们在雨水的滋润下显得生机勃勃。现在正是桑葚的成熟采摘季，我们来到桑树下，看到树枝下方挂满了紫色的果实，便摘了几颗品尝，入口的味道是酸中带甜的，非常可口。王WL告诉我，这些果桑是他们村2017年种植的，大约有44亩，由于专业合作社管护到位，近两年产量非常高，给村民带来了经济效益，但是桑葚采摘后不容易储存和运输，制约了经济效益的提高。

参观完果桑基地后，我们又返回村委会进行了交流。临近傍晚，我们在村委会食堂吃了晚饭。由于近期小雨连绵，在返回富裕村的路上我又遇到了山路滑坡，滑落下来的山石挡住了半边公路，车子也只能勉强通过。

新采摘的果桑

慈善活动

2020年5月22日　多云

　　今天上午，秀山县慈善会的刘J及相关人员到我们村，准备开展爱心慈善活动。临近11点，村支书赵MX驾车领着他们的车队到达后，刘J及相关工作人员便为我们村委会送上了一台50寸的液晶电视机，我们收到捐赠的电视后，便一起在村委会门口合影留念。

　　随后，我们一起在会议上进行了座谈。座谈交流中，刘J向大家介绍了本次活动的内容，本次活动包括捐赠和捐助两个部分，捐赠就是向村委会捐赠液晶电视，捐助就是以低于市场价一半以上的价格向村民们销售电视机和饮水机。会上，几个村干部及驻村队员带头买了几台电视，并表示会向村民们宣传捐助活动。座谈会结束时已经下午一点多了，我们就煮了一大锅面条作为午饭。

爱心慈善活动现场

县城调研

2020 年 6 月 9 日　小雨转多云

　　早上，村里的天气是小雨伴着浓雾，但没能阻挡我前往县城电商孵化园的脚步，县电商办的周主任给我推荐了溜达猫电商公司负责人杨 Q，认为可聘他为"山水隘口"电商平台的主要管理人员。我当时就代表市商委扶贫集团与杨 Q 进行了电话联系，定在今天在县城面谈。

　　我驾车到达县城后，在电商孵化园大厅里与杨 Q 进行了交流。我们一边喝茶，他一边给我介绍他自己的创业史和电商工作中的经验。我也向他简单介绍了"山水隘口"电商平台当前存在的一些问题，希望他能参与电商平台的管理工作，并且能尽快提出合作方案。最后，我和他达成了一致的意见：先请他研究一下我校电商团队完成的调研报告，再到"山水隘口"电商平台进行调研，根据调研的内容提出合作方案，以推进电商平台健康发展。

　　中午，在电商孵化园吃完工作餐，我便驾车返村了。回到村里，我驾车来到了九道河组吴 HC 家的田地附近，他和家人们正在采收高山红皮土豆，今年的红皮土豆长势特别好，个头也比往年的大，据说做出来比西森六号好吃。我在地里专门提醒他们要注意分类和装袋，以便对外销售。我在山坡上远远望去，远处的村民们正在田里插秧，吴 HC 告诉我这段时间采收了土豆，正好可以利用采收后的土豆田来插秧，提高田地的使用效率。

行驶在布满浓雾的山路间

改进电商 1

2020年6月22日　小雨

前段时间，我以驻村第一书记的身份在京东、腾讯等媒体上分别做了三场直播，"重庆机关党建"也转发了我"带货"的相关视频，隘口镇的农产品宣传效果非常好，特别是高山土豆，日销量达到了300多单，但因此也暴露了商品破损、发货数量不足等问题。为了解决好服务质量问题，我一早便驾车前往"山水隘口"电商平台的发货仓库。

"山水隘口"电商平台工作现场

到达后，我与电商平台的负责人在仓库里进行了交流。在现场，我看到他们搬进了新的库房，之前我也曾帮助他们向驻镇工作队领导反映过库房面积太小影响仓储和发货的问题，现在问题已经解决了。在库房里，我还看到了我之前建议他们购买的土豆拣选机和抽湿器，土豆拣选机可以提高土豆拣选的效率，抽湿机可以使库房保持干燥，避免货物受潮。在交流中，我特别提醒他们，就算销量再大，也一定要注重电商服务质量，质量决定了未来的销量。此外，我还特别提醒他们一定要对农产品拣选及商品包装工人进行按单计酬，对他们的工作成效也要制定奖惩机制。他们也向我反映了电商平台客服反应迟缓等有关问题，我立刻电话联系了软件商，请他们务必今天在公众号中增加客服菜单以显示客服电话。

迎着蒙蒙雨雾返回村委会后，我又和驻村队员、村干部按照昨天召开的"脱贫普查清查摸底工作会议"精神，把在岗的人员分成了三个组，对全村六个村民小组普查清查摸底。虽然下着小雨，但我们依然走村入户，并根据在家村民提供的信息填写完善了普查清查摸底有关表格。

核对卡片

2020 年 6 月 29 日　阴转阵雨

由于这两天全市脱贫攻坚工作专项督查组将要到隘口镇进行入户督查，一大早全体村干部、驻村工作队员就在村委会办公室进行了集中。今天我们准备按照镇政府要求对建档立卡贫困户的"脱贫攻坚明白卡"进行核对和更换，给党员村民居住的房屋统一张贴镇政府印制的党员标示牌。

我们一共分成了三个小组，分别前往全村各个村民小组开展工作。我和驻村队员杨 ZM 一起驾车先来到细沙河组，首先来到这里的六户建档立卡贫困户家里，根据"脱贫攻坚明白卡"的信息对贫困户在家人员进行了询问，对卡片上的错误信息进行了标注和更正，然后又前往有党员的村民家里，在他们的房屋门口张贴了党员标示牌。

随后，我们又驾车来到代家坪组，我们同样对每户建档立卡贫困户"明白卡"的信息进行了询问和核对。正当我们忙碌的时候，村委会主任和综合治理专干及施工人员一起为建档立卡贫困户熊 GY 送来了铝合金窗户。他家危旧房改造后，他自己没有经济能力给新房子安

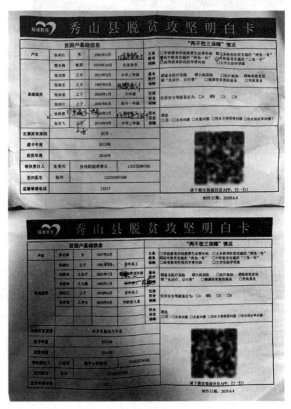

秀山县脱贫攻坚明白卡

装窗户，我们为他在镇政府扶贫办争取来了扶贫资金，为他家安装铝合金窗。我们在现场配合施工队给熊 GY 的房屋安装了窗户，真是人多力量大，不一会儿窗户就安装完毕了，熊 GY 的妻子为我们端来了茶水，也非常感谢我们给予的帮助。

临近下午两点，我们返回村委会吃完午饭后，对收集到的"明白卡"的错误信息统一在"全国扶贫开发信息系统"里进行了修改。下午4点左右，我们组织全村的八名保洁公益性岗位工人在村委会会议室召开了一个短会，会上我们为他们重新划定了保洁范围，要求他们在迎检期间一定要加大保洁力度，同时和他们强调在做公路清洁时要对两旁的杂草进行修剪，对白色垃圾进行清理，确保全村整洁卫生。

会议现场

评审项目

2020 年 6 月 30 日   阴转小雨

早上吃完饭，我驾车来到了岑龙小学。之前，该小学校长孙 JZ 在我校主要领导来村的调研会上提出了帮助其进行校门改造的请求，后来我主动在我校对隘口镇的捐款中协调了 5 万元用于该校的校门改造。

今天上午，岑龙小学校长邀请我和村干部代表一起参加他们的校门改造竞标比选会议。会上，岑龙小学校长孙 JZ 宣读了竞标比选程序、纪律要求等，秀山县铠英建筑公司、四川众能建筑公司、秀山大强建筑公司三家建筑企业提交了校门改造标书。我们作为校门改造招标评审小组成员对三家建筑企业提交的标书进行了评审，经过资质和报价审查，会议最终确定秀山县铠英建筑公司中标。我在会上要求中标公司一定按照校门改造方案保质保量完成该项目工程，杜绝偷工减料和使用劣质建筑材料的行为。

竞标比选会议结束后，我和村干部代表又返回村委会召开了迎检工作会议。会上，村干部、驻村队员分别就迎检工作分工进行了发言，我和村支书对近期的迎检工作进行了部署和安排。

吃完午饭，我们全体人员又分成三个工作小组，前往各村民小组建

比选会议现场

档立卡贫困户家更换"脱贫攻坚明白卡"。

返回村委会后，《重庆科技报》记者在县农业农村委会副主任许 HF 的陪同下，专程来富裕村采访全村核桃、高山土豆等产业发展情况。在村委会办公室，我们进行了简短的座谈，我和村支书汇报了村情及产业发展情况。随后，我们又一起乘车来到代家坪组实地查看了核桃、高山土豆等农作物的种植情况。

改进电商 2

2020 年 7 月 3 日　小雨转阴

今天上午，我迎着细雨驾车来到驻镇工作队，参加电商平台改进工作会议。到达后，市商务委二级巡视员、驻镇工作队队长曾 C 主持会议，镇党委分管领导、驻镇工作队员、电商平台相关负责人参加了会议。

电商平台改进工作会议现场

会上，我们一起研究讨论了最近"山水隘口"电商平台出现的快递破损、售后不到位等问题。驻镇工作队联络员李 W 说软件商升级后，电商平台实现了批量打单、数据统计，效率有所提升。最后，我们围坐在一起查看了广告公司设计的产品礼包包装、各种农副产品的包装袋等，并讨论出了调整方案。

临近下午一点才吃午饭，吃完午饭，我在办公室向曾 C、李 W 汇报了前段时间直播"带货"的情况，与他们共同决定准备聘请专业团队录制"山水隘口"电商平台特色农产品的宣传小视频。

为了能让小视频录制到位，我电话联系到了秀山"网红"、县文旅委工作人员刘 B，他之前录制的"刘哥赶场"系列视频非常精彩。我在电话中向他表明想邀请他为"山水隘口"电商平台录制"带货"小视频，准备明天与他在隘口镇扶贫产业园进行详谈。

洽谈合作

2020 年 7 月 4 日　多云转阴

为了能与刘 B 团队有效沟通，我今天专门来到了他们团队的拍摄现场（某土鲫鱼餐饮名店）。在现场，我看到他们正在为商家拍摄短视频，主角刘 B 也正在镜头前卖力地表演。

在现场观摩结束后，我与刘 B 团队来到了他们公司（秀山梵焱传媒公司），在办公室里进行了交谈。在交谈中，我向他们表示了来意，邀请他们团队为"山水隘口"电商平台录制有看点、有笑料、传播率高的特色农产品宣传小视频。他们团队与我就录制小视频的相关事宜进行了探讨，同时表示愿意通过录制视频支持隘口镇的脱贫攻坚工作。

刘 B 团队视频录制现场

简单交谈结束后，我们一起驾车从县城出发，前往隘口镇找相关领导详谈并熟悉拍摄环境。到达隘口镇后，我们首先一起参观了隘口乡村扶贫产业园的电商产品展厅及有关农产品库房。参观结束后，我又带着他们来到了驻镇工作队，市商务委二级巡视员、驻镇工作队队长曾C亲自接待了刘B团队。我们在办公室又对短视频拍摄进行了探讨和交流，曾巡视对短视频拍摄提出了有故事情节和笑点的要求，确保有较高的传播率，让隘口镇的农副产品家喻户晓。曾巡视还委托我和镇党委宣传委员王LH一同与他们团队进一步针对合作方式、拍摄费用进行详细洽谈。随后，我和刘B团队又返回到隘口乡村扶贫产业园，见到了正在陪同重庆市电视台拍摄专题片的镇党委宣传委员王LH。王LH抽空和我与刘B团队针对合作方式、拍摄费用进行了洽谈，最终双方达成了一致意见，准备下周签订合同并开始进行拍摄。

　　送走刘B团队时已经是傍晚时分了，我驾车来到了驻镇工作队与队员们一起吃了晚饭。今天的晚饭是驻镇工作队队员们共同烹饪的，餐桌上的菜肴非常好吃，我们一边吃一边聊天，感觉在这里的周末非常愉快。

与短视频制作团队洽谈

查看隐患

2020年7月5日 阴

今天是星期天，两名驻村队员都已返回县城，我仍在岗坚守驻村工作。上午，我独自一人到代家坪组、大龙门组进行入户遍访。趁着今天太阳不大，我挨家挨户地进行走访，没有人在家的我详细查看他们的住房和饮水情况，有人在家的，我就坐下来与他们进行深入的交流，了解他们生产生活的有关问题。

村民在制作花灯

当我来到代家坪组组长杨ZZ家时，他和周边的农户正在用竹篾制作花灯，原来他们晚上准备为进村的重庆电视台某栏目组表演秀山独有的"跳花灯"，他们一边制作一边向我介绍了花灯的特色，我也了解到了他们最近的生产生活情况。离开代家坪组后，我联系了镇上负责修路的苏B，邀请他与我到细沙河组河坎上（地名）查看出现裂痕的山路。有村民向我反映过他们入户的山路出现了裂缝，我和村支书也曾现场查看过，今天我专门邀请专业施工负责人来查看是否存在安全隐患。到达现场后，我陪苏 B 详细查看了出现裂缝的山路，苏 B 告诉我这条路建设时一边挖山坡石土，一边对路基进行填充，由于近期雨水较多，填充的路基出现沉降，便形成了公路上的裂痕。我详细咨询了他是否会出现山体大面积滑坡，他告诉我路基沉降是正常现象，不会有安全隐患。听到他的回答后，我放心了许多。

随后，我又和苏 B 驾车来到了建档立卡贫困户吴 EZ 家中，查看了村支书答应为他家挖路的地段，我在现场要求苏 B 尽快推进施工进度，确保承诺早日兑现。然后我们又前往建档立卡贫困户吴 CX 的金银花基地附近的山路，因为吴 CX 曾恳请我帮忙找施工队挖路，以便于他的货车开进金银花基地拉货。苏 B 答应在不为难的情况下会帮助他挖出这条路。

查看山路情况

中午吃完午饭，重庆电视台科教频道某栏目组邀请我到村民的农田里录制一段关于我现场"带货"的视频。于是，我们驾车来到代家坪组组长杨 ZZ 种植的高山红皮土豆田边，栏目组导演陈 XM 指导我们在田里拍摄，村民们配合我在地里挖红皮土豆，而我对着摄像机和手机进行采挖土豆的直播。录制结束后，栏目组又对我进行了采访。

直到傍晚，视频录制基本完成，我们才送摄制组离村。

镇里检查

2020年7月6日 阴

昨晚得到通知，镇政府扶贫办有关人员今天会到村里针对前几天全市脱贫攻坚督查组检查的问题进行指导整改。一早，村干部、驻村队员们就都赶到了村委会办公室，重新整理备查资料。

临近10点，镇党委组织委员严C及镇扶贫办、各村居相关人员一行8人乘车到达了村委会。他们到达后直接到会议室检查了我们准备的脱贫攻坚资料，特别查阅了我们驻村工作队的签到表、会议记录、驻村日志等，也查阅了全村的会议记录、党课教学内容、脱贫攻坚明细账等，并提出了相关意见。

资料检查现场

严C检查完相关资料后，我便陪他到岑龙村查看资料，顺便学习一下岑龙村村委会资料准备的经验。到达后，我们首先查看了岑龙村的公示栏，我觉得他们村的村委务公开工作非常用心，无论是党务公开还是财务公开都做得特别好，不仅公示了"三会一课"开展的内容，还公示了每个季度相关人员签字的财务收支情况。我又陪同严C查看了他们脱贫攻坚及驻村工作的相关资料，翻阅了他们村建档立卡贫困户的收入明细台账。

　　严委员在检查资料时我便离开了村委会，准备前去岑龙小学查看校门改造施工情况。到达岑龙小学后，我询问了校长孙JZ关于校门改造比选结果的公示及与施工方合同签订的情况。孙校长告诉我比选公示期已经结束，而且已与确定的施工单位签订了改造合同，目前校门已经开始施工了。我和他查看了施工现场，校门两边的围墙及立柱已经基本修建好了，下一步准备安装伸缩门并给外墙贴瓷砖。随后，我又深入宿舍查看了小学生的居住情况，宿舍里还是非常整洁干净的，唯独一楼的宿舍受到雨季影响地面返潮较严重，我特意提醒孙校长要为一楼的宿舍准备干拖把，随时将地面的返潮水分擦掉，防止学生的衣物受潮发霉，影响他们的身体健康。

岑龙村村务公开栏

起草材料 1

2020 年 8 月 7 日　多云

早上吃完饭，我就驾车前往镇上，因为今天上午要在驻镇工作队参加电商工作研讨会议，昨天曾巡视专门邀我参加。到达工作队后，由于时间还早，我便与驻镇工作队联络员李 W 就市扶贫办印发的开展"见证·脱贫"微视频征集活动的通知的内容进行了讨论，初步确定了以教育扶贫或太阳山民宿为主线，然后我便开始整理拍摄文案。

电商会议现场

10 点半参会人员到齐后，我们便开始了会议，会议由曾巡视主持。会议的内容主要是讨论隘口镇电商产业取得的成绩及发展过程中的经验，以便于我执笔起草简报。会上，镇党委组织委员严 C、云智电商培训学校隘口培训点的两位创业导师及我纷纷发言，从自身角度阐述了隘口电商产业发展取得的成果及经验。曾巡视最后从隘口镇电商的产品、物流、人才、平台等方面进行了总结，就简报写作的内容提出了要有"亮点与特点"的要求。会后，我们参会人员一起审核了前天我负责拍摄的"土鸡"短视频，大家看后觉得拍得非常好，曾巡视还专门要求我一定要多花时间和精力把"见证·脱贫"微视频拍摄好。

吃完午饭，我便在驻镇工作队办公室起草了隘口镇电商产业发展经验简报提纲。几个小时过去了，我根据搜集的资料及会议内容起草出了简报提纲，并与曾巡视、李W进行了讨论，初步确定出了简报的提纲。

在驻镇工作队起草材料

附：电商经验交流材料提纲

驾驭电商快车　冲破贫困隘口
——隘口镇破解四大难题推进电商扶贫

隘口，位于重庆市秀山土家族苗族自治县西南部，是全市十八个深度贫困乡镇之一。由于地处大山深处，隘口镇自然条件恶劣、基础设施滞后、产业结构单一，贫困程度较深、群众增收艰难、致贫返贫问题突出。近年来，隘口镇以习近平总书记扶贫重要论述为指导，贯彻落实党中央脱贫攻坚总体部署，在大力发展电商扶贫的过程中破解了四大难题，促进特色农业产业发展，让贫困人口逐步摘掉"贫穷帽"，坚决打好打赢脱贫攻坚战。

一、破解土货"小而散、少而乱"难题，促其秒变"电商爆款"

一是深挖农产品潜力；二是推行标准化建设；三是实行溯源式管理；四是培育特色化品牌。

二、破解销售"无头绪、少门路"难题，打造特色出货渠道

一是抢抓先机；二是创新模式；三是形成合力。

三、破解物流"速度慢、质量差"难题，建立快递专项线路

一是建设电商服务站；二是设立电商集配中心；三是改造村级武陵生活馆；四是提升农村物流配送网络。

四、破解人员"素质低、意识差"难题，造就电商产业生力军

一是强化人才培训；二是做好技术支持；三是搭建创业平台。

起草材料2

2020年8月8日 多云

早上吃完饭，我便坐在电脑旁开始按照昨天和曾巡视、李W商定的提纲起草经验交流材料。我一边写作一边查找镇相关领导提供的关于全镇电商发展的相关资料，还不时向"山水隘口"电商平台工作人员咨询有关情况。

上午10点左右，太阳山村驻村第一书记罗JF到驻镇工作队处理工作。因为昨晚与曾巡视商定准备以他为主角拍摄"见证·脱贫"微视频，我便停下了电商经验交流材料的写作，与他交流了视频拍摄内容。他一边口述自己当时推进太阳山特色土家民宿打造的情景，我一边用电脑记录了下来。不知不觉过了中午12点，我也记录得差不多了，我们便下楼去吃了午饭。午饭后，我利用中午休息的时间对罗JF口述的材料进行了全面的调整，形成了"见证·脱贫"微视频拍摄的文案。

下午，我将拟好的微视频文案拿给曾巡视进行审核，他看后提出了一些修改意见，并和我一起商议将题目"激发村民内生动力 打造特色土家民宿"改为了"只有坚持不懈才能激发群众内生动力——秀山县隘口镇打造特色土家传统村落民宿纪实"。交流结束后，我便开始按照曾巡视的意见对文案进行修改。

起草材料

晚上吃完晚饭，我又开始了电商经验交流材料的写作。

考察乡村

2020 年 8 月 9 日　多云转阴

今天是星期天，我们驻镇工作队队员一起乘车前往武隆区芙蓉街道堰塘村进行考察调研，这个堰塘村以前是贫困村，但现在变成了一个"网红"村，据说武隆市民经常三个一群、五个一伙，纷纷相约到这里"打卡"，重庆主城、巫溪、云阳、黔江、秀山的游客也纷至沓来。

堰塘村景色

我们经过近三个小时的车程到达后，看到这里新荷吐蕊，鸟语花香，掩映在绿荫下的农舍风貌整齐，焕然一新的山村庭院，童趣盎然的墙体壁画，随处可见的茶壶、石磨、碾子等景观小品点缀在村庄的各个节点，一派陶然好风光。在驻镇工作队联络员李 W 的介绍下，我们得知这个堰塘村曾是全区闻名的"后进村"，基础设施差，群众内生动力不足，后来扶贫干部认为这里的地理环境非常好，争取到了山东济南东西部扶贫协作项目、美丽乡村建设项目、道路改造项目、人饮工程建设项目、绿化项目等扶贫项目资金近2000万，逐一解决了堰塘村的交通、饮用水、人行便道等问题，而且还对整个村进行了风貌改造，引进七彩陶陶瓷有限公司入驻，建立了生产车间，一面进行陶艺研究、生产特色陶器，一面推广陶文化。

　　我们一行人一边在这里感受着发生了翻天覆地变化的山容村貌，一边讨论着脱贫攻坚工作。不知不觉中我们就来到了瓷器生产车间和七彩陶器展览馆，参观完生产车间里的瓷器生产加工工艺和展览馆里的各种展品后，展览馆负责人还专门一边请我们喝茶，一边与我们聊武隆的陶土资源。武隆陶土资源丰富，有七种颜色，故名"七彩陶"，用这些当地出产的陶土做出来的瓷器质量特别好。

陪同领导在堰塘调研

起草材料3

2020年8月10日 晴

　　昨晚我又根据曾巡视、李W商定的提纲，撰写了材料的初稿。今早吃完饭，我就驾车前往驻镇工作队提交我这两天撰写的全镇电商经验材料，行驶在蜿蜒的山路上，感觉今天的光照特别强，气温也比前几天高得多。

　　到达驻镇工作队后，我将稿子打印出来拿给领导们审核，曾巡视对我这几天的努力给予了充分的肯定。我们一起逐字逐句对稿子进行了研读和推敲，特别对一些数据进行了核实。中午吃完饭，我们又对稿子进行了集体讨论，大家又提出了一些意见，我都一一记录了下来。

电商经验材料稿件

　　傍晚我在修改稿子时，驻镇工作队联络员李W给我安排了一个代表驻村第一书记接受媒体采访的任务，要求我下次回到重庆主城后要到《当代党员》杂志社接受采访。我也与《当代党员》杂志的记者陈C进行了对接，他告诉我去杂志社前，要着正装、佩戴党徽并准备一个自我介绍，其中还要有扶贫感想，我答应他下次回重庆主城后一定到杂志社接受采访。

　　由于明天我校的摄制组要来秀山拍摄思政微电影，我在工作队办公室帮他们预订了酒店，进行了拍摄工作对接。这个微电影的题目是《一个人的毕业典礼》，是以应届毕业生杨SQ主动到隘口镇工作的事迹改编的，我看了剧本之后很感动。

起草材料4

2020年8月11日　阴转小雨

　　为了能完成好电商经验交流材料，我昨晚在驻镇工作队办公室加班到12点多，也就住在了工作队的寝室里。早上吃完饭，我又继续对材料进行了修改完善。经过几个小时逐字逐句对材料的斟酌修改，我终于在11点多完成了第三次修改。

会议现场

　　临近中午，镇长周SQ、市金融办选派的两位第一书记、黑斑蛙基地负责人杨GJ及相关人员来到驻镇工作队办公室，原来驻镇工作队要组织他们召开黑斑蛙基地相关工作会议。会上，他们对前段时间黑斑蛙基地受灾损失情况及相应对策进行了研究，又安排了近期的一些具体工作。

　　我们直到下午一点多才吃午饭，吃完午饭我没来得及休息，又驾车前往梅江镇迎接学校思政微电影拍摄组。经过一个多小时行驶，我到达了梅江镇，也刚好在这里接到了他们。我便和他们共同前往民族村村委会，我和校友左C（该村的本土人才）主动去与村干部进行了沟通并说明了来意，村干部非常欢迎我们来拍摄。在简单的交流后，我们又驾车来到了三大坪组杨ZQ家，在这里我们开始了微电影的拍摄。

校门竣工

2020年8月20日　阴转阵雨

前几天我听闻岑龙小学的校门及图书馆修建好了，于是今天一早便驾车来到岑龙小学查看校门修建情况。到达后，岑龙小学崭新的校门及图书馆映入眼帘，带有校牌石及伸缩门的校门让这所乡村小学更有现代感，白蓝相间且方正得体的图书馆屹立在校门口更让校园显得大气。

我在查看校门竣工情况时，遇见了图书馆修建的赞助方"巨人网络集团"项目经理人李 YZ 和王 HW，原来他们二人也是专程来查看巨人网络集团捐赠项目（岑龙小学图书馆）的竣工情况。在现场，我们进行了交流，原来他们公司去年年初就向岑龙小学捐

岑龙小学校门

赠了200万元专门用于修建图书馆，经过近一年的施工，终于竣工了。我和他们说，我校捐赠的校门正与他们捐赠的图书馆相得益彰，我校捐赠的套装座椅也被放入了图书馆一楼作为阅览桌，这些设施9月份开学时即可投入使用。

吃完午饭，天气渐渐地阴沉了下来，我驾车前往驻镇工作队向领导汇报工作。到达后，我向曾巡视汇报了我之前与重庆远线影视公司协商拍摄扶贫纪录短片的情况，请他审阅了视频拍摄文案，他对视频文案提出了一些修改意见。我便利用下午的时间对文案进行了修改。

充实周日

2020 年 8 月 23 日　晴

驻村队员与贫困户进行交流

今天是星期日，工作没有前段时间迎接普查前那么紧张，起床吃完早饭后，我便打开了"中国教育干部网络学院"网页开始观看中共中央党校（国家行政学院）国家高端智库学术委员会秘书长黄 XH 的讲座视频课程，他的讲座的内容是"做习近平新时代中国特色社会主义思想的坚定信仰者和忠实实践者"。在学习中我有很多感悟，特别是感觉习近平新时代中国特色社会主义思想深刻影响了当今世界，正如我现在从事的脱贫攻坚工作一样，脱贫目标任务已经到了决战决胜阶段，贫困人口从 2012 年年底的 9899 万人减少到 2019 年年底的 551 万人，贫困发生率由 10.2% 降至 0.6%。在习近平新时代中国特色社会主义思想的指引下，中国成为世界上减贫人口最多的国家，创造了世界减贫史上的"中国奇迹"。

午饭后，我驾车前往隘口乡村扶贫产业园查看电商运营情况。在现场，我看到有的工作人员正在忙着装箱发货，有的工作人员正在拣选或者包装金丝黄菊、高山土豆等农产品。我在现场与电商公司负责人进行了交流，询问了近期"山水隘口"电商平台的运营情况，特别提醒他们一定要处理和解决好客户反映的问题。

下午回村后，我和驻村队员驾车前往细沙河组的建档立卡贫困户家中进行了走访，与他们深入交流，了解了他们近期的生产生活情况，由于近期气温升高，我们还特别排查了饮用水源短缺的隐患。在细沙河，我们还提醒护林员一定要多关注用火安全，避免高温天气引发森林火灾。

联络工作

2020年8月24日　多云

昨晚我与镇党委宣传委员王LH对短视频拍摄协议签订一事进行了对接，并约定今天上午在他的办公室商议协议签订事宜。今天吃完早饭，我就来到了镇政府王LH的办公室。在办公室，我们两个针对协议内容及拍摄进度进行了研究讨论，同意提前支付20%的费用作为拍摄的启动金，用于拍摄期间的饮水、用餐等。讨论结束后，我们与刘B团队签订了拍摄协议，并提交了启动金拨付申请。

离开镇政府之后，我又驾车前往隘口乡村扶贫产业园。今天过来是为了对接我校派遣学生到"山水隘口"电商公司进行实习实训一事，这样做不仅能帮助电商公司解决人手不足的问题，而且可以让在校学生参与脱贫攻坚工作，提升他们的动手能力。在现场，我电话联系了我校商贸管理系主任李CH，请她在开学之后帮忙安排18名左右学生到

电商仓库工作情况

电商公司进行实习实训。她告诉我，系里会尽快召开党政联席会专门研究此项工作，争取早日派学生来。通完电话后，我又来到电商研发中心大楼，与秀山云智电商学校负责人对前来实习的学生的住宿问题进行了讨论，并查看了宿舍。随后，我又来到电商产品仓库里查看了莲子芯、盐焗土鸡等新产品的包装及销售情况，询问了近期经营过程中遇到的问题及处理情况。

中午我返回驻镇工作队吃了午饭，午饭间我专门向曾巡视汇报了短视频拍摄协议签订及学生来隘口实习的对接情况。下午，曾巡视和我又针对"隘口镇电商产业发展经验材料"进行了探讨，他提出了一些修改意见。于是，我又坐在电脑旁开始对"隘口镇电商产业发展经验材料"进行修改。

直播"带货"

2020年9月12日　小雨

因为今天晚上我要在县消费扶贫馆代表隘口镇参加"扶贫搭把手　助农拼一单"直播"带货"活动，所以吃完早饭我就开始熟悉直播的台词。感觉思维疲倦了，我就按照市扶贫办征文文件要求，继续写"我所经历的脱贫攻坚故事"，主要是写我和产业技术指导员唐ZG并肩作战，以及他在调研回家的路上不幸驾车坠崖殒命的故事。

一个上午的时间过得很快，熟悉直播台词与写征文两个工作交替进行，不知不觉就到了中午。为了不影响下午直播彩排，我来不及吃午饭就驾车前往县城。由于下雨，道路非常湿滑，我驾车也非常小心，路上还遇到了因交通事故造成的堵车。后来，终于在下午两点赶到了县城，我在路边的小餐馆随便吃了个午饭后，立刻赶往县消费扶贫馆。

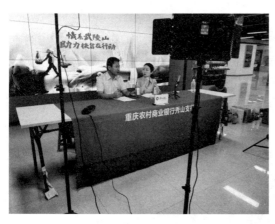

"带货"直播现场

到达后，馆里的直播桌台、灯光设备、摄像机、电商产品等已经准备好了，我与主持人一同商议了直播脚本，对直播内容进行了彩排。彩排结束后，因为离晚七点的直播还有两个小时，我便在车上继续熟悉台词，由于比较疲倦，不知不觉就睡着了，睡醒后我在附近吃了个晚饭。临近晚七点，我来到消费扶贫馆准备直播。"扶贫搭把手　助农拼一单"直播"带货"活动在晚七点准时开始后，我与主持人在镜头前就隘口镇及扶贫产品畅谈起来，向观众和网友详细介绍了我今天带来的三种产品——核桃油、金银花、金丝黄菊，不知不觉我直播了一个多小时，很多网友也下单购买了商品。

百日收官

2020年8月27日　阴转小雨

　　最近几天，我看到了重庆市扶贫开发领导小组印发的《全市脱贫攻坚"收官大决战"工作方案》，我知道脱贫攻坚工作即将进入决战决胜的收官时期，昨天我也接到电话，通知我今天下午一点到镇里参加"收官大决战"动员部署会。上午，拍摄团队在补拍镜头的时候，我又认认真真地看了几遍修改了多次的短视频《爱心助教用真情　教育扶贫暖人心》，觉得没有问题后，我便将该视频发到了市扶贫办征集活动的电子邮箱。随后，我和同事驾车来到驻镇工作队附近的辣椒加工厂，到达后我们参观了剁椒、泡椒生产线，查看了种植大户送来的原材料——辣椒，并与加工厂工作人员就辣椒品种、制作工艺进行了交流。

检验辣椒质量

　　吃完午饭，我驾车前往隘口中学参加全镇脱贫攻坚"收官大决战"动员部署会。下午一点会议正式开始，由镇长周 SQ 主持，在会上武装部部长叶 S 等副镇级领导部署了近期分管的工作，副镇长刘 G 专门解读了脱贫攻坚"收官大决战"工作方案，对扶贫工作进行了具体的要求。镇长周 SQ 从"围绕目标抓落实、主动担当强作为"出发，对近期的工作进行了安排，要求机关及村居干部要"少一点情绪，多一点情怀；少一点想法，多一点办法"。最后，镇党委书记刘 HM 要求干部们要从"全员出动，整装待发；全力以赴，在位谋事；全员团结，心胸宽广；全面出彩，争当第一"等四个方面做好本职工作，全力打好脱贫攻坚"收官大决战"。会议结束后，我们和驻村队员们又参加了在这里举行的秀山县 2020 年度榜样面对面脱贫攻坚先进事迹宣讲会，在宣讲会上，川河盖蜜蜂养殖专业合作社的理事长白 TS、龙池镇杉木村的第一书记朱 CF 等五位脱贫攻坚榜样为大家进行了事迹宣讲。

动员部署会现场

连日落雨

2020 年 9 月 16 日　中雨转小雨

　　最近一个星期雨下个不停，从村里通往镇里的山路上又出现了一些滑坡，还好没有阻断公路。昨晚雨下得比较大，今早我驾车前往镇政府时发现车子的顶棚开始漏水了，已经把副驾驶的座位及周边的内饰全部打湿了。我到了镇上后，先来到修车店找人帮忙处理车顶漏水的问题，可是修车师傅拆下顶棚后，仍没有找到漏水的地方，我准备今天再让它漏一晚上，明天在镇上参加完"隘口镇消费扶贫推广活动暨农贸市场投用仪式"后，再把车开到县城去修理。

　　于是，我驾车来到了镇政府，就近期拍摄"见证·脱贫"微视频及"带货"小视频、撰写隘口镇电商发展经验材料等工作向镇党委书记刘 HM 进行了汇报，并请示了我校心理健康团队到镇政府开办讲座的事宜，此外还针对村里近期开展的工作进行了交流。

河道涨水

　　交流结束后，我就驾车返回驻镇工作队吃了午饭。根据工作安排，下午我又和驻镇队员龙 CM 一起去查看了镇上的河道涨水情况，并到容易受洪水灾害影响的农户家中进行了查看，提醒他们一定要注意防范山洪灾害，出现问题一定要及时向我们报告。

心理辅导 1

2020 年 9 月 28 日　阴转小雨

今天一早，我陪同我校心理健康教育团队一起乘车到岑龙小学开展"送教下乡"活动，团队的老师们基本上都是第一次乘车在这么陡峭且蜿蜒的山路上行驶，感到紧张不安，我一路上安慰他们不用担心，因为我经常在这里行驶。

主题团队与小学生合影

到达岑龙小学后，学生志愿者针对 1~3 年级开展了共青团带少先队相关常识的主题宣讲以及绘画体验活动，宣传普及少先队的相关常识；在绘画兴趣小组开展了"我心中的爸爸妈妈"主题绘画活动，激发学生对国家、父母的热爱。心理健康团队教师面对四、五年级的学生开展了主题为"人生由我　我最棒"的团体辅导，通过自信分组、角色扮演、个性展示等环节，帮助他们增强自信，塑造乐观、向上的阳光心态。六年级的学生因马上要参加小升初考试，同时也进入了青春期，在人际沟通、交友技巧方面存在困惑，所以中心教师针对他们开展了人际沟通主题团体活动，通过"找朋友""我们来买菜"等环节，促使学生自我觉察，掌握人际沟通的技巧。

下午，心理健康团队又针对乡村教师长期驻扎学校、与家人聚少离多等情况，通过压力自我评估、放松训练等方式给教师们进行心理辅导，帮助教师们了解自己的身心反馈情况，学会正确关爱自己的方式。

心理辅导 2

2020 年 9 月 29 日　小雨转阴

今天一早，我陪同我校心理健康教育团队一起到凉桥小学开展"送教下乡"活动。我们考虑到凉桥小学的学生大多为父母常年不在身边、缺乏自信及人际沟通技巧的留守儿童，为他们设计了"我自信　我快乐""沟通你我，成长快乐"等团体辅导活动，通过自信分组、"优点大轰炸"、个性展示等环节不断地加深学生们对自己的了解，引导他们学会积极地与老师、朋友进行沟通。

心理健康团队老师通过前期与凉桥小学杨校长进行沟通，了解到该校经常通过举办"百灵鸟杯"朗诵比赛提升学生的表达能力。为此，我们又指导学生志愿者特地为一到三年级的学生们讲授了一堂提升朗诵技巧的课，帮助他们学会正确的发音技巧，鼓励他们勇敢、自信地与人交流、沟通。

心理活动现场

吃完午饭，我们又一起乘车来到镇政府，为长期驻扎工作地点、日常工作压力较大的镇干部、驻村人员开展了团体辅导活动，团体辅导活动的主题为"呵护心灵的青山绿水"，辅导中采用冥想、身体扫描等方式促进他们主动自我觉察，适时了解身心的反馈与需求，并学会运用科学方式愉悦身心，加深关爱自己的频率与力度。

在离开隘口镇之际，我还陪同心理健康团队代表学校为岑龙小学、凉桥小学的学生们捐赠了书包、衣物等。

心理讲座

2020 年 10 月 14 日　小雨

今天，国际 A 级注册心理咨询师、国际教育学专家陈 ZL 将在隘口镇举办心理健康专题讲座。一早我便驾车到坝芒村参加讲座，由于今天下起了小雨，山路上不仅较滑，而且雾气较大，我驾驶汽车格外小心。

我于9点半左右到达了坝芒村村委会会议室，看到了许久未见的邻村驻村书记和队员，便一起聊了起来。不一会儿讲座就开始了，陈 ZL 以"关注心理健康　释放心灵压力——扶贫干部心理健康与调适"为题，为我们生动地讲解了心理健康基本知识、扶贫干部常见心理问题、如何做健康智慧的干部等内容，不知不觉一个半小时的讲座时间过去了，现场的学员们还意犹未尽，都纷纷与陈老师进行交流。

中午在镇政府食堂吃完午饭，我回到了驻镇工作队开始整理近期驻村的日志等材料，在整理材料的过程中又与驻镇工作队的同事们探讨了心理学的有关问题。经过今天的心理健康讲座及与同事们的深切交流，我现在感觉心情非常放松。

心理讲座现场

提醒续贷

2020 年 10 月 20 日　小雨

　　由于下雨，今天的气温已经降到了10摄氏度以下，感觉已经进入了冬天。吃早饭时，我接到了镇政府扶贫办通知，要求我们去提醒小额信贷即将到期的建档立卡贫困户尽快续贷或还款，避免逾期。

　　我和驻村队员驾车先来到细沙河组王 XQ 家中，我们根据农商行有关宣传资料，向她说明了小额贷款的续贷和还款要求，提醒她一定按时续贷，不然会影响征信。我们还与她就近期的生产生活情况进行了交流，我们了解到今年的雨水比较多，对地里冬土豆的收成有一定的影响。

　　随后，我们又前往其他各组有小额贷款的建档立卡贫困户家，一一提醒他们办理好续贷或还款手续，在走村入户的过程中，我们又查看了有山体滑坡隐患的地段，顺路欣赏了绵绵细雨笼罩着的山景。一天的时间过得很快，夜幕降临时天气非常寒冷，我们这才驾车返回村委会吃饭。

提醒村民做好续贷及还款工作

调研民情1

2020年10月22日　晴

今天是难得的晴天，深秋的阳光在清晨就照进了我的寝室，起床后我就到村委会门口享受了久违的阳光，感觉很久都没有见到晴天了。吃完早饭，我把我房间受潮的棉絮及衣物搬到村委会门口栏杆上晾晒。

村民介绍红薯生长情况

上午，我和驻村队员驾车前往村民小组查看村民晴天时的劳作情况。我们同样先驾车来到细沙河，路上看到阳光照射在山林间，感觉万物都生机勃勃的，很多村民家院坝里都晒满了稻谷。到达后，我们看到村民王XQ夫妇正在田间挖红薯。我们主动上前与他们进行了交流，特别问了问他们今年雨水对作物的影响。王XQ妻子拿着刚挖出来的红薯给我们看，她说今年雨水对红薯的影响很大，积水不仅泡烂了很多红薯，而且新长出来的红薯品相非常不好。我一边做记录，一边告知他们我们会向有关专家请教解决办法，另外提醒他们一定要管护好村里的主导产业——核桃树。

随后，我们又来到了大龙门组，在这里我们与晒稻谷的村民杨SL进行了交流。他告诉我们今年的水稻受雨水影响也很大，特别是10月初要收晚水稻的时候，雨水不断而无法收割，而最近不下雨了，但有很多水稻在地里就已经变质了，收回来的可以食用的稻谷由于下雨，也不能拿出来晾晒，今天虽然天晴了，但有很多稻谷已经受潮了，甚至有些已经霉变了。听到杨SL这些话我也倍感忧伤，我请他一定要把剩下品质好的稻谷打出来，我们来购买。

调研民情 2

2020 年 10 月 23 日　晴转多云

今天又是一个大晴天，一大早阳光就照射进了群山之中。我一起床就把衣柜里发霉的衣物进行了清洗、晾晒。吃完早饭，我督促有关村干部做好 9 月份财务公开工作，并和他们将有关账目张贴在公示栏中进行公示；然后又与驻村队员、值班村干部就近期村务及今年市级成效考核工作进行了交流。

下午，我和驻村队员驾车前往村民小组查看村中的环境维护情况，调研晴天生产情况。我们驾车前往代家坪组的路上，无意中看到了天边出现的月亮。虽然有点朦胧，但依然清晰可见，这是我第一次在下午两点钟看到天空挂着月亮，感觉有些奇怪，于是拍照留念。在代

村民在院坝晾晒稻谷

家坪组，我们看到很多村民正在自家院坝或者公路边晾晒稻谷，我们主动与他们交流，了解今年受雨水影响的农作物收成情况，临走之时提醒他们一定要勤打扫房子周边的卫生。

在九道河组，我们来到了正在修建房屋的村民杨 QH 家中，他家房屋的地基已经打好了，工人们正在修建一楼。杨 QH 告诉我，雨水对他家修房子的工期影响很大，如果不是连日下雨，他家的房屋应该基本修建完成了。临走之际，我们看到他家人和请来的工人们正在趁天晴不停地赶工，我们提醒他们在施工的时候，一定要注意安全和房屋周边的卫生。

调研民情 3

2020 年 10 月 25 日　阴转多云

今天是星期天，驻村队员都已返家，我上午独自漫步在村里了解村民生产生活情况。今天虽然没有出太阳，但村民们都非常忙碌，有些在地里挖红薯、收稻谷，有些在院坝里锯木料。

村民对我的到来非常欢迎，我也与他们聊家常，了解他们的生产生活情况。在聊天中，很多村民都告诉我今年的雨水太多，对农作物的影响很大，特别是红薯生长不如往年好，而且在地里被雨水泡烂的有很多。

临近中午，路过村民杨 SX 家时，他强烈要求我在他家吃饭，盛情难却，我就在他家里吃了个农家饭。吃饭时，他告诉我他家最近在准备木料，想修建土家族特有的木房子，结果天气不好，天天下雨，造成工期一推再推。我安慰他说好事多磨，房子慢慢修，修得才牢固。他听到我的劝导后，乐了起来。

傍晚时分，我步行回到了村委会，感觉在村里走了一天还是挺累的，但是一天的行走让我更能感受到村民的心声。

村民在田地里劳作

参观展览

2020 年 10 月 26 日　阴

　　今天，因为秀山要举办"2020年第九届武陵山商品交易博览会暨'村头'杯第六届中国微电影文化艺术节"，所以我一早就驾车去了县城的扶贫产品销售现场。

　　在路过电商产业园时，我专门到电商仓库查看最近"山水隘口"电商平台运营情况，特别告知相关人员要加强客户服务工作，因为最近打电话向我投诉的较多。正在我与工作人员交谈时，重庆财经职业学院院长曹 Y 一行在驻镇工作队联络员李 W 的陪同下，来到了产业园进行调研。我主动上前和他们问好，并为他们简单介绍了电商平台的运行情况。

重庆财经职业学院调研现场

　　随后，我驾车前往秀山县民生国际会展中心。到达现场后，我看到了非常气派的 A、B 两座展馆，真的不敢相信秀山居然修建了这么大的会展中心，看来秀山商贸发展得非常不错。停好车后，我立刻来到了 A 馆。A 馆里参展的全是武陵山区的知名企业，比如川河盖文化旅游公司、啃一腿食品公司、华南生鲜超市等，当然也少不了我们"山水隘口"电商公司。这些当地知名企业都展出了特有的产品，现场也有很多人进行参观。在我们"山水隘口"展位上，有很多企业代表及群众向我们咨询扶贫产品的情况，我也向他们进行了介绍。离开 A 馆后，我又来到 B 馆参观，这里是当地小型企业及个体户展示商品的地方，产品五花八门，不仅有水果、副食，还有衣服、工艺品，可以说是应有尽有。在参观时，我用手机拍下了这里的很多场景。

展会现场一角

迎检准备

2020 年 10 月 28 日　小雨

为了做好迎接下月初的脱贫攻坚"收官大决战"市级督导的准备工作，一早我和驻村队员就一起驾车前往村民小组查看建档立卡贫困户的生产生活情况，完善帮扶手册的相关内容。

我们先驾车来到了长堰土组，本来准备去建档立卡户杨 ZJ 家了解生产生活情况，可惜他到附近的山坡干农活去了。杨 ZJ 已经 80 多岁了，但身体还算不错，只要没下雨他就会去干农活。于是，我们步行去查看了他家刚刚竣工的木房子，感觉修得

了解建档立卡户生产生活情况

非常好，完全可以满足他们全家人居住了，我们也倍感舒心。

我们又驾车沿着上坡的山路来到了千盖牛组建档立卡户吴 YZ 家里。吴 YZ 正在家里为锄头安装手柄，我们针对红薯的收成与他进行了交流，之后在帮扶手册上填写了走访记录。随后，我们又驾车来到杨 ZK 家中，他正在家中整修猪圈，我们与他交流后又查看了他们家种植的魔芋的收成，填写了帮扶手册中的走访记录。

下午，我们又继续走访了代家坪组、大龙门组的几家建档立卡贫困户。临近傍晚，我们在返回村委会的路上又遇见了来村里办事的秀山县森林公安局的刘 SR 等三名民警，便邀请他们一起回村委会吃了晚饭。

抽调检查

2020年11月2日 阴

最近我被抽调到了市级脱贫攻坚成效考核一组，在参加了"全市2020年脱贫攻坚成效考核动员部署暨收官大决战调度会议"及业务培训会后，便前往万州、渝北、市委组织部进行了为期半个多月的相关检查。

在万州区检查的一周里，我和成员们白天查阅区扶贫办按照条目准备的资料，与有关负责人员进行交流，也实地去查看了东西部扶贫协作落地的一些项目；晚上，我们又汇总收集有关问题，在每天召开的碰头会上进行工作汇报。在万州的检查临近结束，我又负责填写有关表格、起草检查报告，可以说是每天忙碌不堪。临行之际，市委常委、万州区委书记莫GM接见了我们，针对万州的脱贫攻坚工作与我们进行了交流，我有幸参加了会议，与莫常委进行了交流。

资料检查现场

在渝北区检查的一周里，我随同组长到落地的扶贫项目现场进行参观调研，和组员们走村入户了解渝北区的脱贫成效。

在对渝北进行检查的过程中，我和组长、副组长也来到市委组织部对他们的东西部扶贫协作进行了检查。我以前虽然也去过市委组织部，但都是报送资料，这次是来代表市委市政府检查扶贫工作，感到压力很大。我和组员们同样认真查看了扶贫资料，与相关人员进行了交流。返回住宿的地方后，我填写完善了考核表格，起草了检查报告。

半个多月的时间过得真快，这次有幸被抽调到检查组工作，在有关区县学习到了很多工作经验，见到了很多典型案例，更从领导、成员们身上学到了不少东西，感觉获益良多、收获颇丰。

落地的扶贫项目车间

落实精神

2020 年 12 月 1 日　小雨

　　天气渐渐寒冷了起来，村里的气温总是比镇上低好几度，我把衣服加厚了许多。今天一早，我们在村委会办公室开会传达了昨天召开的"2020 年度国家成效考核暨深度贫困乡镇专项评估迎检工作会"精神，并对迎检工作进行了分工。

传达会议精神

　　中午吃过午饭后，村里被蒙蒙雨雾笼罩了起来，大家也分头忙起了自己的工作。我和驻村队员们一起驾车前往村里的有关路段，查看新增加错车位的公路。没想到在我被抽调出去检查的半个多月里，村里以前非常狭窄的公路都增加了错车位。看到新增加的错车位，感觉汽车在村里蜿蜒的公路上行驶方便了许多，不仅方便了会车错车，更提高了在山路上行驶的安全性。驻村一年多的时间，我目睹了持续推进的脱贫攻坚战使乡村发生的翻天覆地的变化，我也为自己有幸参与这场战役而自豪。

　　查看完公路后，我们又走访了几家贫困户，他们都已经烤上了炭火，我们询问了他们的生活情况，也提醒他们要在寒冷的冬天注意防寒防冻和交通安全。返回村委会时，我们看到很多农户家中都已炊烟袅袅。

对口慰问

2020 年 12 月 8 日   阴转小雨

今天对口帮扶富裕村的市政府口岸物流办要来隘口镇进行走访，所以我们驻村队员们在村委会办公室一边办公一边等候他们的到来。

临近中午，我接到驻镇工作队的通知，由于调研走访的时间比较紧张，座谈会议安排在岑龙小学召开。我便和村支书一起驾车前往岑龙小学，等候市政府口岸物流办领导的到来。不久，市政府口岸物流办副主任肖 WJ 一行四人

陪同市政府口岸物流办领导参观

在驻镇工作队及县镇有关领导的陪同下，到达了岑龙小学。在座谈会上，我和村支书感谢市政府口岸物流办一直以来的帮扶，并汇报了富裕村的基本情况；岑龙小学校长孙 JZ 也汇报了学校及留守儿童的情况；肖 WJ 表示会继续加强对富裕村及岑龙小学的帮扶。在深入交流之后，肖 WJ 代表市政府口岸物流办向富裕村捐赠了帮扶资金 20 万元，为岑龙小学捐赠了教育帮扶资金 5 万元。

随后，我陪同肖 WJ 一行及有关领导先后到隘口镇土家织锦培训室和电商线下展示厅实地参观调研，走访慰问了凉桥村建档立卡贫困户张 YX，并为他送上了慰问金。

发放种子

2020年12月23日　阴

前几天，我和村支书一起到重庆观音桥商圈参加了消费扶贫产品展销会（秀山专场）。在展会上，我们一边请观展顾客品尝雪莲果，一边向他们介绍我们富裕村出产的雪莲果。没想到短短两天时间，我们就销售了上万斤雪莲果，这让我回忆起今年3月我参加雪莲果种植的情景。当时天气晴朗，我和群众一起在千盖牛的山坡上参加劳动，没想到12月份我就帮助农户在观音桥销售雪莲果了。

今天，我们村农业专业合作社为村民购买的土豆种子运到了，我和村干部们带着两辆装着土豆种子的大货车前往各村民小组发放种子。我们按照村民之前报送的需求计划，向他们发放了土豆种子，并嘱咐他们一定要放在通风且干燥的地方保存好，等到天气晴朗再进行播种。

直到天黑我们才发放完种子，我也才想起来还没有吃晚饭，于是我们赶回村委会生火做饭，我们也真心希望土豆来年会有好收成。

展销会现场

培训种植

2020 年 12 月 25 日　阴

今天，我们邀请了县农业农村委员会副主任许 GF 来村进行高山土豆种植培训。昨晚我们发出通知后，今天很多村民代表一早就赶到了代家坪村民小组参加培训。

在许 GF 的指导下，我们在代家坪组组长杨 ZZ 家的耕地上，用绑好尼龙绳的竹竿规划出即将覆盖地膜的种植区域，然后用锄头在规划区域挖出种植土豆的土沟，将土豆种子放入沟里并撒上复合肥料，盖上牛粪，最后用土沟两旁的沙土覆盖了土沟并堆高码平。最后，我们用"鸳鸯地膜"透明的地方覆盖了种植土豆的土沟，并用土沟两旁的沙土将地膜固定。

许主任一边讲授种植技术和方法，一边配合我们播种、施肥及覆盖地膜。村干部及村民代表在旁边听得津津有味，并提出了一些种植过程中的疑问，许主任和我们一一为村民进行了解答。许主任告诉大家，"鸳鸯地膜"不仅能为土豆苗保温，加快生长速度、提高产量，而且种植出的土豆外观光滑、品质较好。

直到下午 2 点，我们才完成两块耕地的种植，并覆

许 GF 现场传授土豆种植技术

盖上"鸳鸯地膜"。然后,我们陪同许主任一起在村委会吃了午饭。

　　吃完饭,我接到镇政府扶贫办通知,重庆市脱贫攻坚第三方评估组马上从秀山县城出发到隘口镇进行检查,要求我们做好迎检准备。于是,我安排值班村干部通知相关人员准备好备查资料,保持村内卫生清洁,要求全体人员进入迎检工作准备状态。随后,我和驻村队员们也驾车前往各村民小组的建档立卡贫困户家中查看情况。

种植高山土豆

查看果实

2020 年 12 月 10 日　小雨

今天驻村队员、村"两委"干部一早就齐聚在村委会办公室，准备迎接可能进村检查的重庆市脱贫攻坚第三方评估组。我们一边在会议室等待，一边研究近期的工作。不知不觉等到了中午，评估组正在附近的东坪村、岑龙村进行项目核查和入户调研，我们也期待评估组能早点到富裕村。

吃完午饭，我和驻村队员一起驾车前往代家坪组查看当地雪莲果种植及采收情况。在走进代家坪山坡上的寨子里时，我们突然看到了村民刚刚修好的精美"别墅"，这栋"别墅"与周边的木质农房形成了很大的反差，不仅设计时尚、独特，而且内部装修也非常精美。看到这栋房子后，我感

办公室工作场景

觉自己完全不像在山村中。通过这栋漂亮的"别墅"，我完全体会到偏远山区的农户已经脱贫并过上了小康生活。

在走村入户的时候，我们也看到很多村民正在修房子，看得出来他们都在修建上档次的楼房。我们分别来到熊 YN、熊 CQ 家的苔洞附近，查看了他们采挖的雪莲果的外观，随机用小刀削开了几个雪莲果，与千盖牛产出的进行对比。经过对比，这里产出的雪莲果可能由于水土及管护原因，没有千盖牛产出的外观好看，口感也没有千盖牛的好，而且较大的雪莲果内芯中有变黑的倾向。我们提醒种植雪莲果的村民要把品相好的雪莲果按果实大小分好，我们驻村工作队会尽力帮助销售，另外明年也一定要加强管护。

离开后，我们又到山坡上查看了村民种植高山土豆的情况，建议他们覆盖"鸳鸯地膜"。

参加培训

主题教育

2019 年 9 月 26 日　阴

　　今天一早得知秀山县广播电视大学党支部要到我村共同开展"不忘初心、牢记使命"主题教育活动，于是，我连忙召集村委会干部及驻村队员准备下午的会议及晚餐。为了使会议规范、圆满，我和村支书亲自挂会标、打扫卫生；另外几个村干部及驻村队员也在厨房一起准备晚餐。

会议现场

　　下午，秀山县广播电视大学由党支部书记 Y 校长带队，20 多名党员到达了富裕村，我和村支书一起在村委会门口迎接。接到他们后，我们又驾车带他们参观了村里的核桃产业园、与贵州交界的地段以及下一步准备打造的民宿基地。参观结束后，我们就召开了秀山县电大、富裕村党支部"不忘初心、牢记使命"主题教育动员会，会议由村支书主持，我做动员讲话，Y 校长讲党课。在会上，我特意使用普通话发表了讲话，因为中共中央办公厅、国务院办公厅《关于加强贫困村驻村工作队选派管理工作的指导意见》中指出要"积极推广普及普通话，帮助提高国家通用语言文字应用能力"，我也必须以身作则，落实好相关要求。

　　会后，我们又组织了"乡村道路清洁大行动"，我们驻村工作队带领村委会人员、乡村环卫人员进行了乡村道路清洁，大家干得热火朝天，道路也焕然一新。

参加 2019 年脱贫攻坚成效考核动员部署暨培训 1

2019 年 11 月 14 日　阴

昨天赶了一天的车到达了重庆主城，今天我在重庆世纪同辉大酒店参加了重庆市扶贫办举办的"2019年脱贫攻坚成效考核动员部署暨培训会"。会上我通过会议资料知道我被抽调到市级检查第七组，参加对有关区县扶贫工作的检查。

培训现场

上午的会议，由市政府副秘书长游 XY 主持，首先由市扶贫办主任刘 GZ 对2019年脱贫攻坚成效考核工作进行安排部署，然后副市长李 MQ 发表了讲话。下午的会议，由市扶贫办副主任魏 DX 主持，首先由市纪委监委明确工作要求，然后由市扶贫办六个处室的负责人进行脱贫攻坚政策要点串讲，并对检查的内容、程序、方法、标准等进行培训。

一天的会议培训感觉非常充实，明天我们将分组进行交流、组内分工等。

参加 2019 年脱贫攻坚成效考核动员部署暨培训 2

2019 年 11 月 15 日　阴

　　昨天根据会议资料，我知道自己被分到重庆市脱贫攻坚考核检查七组。今天上午 9 点我们小组就召开了会议，小组成员基本上都是第一次见面，有来自市级机关部门的，也有来自区县扶贫部门、纪检监察机关的，还有来自基层乡镇的，唯独我来自高校。

小组会议现场

　　我们的组长是市政协一级巡视员吴 JH、副组长是市扶贫办二级巡视员李 Q，此外还有来自相关部门的同志 12 人。会上，首先各个组员进行自我介绍，大家借此机会相互加深印象。然后由我们组的联络员彭 JM 向大家说明初步的检查方案及行程，大家在组长、副组长带动下对方案和行程进行了充分的讨论。

　　小组会议结束后，我们所有人员又参加了培训总结会议，市扶贫办主任刘 GZ 进行了培训总结，并对检查工作提出了要求。

驻村第一书记专题培训 1

2019 年 11 月 30 日 阴

今天是重庆"市属单位新选派贫困村第一书记及驻乡工作队员培训班"的报到时间，我联系好会务组后，下午便乘坐公交车来到了重庆市扶贫指导中心。这里虽然处于人多的闹市区，但这里不仅有教室还有学员宿舍。

我在办理完报到手续、领取了培训指南后，便入住进了学员宿舍。晚上我在学员食堂吃了饭，吃饭的过程中与培训学员进行了交流。然后，我认真阅读了培训指南，三天的培训安排得非常充实，不仅有市扶贫办、市委组织部的领导授课，还有农业专家对大家进行培训。

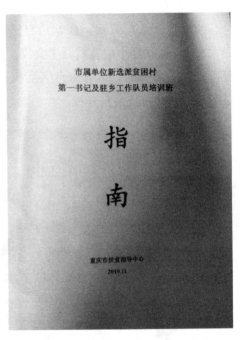

培训资料

驻村第一书记专题培训 2

2019 年 12 月 1 日　阴

早上 9 点，"市属单位新选派贫困村第一书记及驻乡工作队员培训班"开班仪式开始了。仪式由市扶贫指导中心蒋 Q 科长主持并部署培训相关工作，市扶贫办副主任黄 CW 讲话。

第一堂课由黄 CW 授课，他授课的题目是"深学笃用习近平扶贫论述，切实抓好《脱贫攻坚三年行动指导意见》的贯彻落实"，他给我们讲解了为什么要开展脱贫攻坚工作，怎么样去巩固脱贫成果，以及驻乡驻村人员如何开展好帮扶工作。

下午，市扶贫办政策法规处处长周 S 详细讲解了脱贫攻坚政策要点，并进行了国家扶贫新政策的解读。市委组织部组织一处彭 H 详细讲解了第一书记的工作职责及工作方法和策略。

一天的培训感觉非常充实，培训的内容与之前三个多月的工作也完美结合了起来。

开班仪式现场

驻村第一书记专题培训 3

2019 年 12 月 2 日　阴

早上9点，培训开始之前首先由部分学员进行了自我介绍和工作交流。交流完后，市扶贫办项目监督处处长罗 DF 详细讲解了扶贫资金监督管理工作。

下午，市农业农村委会农经站站长李 TY 详细讲解了如何通过"三变改革"发展壮大农村集体经济。

培训现场

驻村第一书记专题培训4

2019年12月3日 阴

今天是培训的最后一天了，还是由市扶贫办相关负责人对我们进行业务培训。

三天的培训让我认识了很多人，有机关的、事业单位的，还有高校的、国企的，大家都有同样的感触，所以课间大家交流起来非常"痛快"。

下午课程结束后，彼此都留下了联系方式，希望能在以后的脱贫攻坚工作中多联系、多交流。

培训现场

迎检培训

2019 年 12 月 19 日　阴

　　昨天傍晚下起了雨夹雪，没想到今天早上起来后，我就看到山野间和海拔较高的公路上已经积满白雪。下大雪对于村里的人来说并不是好事，因为雪下大了公路会结冰，汽车无法行驶，村民交通非常不方便，再加上乡村电网较脆弱，下雪容易停电，所以我们希望雪不要下大了。

　　9 点左右，我们驾车前往隘口中学参加镇里组织的迎接省际交叉检查培训会议，还好路上的积雪不是很滑。10点会议开始了，首先由分管扶贫工作的副镇长刘 G 解读检查工作的有关指标；镇长周 SQ 对扶贫工作做了强调和要求；

第一书记工作例会现场

最后镇党委书记刘 HM 进行了总结讲话。

　　会议结束后，我又驾车前往驻镇工作队参加"第一书记工作例会"。会上，全镇的第一书记汇报了近期的主要工作，并提出了一些需要驻镇工作队协调解决的问题。最后，驻镇工作队队长曾 C 强调要把国家检查工作做好，以问题、目标、结果为导向，查漏补缺，完善好有关资料。

　　下午回到村里后，我又在九道河组走访了几家农户，农户王 SK 留我在家里吃顿便饭，由于盛情难却，我便在她家围着火盆吃了一顿土豆饭。

技能培训 1

2020 年 5 月 13 日　阴

烹饪技能培训现场

今天一早，我带着几个村民代表来到平所村参加烹饪技能培训，本次技能培训是由我校的兄弟学校——重庆商务高级技工学校在隘口镇举办的。由于天气不好，培训地点由平所村村委会院坝改到了平所村莲子加工车间。9 点，培训会开始了，商务高级技校的烹饪老师艾 DQ 开始教大家利用当地的食材制作菜品"酸菜豆花蛙"。只见他把热油烧热，放入当地的泡辣椒及豆瓣酱、姜、蒜等，爆炒后将剥好皮且清洗干净的青蛙放入锅里，加入料酒再爆炒，炒了一会儿便把青蛙捞出来了，然后将一盆豆花倒入刚才炒青蛙的汤汁里煮几分钟，倒入大盆中后，把刚才炒好的青蛙放在面上，再在青蛙上面撒上红辣椒段、花椒、葱段，最后把烧好的热油浇在上面，盆中顿时沸腾起来，车间里顿时香气扑鼻。做好的"酸菜豆花蛙"色香味俱全，我主动去尝了一块蛙肉，确实很好吃。随后，艾老师又教大家制作了"酸萝卜虎纹蛙""农家山椒煮蛙"等菜品。

下午返村后，我看到在我们村投资种植中药材的刘 YM 带来了犁地机，据说用这个机器比用耕牛犁地的效率高得多。我便跟着他们来到了大龙门组黄白坳准备种植中药材苍术的农田旁，他们把犁地机从车上拿出来加上油后，村干部就开始尝试使用了。犁地机外观就像手推车一样，要用巧劲才能很好地把它控制住。经过短时间的摸索和练习，村干部和村民代表逐渐学会使用犁地机了。

技能培训 2

2020 年 5 月 14 日　阴

　　一早，我又带几个村民代表分别来到平所村莲子加工厂和村委会参加烹饪技能培训。今天在平所村莲子加工厂培训的是中式烹调，在村委会厨房培训的是中式面点。在中式烹调培训中，艾 DQ 老师将自己以隘口自产的秀山土鸡和魔芋主要原材料研制的菜品"家居魔芋""秀山鸡"的烹饪技巧传授给现场的参训人员。在中式面点培训上，邱 C 老师教大家发面、和面、制作包子和馒头。在现场的村民代表都听得非常认真，甚至有些参训人员主动要求动手尝试，培训老师也把手里的工具交给了学员，在一旁指导学员动手操作。下午 3 点左右培训结束，我们村的参训村民表示这两天的烹饪技能培训，自己学会了不少烹饪技能，回家后还要多练习。

　　回村后，我又和驻村队员到九道河组看望了生病的村民杨 ZG，他之前向我们反映他的手臂长期无力，在村卫生院医治了很久效果不佳，希望我们提供帮助。我们来看望他的时候，他正卧床休息。他家条件确实不好，家里也比较乱，我们提醒他一定要少喝酒，越喝酒病情就会越重，一定要抽时间到镇卫生院或秀山人民医院进行检查和治疗。

烹饪技能培训现场

回顾培训

2020 年 7 月 18 日　大雨

　　为期五天的"市属单位选派第一书记及驻乡工作队员示范培训班"昨天刚结束，今天我和四位战友一早就共同驾车从重庆主城返回工作岗位。因为后天我们将接受酉阳县对我们镇的国家脱贫攻坚大普查，所以虽然驾车返回的路上遇到了大暴雨，但丝毫没有影响我们返村的行程。

示范培训班现场

　　在路上，我脑海里不停地出现这几天的培训场景，感觉这次培训受益匪浅、收获满满。在开班典礼上，市委组织部培训中心主任刘 C 给我们提出了培训要求，要求全体培训学员要树立"静下来、学起来、带回去"的思路，高质量高标准地完成学习任务，达到学以致用的目标。培训采取了专题讲座、经验介绍、问题研讨、小组"反刍"、现场对话相结合的方式进行，不仅提升了我们参与学习和互动交流的积极性，还发挥了培训为实践助力的作用。特别是在专题讲座中，市扶贫副主任王 GR、黄 CW 等扶贫领域资深专家为我们进行了脱贫攻坚业务培训的系列讲座，并为我们分析了当前扶贫工作的新形势、新任务以及工作要求。

　　培训时间虽短，但这次培训形式新颖、内容充实，我觉得有很多工作方法值得学习和借鉴，我也会把学到的知识和经验带到扶贫工作之中，为全市打赢脱贫攻坚战做出积极努力。

西政培训

2020 年 9 月 26 日 中雨转小雨

最近五天在西南政法
大学参加了"重庆市教育
系统年轻干部能力提升研
修班",参加此次培训让我
获益良多、受益匪浅。五
天的培训安排得非常紧凑,
但课程安排内容丰富、结
构合理,既有政府机关领
导进行管理水平培训,如
市委教育工委专职副书记覃

开班动员会现场

ZJ 讲授了"德乃官之本,为官先修德",市纪委监委驻市教委纪检监察组组
长陈 GH 讲授了"新形势下年轻干部廉政建设的重点任务",团市委书记张 JI
讲授了"新时代青年成长与使命担当",又有高校专家对业务能力进行指导,
如西南政法大学党委书记樊 W 为我们讲授了"深入学习《习近平谈治国理
政》第三卷",重庆师范大学校长孟 DF 讲授了"大学文化的理论与实践",重
庆第二师范学院党委书记张 Y 讲授了"学习《习近平总书记教育重要论述讲
义》",重庆大学教授徐 XX 讲授了"打造高效能管理者团队精神与执行力的
培养提升",此外还分组开展了对高校"双一流""双高"建设的认识与思考
等两次主题探讨,参观梅园红色教育基地等教学实践。

几天的培训不仅收获了知识、开阔了眼界、提高了能力,也坚定了信念、
锻炼了意志、收获了友谊,这是我驻村工作以来难得的学习机会,是一场真
正的思想洗礼,也是人生的一次宝贵经历。

亲力写作

隘口富裕村村民自发将
"爱心蔬菜"送到防疫一线

精准扶贫实现"翻身仗",众志成城齐心"战疫情"。为坚决打赢新冠肺炎疫情防控阻击战,近期隘口镇富裕村村民自发为县人民医院、高速执法三支五大队、隘口镇政府、隘口镇卫生院、隘口镇派出所等单位免费送去新鲜的蔬菜,对他们在疫情防控期间做出的贡献表达了敬意,同时也提振了他们的信心和决心。

据了解,此次自发组织的捐赠,富裕村共168户村民参与,其中建档立卡贫困户36户。在村"两委"及驻村工作队的协助下,累计送去新鲜蔬菜共计4000余斤。其中县人民医院和县精神病院2000斤、高速执法三支五大队800斤、隘口镇政府400斤、隘口镇卫生院400斤、隘口镇派出所400斤。

本次"富裕村爱心蔬菜送到防疫第一线"活动由村民自发组织,驻村工作队、村"两委"帮他们用皮卡车将爱心蔬菜送到了防疫前线,富裕村村民相信秀山一定能打赢这次防疫阻击战。

富裕村驻村队员录制小视频加强防疫宣传

连日来，富裕村驻村工作队始终坚守疫情防控一线，组织开展群防群控，实行全覆盖排查，向村民普及疫情防控知识，引导村民做好自我防护。同时，工作队在业余时间还通过"抖音"APP录制了"防治疫情顺口溜""劝导村民做好院坝清洁"等十余个小视频，向村民宣传疫情防控的政策和措施，宣传效果良好。

"父老乡亲大家好，主动在家不乱跑。病毒防疫很重要，不能放任和'耍骄'。传染速度很惊人，所有聚会都取消。相互不要再串门，待在家里无限好。交谈定要有距离，不到人群凑热闹。勤洗手来勤洗脸，室内通风才是好。若要外出去务工，个人防护很重要……"2月10日，富裕村驻村队员杨ZM在驻村工作队全体成员的协助下，录制了秀山方言版短视频

《疫情防控宣传顺口溜》，该视频中杨 ZM 以村委会附近的岩石为背景，身穿军大衣，戴着红色的摩托车头盔和口罩，脚穿红布鞋，以接地气且通俗易懂的方言念出了防疫顺口溜，每一句顺口溜都配上了相应的肢体动作，不仅幽默诙谐、引人注目，更达到了向村民宣传的效果，视频通过"抖音"、微信朋友圈发出不久便得到了村民和广大网友的一大波"点赞"和支持。

在问及富裕村驻村工作队为什么要通过这样的方式录制防疫小视频时，他们说："因为在疫情防控期间，村民在家里无聊时不是聚众聊天，就是聚集打牌。在驻村工作队和村'两委'劝导他们不能聚集活动后，很多村民就开始玩起了'抖音'小视频，我们也觉得小视频肯定能达到一定的宣传效果，于是便让善于表演和语言表达的队员杨 ZM 当起了主角，录制一些疫情防控的宣传视频。村民们觉得这些小视频不仅幽默搞笑，而且非常接地气，所以疫情防控宣传效果非常好。"

目前，在富裕村驻村工作队录制的十余个小视频中，已有个别点击量超过了152万，他们表示还将利用录制小视频的方式推进疫情防控和宣传，下一步还将录制宣传党和国家的扶贫政策、脱贫攻坚成果的小视频，助力隘口党委政府在打好防疫阻击战的同时，打赢脱贫攻坚战。

富裕村驻村工作队 2019 年工作总结

　　富裕村驻村工作队在县委、县政府和镇脱贫攻坚指挥部的坚强领导下，紧紧围绕精准扶贫和乡村振兴战略总体要求，坚持以习近平新时代中国特色社会主义思想为指导，全面贯彻落实习近平总书记在解决"两不愁三保障"突出问题座谈会上的讲话和十九届四中全会精神，增强"四个意识"，坚定"四个自信"，做到"两个维护"，始终把脱贫攻坚作为重要政治任务和第一民生工程，通过抓班子、带队伍、兴产业、促发展，全村各项工作有序开展，取得了一定的工作成效，结合本村实际，现将一年来驻村工作开展情况报告如下。

一、深化主题教育，基层党建取得新成效

　　一是认真开展"不忘初心、牢记使命"主题教育活动，认真组织学习党章、十九大报告、《习近平关于"不忘初心、牢记使命"论述摘编》《习近平新时代中国特色社会主义纲要》、十九届四中全会精神以及习近平总书记关于打赢脱贫攻坚战重要论述等。通过学习教育，全体党员同志理想信念更加坚定，敢于担当、攻坚克难的勇气更加充足。二是持续加强基层党组织建设，坚持"三会一课"制度，全村共组织召开驻村工作、村"两委"工作会、党员大会 20 余次，通报腐败案例、研讨本村工作及计划村级发展。本年度发展入党积极分子 1 名。三是加强宣传教育，组织党员干部加强"学习强国"学习，全村党员积极参与学习。四是加强作风建设，驻村工作队成员坚持每月出勤24 天以上，吃住在村、工作在村，常态化入户走访，积极学习相关文件政策，坚持每天据实记录学习、工作、上级督查和群众反映的难点问题等情况。五是强化纪律意识，不断强化驻村工作队和村"两委"工作纪律，规范执行考勤、考核、签到制度、分工协作等内部管理制度，深入调查研究，着力民生

工作。

二、推进脱贫攻坚，扶贫工作取得新成绩

一是继续围绕本村产业发展规划，积极调整产业结构，发展特色产业。充分利用国家退耕还林优惠政策，结合本村气候、土壤等特点，大力发展特色种植，今冬新种植核桃8200株、玉米600亩、土豆300亩、魔芋200亩、雪莲果100亩、金银花和白术150多亩，目前核桃已种植5万余株，达3000余亩，为群众增收脱贫打下了坚实基础。二是积极引导劳务输出，转移富余劳动力。首先引导富余劳动力前往县工业园、重庆主城、广东等地务工增加收入；其次，让村民参与在本村及临近村实施的扶贫开发、公路、水利、电力建设等项目，通过参加工程建设，增加收入；再次，增加公益岗位，在解决公共管理的同时增加部分困难群众收入。今年富裕村共转移务工人员640人，人均增收超过7000元；另新增公益性岗位工作人员2人，目前已达8人；新增护林员7人，目前已达26人。三是加强对口帮扶单位的联系，多方争取资金，加快脱贫步伐。1—11月共有10个帮扶单位到村调研，在农业生产、基础设施建设、技术培训等各方面积极开展扶贫工作，解决了产业发展、技术培训的部分经费，组织专业人员编制乡村振兴规划，累计落实帮扶资金28万元，积极争取各类项目资金达164万。四是推进基础设施建设，提升乡村形象。完成村内"大坳—代家坪"等公路硬化3公里，修建产业路3.6公里；新修河堤2.8公里，堰渠2.5公里。五是获得荣誉及媒体报道。在驻村工作队与村"两委"的努力下，村支书赵MX获"重庆市脱贫攻坚贡献奖""中国好人"等多项荣誉，第一书记贾曦的扶贫日记也被《重庆日报》《西南商报》《今日头条》等媒体刊载。

三、理顺管理机制，便民服务取得新突破

一是认真贯彻落实各级政策，积极推进全村社会事业的全面发展。驻村工作队和村"两委"团结协作，捋顺工作机制，组织召开村民小组会议30次，宣传布置产业发展、乡村振兴工作，落实保洁员推荐、产业路规划讨论等事项。召开公益岗位人员专题会，调整公益岗位人员，明确职责分工，认真组

织开展"三清一改"村庄清洁行动。二是搭建便民服务平台，为村民解决难题。驻村队员坚守便民服务中心阵地，认真解决群众反映的突出问题，与村干部调解矛盾20起，出具证明160余份，临时救助调查审核近10户，低保评议5户5人。

四、积极走访排查，数据掌握达到新高度

一是扎实开展"两不愁三保障"排查工作。分别于5月10日至27日、11月10日至12月12日先后两次开展大排查、大走访工作，共调查255户，针对全家外出户实行电话采访调查，电话采访32户。查出住房安全隐患1户，低收入家庭未实现低保应保尽保5户，慢性病患者34人未办理慢性病卡。查出的问题经过集体研究已经全部整改落实到位。二是深入开展入户走访，全面掌握贫困动态，精准扶贫。坚持常态化入户走访，深入调查研究，精准施策，及时开展数据核实、"明白卡"更新、帮扶措施完善，充分利用入户机会，着力宣传中央扶贫政策、党的惠民政策，倾听群众呼声，为民排忧解难，积极引导贫困户激发内生动力，致贫致富。驻村工作队坚持每月遍访全村建档立卡贫困户、低保户、五保户和一二级残疾人家庭一次以上，走访联系户三次以上，积极支持引导转移劳动力外出务工，做好电话跟踪服务，指导村民务工就业。今年，为建档立卡贫困户解决公益性岗位8人，护林岗位26人，努力增加贫困户收入。

五、存在的问题及下一步工作思路

2019年富裕村扶贫工作，在上级党委、政府的正确领导和各部门的关心、支持下，取得了一定成绩，同时也存在一些不足，主要表现在以下几个方面：一是仍有部分村民存在内生动力不足的问题，对产业发展信心不足，部分村干部对扶贫工作也有疲软表现。二是一些规划未按时实施，如文化广场、核桃加工厂因征地问题未按进度开工。三是魔芋产业未开展品种、气候等适应性调研，种子保存不当造成了较大损失。

2020年是脱贫攻坚的收官之年，驻村工作队将深化"不忘初心，牢记使命"主题教育成果，以习近平新时代中国特色社会主义思想为指引，进一步

明晰工作思路，创新工作方式方法，履职担当、攻坚克难，确保打赢脱贫攻坚战。一是继续加大扶贫政策宣传力度，切实转变贫困户脱贫致富观念，鼓励和帮助有劳动能力的扶贫对象通过自身努力摆脱贫困。鼓励致富带头人扩大规模，增强其他村民发展产业的信心。二是加快今年规划项目的实施，着力抓好公路建设、核桃管护等重点项目建设，提高群众的生产生活水平。三是紧紧围绕村集体增收和贫困户稳定脱贫的中心任务，以专业合作社为纽带，建立增加村集体收入和贫困户稳定脱贫的长效机制。

秀山县富裕村驻村工作队积极投身
疫情防控阻击战

　　春节期间，新型冠状病毒肺炎疫情不期而至，面对严峻的疫情防控形势，富裕村驻村工作队主动出击，带头打响疫情防控阻击战。

不忘初心　甘当逆行者

　　1月26日（大年初一），在看到新闻播报的新型冠状病毒肺炎疫情时，富裕村驻村工作队负责同志在收到紧急通知前，就主动向驻镇工作队、镇政府相关负责人请缨，申请返村开展防控工作，三名驻村队员也收拾好行囊整装待发。1月27日（大年初二），三名驻村队员分别从重庆主城、秀山县城与共度春节的家人告别后，返回富裕村启动防控工作。

2020年1月25日 20:01

领导，我明天返回秀山，村里有两个从武汉回村人员，而且有十户宴请，我先回去配合镇里做好相关工作。

2020年1月25日 23:33

 好的。

 注意保护好自己。

勇担使命 奔赴第一线

富裕村地处渝黔交界处，返乡人员、流动人员较多。富裕村驻村工作队从1月27日（大年初二）开始就一直奔走在疫情防控一线，与村"两委"干部对返乡人员情况进行摸排，并劝缓了十余户村民的婚庆喜宴。即使面对交通及生活上的种种不便，工作队队员也不言苦不叫累，发扬扶贫精神，坚持吃住在村，扎实开展疫情防控工作。

共克时艰 打响阻击战

驻村工作队将村民平时跳广场舞的大音箱放进了汽车的后备厢，然后行驶到每个村民小组，通过广播宣传了秀山县新型冠状病毒肺炎防控指挥部一、二号令及疫情防治信息，普及了疫情防控知识；会同村"两委"开展防控工作，对全村6个较分散的村民小组全覆盖排查，张贴并发放宣传资料，引导村民做好自我防护，动员湖北返乡人员自我隔离，上报疫情防控变动情况，协助有关村民对相关道路进行封闭，对进村路段施行管控。

当前疫情防控正处于关键期，富裕村驻村工作队将贯彻落实党中央防控新型冠状病毒肺炎疫情决策部署，扛起政治责任，以实际行动践行初心使命，以担当作为给党旗增光添彩。

富裕村驻村工作队借力电商平台
助推消费扶贫

去年10月以来，驻村工作队多次深入农户对富裕村的农产品销售需求及滞销情况进行了摸底，积极为村民的农副产品代言、寻求推销渠道。

在了解到村里的高山土豆、萝卜、白菜、雪莲果等农作物无公害、原生态、质量好，但村民特别是贫困户苦于没有销路，存在增产不增收的情况后，富裕村驻村工作队提出：一是要充分利用现有的"山水隘口"微信公众平台，销售富裕村特有的高山土豆、萝卜、白菜等农产品；二是要主动动员市政府口岸物流办、重庆商务职业学院等对口帮扶单位利用消费扶贫解决村民农产品销路问题，特别是要发挥重庆商务职业学院师生人数众多、消费需求量大的优势大批量采购农产品。

经过与驻镇工作队及隘口镇有关领导的对接，富裕村特色农家土

猪肉、高山土豆、萝卜、白菜、雪莲果等农产品的精美照片在"山水隘口"电商平台上被一一展示了出来。驻村工作队又利用元旦和春节两大传统节日，及时与对口帮扶单位多次沟通协调，重庆商务职业学院专门拨付了近6万元专款给电商平台，用于购买富裕村农产品，该高校也主动引导教职工将发放的每人400元的"山水隘口"扶贫消费券用于购买富裕村的农产品；市政府口岸物流办也答应将2万元的扶贫消费券尽量用于购买富裕村农产品。

目前，价值2.5万元的农产品已经通过物流及快递送达重庆商务职业学院，教职工们对富裕村的农产品赞不绝口；"山水隘口"电商平台上的富裕村高山土豆、雪莲果等农产品订单不断，供不应求。

下一步，富裕村驻村工作队将继续与村民特别是贫困户做好对接，从拓市场、稳销路，扩规模、增产量，保质量、树品牌等方面入手，积极探索富裕村特有的创新消费扶贫模式、建立长期定向采购机制、打造稳定的农产品销售渠道，全力助推消费扶贫，激发村民的内生动力，以驻村帮扶干部的实际行动助力打赢隘口镇脱贫攻坚战。

富裕村驻村工作队开展走访慰问系列活动

为推进脱贫攻坚工作，在岁末年初关键时期，富裕村驻村工作队以多种形式开展了走访慰问五大活动。

活动一：为贫困小学生送书包

为推进贫困助学工作，富裕村驻村工作队及重庆商务职业学院共同为村里在岑龙小学就读的贫困小学生发放了拉杆书包及水彩笔套装。在发放现场，孩子们脸上都露出了开心的笑容。

富裕村驻村工作队自今年9月以来，就深入岑龙小学及贫困户家中详细了解孩子们的学习、生活情况，并勉励他们树立远大的理想，努力学习，争取早日成为国家栋梁之材，回报社会，回报家乡。

活动二：深入小学推进暖心工程

富裕村驻村工作队积极协助重庆商务职业学院做好岑龙小学厨房设备捐赠事宜。为了让价值上万元的厨房设备早日送达岑龙小学，富裕村驻村工作队积极协调虎纹蛙养殖基地的货车，让其在空车返回秀山时，将第一批捐赠的厨房物资送达岑龙小学食堂，富裕村驻村工作队派专人协助将货物搬运至厨房。

此外，富裕村驻村工作队积极参与岑龙小学教师宿舍热水工程，不仅配合重庆商务职业学院、岑龙小学做好了招标比选工作，还对安装到位的热水工程进行了全面的验收。目前岑龙小学教师没有热水洗澡的问题已经得到了解决。

活动三：走访慰问建档立卡贫困户

富裕村驻村工作队走访慰问了每一户建档立卡贫困户，在走访中驻村工作队代表县残联为36户贫困家庭送上了慰问金，祝愿他们在新的一年里幸福安康。

每到一户，工作队队员们都与他们亲切交谈，了解生产生活状况，宣讲扶贫政策，勉励他们树立"脱贫光荣"意识，树立战胜贫困的坚定信心，并鼓励他们积极为隘口镇打赢脱贫攻坚战建言献策。

活动四：开展扶贫政策宣讲

富裕村驻村工作队开展了全方位、多角度的扶贫政策宣传活动。一是开展走村入户宣讲。驻村工作队深入农户家中，面对面地向村民宣传各项扶贫

相关政策和措施，同时了解贫困户现在的生活状况和家庭收入情况。二是开展集中会议宣讲。在党员大会、村务工作会、四类人员座谈会等会议上，驻村工作队向村民宣讲了习近平总书记关于扶贫工作重要论述、《扶贫政策知识手册》的相关内容。

驻村工作队利用宣讲活动，致力于从根本上改变村民"等、靠、要"的思想，不仅让贫困户看到了党和政府带领群众脱贫攻坚的气魄，增强了脱贫信心，而且加强了党员干部与贫困户之间的联系。

活动五：家访商院隆口籍学生

富裕村驻村工作队积极联系对接重庆商务职业学院隆口籍的在校学生，并深入该校4名学生家中进行家访。不仅与学生家长进行深入交流，了解家庭及生活情况，而且向他们宣传国家及学校的资助政策，并告知他们其子女当年在校享受的资助金额。

目前，重庆商务职业学院隆口籍的在校学生杨LQ、何QQ、杨LY、刘YL四名同学本学年共享受教育资助达5.19万元，人均1万以上。

驻村工作虽然艰辛，却是一次难得的工作经历。在新的一年里，虽有新的挑战，但富裕村驻村工作队全体成员将只争朝夕，不负韶华，认真做好各项驻村帮扶工作，巩固提升脱贫成效，竭尽全力打赢脱贫攻坚战。

秀山县隘口镇脱贫攻坚工作

简 报

（第 136 期）

秀山县隘口镇脱贫攻坚工作指挥部办公室　　　　2020年1月15日

富裕村驻村工作队着力
四个"扎实"开展帮扶工作

富裕村驻村工作队结合"不忘初心，牢记使命"主题教育，以村民最关心的民生问题为突破口，充分发挥自身优势，从解决群众最关心、最直接、最现实的问题入手，真抓实干，着力四个"扎实"，倾心为群众办实事做好事解难事。

一、扎实遍访贫困村民

去年11月以来，富裕村驻村工作队认真开展了遍访贫困村民活动。工作队根据去年3月的"大走访、大排查"情况，坚持"全面走访、不漏一户"原则，认真走访了每一户贫困村民。每到一户，工作队都与他们亲切交谈，了解生产生活状况，宣讲扶贫政策，勉励他们树立"脱贫光荣"意识，树立战胜贫困的坚定信心。

通过入户走访，详细了解了贫困群众的家庭成员信息、健康状况、经济条件、住房情况及致贫原因等，建立每一户的贫困档案，并按照"一村一策、一户一法"的扶贫工作思路，为贫困村民出谋划策，尽最大努力做好服务群众工作。

二、扎实开展政策宣讲

富裕村驻村工作队积极开展全方位、多角度的扶贫政策宣传活动，让广大村民不仅了解到了各项扶贫惠民政策，而且也感受到了党和政府带领群众脱贫攻坚的决心，增强了脱贫信心，同时加强了党员干部与贫困户之间的联系。一是开展走村入户宣讲。驻村工作队深入田间地头、走进农户家中，面对面地向村民宣传各项扶贫相关政策和措施，同时了解贫困户现在的生活状况和家庭收入情况。二是开展集中会议宣讲。在党员大会、村务工作会、四类人员座谈会等会议上，驻村工作队向村民宣讲了习近平总书记关于扶贫工作重要论述、《扶贫政策知识手册》的相关内容。

在宣讲过程中，驻村工作队运用通俗易懂的语言，围绕上级脱贫攻坚工作精神，重点聚焦群众最关注的健康、教育、产业、就业等扶贫政策向大家进行了详细的宣传解读；通过宣传自身努力脱贫致富的榜样人物激发群众脱贫致富的内生动力，引导贫困户借助政策东风尽快脱贫致富。

三、扎实推进消费扶贫

为解决好遍访贫困村民时发现的农产品滞销问题，富裕村驻村工作队多次深入农户家中对农产品销售需求及滞销情况进行调研摸底，积极为村民的农副产品代言、寻求推销渠道。一是充分利用现有的"山水隘口"微信公众平台，将富裕村独具高山特色的土猪肉、土豆、萝卜、白菜、雪莲果等农产品进行线上销售。二是主动对接市政府口岸物流办、重庆商务职业学院等对口帮扶单位，利用消费扶贫解决村民的农产品销路问题。

经过与对口帮扶单位多次沟通协调，重庆商务职业学院专门拨付了近6万元专款给电商平台，用于购买富裕村农产品，该高校也主动引导教职工将发放的每人400元的"山水隘口"扶贫消费券用于购买富裕村农产品；市政府口岸物流办也承诺将2万元的扶贫消费券尽量用于购买富裕村农产品。目前，价值2.5万元的农产品已经通过物流及快递送达重庆商务职业学院，教职工们对富裕村的农产品赞不绝口；"山水隘口"电商平台上的富裕村高山土豆、雪莲果等农产品订单不断，供不应求，从根本上解决了富裕村农产品难卖的问题。

四、扎实落实教育帮扶

为推进贫困助学工作，富裕村驻村工作队多次深入岑龙小学及贫困户家里详细了解孩子们的学习、生活情况，为村内的贫困小学生发放了拉杆书包及水彩笔套装；积极联系对接重庆商务职业学院隘口籍的在校学生，并对该校4名学生进行家访，家访中不仅与家长进行深入交流，了解家庭及生活情况，而且向他们宣传国家及学校的资助政策，并告知他们其子女在校享受万元以上的资助金额。

此外，富裕村驻村工作队积极协助重庆商务职业学院做好岑龙小学厨房设备捐赠落地落实，对接岑龙小学教师宿舍热水供应工程，配合重庆商务职业学院、岑龙小学做好招标比选工作，还对安装到位的热水工程进行了全面的验收。目前，厨房设备、学生餐桌已经到达岑龙小学，学生已经可以舒适地坐在餐桌旁用餐；教师宿舍热水供应工程已经竣工，彻底解决了岑龙小学教师没有热水洗澡的问题。

报：李波副市长；夔万副秘书长、市商务委领导；办公厅五处；

秀山县王杰书记、业顺县长、国华副书记、成芳副县长、爱党副县长；

市委扶贫工作领导小组办公室；

市商务委扶贫集团成员单位。

送：市商务委机关各处室；

秀山县扶贫工作有关单位，隘口镇党委、政府，隘口镇各村。

秀山县隘口镇脱贫攻坚工作指挥部办公室

2020年1月15日印发

用"温情"抗击"疫情"

——富裕驻村工作队、村"两委"在疫情期间全力为群众服务

连日来，富裕驻村工作队、村"两委"认真贯彻落实重庆市、秀山县有关文件精神和隘口镇党委政府关于疫情防控工作安排，以实际行动全心全意为人民群众服务，全村疫情防控、复工复产工作有序推进。

富裕村地处渝黔交界处，是秀山隘口镇最偏远的山村，村委会办公室海拔800米，全村最高海拔1400米，这里通向外面的路口较多，春节期间返乡人员也多。为落实好上级工作部署，全力阻击新冠病毒，从1月26日（正月初二）起，全体驻村队员、村"两委"干部立即奔赴一线，成立了疫情防控工作小组，行动迅速，举措得力，实行人对人、点对点、分片包干的网格化管理。同时，采取了封村堵路、入户排查、居家隔离、足不出户等措施，有效地阻止了疫情进村，有力地保障了全村近2000人的平安。

目前，全国疫情大面积得到有效控制，新冠肺炎疫情防控即将进入转折时期，除局部地方外全国大部分地区企业已经复工复产，进城务工人员不断增多，农村春耕生产也正是季节，针对村情社情，富裕村驻村工作队、村"两委"坚持"两手抓，两手硬"的方法，一手抓疫情防控不放松，一手抓核桃管护、农业春耕生产，全力以赴抓好春季农业生产，确保全村农产品不减产。

一、严防疫情，有序推进复工

全村严格落实秀山县委县政府及隘口镇党委政府有关文件及会议精神，注重入户宣传疫情防控工作和企业复产招工信息，科学引导、指导外出务工人员进城复工。在镇党委指导下，富裕村规范制定了外出务工人员出行证明办理流程，截至2月27日，已为务工人员办理《健康申报证明》

达170人次，目前已有150余人顺利返回工作岗位，其中建档立卡贫困户达10余人。

二、党员带头，狠抓春耕生产

核桃是富裕村"一村一品"特色产业，目前全村已发展种植3000亩5万余株，产业覆盖全村家家户户。受疫情影响，核桃产业管护已迫在眉睫，发展林下经济如土豆、雪莲果、中药材等也需要快速行动。富裕村驻村工作队、村"两委"带领一班人发挥党员先锋作用，深入村、组指导核桃管护技术、制作"石硫合剂"杀虫、实施春管上肥。他们还根据富裕村土壤品质、地理环境及村民多年的种植经验，有计划地种植土豆、雪莲果等农作物及苍术等中药材。目前村组干部带头示范全面推进春耕生产，全村已开始种植土豆300亩、雪莲果100亩。

三、科学有序，开展驻村帮扶

当前新冠肺炎疫情防控即将进入转折时期，富裕村驻村工作队、村"两委"始终不忘驻村帮扶工作，经常戴上口罩走村入户关心建档立卡贫困户、低保户、五保户的生产生活情况，做好帮扶服务工作，确保疫情时期的扶贫工作不断档、有实效，着力关心群众生产生活，同时还组织了由建档立卡户发起的富裕村爱心捐赠防疫一线活动，将爱心土豆、白菜、萝卜送往医院等防疫一线，激励一线卫士英勇抗疫。目前驻村工作队、村"两委"也正在协调中国电信秀山分公司解决九道河组核桃树附近区域不通互联网的问题。

积力之所举，即无不胜也；众智之所为，即无不成也。富裕村驻村工作队、村"两委"用"真情"抗击"疫情"，全心全意开展驻村扶贫工作，相信他们一定能打赢"防疫阻击战"和"脱贫攻坚战"两场胜仗，为决胜全面建成小康社会贡献力量。

新冠肺炎疫情对基层脱贫攻坚的影响
及对策建议

新冠肺炎疫情的发生对全镇脱贫攻坚项目的实施推进、务工人员进城复工、农业春耕生产都造成了一定的影响，比如为了防控疫情，部分扶贫项目处于暂停状态；务工人员不能及时进城复工，造成农户的家庭收入减少；农民不能及时买到优良种子、复合肥料、劳动工具等，造成春耕生产滞后。正所谓"一年之计在于春""人误地一时，地误人一年"，疫情确实对农业农村生产生活造成了一定的影响。

我觉得潜在影响可能有以下两点：一是农业春耕生产滞后，特别是种植、养殖业没有在春季启动，会对农户生产产出有一定影响；二是部分农民工认为新冠肺炎对自身健康损害较大，担心进城务工后会感染上新冠肺炎，而在心理上存在不敢进城复工的情况。

当前，疫情防控进入关键时期，也是春耕生产的重要时节。我认为一是要做好复产复工企业的疫情防控工作。复工企业做好务工人员筛选，暂时避开市外返乡人员、与确诊患者或疑似患者密切接触的人员；同时督促务工人员全程佩戴口罩，每日进行体温测量登记，分散作业。二是驻村工作队组织村民开展有序的春耕生产活动。对困难户、劳动力缺少户等，组织党员干部、青年志愿者等组成突击队，一方面帮助他们做好春耕生产，另一方面帮他们做好疫情防控，保证做到疫情防控和春耕生产两不误。

商院爱心助力贫困学生线上学习

受疫情影响，全市各校开学时间延迟，但新冠肺炎疫情也无法阻挡菁菁学子的求学路，为确保"停课不停教、停课不停学"，秀山县中小学全面实施线上教育。因隘口镇富裕村存在通信网络和手机硬件不足的问题，驻村第一书记马上向移动、电信公司及所在单位重庆商务职业学院求助。秀山移动、电信公司片区经理在驻村第一书记求助后，迅速帮助解决了该村核桃树、大龙门、代家坪三处宽带网络不通的问题；重庆商务职业学院工会也立刻组织全校教职工进行了募捐，短短两天时间就为富裕村寄来了五部智能手机。

在收到手机后，第一书记迅速把五部智能手机送到村里无法正常上网课的贫困家庭孩子手中，并联系秀山移动、电信公司片区经理提供了一批手机卡，现场为孩子们办理开卡手续，调试设备，指导其使用上课软件，保证富裕村贫困学生网课不掉线、学习不掉队。

"以前为了上网课每次都要跑到隔壁邻居姐姐家借手机上课，今天拿到这个智能手机，就不用每天去借了。"秀山县隘口镇富裕村代家坪组村民杨 ZY 正在读小学的外孙从第一书记手中领过手机时，开心地说道。

目前，富裕村核桃树、大龙门、代家坪三处已经接通了宽带网络，重庆商务职业学院捐赠的五部手机均已经发放到贫困中小学生的手中。

商院学子寒假化身山区"义务防疫宣传员"

近期，重庆市秀山县梅江镇石坎村多了一名"义务防疫宣传员"。他和村里的防疫工作队伍一道，拿着扩音喇叭向村民们宣传疫情防控知识及疫情防控注意事项："戴口罩、勤洗手、多通风、少聚集，大家一起严防新型冠状病毒传播。"

这位"义务防疫宣传员"是学校出版传媒系2019级计算机网络技术2班的建档立卡贫困户学生张CF。面对疫情带来的严峻考验，张CF同学主动申请加入村里的防疫工作队，他不仅走家串户进行"高声"宣传、发放宣传资料，还要按照上级的工作制度

和流程对出入村人员进行检查、测温、登记，讲解疫情防控知识。截至目前，他共走访村民200余户500余人次，踏实的工作作风得到了村民们的肯定。

在问到张CF为什么要当"义务防疫宣传员"时，他说道："我家是建档立卡贫困户，党和国家给予我家非常多的帮扶，学校及老师也给了我多方面的资助和关怀，为了回报他们，疫情当前，作为大学生的我必须要站出来做点事情。"

（贾曦 供稿）

关于深度贫困乡镇如何抓好疫情防控和
脱贫攻坚的建议

　　2020年是全国脱贫攻坚的收官之年，但一场突如其来的疫情让贫困乡镇措手不及。对于如何在防控疫情的同时按计划完成脱贫攻坚任务，既需要正视问题和困难，又要多想办法和对策。以下以重庆深度贫困乡镇秀山县隘口镇富裕村为例，分析当前贫困乡镇面临的问题及对策建议。

　　秀山县隘口镇是重庆十八个深度贫困乡镇之一，其中的富裕村又是隘口镇最偏远的市级贫困行政村。全村6个村民小组、1000多位村民分散居住在海拔800米以上的山丘上，交通不便，土地较贫瘠，水利及交通等基础设施较差，村中道路直到2016年才大规模硬化。同时，当地无企业、无矿产，群众生活来源主要是种植、养殖和外出打工，以前很多农民收入处在贫困线以下。

　　近几年来，通过市县两级政府的强力脱贫攻坚，富裕村已发展起特色种植，但总体上看，由于富裕村自然条件差，造血功能弱，已有的扶贫成果尚属于输入型，自我造血功能机制尚未完全形成，风险抵御能力弱，遇到不可控因素随时可能出现刚脱贫又返贫的现象。现在又遇新冠肺炎疫情不期而至，隘口镇的脱贫攻坚可称得上是雪上加霜，面临着多个方面的冲击，主要有以下四个方面：

　　一是村民眼下收入迅速减少。富裕村在深圳、广州、厦门、温州等地打工的青壮劳力有400余人，每人年均收入在3万元以上。从去年农历腊月中旬开始，全村近300名务工人员陆续返回村中，春节过后，很多用工企业不能按时开工，一部分原先外出务工的村民面临着无工可打的情况，粗略统计，按外出务工人员人均工资3000元/月计算，仅务工推迟这一块就可能让全村减少收入近百万元。如果持续下去，支撑全村脱贫的务工收入将会受到很大影响，不仅会增加今年全镇完成脱贫任务的难度，也有可能出现部分返贫现象。

　　二是春耕生产受到明显影响。以隘口镇富裕村为例，全村有核桃3000余亩5万余株（还未盛产，但需管护）、玉米600亩、土豆300亩、红薯200亩、魔芋200亩、水稻150亩、雪莲果100亩、金银花和白术中药材300亩，从往年来看，全村可以收获粮食6万公斤，土豆、红薯约75万公斤，虽算不上高产，但完全可以自给自足，甚至还有盈余。按往年的生产惯例，目前正是高山土豆种植和冬小麦中耕、施肥、除草、除虫的大好时节。以往这个时间，农民已在地里施过一次肥、打过一次药了，但今年农民还在家配合疫情防控，没有开工。土豆和水稻是富裕村的主产粮食，特别是水稻季节性非常强，时间越晚，收成越少。往年春节一过，农户就要平整秧苗田、开始培育秧苗，或者到外地购买猪崽和牛犊进行养殖了，但今年大部分农户的稻种、猪崽牛犊都还没买回来，种植、养殖生产只得推迟。富裕村的高山土豆是当地小有名气的特产，不能外出务工的农户就靠种土豆来增加收入，眼下不少农户的土豆种子在家都发芽了，但又种不成，非常着急。上面这些因素都势必会影响今年的粮食产量。如果出现严重情况，农民的口粮将会受到一定影响。

三是养殖业受到饲料供应不上的影响。富裕村九道河组的杨YH是本村的养猪大户。猪舍面积达30平方米，存栏母猪1头，架子猪4头，每天需要粗饲料（红薯、萝卜等）30公斤左右，精饲料3公斤。在疫情期间，这些精饲料不能按时买回，生猪的生长肯定受影响，进而养猪收入很有可能降低。

四是部分脱贫项目被延迟推进。富裕村细沙河组所处的位置，纬度不高，海拔却高达1300多米，冬暖夏凉，山坡上的杜鹃花非常壮观。金银花盛开时，香气扑面而来，原野金黄一片，十分吸引人。当地还有大量的木质吊脚楼。驻村工作队、村"两委"之前联系的重庆交通大学专家提出建立专业合作社，将农户的木质住宅改造升级为特色民宿，吸引游客夏季来避暑纳凉，冬季来观山赏雪，从而带动村里其他产业发展。这一项目目前也因疫情而暂时搁置。

新型冠状病毒肺炎疫情已开始显现出一定的影响，农民经济收入减少，农作物和粮食减产，农民可能面临吃不饱饭的问题，多年的脱贫攻坚努力受到影响。为把新冠肺炎疫情的影响降到最低，巩固脱贫攻坚的成果，防止农民因疫情而返贫，笔者建议做好以下几方面工作：

一是进一步做好疫情防控，确保安全。自疫情发生以来，富裕村在上级主管部门的统一领导指挥下，驻村工作队、村"两委"昼夜不停地工作，采取切实有效的防控措施，已经收到了良好的效果。全村从外地回来的近300名务工返乡人员，无一人感染新冠病毒肺炎，行政村整体平稳。但也有不少群众因不能出门没有收入而产生焦躁情绪。有的村民多次不听劝阻，不戴口罩就出门。目前防疫进入关键时期，不能松懈，措施还应加强。目前要组织力量，走村入户开展宣传教育，动员群众恢复信心，对疫情造成的损失采取补救措施。

二是为外出务工人员提供便利。为了降低务工人员的感染风险，应该组织专用车辆将务工人员送到目的地。富裕村在广州、深圳方向务工的有近200人，在上海、宁波等其他方向务工的有100人左右，建议租用大客车送村民中转，方便他们外出务工。同时，用工企业也应该做好防疫工作，保证务工人员不被感染。

三是尽快恢复春耕生产，提振产业信心。在疫情防控允许的情况下，组织村民做好春耕生产计划，由于富裕村离场镇较远，村民所需要的种子、农药、化肥等物资可以组织专业人员送货上门。同时督促村民生产全程佩戴口罩，每日进行体温测量登记，分散作业。驻村工作队、村"两委"要组织村民开展有序的春耕生产活动。对困难户、劳动力缺少户等，组织党员干部、青年志愿者等组成突击队，一方面帮助他们做好春耕生产，另一方面帮他们做好疫情防控，"两手一起抓"，保证做到疫情防控和春耕生产两不误。

四是组织专家下乡，加强科技指导。富裕村养殖种植专业户，在疫情期间已经经受了一定的损失，疫情后的弥补工作、常态化防疫工作的开展都不能盲目蛮干，疫情控制住后建议组织一次较大规模的科技下乡活动，帮助村民克服困难。

五是在经济上补助困难户，支持好的增收项目。战胜疫情、恢复生产、巩固脱贫成果，除了开展思想教育、发挥党员和积极分子的带头作用外，对于这次在疫情中家庭损失较重的，建议由市、县、镇财政给予一定的经济补助，帮助他们渡过难关，提振其恢复生产、生活的信心。对于想创业的农村致富带头人，可提供无息贷款或低息贷款，支持他们带领导群众脱贫致富。

（作者为秀山县隘口镇富裕村驻村第一书记）

消除过度防疫影响　全力恢复春耕生产

——以重庆市秀山县隘口镇富裕村为例

（本刊讯　通讯员：贾曦）自新冠肺炎疫情发生以来，富裕村驻村工作队、村"两委"在上级党委、政府的统一领导指挥下，行动迅速，举措得力，实行人对人、点对点、分片包干的网格化管理。同时，采取了封村堵路、入户排查、居家隔离、足不出户等措施，有效地阻止了疫情进村，有力地保障了全村近2000人的平安。

目前，秀山县城及各乡镇疫情防控进入向好态势，根据《重庆市新冠肺炎疫情分区分级分类防控实施方案》，秀山县被纳入低风险区县。目前的当务之急是在高度重视疫情防控的同时，尽快恢复农业春耕生产，把耽误了的时间赶回来，把损失控制在最低限度。

富裕村驻地海拔800~1400米，属深丘山区，农作物对季节的依赖性极强。全村有核桃3000余亩5万余株（还未盛产，但需管护），玉米600亩、土豆300亩、红薯200亩、魔芋200亩、水稻150亩、雪莲果100亩、金银花和白术300亩，从常年来看，全村可以收获粮食6万公斤，土豆、红薯约75万公斤，虽算不上高产，但农民完全可以自给自足。春节前后，这里的核桃树需要进行修枝管护和"石硫合剂"喷洒，高山土豆也需要制种和播种。但由于疫情管控，农户无法到县城购买石灰和硫黄，无法熬制"石硫合剂"，不少农户的土豆种子在家都发芽了，但又种不成，非常着急。

今年1月底至2月中旬，隘口镇的村居通往外地的公路以及村与村间的公路都进行了严密的封堵，封堵方式有用货车挡路、大树拦路、堆放装满的垃圾箱阻路等，并且有人日夜值守；镇里甚至下达了对外地牌照车辆进行封存的指令，全镇对近200辆外地牌照车辆贴上了封条，严禁其在疫情期间行驶。富裕村是秀山县隘口镇最偏远的一个村，离最近的场镇还有50分钟的车程，公路封堵造成村里不仅养殖户需要的饲料买不回来，而且全村备耕的种子、农药、化肥等物资也不能及时采购，这无疑对恢复春耕生产带来了负面影响。

当前，新冠肺炎疫情防控即将进入转折时期，应全力以赴抓好春季农业生产，确保全村农产品不减产，在疫情尚未结束的时候必须做好以下几项工作：

一、在充分防护下开展春耕生产。富裕村在疫情防控期间，形成了整套疫情防控措施，这些措施对防控疫情起到了重要的作用。但是，当时只是把"防"当成了重点，随着疫情的发展，现在应该把"防"和"恢复生产"结合起来，村干部要像当时动员群众做好防控一样去做好生产恢复工作。要充分发挥农村基层党组织战斗堡垒和党员先锋模范作用，在做好个人防护的前提下，引导农民和经营主体有序下田，分时下地，分散干活，避免人员集聚，不得无故阻拦农民正常的农事活动。

二、采取必要的补救措施。富裕村的核桃树已逐步返青长芽，已错过了春季管护促长的良好机会，现在一定要抢抓时机，引导农民在防控疫情的同时，及时熬制"石硫合剂"并进行喷洒，进行修枝及除虫管护。冬春蔬菜要及时采收，适时轮作，扩种速生蔬菜。对于核桃林要加强肥水管理，开展除草修剪、压枝除虫等工作。油菜田要进行补水保苗，防止倒伏。高山土豆是富裕村的特色产业，要立即下种，家庭有困难、缺劳力的农户，要发动党员、志愿者进行帮扶，保证下种的质量和数量不减少。

三、引导农资企业和村组对接。当务之急是要迅速拆除交通要道上设置的障碍，打通运输梗阻，确保春耕生产所需的种子、化肥、农药等农资运输畅通。驻村干部和村基层领导要发挥组织协调作用，把有信用、靠得住的农资企业引进村组，开展"点对点"的生产、配送，确保农民有农资可用。加强农资市场监管，严厉打击制售假冒伪劣产品的行为，让农民用上放心农资。

四、开展技术指导服务。驻村干部和村级领导要及时和相关农业专家联系，组织专家对农作物进行技术指导。目前，尤其应把预防倒春寒、病虫害以及增产稳产的技术措施落实到人。还要利用好微信、抖音等手机软件，开展在线培训、在线指导、在线答疑。要在做好疫情防控的前提下，组织农技人员进村入户开展必要的实地指导，帮助农民解决春耕生产中的实际困难和问题。

五、加强乡村电商平台建设。目前，隘口镇建立了"山水隘口"电子商务平台，在当地农副产品销售、帮助农民增收等方面发挥了一定作用。但是，这里还存在基础设施相对落后、农产品品牌特色不明显、物流体系不完善、人才匮乏等问题，需要采取有力措施，进一步加大农村电子商务建设力度。

六、抓好病虫害防治和动物疫情防控。随着天气转暖，小麦条锈病、油菜菌核等病害的发生不可避免。村级干部要加强监测预警，及时发布病虫害信息，做到早发现、早预警、早防治。同时，农村也有很多农户养殖家畜家禽，必须严格执行疫情监测、诊断和报告制度，强化免疫工作，做好养殖环境消毒，落实病死畜禽无害化处理责任。

一年之计在于春，大好春光不容错过。我们一定要抢抓时节，不负春光，用驻村干部的实际行动来巩固脱攻坚的成果，让广大农民在大疫面前粮食不减产，生活质量不下降。（作者为秀山县隘口镇富裕村驻村第一书记）

秀山县富裕村驻村工作队成功劝缓
10 户喜宴

2020年1月26日是大年初一，新型冠状病毒肺炎疫情暴发，富裕村驻村工作队第一书记贾曦得知该村有两人是从武汉回来的，还有10户人家准备在春节期间准备举办喜宴后，就主动向驻镇工作队、镇政府相关负责人请缨，申请返村开展防控工作。

富裕村地处渝黔交界处，返乡和流动人员较多，为控制疫情增加了难度。驻村工作队与村"两委"干部直接来到从武汉返村的吴大芳（化名）等农户家，让医务人员为他们测量了体温，要求他们隔离。但是他们认为回家过年就是走亲戚的，不走动觉得很不习惯。工作队员耐心地给他们做思想工作，讲国家的防控政策，这些农户才同意在家隔离。为了保证防控工作不出差错，工作队队员冒着严寒，吃住在村口，有效地防止了人员的流动。

在细沙河组，王太权（化名）准备大年初三为女儿办订婚酒。工作队队员知道情况后立即到他家进行劝阻。可是他说他的女儿20多岁并身患残疾，好不容易准备订婚了，亲戚朋友都通知了，酒宴材料也准备好了，不让办酒席的话怕影响女儿的婚事。工作队员就苦口婆心地做劝解工作，说明推迟订婚宴的理由，得到了男方的理解，王太权终于同意了推迟举办订婚宴。

还有几户村民原准备举办婚宴、搬家宴，后来也都在工作队员的耐心说服下放弃了念头，表示会全力配合工作队做好疫情防控工作。

　　驻村工作队将村民平时跳广场舞的大音箱放进了汽车的后备厢，然后行驶到每个村民小组，通过广播宣传了秀山县新型冠状病毒肺炎防控指挥部一、二号令及疫情防治信息，普及了疫情防控知识；会同村"两委"开展防控工作，对全村6个较分散的村民小组全覆盖排查，张贴并发放宣传资料，引导村民做好自我防护，并对进村路段施行管控。

寻人启事

 **雷容慧**，女，22岁，生日期：1998年5月17日，身份号：500241199805175527，家住重庆市秀山县隘口镇岑龙村新寨组，秀山口音，身高165cm左右，偏胖，面部有轻微小黑斑点，于2017年正月外出务工未归，至今未与家中取得联系。

 **雷廷浪**，男，21岁，出生日期：1999年10月23日，身份证号：50024119991023551X，家住重庆市秀山县隘口镇岑龙村新寨组，秀山口音，身高170cn左右，偏瘦，于2018年正月外出务工未归，至今未与家中取得联系。

　　父母及亲人急切盼望你们两姐弟早日归家，请你们看到启事后尽快与家人联系。

若有好心知情人士看到该启事也请尽快与我们取得联系。

雷朝友（父亲）:187XXXXX315

贾羲（驻村书记）:130XXXX6888

在学校领导来村调研座谈会上的汇报材料

富裕村驻村第一书记 贾曦

尊敬的谭书记、张院长，各位同人：

大家下午好！

首先感谢谭书记、张院长及各位同人驱车450多公里专程来隘口镇富裕村指导、调研，路途遥远、舟车劳顿，你们辛苦了！下面我进行一个简短的汇报。

我于2019年8月由学校选派推荐，经市委组织部、市商务委扶贫集团派驻到村。虽然派驻的时间不算长，但经过走村入户、在田间地头和群众交流交谈，通过落实市委、学校关于脱贫攻坚工作的有关要求，尤其是经历了目前仍未结束的疫情防控阻击战和正在开展的脱贫攻坚战，我的心灵受到了一次全面的洗礼。可以说是领悟重重，感慨万千。

首先，我向各位领导及同人汇报一下村情：富裕村与贵州省印江县木黄镇、松桃县石梁乡接壤，全村面积13.5平方公里，辖6个村民小组248户1468人，境内山高谷深，海拔在800~1400米以上。虽然距隘口镇22公里，但在山路上行驶仍要40余分钟才能到镇上，由于最近富裕村到岑龙村正在拓宽硬化公路，所以目前到镇里要绕路行驶一个多小时。全村建档立卡贫困户36户215人，已全部脱贫；低保户15户20人，五保户3人，残疾人口22人。全村共发展核桃种植3000余亩，50000余株；此外，种植高山土豆400亩，雪莲果100亩，魔芋100亩，金银花，苍术等中药材240亩，其他传统农作物700亩。

接下来，我向大家谈谈驻村感受：

第一点感受是学校党委坚持贯彻落实中央脱贫攻坚、精准扶贫的方针政策，推进"山水隘口"消费扶贫项目，大力资助隘口籍贫困学生，派遣专家教授助力农村电商发展，支持岑龙小学建设，是功在当代、利在千秋的民心工程，是深受全村老百姓欢迎和认同的，尤其是谭书记、张院长对我驻村的关心和指导，更是我做好驻村工作的动力。

第二点感受是富裕村有坚决贯彻落实党的精准扶贫、精准脱贫的两委班子和驻村工作队，特别是"中国好人"赵书记、村委会主任杨MZ，工作扎实、措施得力，和他们共同努力开展扶贫工作，我有信心、有力量带领全村人走向富裕生活。

下面，我向大家汇报一下我驻村以来着重开展的工作：

一是完善发展机制，确保脱贫攻坚落实到位。我们经过入户排查和上门走访，摸清了贫困户的情况；与群众交心、交流、交朋友，明晰了他们的真正诉求，在获得大量第一手资料后，我们召开了专题会议，在集思广益、因地制宜、面对现实、着力长远的基础上，对本村的发展进行了调整和完善，明确了"以管护创建特色产业""以民宿带动全村发展"的思路。管护即要管护好现有3000余亩50000余株核桃树，加强修枝、施肥、打药，严防病虫害，确保核桃早日盛产，让村民得到实惠。民宿即我们村细沙河组拟打造的康养项目，细沙河组海拔较高、山清水秀、植被丰富、风景宜人，再加上山野间长满了野生杜鹃花，让人流连忘返，经过和有关专家请教，我们拟把部分村民的木房子改造成特色民宿，完善配套生活设施，吸引周边的市民来观光、避暑，以特色民宿带动富裕村发展。

二是及时沟通工作，切实为民解决难题。学校把我选派到富裕村担任第一书记，承载着谭书记、张院长及12000余名师生的寄托和期望，所以我在努力做好驻村工作的同时，积极为村里的老百姓解决生产生活问题。除了争取到学校的消费扶贫25万元，帮助岑龙小学解决热水管道、洗衣机等设备问题外，我还利用私人资源与市政府物流办、新华社、电信公司等单位协调和沟通，市政府物流办不仅进行了20000余元的消费扶贫，还在疫情防控期间防控物资短缺的情况下，寄来了200多个口罩；新华社重庆分社答应为驻镇工作队引进中草药制剂养猪项目，有成效后将会作为环保和扶贫项目进行大力宣传；永辉超市负责人也答应帮助我们村销售高山土豆、雪莲果等特色农产品；协调镇领导为村民修建了三个解决安全隐患的堡坎、一座小桥；协调电信、移动公司解决了核桃树、大龙门等三个地方不通网络的问题。

三是做好抗疫工作，把村民损失降到最低。春节期间，富裕村有300多名务工人员从外地返回，其中还有6名武汉或湖北回来的人员。我们驻村工作队和村"两委"迅速到岗，大年初二开始开展防控工作，严密设防，措施得当，未出现任何情况。疫情期间，我和赵书记、杨主任还组织村民自发捐赠

"爱心蔬菜",并将4000余斤"爱心蔬菜"送到防疫一线。随后,一手抓疫情防控,一手保春耕生产。带动村民们加强对50000余株核桃树的管护,修枝剪叶,熬制并喷洒"石硫合剂";指导部分村民对高山土豆进行播种,全力推进了春耕生产。

在做好驻村工作的同时,我每天坚持利用业余时间撰写驻村日记和决策建议文章,部分驻村日记被《重庆日报》等媒体报道,新华社《高管信息》收录了我的两篇决策建议文章,并获有关领导批示;中国金融信息网刊登了我的一篇驻村防疫论文;撰写的新闻稿《防疫宣传有妙招,这个村录制抖音短视频点击量超150万》《富裕村驻村工作队开展走访慰问系列活动》等多篇新闻稿被秀山网、"山水隘口"公众平台刊登;市教委教育扶贫课题项目正在申报结题之中。此外,我利用周末时间看望了在秀山发展较好的5名优秀校友,并通过学生工作QQ群引进了两名应届毕业生作为本土人才到秀山县工作,支援秀山县脱贫攻坚工作。

另外顺便汇报了一下市商务委扶贫集团为我校分配的贫困帮扶户的情况。本月初我得知,我校分配到岑龙村的雷CY("边缘户")、杨ZQ(监测户)。我和驻村队员入户进行了走访,了解到"边缘户"雷CY的妻子患较严重的精神疾病,儿女外出务工失联,雷CY为了照顾妻子也不愿外出务工,家庭生活负担重,我们便为其购买了部分生活用品,也已帮助其在派出所报案,并通过秀山网、"翠翠秀山"公众平台发布了寻人启事。监测户杨ZQ的妻子为聋哑加智力障碍人员,家里共有8个子女,其中6个儿女正在读书,生活负担重,家庭收入来源主要是养牛、养鸡。在问及其需要解决什么生活难题时,他提出需要介绍养牛技术的书籍,目前我们已经买到两本养牛书籍正准备送去。

以上是我驻村以来的感悟及工作开展情况,工作虽然有了起步,但仍需不断努力。我坚信,在谭书记、张院长及各位同人的大力支持下,我的驻村工作一定会开花结果,全村群众也会幸福美满,我们富裕村一定会富足、富裕、富强。

我的发言完毕,再次感谢谭书记、张院长及各位同人专程来富裕村指导和调研,谢谢。

在驻村帮扶工作中的思考点滴

摘要： 笔者在秀山县隘口镇富裕村任驻村第一书记，在日常工作开展中看到了"全家11口人，9个子女排成长龙，却没有一个人想去挣钱""儿子住洋房、坐汽车、吃喝玩乐，老人在村里要求吃低保""享受国家资助10000多元，却阻挠村里的项目建设""刚一脱贫就不愿意干活了，手里有了钱就整天放不下酒瓶子""夫妻俩日子过得紧巴巴，一场喜酒下来花光大半生积蓄20万"等几件小事，事情虽小但值得深思。针对这几件小事，笔者提出了"精神扶贫要贯穿始终，消除'我是贫困户我怕谁'的思想""实实在在地做好宣传教育，杜绝各种作秀表演""让先进文化占领农村阵地，让那些消极慵懒行为无处藏身""大力开展法制教育，让'超级公民'受到惩戒""培养当地典型人物，用身边的事教育身边的人""启用知恩图报的青年学生，建立牢固的扶贫队伍"等观点。

关键词： 驻村帮扶　第一书记　工作　思考

我是2019年8月经重庆市商委扶贫集团及重庆市委组织部选派到秀山县隘口镇富裕村任驻村第一书记的。近一年的驻村时间里，我和村"两委"干部心往一处想，劲往一处使，专心致志地贯彻落实上级精准扶贫的方针政策，深入实施精准扶贫、精准脱贫。今年年初，我又经历了一手抓好疫情防控、一手推进恢复农村正常生产生活的工作，近期我又到京东、腾讯等平台直播"带货"。这期间，我马不停蹄地往返于农家小院与田间地头之间，在防疫执勤点吃过方便面，在农户家中烤过木炭火，和全村的大爷、大娘甚至所有村民都交流交谈过，也与关注农村发展且购买农产品的网友交流过，深感全村百姓对党和国家的一片深情，也深知人民群众对脱贫奔小康的渴望与期盼。我越是和群众接触得多，和老百姓交谈得细，越是感觉到我们驻村扶贫干部责任重大、任务艰巨、使命光荣，工作越是有奔头、有干劲、有意义。

不过，在驻村工作期间，和老百姓打交道的时间长了，也遇到了一些小事，给人带来了困惑和不解，这些问题或将是我们驻村干部应该直面、引起思考和解决的问题，在这里我先撷取几个镜头。

镜头一：全家11口人，9个子女排成长龙，却没有一个人想去挣钱

现在在城市里，有人算过一笔账，说是养一个小孩，从出生到大学毕业再到成家，包括婴儿的奶粉钱、上学的学费资料费、吃穿用所花的钱加起来就有好几十万，多则上百万。有的家庭老人催他们生二胎，他们说，养个小孩压力太大，实在是负担不起。

可是，在我所驻的富裕村，九道河组有一户村民，户主叫杨孝绢（化名），今年50岁出头。全家一共有9个子女，6男3女。最大的孩子已经27岁了，小的才7岁。其中从老三至老八6个子女分别在秀山高中、隘口中学、岑龙小学读书。按理说，这么多小孩上学，学费就是一个"天文数字"。可是，他们家反而一点都不发愁，家庭仅有的收入就是户主偶尔在附近打点零工、挣点小钱，但是户主的身体不太好，不能长期劳动，收入可以说是难以为继。户主的妻子在家照顾小孩，基本不干农活也不外出劳动。所以他家的生活来源，连全家糊口都不够，其他的钱从哪儿来？需要花钱了怎么办？他们家该懂事的小孩一点也不着急，好像和他们一点儿关系都没有。

有一天，我来到他家，看到他家有三个学生正趴在地板上写作业，家里连让小孩写作业的凳子和桌子都没有。我就为他们想办法，争取了四人座的学习及用餐的课桌，学生回家总算有地方做作业了。听说他们交不起学费，我又到岑龙小学，通过找领导协商，为他家的3名子女减免了部分学费。2020年春节期间，看到他家还没有准备年货，我又拿出500元钱让他们到街上置办些年货。在疫情暴发期间，他家什么防护物资都没有，我只好为他家送去了口罩和酒精。

疫情期间孩子不能上学，只能上网课，别人家的孩子早都有手机了，可是这一家还不知道手机啥样，我只好给他家送去了一台手机，帮他们调试好后，催促孩子赶紧学习网络课程。

给了他们上网课的手机以后，一下就触发了他家伸手要手机的兴趣，他们说，这么多人一台手机不够，还要第二台、第三台。

他家的大儿子已经27岁了，二儿子也22岁了，早已辍学，据他们说大儿子因为在外务工违法被拘禁了，但感觉他们一点都不着急，也不关心具体原因；二儿子身体强壮，能吃能睡，就是天天在家游手好闲，什么都不干，不能为家庭分担一点负担。我和驻村队员、村干部多次上门劝其出去打工挣钱，可仍是没有效果。

孩子不懂事也就罢了，作为家长的杨孝绢（化名）夫妇不仅不理解帮扶干部的良苦用心，还认为对他们帮扶是天经地义的，甚至多次到村委会无理取闹、争吵，要不到东西就不走。鉴于此情况，我们驻村工作队和村"两委"研究决定，决不能放纵他们这种不劳而获的行为，确定暂缓发放他家的产业帮扶资金。

临近的岑龙村小沱组的村民杨在前（化名）也和上文的杨孝绢（化名）相似。他的妻子是聋哑加智力障碍人员，没有劳动能力，他家可以说是家徒四壁，什么都没有，就是孩子多。现在已有7个子女了，还有一个小孩未出生。他家有6个儿女正在读书，只有大儿子外出务工，剩下的8口人都在享受农村低保。在问到为什么还要生孩子时，他们觉得反正有政府的低保兜底，再生一个孩子也无所谓。

镜头二：儿子住洋房、坐汽车、吃喝玩乐，老人在村里要求吃低保

我所驻村邻村的村民杨整令（化名）夫妇，两位老人均已70岁左右，身体还算可以，只是有糖尿病，不能长期干重活。他们的两个儿子早已成家，据说他们很早以前就在广州一带做生意，赚了一些钱，后来，又在贵州开办建筑公司，收入很是可观。现在两弟兄已在村里修建了三层的"小洋楼"，且都买了轿车。据老人说他们的两个儿子可算是吃穿不愁，平日的工作可能比较忙，因此把两个老人忘记了。每年只有春节回家一次，平时也很少打电话回来，更不用说拿出钱来赡养父母了。

杨整令（化名）曾多次找我反映他和老伴身体不好，希望能为他们解决低保或给予资助，他们说两个儿子虽然事业有成，但都以家里有小孩要养育为由，基本上没有给过他们赡养费。他的两个儿子知道我们曾经给过部分贫困村民慰问金，觉得我们驻村队员和村干部也应该资助他们父母。后来我们多次与其两个儿子进行沟通，他们终于答应每个月给老人一定的赡养费。

镜头三：享受国家资助10000多元，却阻挠村里的项目建设

另有一名建档立卡贫困户叫杨在英（化名），夫妇二人没有技术，没有文化，靠打工和务农为生，经济收入仅能维持全家生活，没有存款。好在一对儿女学习还算努力，儿子已经在某大学读研究生，女儿也在某林业大学读本科三年级。上学期间，全靠村镇出具贫困证明为其减免学费、提供助学金，两兄妹在读期间每年享受的资助金额也达到了10000多元。村里要发展核桃种

植产业，计划将他家的土地纳入种植范围。可是，杨家一再阻挠，认为他会吃亏，使该项目一再拖延不能实施。村里修建产业路，要占用他家的一小块农田，他们说什么都不同意，致使村道改建工程不能如期开工。

对于他们家，我也多次上门给他们做工作，他们却认为，他们享受国家的资助政策是理所当然的，贫困户脱贫也全是驻村队员和村干部的工作，认为干部比自己更着急，因为自己不脱贫致富的话，扶贫干部交不了差。

镜头四：刚一脱贫就不愿意干活了，手里有了钱就整天放不下酒瓶子

邻村有一名建档立卡贫困户杨可福（化名），他们家不仅享受了党和国家的扶贫政策，而且在驻村工作队、村"两委"的帮扶下发展了土豆、核桃产业，再加上偶尔就近打短工，家里不仅脱了贫，而且修建了楼房。

现在两个女儿都出嫁了，自己感觉没有了经济负担，妻子天天在家里做家务和农活，而他在家里酒不离身，和他说话就能闻到他满身酒气。在和他谈到继续发展种植养殖产业时，他完全听不进去，觉得现在的生活已经满足了。

镜头五：夫妻俩日子过得紧巴巴，大半生存了20万，一场喜酒下来全花光了，最后落得人财两空又返贫

近几年来，农村经济发展了，农民生活水平也提高了很多，手里的积蓄也多了，但是这些年也出现了一些不太好的风气，部分地区出现了一种现象，无论红白喜事都喜欢大操大办，造成了大量的铺张浪费，人与人的攀比也越发严重，往往是大操大办过后又重新返贫。

村里就有一对夫妇50多岁了，因为是老来得子，对儿子更是疼爱有加，娇生惯养，儿子没有技术也不能吃苦，所以快30岁了还没有人上门提亲，这可急坏了老两口。他们平时舍不得吃舍不得穿，有一分钱也要积攒下来准备娶儿媳妇用。好不容易有人从贵州介绍了一个女孩过来，老两口高兴得合不拢嘴，女方要什么就给什么。办喜宴时，杀了两头猪，买了大量的食材，请了全村的男女老少，吃了几天的"坝坝宴"，吵吵闹闹总算结束了，最后把家里所有的积蓄全花光了都不够，还向亲戚借了些才算把事情办完了。老两口想只要让儿子成个家，花再多也值。可是不曾想，刚接进门的儿媳妇，一看他家实在太寒酸，住了几天就住不下去了，后来借故出去打工就杳无音讯了。经过这么一折腾，老两口身体大不如前，多次来找驻村工作队队员、村干部提要求，要进入贫困户的行列。

　　以上列举的这几种现象，当然不是农村的主流，也不是所有村庄都有类似情况。但是，我在和其他驻村干部交流时，大家认为这些现象在各地都有不同程度的存在。这种思潮、这些现象，是农村全面脱贫奔小康大潮当中的一股逆流，如果不强力遏制，放任自流，将会冲毁我们脱贫攻坚的大坝，更影响精准扶贫工作的成效，甚至会让多年来脱贫工作取得的成果付之东流。

　　刚驻村时，我觉得扶贫工作就是多引进几个项目，让农民挣到钱，腰包鼓起来不就脱贫了！困难户、老弱病残者，想办法引进资金，给予抚慰，他们只要生活无忧无虑就算幸福了。可是，经过一段时间的深入乡村、走村入户，我才发现并不完全是这样。引进项目、用金钱抚慰，只能解决他们的一时之需，并不能"拔掉穷根"，让他们走上幸福之路。

　　最重要的是"扶贫先扶志""脱贫先脱愚"，精神扶贫重于物资帮助，党的传统教育、政策教育、感恩教育不能缺失。从这些方面讲，我们扶贫的路还很长，我们驻村工作的任务还很艰巨，正如习近平总书记讲的那样：不获全胜决不轻言成功。

　　首先，精神扶贫要贯穿始终，消除"我是贫困户我怕谁"的思想。

　　精神贫困比物质贫困更可怕，是更加难以根除的痼疾！它使人们不思进取，失去可以改变其贫困命运的精神动力，磨灭他们的所有追求，消磨人的意志和精神，使他们的头脑僵化呆滞，精神毫无生气，在生产、生活中产生体力与精神的双重乏力感，只会坐等救济。要加强舆论的宣传引领、做好贫困群众的再学习教育，通过宣传标语、广播等多种方式，持续推进社会主义核心价值观的培育和践行，培育"人穷志不穷"的信心和勇气。以多种方式告诫群众自觉远离非法集资，提高贫困群众认识甄别宗教信仰的能力，让其牢固树立起"幸福生活都是奋斗出来"的意识，弘扬自力更生、艰苦奋斗等中华民族传统美德，理性面对社会和生活。

　　第二，实实在在地做好宣传教育，杜绝各种作秀表演。

　　做好自强、感恩教育的宣传工作，宣传本地脱贫攻坚推出的新举措、取得的新成绩、呈现的新亮点、创造的新经验。切实将精准脱贫的系列惠民政策宣传工作做到全覆盖，真正地把脱贫政策落到实处，让贫困户充分了解政策，明明白白享受实惠，真真切切地感受到党和国家的关怀。各级政府组织成功脱贫人口中对脱贫政策报以感恩心态的代表深入乡村进行脱贫感恩事迹报告，并将脱贫成果及个人感受做成展板或宣传海报，在各乡镇进行广泛宣传，且注重宣传语言真实、质朴、"接地气"，甚至可以原封不动地引用脱贫代表的口头语，让群众相信这不是一场作秀表演，而是发自内心的感恩。

第三，让先进文化占领农村阵地，让那些消极慵懒行为无处藏身。

通过开展科技培训、文艺演出、农村讲党课等多种形式，助力精神扶贫，给广大村民特别是贫困群众带来丰富的精神食粮。同时鼓励各村根据各自情况创造性地开展多种形式的老百姓喜闻乐见的活动，形成积极向上的精神风尚。让那些好吃懒做、小富即安、贪图享受、不思进取等行为受到人们的鄙视，激发群众积极向上、脱贫奔小康的内生动力。

第四，大力开展法制教育，让"超级公民"受到惩戒。

农村虽然偏远，但不是法外之地。贫困户既然享受到了社会主义制度带来的好处，就应该遵守党和国家的方针政策以及法律法规。任何人都不能凭借自己是贫困户而成为"超级公民"。前面所述杨孝绢有9个子女，杨在前有6个子女，显然是违反了我国计划生育政策的。当时也许是各种原因没有得到处理，所以他们越发肆无忌惮。对于这样的"超级公民"必须要让他们因违反政策而付出代价，以在农村形成民风淳朴、遵纪守法的清风正气。

第五，培养当地典型人物，用身边的事教育身边的人。

要善于发现脱贫工作中的典型人物事迹，重视致富带头人带领脱贫户创业致富，要通过各项奖惩措施，唱响脱贫攻坚主旋律，营造脱贫攻坚要精神脱贫的良好社会氛围。

其实，农村也不乏知恩图报的先进典型。我们邻近的岑龙村村民杨SS于今年3月将一封退出城乡最低生活保障政策申请书交到了村委会，他对村干部说："现在收入增加了，生活变好了，我自愿申请退出低保。"从纳入低保到自力更生，年近花甲的杨SS凭借一股敢为人先、艰苦奋斗的冲劲，从无到有，先后发展了260亩银杏和100亩辣椒产业，实现了从"低保户"到致富带头人的华丽转身。

在我们富裕村于2020年春节前举办的专业合作社分红大会上，贫困户杨ZZ说："真的非常感谢党和政府，有这么好的扶贫帮扶政策，特别是驻村工作队和村'两委'对我们的关心和帮助。我觉得要脱贫，自己首先要树立脱贫致富的信心，只要吃苦肯干，日子一定会越来越好。"

这些脱贫致富的典型就在群众当中，宣传好了，就会起到引领示范作用，使当地群众看得见、学得来、做得到。

第六、启用知恩图报的青年学生，建立牢固的扶贫队伍。

2019年9月我通过我所在单位（重庆商务职业学院）向学生发布了秀山隘口镇招聘村居本土人才的通知。秀山籍贫困学生杨SQ与我进行了联系，我在电话里告诉她："本土人才是到农村村委会工作，条件比较艰苦，每个月的收入仅有1000多元，但基层工作非常有意义，因为可以为国家脱贫攻坚、乡村振兴工作贡献一分力量。"她听了之后，表示自己到乡村工作不是为了高收入，更不是为了良好的工作条件，而是为了梦想，因为她家曾是建档立卡贫困户，得到了党和国家的多种政策帮扶，目前已经脱贫，她想毕业后到乡村工作回报社会、回报家乡。我被杨SQ同学打动了，便向隘口镇主要领导推荐了她，经过批准，她于2019年12月13日到隘口镇镇政府报到开始了工作。疫情期间，杨SQ及时返岗参加抗"疫"，留下了难忘的青春回忆。学生是一个家庭的希望，当受助学生可以自立自强，在国家的帮助下完成学业，用自己的专业来回馈社会时，脱贫的工作就成功了。但是不是每一个受助学生都有感恩回馈的心，有些受助学生也可能受家庭的影响而有消极的思想。通过学校进行的感恩教育，让这部分学生在活动中明白了国家开展脱贫工作对贫困户的帮助，而且激发了学生热爱家乡、热爱社会的情感，激发了学生自强、自立、懂得感恩的情怀，在更大程度上促进了建档立卡户学生的健康成长。在感恩教育活动之后明显可以看到学生们对脱贫致富的愿望和决心，学生们认识到了要脱贫、要致富，只有靠自己努力学习才能

实现愿望。使受助贫困学生更加珍惜来之不易的学习机会，增强了学生的社会责任感，加强了其通过优异的成绩来回报社会、回报国家的信念。

在实现农村农民全面脱贫的征程中，破解农民群众精神短板这一突出问题任重而道远，需要凝聚社会各方面的力量，营造氛围，弘扬正能量。我们驻村工作队、村"两委"要认识到这项工作的长期性和艰巨性，不能只做表面文章，只追求眼前的经济数字，更应该低下身子，放下架子，用实际行动为农村的精神脱贫贡献力量。

诗四首

致敬富裕村

贾曦

翠竹幽幽长堰土，雨雾蒙蒙千盖牛。
流水潺潺九道河，特色古朴大龙门。
云雾缭绕伴群山，代家坪上看梯田。
核桃树下寄梦想，富裕人人非等闲。

富裕高山土豆

贾曦

藏身高山不畏冷，清泉滋润似未闻。
簇丛生长根壮大，圆滚身材扶贫魂。

野生金银花

贾曦

东绕西缠往上爬，青藤醉满黄白花。
鸳鸯并蒂枝头笑，采得三钱好做茶。

致商院校友

歌乐缙云两山连，财贸商院都有缘。

新冠病毒肆神州，校友感情母校念。

返程高峰要出现，防疫迎来阻击战。

未来两周很关键，居家不出做贡献。

响应号召在家乐，小家团聚惜圆满。

联合防控记心间，好友亲戚暂不见。

初心牢记誓不变，不给国家来添乱。

带着孩子同学习，把握机会充充电。

学润德才代代传，商务英才勇向前。

无数校友践使命，坚守岗位战一线。

校友有爱共支援，同心抗疫克时艰。

待到花开喜重逢，大学城里来相见。

重庆商务职业学院校友会

2020年2月3日

　　注：由于本人兼任重庆商务职业学院校友会秘书长，在秀山驻村期间我寻访和探望了多名学校的毕业生，他们中有服务人民群众的基层公务员，也有在商务领域自主创业成功、崭露头角的老板。2020年1月底一场突如其来的新冠肺炎疫情对人民的生产生活造成很大的影响，全国上下众志成城都在共同努力抗"疫"。为了勉励五湖四海的校友共同战"疫"，2020年2月2日晚，在富裕村驻村的我写下了《致商院校友》，并于第二天通过"重庆商职院校友会"微信公众号进行了推送。

富裕村驻村队员在
脱贫攻坚战场当好"防疫"先锋

1月26日（大年初二）天刚蒙蒙亮，在老家秀山县石堤镇居委会陪母亲过年的张BJ，就从床上急匆匆地爬起来，快步奔到身患重病的母亲身边，含泪向母亲道别，告诉她自己即将前往隘口镇富裕村开展疫情防控工作。

张BJ是三峡银行秀山支行派驻隘口镇富裕村的一名驻村扶贫干部，为了防止新冠肺炎疫情在村里蔓延，原本与家人欢度春节的他，大年初二就重返了脱贫阵地。隘口镇富裕村与贵州省松桃县多个村庄地域相邻，人员流动性大，务工返乡人员多，防控形势也十分严峻。

"非常时期，不宴请、少聚会、多通风、勤洗手，戴口罩，少传染……"每天，张BJ都与队友们及村"两委"干部一道戴上口罩，在各进村卡口和隔

离观察点开展交通管控、防疫知识宣传等工作。他们坚持"不漏一户、不漏一人"的"零遗漏"原则，对全村6个村民小组实行"分组包片"，采取"地毯式"入户和电话排查，及时摸排市外返村人员近300人，其中，重点防控人员6人（武汉返村人员4人，湖北其他地区返乡人员8人），实现了排查"零遗漏"。

他还坚持每天利用移动大音箱滚动播放《新冠病毒肺炎防疫知识》和市、县、镇各级疫情防控通告等，引导村民正确认识疫情、掌握正确的疫情防控方法，并结合入户走访，向村民宣传相关防疫知识，实现了宣传"全覆盖"。他与队员们对武汉返乡未满14天的人员落实居家观察防控措施，坚持每天入户开展体温测量、行踪监测等工作；对村级公路实行入口封锁，严格控制人员流动，劝返车辆110余辆次、人员近200人次；严防村民聚餐聚会，劝导取消婚庆、生日宴等聚集性酒席十余场。在驻村的业余时间里，他将每天收集到的防疫工作照片制作成了五集电子相册，真实记录了富裕村的疫情防控工作，留下了美好回忆。

截至目前，富裕村无一例新冠肺炎疑似病例和确诊病例，防控工作仍在紧张、有序地进行中。

富裕村驻村工作队 2020 年工作总结

在中共秀山县委、县政府及隘口镇脱贫攻坚指挥部的正确领导下，富裕村驻村工作队坚持以习近平新时代中国特色社会主义思想为指导，全面贯彻落实习近平总书记在解决"两不愁三保障"突出问题座谈会上的讲话和党的十九大及十九届二中、三中、四中、五中全会精神，增强"四个意识"，坚定"四个自信"，做到"两个维护"，始终把脱贫攻坚作为重要政治任务和第一民生工程，通过抓班子、带队伍、兴产业、促发展，解决了涉及"两不愁三保障"及生产生活的有关问题，在村基层组织建设和精准扶贫工作中发挥了较大作用，为落实党的精准扶贫政策作出了重要贡献。2020年全村各项工作有序开展，取得了一定的工作成效，现结合本村实际总结如下。

一、优化工作机制，确保驻村帮扶工作取得实效

（一）狠抓"三会一课"制度，坚定决胜脱贫攻坚信念

持续加强基层党组织建设，有效发挥"三会一课"制度作用，全年多次组织召开驻村工作、村"两委"工作会、党员大会；认真开展"不忘初心、牢记使命"主题教育活动，认真组织学习党章，十九届三中、四中、五中全会精神，《习近平关于"不忘初心、牢记使命"论述摘编》《习近平新时代中国特色社会主义纲要》，十九大及有关全会精神以及习近平总书记关于扶贫工作的重要论述等；组织党员干部加强"学习强国"学习，全村党员积极参与学习，通过学习教育，全体党员同志理想信念更加坚定，敢于担当、攻坚克难的勇气更加充足。

（二）健全常规工作机制，形成真抓实干、埋头苦干优良作风

1. 严格"三在村"等日常管理制度

严格请销假、签到、例会、工作纪实等驻村日常制度，驻村工作队成员坚持每月出勤22天以上，吃住在村、工作在村，团结协作，与村"两委"一

同开展工作。

严格工作纪律制度

坚决执行中央"八项规定",杜绝扶贫路上的腐败现象,在"和村民打成一片"的同时,做到不收受群众任何钱财及赠送的农产品等。

3.严格走访入户制度

坚持常态化入户走访,深入调查研究,精准施策,及时开展数据核实、"明白卡"更新工作,完善帮扶措施,充分利用入户机会,着力宣传中央扶贫政策、党的惠民政策,倾听群众呼声,为村民排忧解难,积极引导贫困户激发内生动力,脱贫致富。驻村工作队坚持每月遍访全村建档立卡贫困户、低保户、五保户和残疾人家庭一次以上,全年走访农户500余次;积极支持引导转移劳动力外出务工,做好电话跟踪服务,指导务工就业,全年为建档立卡贫困户解决公益性岗位9人,护林岗位26人,努力增加贫困户收入。

4.严格"首问负责制"

搭建便民服务平台,首位直接或间接收到群众诉求的人负责根据诉求情况具体解决、协商解决或层层向上反馈解决相关问题,为村民表达诉求、解决村民难题奠定基础,提高群众问题解决的时效性。驻村队员坚守便民服务中心阵地,认真解决群众反映突出的问题,与村干部一同调解矛盾20起,出具证明300余份,临时救助调查审核5户,进行低保评议1户。

二、精心开展工作,全力推进脱贫攻坚圆满收官

驻村工作队根据富裕村实际情况,积极谋划全村的发展,全面解决"精准脱贫"中的问题,实现了全村脱贫。主要做法和成效如下。

(一)着力"软硬皆施",聚焦全村民生问题

1.基础设施建设

联合村"两委"坚持解决"八难"问题、实现"八有"的目标,水、电、路、讯、房同步推进,全力夯实贫困村基础设施条件,工作队多方协调资金500余万元,帮助村里修建了2.5千米通组公路、4千米产业公路,完成了3千米的道路硬化,协调修建3处堡坎。通过以上措施有力地改善了富裕村的基础设施,改善了群众的生产生活环境。

2.精神文明建设

一是开展村庄清洁专项行动。在抓好农村环境整治的同时，组织驻村队员及村干部对全村卫生死角及河道进行了清理清洁；新增垃圾箱体站2个，并配备相关公益性岗位保洁人员，全面建立日常保洁长效机制。二是开展走村入户及专题会议政策宣讲活动。驻村工作队深入田间地头、走进农户家中，向村民宣传各项扶贫政策和措施，同时了解贫困户现在的生活状况和家庭收入情况；在党员大会、村务工作会、四类人员座谈会等会议上，驻村工作队向村民宣讲了习近平总书记关于扶贫工作的重要论述、《扶贫政策知识手册》中的相关内容，全力提升贫困户内生动力，帮助贫困户摆脱"等靠要"的消极思想，引导树立勤劳致富观念。三是大力整治"红白喜事"大操大办的不正之风。积极协助完善"村规民约"，积极倡导婚事新办、喜事简办、丧事俭办，降低群众"人情"负担。

3.疫情防控工作

在年初的新冠疫情发生后，驻村工作队将村民的生命安全放在第一位，所有队员在大年初二到岗工作，第一书记带领驻村工作队、村"两委"迅速反应、严密设防，避免了疫情的蔓延。驻村队员们徒步走村入户耐心说服村民，劝缓了10余家喜宴，并对返乡人员，特别是从湖北回来的6名返乡人员实施动态监控，制定返乡人员信息统计表；驻村队员及村干部对全村从外地返回的近300人进行了逐个走访、适时观察，并建立了信息统计表；对部分人员采取了由工作队队员和村委干部分头对他们全程监控的措施。防控期间共发放各类宣传资料800余份，流动宣传每天1次以上，疫情排查及防控工作落细落实。经过近1个月的奋斗，富裕村的近300名返乡人员均未出现异常情况。

（二）深化产业发展，构建持续增收格局

1.实现"一村一品"目标

长远发展靠产业，驻村工作队因地制宜、积极研判，确定适合该村特点的产业项目。经过前期的实践和努力，全年为农户提供农业种植、管护等相关技术培训200人次，核桃产业已达3000余亩5万余株，种植户覆盖了全村农户的96.4%，户均种植规模11.7亩175株，实现了核桃产业全覆盖。目前，核桃产业已成为富裕村农户稳定增收的主导产业，是富裕村村民脱贫致富的重要产业之一。

2.致力发展特色产业

充分利用国家退耕还林优惠政策，结合村气候、土壤等特点，大力发展特色种植产业，今年新种植的玉米600亩、高山土豆300亩、雪莲果100亩获得了较好的丰收，为群众增收及脱贫打下了坚实的基础。

3.培育壮大集体经济

按照"党支部＋专业合作社＋农户"的发展模式，采取"保底分红＋股份分红＋村集体分红"的方式，为全村合作社的社员人均分红350元，不仅带动了村民的积极性，而且推动了集体专业合作社对贫困户产业带动的全覆盖，为村民增收丰富了路径。

（三）拓展帮扶路径，加快脱贫致富步伐

1.加强对口帮扶单位联系，多方争取资金

积极联系帮扶单位及爱心企业到村参观和调研，全面推进农业生产、基础设施建设、技术培训等各方面帮扶工作，解决了产业发展、技术培训的部分经费，累计落实帮扶资金30万元，协调5万元修建了岑龙小学校门。

2.拓展农特产品销售路径，帮助农户增收

为解决好农产品滞销问题，驻村工作队多次深入农户家中对农产品销售需求及滞销情况进行调查摸底，积极为村民的农副产品代言，为其寻求推销渠道。一是"618"活动期间，驻村第一书记在"京东""腾讯"等购物平台直播"带货"，吸引了近100万人次观看，当天的经济收入达5万余元；主动对接秀山"网红"刘哥，编导拍摄搞笑小视频，吸引眼球暗推产品，点赞量达100多万次，同时为农村电商发展积累了宝贵的经验。二是充分利用现有的"山水隘口"微信公众号平台，线上销售富裕村独具特色的土猪肉、高山土豆、萝卜、白菜、雪莲果等农产品。三是主动对接市政府口岸物流办、重庆市农村商业银行等对口帮扶单位，利用消费扶贫解决村民农产品销路问题。四是通过"学习强国"App宣传富裕村的高山土豆、金丝黄菊、"山银花"等特色产品，"学习强国"App累计登稿5篇。截至2020年年底，消费扶贫取得了良好效果，累计帮助全镇村民销售农产品近百万元。

（四）引导劳务输出，实现富余劳动力增值

在加强产业"引进来"的同时，做好富余劳动力"走出去"工作。一是引导富余劳动力前往秀山县工业园、重庆主城、广东等地务工增加收入；二是在本村及邻近村实施是扶贫开发、公路、水利、电力建设等项目中寻求合适岗位，让富余劳动力通过参加工程建设增加收入；三是增加公益岗位，在解决公共管理问题的同时增加部分困难群众的收入。富裕村全年共转移务工人员640人，人均增收超过7000元；另新增公益性岗位2人，总数已达8人；新增护林员7人，总数已达26人。

（五）细致研究工作，注重总结与反思

富裕村驻村工作队多次进行实地考察，征求群众意见，多次召开专题会议研究帮扶工作；协调政府部门，到高校邀请专家来实地论证，最终促成了核桃种植、民宿等项目在富裕村的落地。同时，注重总结工作经验，驻村第一书记贾曦坚持撰写驻村日记，目前已经完成日记近300篇；他也在学习强国App、新华社内参《高管信息》、中国金融信息网等平台发表了多篇决策、建议及扶贫相关文章，撰写的疫情防控有关建议材料被新华社《经济分析报告（特供中央版）》采纳，并获得了良好效果，贾曦也因此荣获重庆市教委2020年度"学习习近平总书记关于扶贫工作的重要论述征文活动"一等奖。

三、反思工作问题，推进脱贫攻坚有效衔接乡村振兴

富裕村驻村工作队虽取得了一定成绩，但也存在一些不足，主要表现为：一是仍有部分村民存在内生动力不足的问题，对产业发展信心不足，部分村干部对扶贫工作也有疲软表现。二是一些规划未按时实施，如文化广场、车站等项目未能按进度开工。

驻村工作队将深化"不忘初心，牢记使命"主题教育成果，以习近平新时代中国特色社会主义思想为指导，进一步明晰工作思路，创新工作方式方法，履职担当、攻坚克难。一是继续加大扶贫政策宣传力度，切实转变贫困户脱贫致富观念，鼓励和帮助有劳动能力的扶贫对象通过自身努力摆脱贫困。二是加快规划项目的实施，继续抓好核桃管护等重点项目的建设，鼓励致富带头人扩大规模，增强其他村民发展产业的信心，提高群众的生产生活水平。

富裕村驻村工作队

2020年12月16日

媒体报道

当前位置：首页 > 新闻 > 全国信息联播

秀山驻村第一书记贾羲直播带货为脱贫助力

| 日期：2020-06-30 11:05 | 作者： | 来源：华龙网-新重庆客户端 | 【字号：大中小】 | ⊚ 打印本页 |

华龙网-新重庆客户端6月30日6时30分讯（通讯员 吴国超）昨（29）日，笔者了解到，今年众多农产品陷入滞销困局，电商直播带货成为当前促进消费增长的新动力。重庆市秀山县隘口镇富裕村驻村第一书记贾羲正是看中这一点，积极投身直播助农行动，通过开展各类场景的直播带货为富裕村农产品打开新的销路。今年"6·18"期间，他通过参加电商直播带货活动，销售富裕高山土豆等农产品千余件，为民增收5万余元。

土豆丰收面临滞销

隘口镇地处渝湘黔交界的武陵山区，山高林密，是重庆市十八个深度贫困乡镇之一，富裕村更是该镇最偏远的乡村。为了让大山深处的村民实现脱贫致富，近年来，隘口镇依托生态资源优势紧抓产业发展，在全镇发展了银花、黄精、金丝皇菊、茶叶、土豆等特色种植产业，并取得明显成效。据隘口镇统计，众多扶贫产业中，该镇今年仅土豆一项，产量就达到了200万斤，只富裕村今年就种植了土豆400余亩，产量达到100万斤。

"贾书记，我上回拉了两车土豆给他们饭店送过去，他们现在暂时不要了，你帮我想个销路呗。"

"贾书记，今年土豆产这么多，卖不上价怎么办嘛？"

……

今年5月，富裕村的土豆迎来大丰收，村民担心土豆产量大增不但卖不上价，还可能因滞销而烂在土里，纷纷向贾羲反映情况，希望他能帮忙想个办法。

"绝不能让土豆烂在土里，必须快速有效地把土豆销售出去！"贾羲意识到问题严重性。今年，受疫情影响，大多数村民没有外出务工，收入已经严重"缩水"，地里的土豆如果再滞销，不仅打击村民的种植积极性，部分脱贫户还将面临再次返贫的风险。

找出路，尝试直播带货

"不能让土豆烂在土里，必须快速有效地把土豆销售出去！或许直播带货是个好方法。"依托当地建设的电商扶贫产业园，贾羲想方设法与全国各大电商平台进行联系，希望可以通过互联网的力量把隘口的农产品推销出去，让农民真正实现脱贫。

"赵书记，今年不是流行直播带货嘛，或许咱们村的这些农产品也可以走这条路试试。"贾羲和村支部书记赵茂兴商量道。

"可以试一试，这样嘛，你年轻点，你来弄这个直播带货，我负责线下销售。"贾羲的想法得到赵茂兴的认可和支持。

于是，贾羲一边自己在网上寻找直播的平台，一边与镇上的电商扶贫产业园进行对接，希望通过他们与全国大型电商平台取得联系，利用互联网的力量把富裕的农产品推销出去。

可是，因为自身流量太小，贾羲在一些平台上作过直播后，效果并不理想。"进入直播间的人很少，更别提购买力了，还是要和大平新华财经｜中国金融信息网　中国　全站导航　▼　济安全信：中国基金市场数据分析周报（2020.08.17—

首页 > 中国财经 > 区域经济 > 重庆市秀山县多措并举全力恢复春耕生产

重庆市秀山县多措并举全力恢复春耕生产

中国金融信息网　2020年03月02日14:07　分类：区域经济　　　　　　打印　大中小　我要评论

核心提示： 目前，重庆秀山县城及各乡镇疫情防控进入向好态势，在高度重视疫情防控的同时，尽快恢复农业春耕生产，把耽误了的时间赶回来，把损失控制在最低限度。

等工作。油菜田要进行补水保苗，防止倒伏。高山洋芋是富裕村的特色产业，要立即下种，家庭有困难、缺劳力的农户，要发动党员、志愿者进行帮扶，保证下种的质量和数量不减少。

三、引导农资企业和村组对接。当务之急是要迅速拆除交通要道上的设置的障碍，打通运输梗阻，确保春耕生产所需的种子、化肥、农药等农资运输畅通。驻村干部和村基层领导要发挥组织协调作用，把有信用、靠得住的农资企业引进村组，开展"点对点"的生产、配送，确保农民有农资可用。加强农资市场监管，严厉打击制售假冒伪劣产品，让农民用上放心农资。

四、开展技术指导服务。驻村干部和村级领导要及时和相关农业专家联系，组织专家对农作物进行技术指导。目前，尤其应把预防倒春寒、病虫害以及增产稳产的技术措施落实到人。还要利用好微信、抖音等手机软件，开展在线培训、在线指导、在线答疑。要在做好疫情防控的前提下，组织农技人员进村入户开展必要的实地指导，帮助农民解决春耕生产中的实际困难和问题。

五、加强乡村电商平台建设。目前，隘口镇建立了"山水隘口"电子商务平台，为当地农副产品销售、帮助农民增收等方面发挥了一定作用。但是，这里还存在基础设施相对落后、农产品品牌特色不明显、物流体系不完善、人才匮乏等问题，需要采取有力措施，进一步加大农村电子商务建设力度。

六、抓好病虫害防治和动物疫情防控。随着天气转暖，小麦条锈病、油菜菌核等病的发生不可避免。村级干部要加强监测预警，及时发布病虫信息，做到早发现、早预警、早防治。同时，农村也有很多养殖家畜家禽，必须严格执行疫情监测、诊断和报告制度，强化免疫工作，搞好养殖环境消毒，落实病死畜禽无害化处理责任。

一年之计在于春，大好春光不容错过。我们一定要抢抓时节，不负春光，用驻村干部的实际行动来巩固脱贫攻坚的成果，让广大农民在大疫面前粮食不减产，生活不下降。（贾曦）

网用软件张
应用场景之一

国家行政学院
资源高效流通是

张家港：深度
新一体化

福建涵江网络
经济新发展

邮储银行江苏
乡村振兴致富路

网站首页 时政 国际 财经 台湾 军事 观点 领导 人事 理论 法治 社会 产经 教育 科普 体育 文化 书画 房产

 人民网 >> 重庆频道 >> 区县 >> 区县头条

抗击疫情重庆时刻系列报道

富裕村第一书记：带领驻村工作队筑起防疫墙

2020年02月12日17:32 来源：人民网-重庆频道　　　　　　　　　　分享到：

　　人民网重庆2月12日电 "大家尽量少出门，要做好清洁卫生，勤洗手，出现疫情症状及时和村委会反映……"近日，重庆商务职业学院选派的秀山县隘口镇富裕村第一书记贾曦向来往村道卡点的村民嘱咐道。

　　秀山县隘口镇富裕村地处渝黔交界处，是秀山县隘口镇最远的一个村，通外路口多，返乡人员繁杂，防控形势严峻。为阻断新冠肺炎疫情向村里蔓延，驻村工作队队员和村支两委春节期间提前上岗了，贾曦也是其中一员。

　　据了解，贾曦所在的驻村工作队发动村支两委干部、村民代表对全村实行责任到人、网格化管理，为村子筑起一道防疫墙。白天，贾曦和村干部、工作队员到各个村民小组张贴宣传标语、发放宣传资料，了解人员流动情况和居家隔离观察户情况；晚上，他们到主要村道卡点实地查看，用音箱流动宣传。10多天来，他们不是奔走在村道上，就是在各卡点的执勤中。

　　春节期间，一位村民准备为儿子办订婚礼，在自家门口搭好棚子，支起锅灶，工作队知道情况后，立即到户进行劝解。"喜宴您后面随时都能再办，眼下安全才是第一位。"，"如果参加宴席的有一个携带者出现，就会让喜事变坏事。"在贾曦苦口婆心的劝解下，该村民最终放弃了举办筵席的念头。

　　除了办喜宴，工作队还发现当地村民喜欢聚众烤火、打牌，在核实情况后，立即组织村"两委"干部通过微信、QQ等方式，提醒广大群众加强自身防护，养成健康的个人生活习惯和公共卫生习惯。

　　据了解，目前，富裕村驻村工作队已完成对全村近300名返乡人员的逐个走访工作，并建立了信息统计表，实现了入户排查全覆盖，劝导停办各类酒席10余起，向村民发放各类宣传资料800余份。（胡虹、张睿）

重庆日报

新闻 NEWS

关键词

首页　重庆　时政　区县　时事　理论评论　专题

■ 重庆日报网 > 正文

秀山富裕村第一书记贾曦：带领驻村工作队 打响疫情防控阻击战

来源：**重庆日报全媒体**

时间：2020-02-06 16:15:06 | 记者：　富裕村地处渝黔交界处，是秀山县隘口镇最远的一个村，通外路口多，返乡人员复杂，并有很多农户准备在春节期间大办喜宴，为防止新型冠状病毒传播带来了一定的难度。驻村工作队和村支两委在这次战役面前，提前布局 | 编辑：罗建军

富裕村地处渝黔交界处，是秀山县隘口镇最远的一个村，通外路口多，返乡人员复杂，并有很多农户准备在春节期间大办喜宴，为防止新型冠状病毒传播带来了一定的难度。驻村工作队和村支两委在这次战役面前，提前布局，严防死守，不惧疲劳，昼夜奋战，将疫情拒之村外，为保一方百姓平安做出了贡献。

反应迅速　甘当逆行者

1月25日，返回重庆主城不久的富裕村驻村第一书记贾曦，在看到新闻播报的新型冠状病毒感染肺炎疫情时，他觉察到这是一场与疫情争分夺秒的战役。

今年春节，富裕村有250多人要从外地返回，其中还有一些是从武汉或湖北回来的人员。富裕村通往湖南、贵州的村道也有多条，人员往来比较频繁，如果不及时防控，有可能造成疫情的传播。

于是，他立即用微信和驻村工作队及隘口镇领导联系，主动请缨要返回富裕村。相关领导都回复同意返村并注意安全。为了能尽快到村，贾曦还退掉了第二天中午返秀的火车票，1月27日天还没有亮，贾曦便从重庆主城出发，驱车行驶400多公里，下午就返回富裕村启动了防控工作。贾曦在回富裕村的路上也电话通知了另外两名工作队员，他们也分别从秀山县城及有关乡镇于第二天返回到村。

严密设防　堵住传播通道

驻村工作全体同志返村后，立即与村干部召开了工作会议，分析了全村的防控形势。大家一致认为，富裕村驻地分散，通往外地的路口多，一些有贵州亲戚的村民可能要互相走动。所以，必须守住路口，才能防止因人员流动所带来的传播。

1月28日，富裕村驻村工作队、村支两委人员踩着积雪在通往贵州的两处路口设置了路障及劝导点，并由驻村工作队员和村干部分头负责。2月1日，富裕村又下了一场小雪，天气非常寒冷，可是大家轮流坚守在

重庆日报 | 重庆日报农村版 | 重庆科技版
重庆日报报业集团主办

◀上一篇 下一篇▶　　　2019 年 11 月 27 日 星期三　　　放大⊕ 缩小⊖ 默认○

第一书记和他的"扶贫日记"

"8月30日，天气晴，昨天晚上只睡了不到4个小时，因为第二天就要到秀山县隘口镇报到而辗转反思导致失眠。今天早上8点10分，我就和另一位也是即将驻村的"战友"一起上路，经过近7个多小时的车程，终于到达了秀山县隘口镇。

8月31日，阴，今天上午和同行的"战友"一起走访了富裕村，这个村是离隘口镇较远的村。不过这个村山水秀丽，村里的几个组的村民也恶忠特别淳朴，下一步我的工作也要深入到每家每户，我默默下定决心一定要认真走访完所驻村的每一户，以便开展扶贫工作。

10月11日，晚上伴着细雨，我带上强饭碗，驱车继续到家坪组去开现场会议，会议是在增长家的厨房里召开，通报扶贫对象动态管理、宣传农村医保政策及收取医保费用、做好核桃产业管护、产业路修建等工作。

10月15日，吃完早饭，我便带着两个驻村队员一起在九道河组走访农户。在返回村里的路上，我无意中看到一家农户小孩写作业的情景，顺手拍了两张照片，回来后随着照片越滤越浓下了眼眶，我发了很少发的朋友圈来得到了很多的关注，我发的文字内容是"雨天总是让人心寒，希望每个孩子都有写作业的地方。"

——这些是沙坪坝区大学城重庆商务职业学院学工部副部长、副教授贾聪聪到秀山县隘口镇富裕村担任驻村第一书记的"扶贫日记"部分节选。

今年8月，贾聪聪知要选派轮岗驻村第一书记时，就主动报名，经过学校党委研究，市商务委批准，贾聪于8月30日被派驻了我市18个重点贫困乡镇之一的秀山县隘口镇。

他主动要求来到隘里最偏远的富裕村，这里属于秀山县隘口镇的洞部，与贵州交换，距隘口镇场镇20余公里，境内山高谷深，海拔在800-1300米以上，幅员面积13.5平方公里，几十年来，受困于一个又一个"隘口"，村子真真并不富裕，曾经是秀山县重点贫困村之一。

"这里地处偏远贫困山区，基础设施建设滞后，给人民群众带来了诸多不便。"在工作的两个多月里，贾聪了解了村里的情况，并多次走访到的贫困户，带头深入核桃基地，与农户共同治理核桃树病虫害。多次组织村民小组召开了现场会议，部署了扶贫对象动态调整、农村合作医疗保险购买、今冬明春核桃树管护等工作。

当地的核桃产量高，果实品质好，据贾聪介绍，富裕村现种植3000多亩核桃，目前很多核桃初已开始挂果。下一步，将继续带领村民坚守管护好村里现有的核桃产业，通过内培外引，学习先进的管护方法和经验，确保明年核桃产业取得突破。富裕村除了发展3000多亩的核桃产业外，还要发展乡村旅游、民宿业也将是其中的重要组成部分。利用升坦临高海拔及风景秀丽的优势，引进大型民宿经营企业，打造周边的"花山花海"景点，从而带动乡村旅游发展。三是进行乡村文化建设。利用本村现有的土家族文化、红色文化、核桃文化等，结合产业的发展打造特有的文化品牌。

尽管才驻村2个多月，可贾聪已渐渐爱上了这份工作，时被描记着淳朴的村民和村里的产业，对脱贫攻坚充满了信心，正如他日记中写到的那样，将牢记肩负使命，与基层党员办公司甘苦共体力，努力成为"党派来的好干部"和"我贫致富的领路人"。通讯员 孙帆秀

◀上一篇 下一篇▶

头条　图片　重庆　视频　直播　自媒体　体育　要闻　悦读　大咖　财富　娱乐　科普　教育　旅游
汽车　专题　健康　金融　更多

富裕村第一书记贾曦：带领驻村工作队 打响疫情防控阻击战

互联网违法和不良信息举报电话：96696602-07 14:27:22　　来源：重庆日报

富裕村地处渝黔交界处，是秀山县隘口镇最远的一个村，通外路口多，返乡人员复杂，并有很多农户准备在春节期间大办喜宴，为防止新型冠状病毒传播带来了一定的难度。驻村工作队和村支两委在这次战役面前，提前布局，严防死守，不惧疲劳，昼夜奋战，将疫情拒之村外，为保一方百姓平安做出了贡献。

到
到
到

反应迅速 甘当逆行者

1月26日，返回重庆主城不久的富裕村驻村第一书记贾曦，在看到新闻播报的新型冠状病毒感染肺炎疫情时，他觉察到这是一场与疫情争分夺秒的战役。

今年春节，富裕村有250多人要从外地返回，其中还有一些是从武汉或湖北回来的人员。富裕村通往湖南、贵州的村道也有多条，人员往来比较频繁，如果不及时防控，有可能造成疫情的传播。

2020年1月25日 20:01

领导，我明天返回秀山，村里

重庆晨报 上游新闻 ｜ 微信 微博 APP 晨报 晚报 商报 上游

头条 图片 重庆 视频 直播 自媒体 体育 要闻 悦读 大咖 财富 娱乐 科普 教育 旅游
汽车 专题 健康 金融 更多

第一书记和他的"扶贫日记"

互联网违法和不良信息举报电话：9669611-07 09:05:12 来源：沙坪坝报

贾曦（右）在秀山县隘口镇富裕村与贫困户交谈。
（受访者供图）

●记者孙凯芳

8月30日，天气晴，昨天晚上只睡了不到4个小时，因为第二天就要秀山县隘口镇报到而辗转反思导致失眠。今天早上8点10分，我就和另一位也是即将驻村的"战友"一起上路，经过近7个多小时的车程，终于到达了秀山县隘口镇。

8月31日，阴，今天上午和同行的"战友"一起走访了富裕村，这个村是离隘口镇较远的村。不过这个村山水秀丽，村里的几个组的村民也感觉特别淳朴，下一步我的工作也要深入到每家每户，我默默下定决心一定要认真尽快走访完所驻村的每一户，以便开展扶贫工作……

10月11日，晚上伴着细雨，我穿上羽绒服，驾车继续到代家坪组召开院坝会议，会议是在组长家的厨房里召开，通报扶贫对象动态管理、宣传农村医保政策及收取医保费用、做好核桃产业管护、产业路修建等工作。

10月15日，吃完早饭，我便带着两个驻村队员一起在九道河组走访农户。在返回村委的路上，我无意中看到一家农户小孩写作业的情景，顺手拍了两张照片，回来后越看照片越难过流下了眼泪，我发了很少发的朋友圈希望引起更多的关注，我发的文字内容是"雨天总是让人心酸，希望每个孩子都有写作业的地方。"

汽车

消费升级如何"换"然一
智能网联汽车该如何发展？
MG领航售价9.98万起 价格
前奔驰设计师操刀，风行T5
定位中大型SUV，定价或超
时尚气息浓郁，DS7 2021

教育

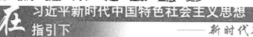

首页 > 秀山新闻 > 正文

第一书记贾羲：直播带货为农产品拓销路

06-28 17:32:05 来源:翠翠秀山客户端

贾羲（右一）直播带货。

翠翠秀山客户端讯疫情发生以来，全国众多农产品陷入滞销困局，电商直播带货成为当前促进消费增长的新动力。隘口镇富裕村驻村第一书记贾羲积极投身直播助农行动，通过开展直播带货为富裕村农产品打开新销路。今年"6·18"期间，他通过直播带货活动，销售富裕高山土豆等农产品千余件，销售额5万余元。

隘口镇地处渝湘黔交界的武陵山区，山高林密，是重庆市十八个深度贫困乡镇之一，富裕村更是该镇最偏远的乡村。为了让大山深处的村民实现脱贫致富，近年来，隘口镇依托生态资源优势紧抓产业发展，在全镇发展了银花、黄精、金丝皇菊、茶叶、土豆等特色种植产业，并取得明显成效。

据统计，众多扶贫产业中，该镇今年仅土豆一项，产量就达到了200万斤，富裕村种植土豆400余亩，产量100万斤。天然的生态资源虽然赋予农产品更好的生长空间，却也让优质农产品"锁在深闺人未识"。

"贾书记，我上回拉了两车土豆给他们饭店送过去，现在暂时不要了，你帮我想个销路呗。"

"贾书记，今年土豆产这么多，卖不上价怎么办噢？"

今年5月，富裕村的土豆迎来大丰收，村民担心土豆产量

光明教育　　时政　国际　时评　理论　文化　科技　教育　☰

首页 > 教育频道 > 职业教育 > 正文

重庆商务职业学院：特殊毕业礼为学生上好"最后一堂思政课"

来源：光明网 2020-07-01 09:44　　听⏹

　　师生种植"梦想树"、学生齐颂毕业誓词、现场赠送"向阳花"、为学生定制一个人的毕业典礼……近日，重庆商务职业学院以"情系商院筑梦芳华"为主题，精心组织了一场温情的毕业季"大思政"主题活动，学校3000多名毕业生分院系、分批次通过线上线下相聚，激发学子们爱校荣校之情、感恩奉献之心、报国成才之志，营造温馨和谐、文明有序的毕业氛围，打通大学生思想政治教育"最后一公里"。

　　一场宣誓仪式　带着母校期许奔赴前程

　　29日上午，重庆商务职业学院特殊毕业礼正在进行。本次毕业仪式采用线上线下同步进行的方式，学校领导和教师、毕业生代表参与现场活动，其余师生则通过网络直播的方式，共同参与这场特别的毕业礼。

光明教育　正在阅读：重庆商务职业学院：特殊毕业礼为学生上好"最后一堂…

　　一个人的毕业礼　帮助乡村脱贫回报社会

　　"感谢学校对我的培养，对我生活上的关心，对我工作上的关怀，是您教会我'商行天下，学润德才'，更让我知道了怎么做人……"在距离学校400多公里的秀山隘口镇，该校电子商务专业毕业生杨水青站在党旗下，从驻村第一书记贾曦（重庆商务职业学院学工部副部长、校友会秘书长）手中接过学校寄过来的毕业证书，并发表毕业感言。这场"一个人的毕业典礼"正是学校委托贾曦为其精心策划的。

　　杨水青是谁？为什么要为她单独举办毕业典礼？原来，在临近毕业实习之际，杨水青看见贾曦发布的招聘村居本土人才的通知，主动联系并表示自己愿意到基层工作，为国家脱贫攻坚贡献一份力量，"我家也是建卡贫困户，在政策帮扶下已经脱贫，我想毕业后到乡村工作回报社会、回报家乡"。贾曦被杨水青的强烈意愿打动了，经过面试考核后，杨水青于2019年12月到隘口镇政府组织办报到。

重庆法制报　　最前沿　　11版

2020年1月13日　E-mail:cqfzbwlb@188.com　责编:王海成　组版:刘杨　校对:曾巧　　　重庆长安网:www.pacq.gov.cn

高速执法部门为贫困乡村送交通安全知识"大礼包"

交通安全宣传助力脱贫攻坚

本报讯(记者杨雪)"锣鼓打敲响上台,宣传交通我们来……"1月9日,由市交通运输综合行政执法总队、重庆高速公路集团有限公司、云阳县泥溪镇人民政府主办的"我与您同行、回家平安路"春运交通安全宣传暨脱贫攻坚助力活动在云阳县泥溪镇举行,为群众和贫困交通一线的干群送上了精彩的文艺盛宴,送去春运交通安全知识的同时,也为贫困乡村送上了充满爱心的脱贫攻坚助力"大礼包"。

活动中,在春运交通安全宣传节中,市交通运输综合行政执法总队的春运交通安全文化宣传活动分队以真实的交通事故案例,细心地向在场群众讲解春运交通安全知识,讲解雨雾行车路况的注意事项,提醒大家出行时注意道路交通安全,在农资产品入股分发签订环节,市交通运输综合行政执法总队、第二支队、重庆高速公路集团有限公司东北营业分公司分别与云阳县泥溪镇福利村、江口镇小水村、龙角镇新立村等村签合签订了约11万元的农资产品入股资金。对每一户位的小羊跟口也给就先现实现到了大量的蜂蜜、红薯、粉条茶叶产品,以通过这种方式,号召全社会积极参加消费扶贫,奉献爱心,营造"人人关心消费扶贫、人人支持消费扶贫"的良好氛围,汇聚互帮互助、精准脱贫的磅礴之力。

在文艺汇演环节,由重庆市三峡曲艺团精心打扮的春运水墨歌行厅,务两个话题——知道——些的(看山看水看山里)、小品(扶贫路上)、清音(小太阳来)等等这种节目驾驭上演,特别是春运交通安全文化宣传三分队融融贯穿三句半(交通安全记心中),以生动活泼的表演形式真正送到贫困群众心中,此外,主办方在文艺汇演过程中颇回发放了加的春运交通安全的奖好评节目,在把欢乐送到群众心间的同时,也把一次交通安全知识。

据市交通综合执法总队春运交通安全文化宣传三分队的负责人介绍,此次活动通过"我们的中国梦——文化进万家"为主题,结合交通运输的实际,用于动员员交通运输的主题共同参与消费扶贫的倡议,以及在交通运输综合行政执法总队关于开展春运交通安全文化下活动的总要求的背景下,除了举办以此次活动外,对交通运输综合行政执法总队的……

相关新闻

高速执法四支队开展便民服务活动

本报讯(记者杨)21月10日上午成渝高速路沿线车流量大,市交通运输综合行政执法四支队在渝沪高速永新路服务区(出城)开展以"我与您同行、回家平安路"为主题的春运交通安全宣传和服务活动。

活动现场执法人员宣传安全知识、摆放宣传展板、通过电子屏播放安全宣传视频,执法人员向往返旅客人员发放交通安全宣传单和宣传品,活动期间,发放各种宣传资料约800余份,解答群众咨询、介绍典型案件案例。

程据,该支队执法人员还为驾驶员们表演了精心准备的一场安全文艺节目——(我好您好大家好),执法人员从交通安全出发,接地气的台词加上场现观众的一场场叫好声。

此外,执法人员在广大客户人员进上暖心春茶、药品,真诚问候(祝您新年快乐,一路平安),温馨热情的服务让众人感受到了"情满旅途"。

通过此次活动,进一步拉近了广大客货人员与执法人员的距离,活动期间,直发放各种宣传资料约800余份,解答群众咨询,介绍典型案件案例,让旅客感受到安全文化节日的温馨喜庆的氛围的同时,也进一步提高了春运期间的广大客运人员的都有自我安全意识和守法意识,营造了执法为民安全文艺节目等。

"80后"副教授主动请缨到偏远贫困村帮扶——

"第一书记"和他的扶贫日记

贺曦(左一)到贫困学生家中核验(资料图)

2020年1月2日,天气阴转小雨。一大早我便开始协调"山水绿O"电商平台、联系重庆商务职业学院的第一批富裕村农产品的事情,学校考虑已经推出了让海万民的的清单,将已记指校内、高山洋芋、罗卜、白莫等,协调花电商平台点,农又联系村面走低组织农产品。

2020年1月3日,天气小雨转阴。近来东西部协作务扶贫点、党的十九届四中全会精神宣讲、"不忘初心、牢记使命"主题教育等等,参观学校师生与扶贫村队与我来到秀山县仙镇双坝村的贫困户,吴海伟所幼小相伴小明同学家,约的他小学三年分别支受到了一万余元的核查的,通过宣传寻对国家政策内的贷款助发,我引才很据从是天叫长时,于是马上送往沙苗,然尚社和贵活动力中。

2020年1月4日,天气小雨。吐杜平饭后,送姐对某某师家访谈,钱足是族,我们3次驻村工作队作队到的核验者都是占了现民学校的感受到,今相省爱从都有某家的三个小学生,这个人上到王若子,家中第三子等女还在是些上小学前年,我组村工作队为们组进了王家当需给补查,这个群众都深知当过开心的有好某,我的村队才们组一去送后就是家里半杯,于是马上送往沙苗,然尚社和贵活动力中。

……

这些天,帮扶村区大学城重庆商务职业学院接工经理国长长,与被副授理增,到将山县涌口镇富裕村当处的第一书记的"扶贫日记"部分片段。

2019年8月,我请缨开始协调"山水的第一书记"的"80后"副教授主动请缨,到经过学校支委研究后,于8月30日被派往了双坝村18个重点贫困乡镇之一的涌口镇出任。

他主动要求来到涌口镇最偏远的……

富裕村,起虽与贵州省交界、翻越口城乡镇20余公里、境内山高谷深、海拔在800米以上、塔县距村13.5平方公里、八十余岁、是富出的一个一个"隘口"、村子是不富裕,曾经是秀山县重点贫困村之一。

……这里城比偏恶贫困山区,基础位施薄逐落海后,给人民群众带来了诸多"不便"。在工作的4个多月里,贺曦了解了村里的情况,并多次走访村里的贫困户,号召村人,依据据是本地到与农区共同脱这贫脱困的状态讲途。同时,多次组织村民小组召开了情况分析会,充分了扶贫对象的动态变化,并认合作发展了贫困户的造血功能,在真贫、真扶真帮助上下功夫,找合作方法让贫困户在家门口,可以让全家可以致富增收。

尽管驻村4个月,可贺曦已渐渐爱上了这份工作,在涌口镇建设得到的一些村民村组的产业,对富裕村进行了实打实的帮扶引导,他正如他日记中写到的那样:将来记忆定能做,与基层党员群众在这份共事期里,努力成为党政乡村的"好干部"的"脱贫致富的的"好主人"。

记者谭剑

垫江县:

压实安全生产责任
确保平安和谐稳定

本报讯 近日,垫江县召开了安全生产与自然灾害防治工作会议,会议对2019年全县安全生产与自然灾害防治工作进行了总结,并对2020年进行了具体部署。

会议指出,安全生产是头等大事,切不可掉以轻心,要进一步增强风险意识和底线思维,时刻警惕安全生产过程中,及时做出来出地,做到对防范化解重大安全风险对症应对、有备无患、做在平时、做在基层,进一步加强安全生产防控体系建设,专业队伍和能力建设,扎实开展高危建筑、道路交通、危险化学品、烟花爆竹等重点领域、重点行业安全生产专项整治行动。

会议要求,要强化领导责任和底线思维,要进一步要压实实安全生产责任,促使政府行政任务、部门监管责任、企业主体责任,形成合力,确保全县经济社会平安和谐稳定。

记者 徐兴勇

共青团秀山自治县委:

开展春运主题活动
关爱返乡务工人员

本报讯 近日,共青团秀山自治县委联合县相关部门在溪谷花广场服合开展了"春暖童乡·送暖国家"暨送乡务工人员关爱行动。

活动的目的是在组织思想的市民群体回返乡务工人员,在众家未就年人前实事际情绪、各县立企业还给年轻务民关怀,同时,现场运有青春、废城等种种的文艺日服里。

据介绍,在春运期间,回本委还来在车站、客广场等人群集中的主题布置互动宣示集,无分利用各节日来关爱的村村的时机联系困难青年,进一步提高共青团的引力和凝聚力。

记者 姚绵晖 通讯员 肖 训

交通执法巴南区大队:

某公司租车邀客户郊游
客车因非法营运被查获

本报讯 公司邀请客户郊游,但租用的车却无运输资质证。春运前夕,交通执法巴南区大队查获了一辆非法营运客车。

1月10日早上9点50分,交通执法巴南区大队执法人员在某城大道的某殿开展执法检查,发现一辆牌照为渝AY3****的金龙大客车,此时车内坐满经排得非常满座,执法人员即时上前进行拦截。

经检查,驾驶员无某人提供任何驾驶证,无运路运法输证、租货合同无签合同书,行驶证上明确认定本性质的"营转非"。

车上都都来到老年人,经执法的执法人员追问,他们是某公司邀请,分别从沙坪坝头星桥和里集团上来,到大渡河河前部聚,这公司工作人员称,车上乘客是某某,有某4名分公司工作人员,其余都是公司邀请到某某,此次出行,公司支付了900元的车费。由于认违,驾驶员对某种法规营运行为涉嫌未经许。

由于该某先道路运输违法,某行为涉嫌未经许可而进行公共汽车客运运营,当天大队执法人员将该车依法进行扣,并将其法法行为进行了扣证。

记者 舒贤荣

合川区三汇镇:

开展铁路护路宣传活动
提高村民出行安全意识

本报讯 近日,合川区三汇镇为保障2020年春运期间铁路沿线安全运行畅通,通过结合在重庆市宣传和铁路沿线入户走访等方式,在辖区开展铁路宣传护路活动。

活动中,10名志工作人员给居民发放(重庆市铁路安全管理规定)(铁路护路警示知识)等宣传,向发往社区工作情铁路护路安全知识;走访铁路沿线村民54户,派发安全宣传12张,确保其周的开普及。

此次宣传活动切实增强了三汇镇居民的铁路安全意识及重视铁路隐患的自觉性,为确保辖区铁路沿线安全稳定和居民的安全起到了积极的推动作用。

通讯员 邓 塾

华龙网 comews.net 今日重庆》通讯员

秀山：驻村第一书记贾羲直播带货为脱贫助力

2020-06-30 06:30:00 来源： 华龙网-新重庆客户端 0 条评论

　　华龙网-新重庆客户端6月30日6时30分讯（通讯员 吴国超）昨（29）日，笔者了解到，今年众多农产品陷入滞销困局，电商直播带货成为当前促进消费增长的新动力。重庆市秀山县隘口镇富裕村驻村第一书记贾羲正是看中这一点，积极投身直播助农行动，通过开展各类场景的直播带货为富裕村农产品打开新的销路。今年"6.18"期间，他通过参加电商直播带货活动，销售富裕高山土豆等农产品千余件，为民增收5万余元。

贾羲（右一）参加京东"百位公仆西南区101大联播"直播带货。隘口镇富裕村供图 华龙网发

499

他主动要求来到镇里最偏远的富裕村，这里属于秀山县隘口镇的南部，已经与贵州交接，距镇里20公里，境内山高谷深，海拔在800--1300米以上，幅员面积13.5平方公里。全村下辖6个村民小组，农户248户1468人，全村有低保户10户15人，五保户6人，残疾人21人，建卡贫困户37户218人。

沙坪坝区一高校副教授为贫困村直播带货 引100万人次观看

"翠竹幽幽长堰土，雨雾朦朦千盖牛；流水淙淙九道河，特色古朴大龙门""东绕西缠架上爬，青醪醉有黄白花……""这是我初到脑口镇富裕村看到这里的美景和漫山遍野的金银花时，不由自主地作的诗。脑口镇山美水美，物产更美，到了那里，就会自然地数发你的诗情画意。"贾曦是驻区重庆商务职业学院的学工部副部长、副教授，他是秀山县脑口镇富裕村的驻村第一书记。近日，他在腾讯直播节重庆站、京东"百位公仆西南101大联播"中把丰富的知识渗透到带货的直播中，引来百万人次观看。

"这位主播太有才了"，"说得我就想买了"，"有这样的人到农村任第一书记，脱贫有希望了"。滚动字幕上，不时出现这观众们送来的好评。

秀山县脑口镇地处渝湘黔交界的武陵山区，是国家级风景区梵净山的余脉。这里山高林密，空气清新，生产的农产品原生态、无污染、品质好。但是，这里交通不便，农产品仍然是"锁在深闺人未识"。

贾曦到这里担任第一书记后，就想方设法与电商平台进行紧密联系，不仅努力改进电商平台的经营现状，还希望把这里的农产品推销出去，让农民真正实现脱贫。可是，他之前在一些平台上作过直播后，终因这些平台太小，辐射力不够，效果不理想。

今年618购物节快到了，贾曦就四处奔走，终于联系上了"京东"、"腾讯"这样大的购物平台。还在重庆来福士广场景观楼上摆开了带货直播。展示脑口镇富裕村的农产品，助力精准扶贫。

在此期间，贾曦向观众展示了富村村民精心种植高山土豆、金丝皇菊、山银花等农副产品。他妙语连珠的直播推介，不仅让大家看到真正的优质农副产品，还获得了有关农副产品的不少知识，观众们连连叫好。在最近的几次直播中，吸引了近100万人次观看，累计点赞量达几百万次。

501

〈　沙坪坝手机台

抗疫在行动|第一书记带领村民一手抓疫情防控，一手保春耕生产

2020-02-13 访问量：**6301**次

大年初二，重庆商务职业学院职工、秀山县富裕村驻村第一书记贾曦从重庆主城出发，驱车行驶400多公里返回秀山县隘口镇富裕村。

春节期间，富裕村有近300名务工人员要从外地返回，其中还有一些是从武汉或湖北回来的人员。贾曦带领驻村工作队、村支两委迅速反应，严密设防；耐心说服村民，劝缓10余家喜宴；并对返乡人员，特别是从武汉及湖北回来的6名返乡人员实施动态监控。经过近20天的奋斗，富裕村的近300名返乡人员尚未出现异常情况。

秀山富裕村第一书记贾曦：带领驻村工作队 打响疫情防控阻击战

导编：付冲 | 字号 A A A | 来源：重庆日报 | 发布时间：2020/2/7 10:58:58 |

富裕村地处渝黔交界处，是秀山县隘口镇最远的一个村，通外路口多，返乡人员复杂，并有很多农户准备在春节期间大办喜宴，为防止新型冠状病毒传播带来了一定的难度。驻村工作队和村支两委在这次战役面前，提前布局，严防死守，不惧疲劳，昼夜奋战，将疫情拒之村外，为保一方百姓平安做出了贡献。

反应迅速 甘当逆行者

1月26日，返回重庆主城不久的富裕村驻村第一书记贾曦，在看到新闻播报的新型冠状病毒感染肺炎疫情时，他觉察到这是一场与疫情争分夺秒的战役。

今年春节，富裕村有250多人要从外地返回，其中还有一些是从武汉或湖北回来的人员。富裕村通往湖南、贵州的村道也有多条，人员往来比较频繁，如果不及时防控，有可能造成疫情的传播。

于是，他立即用微信和驻镇工作队及隘口镇领导联系，主动请缨要返回富裕村。相关领导都回复同意返村并注意安全。为了能尽快到村，贾曦已退掉了第二天中午返秀的火车票，1月27日天还没有亮，贾曦便从重庆主城出发，驱车行驶400多公里，下午就返回富裕村启动了防控工作。贾曦在回富裕村的路上也电话通知了另外两名工作队员，他们也分别从秀山县城及有关乡镇于第二天返回到村。

严密设防 堵住传播通道

驻村工作全体同志返村后，立即与村干部召开了工作会议，分析了全村的防控形势。大家一致认为，富裕村驻地分散，通往外地的路口多，一些有贵州亲戚的村民可能要互相走动。所以，必须守住路口，才能防止因人员流动所带来的传播。

1月28日，富裕村驻村工作队、村支两委人员踩着积雪在通往贵州的两处路口设置了路障及劝导点，并由驻村工作队员和村干部分头负责。2月1日，富裕村又下了一场小雪，天气非常寒冷，可是大家轮流坚守在路口，耐心劝返走亲戚的人员。

细沙河组、代家坪组有两个路口是通往贵州两岔河村的必经要道。当地村民要过来走亲戚，白天经驻村工作队劝返后，一些人还试图晚上来串门。

贾曦从村民中了解情况后，晚上也开始到路口巡察，附近的村民也自觉地参与到行动中来。他们在很多小路上都设置了障碍，如遇到有障碍移动的痕迹他们就会立即告诉工作队。经过工作队和村干部的在全村的严密设防，减少了人员的流动，阻止了疫情相互蔓延。

耐心说服 阻止多家喜宴

在富裕村，群众有利用春节、人流返乡的机会大办宴席的习惯。今年就有几户村民已在自家的门口搭好了棚子，支起了锅灶，有的是准备为儿子办订婚礼，有的是准备过寿宴。工作队员及村干部知道情况后，就立即到户进行劝解。

富裕村第一书记贾曦：带领驻村工作队 打响疫情防控阻击战

重庆日报　　02-07 12:37　　　　　　　　　　　　　　浏览量　2272

　　富裕村地处渝黔交界处，是秀山县隘口镇最远的一个村，通外路口多，返乡人员复杂，并有很多农户准备在春节期间大办喜宴，为防止新型冠状病毒传播带来了一定的难度。驻村工作队和村支两委在这次战役面前，提前布局，严防死守，不惧疲劳，昼夜奋战，将疫情拒之村外，为保一方百姓平安做出了贡献。

第一书记贾義：直播带货为农产品拓销路

06-28 17:32　　　　　　　　　　　　　　　　　　　浏览量　2845

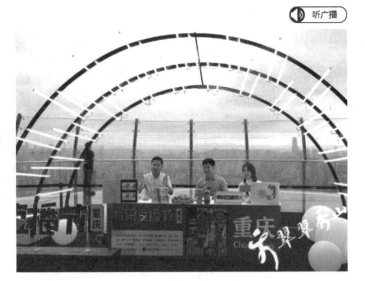

富裕村驻村工作队借力电商平台 助推消费扶贫

山水隘口 1号17日

去年10月以来，驻村工作队多次深入农户对富裕村的农产品销售需求及滞销情况进行了摸底，积极为村民的农副产品进行代言、寻求推销渠道。

在了解到村里的高山洋芋、萝卜、白菜、雪莲果等农作物无公害、原生态、质量好，但村民特别是贫困户苦于没有销路，存在增产不增收的情况后，富裕村驻村工作队提出：一是要充分利用现有的"山水隘口"微信公众平台，销售富裕村特有的高山洋芋、萝卜、白菜

富裕村驻村工作队开展走访慰问系列活动

山水隘口 1月5日

岁末年初，寒冬时节，富裕村驻村工作队开展了走访慰问"五大"暖心活动。

1 为贫困小学生送书包

为推进贫困助学工作，富裕村驻村工作队及重庆商务职业学院共同为村里在岑龙小学就读的贫困小学生发放了拉杆书包及水彩笔套装。在发放现场，孩子们脸上都洋溢出了开心的笑容。

（杨正明拍摄）

总第449期

01

2020.01.08

新华社
高管信息

○ 重庆长寿"慢城"挖掘农旅融合新路
○ 国家级新区引领区域高质量发展
○ 钢铁企业增产不增效 去产能成果需巩固
○ 用地难困乡村旅游发展制约的因素
○ 制造业仓促"智能化"警惕"反噬"风险
○ 文旅小镇建设须防"高开低走"运营受困
○ 油茶产业为何叫好不叫座
○ 重庆一汽车租赁公司未按约定退押金成投诉热点

重庆

新华通讯社主管　中国经济信息社主办

·54·　　　　新华社《高管信息》　　　第01期总第449期

专家建议

来自脱贫攻坚一线驻村第一书记的思考和建议

编者按：习近平总书记在指示精准扶贫工作时多次强调"因村派人要精准"，就是要选准强派驻村第一书记，第一书记是精准扶贫的重要支点，是脱贫攻坚的重要方式。多位在重庆深度贫困乡镇一线工作的驻村第一书记，不仅用自己的行动来回报组织的信任和贫困村群众的期盼，同时，也结合当前的驻村扶贫实际，带来有价值的思考和建议。

秀山县隘口镇富裕村驻村第一书记贾曦建议：

一、要压实驻村扶贫工作主体责任。驻村工作队承担着打赢脱贫攻坚战的重要责任，如果驻村干部无责任感，必然出现"帮扶不力、管理不善"等问题，因此要牢固树立"四个意识"，指导村党支部把好党建工作，与贫困群众交心、交朋友、同甘共苦，真正依据在贫困村的情况和群众切身的实际需求，根据掌握的情况积极协调有关部门进行帮扶帮扶。

二、要完善驻村工作队激励和考核机制，充分调动驻村工作队的积极性，使驻村工作队扎根基层，扎实开展工作。派出单位及所属乡镇不仅要在生活上给与驻村干部关心，而且要严格执行中央关于驻村工作队成员提拔使用、职称评定优先考虑驻村经济干部的政策，特别要要通过选优秀驻村干部机制及驻村干部联务联系晋升的实施细则，制定出切合实际可行性的考核办法，对在推进脱贫攻坚工作中下了苦功夫的驻村工作队及队员给予表彰和奖励；对工作推进不力的给予批评，对工作消极散漫、无视组织纪律的队员召回并予以批评处理。

三、要建强壮大村支两委及驻村工作队人员。目前还存在个别村居党组织软弱涣散的现象，村干部不仅年龄偏大，而且素质能力参差不齐，基层堡垒作用没得到有效发挥；驻村队选派人员素质不高，个别驻村队存在"混日子"现象。建议加强村支两委干部队伍建设，通过内培外引打造政治觉悟高、

第01期总第449期　　　服务国家发展战略　　　　·55·

业务能力强、年轻有担当的村干部，通过建强基层党支部，把战斗堡垒筑得更夯实；区县在选拔驻村队员时一定要按照相关文件要求，确保把符合条件、能力素质较高的优秀干部选拔推荐去驻村工作，切实能配合好驻村第一书记开展好驻村帮扶工作。

四、加强对贫困户扶志和感恩教育。目前仍有建卡贫困户有"守株待兔"情况，"等、靠、要"及"得到资助理所应当"的思想依然存在。建议多从思想、精神上鼓励贫困户，推进贫困户思想、精神脱贫，树立脱贫信心；从感情上拉近与贫困户的距离，让贫困户感受到帮扶的温暖，帮扶责任人不光要开展物质帮扶，更要开展思想、精神帮扶，同时要向贫困户多宣传党和国家的扶贫政策，让贫困户真正得到政策带来的实惠，树立"吃水不忘挖井人"意识，懂得在精准扶贫中受益后不忘感恩党和国家，树立自强自立的信心，实现自力更生、勤劳致富、感恩思进。

五、强化对村民赡养老人的教育。针对个别老年贫困户生活条件较差，而其子女的条件比较优越却不愿意赡养老人，甚至把老人户口进行单列，把老年贫困户养老包袱甩给政府的现象，建议在农村大力开展法律宣传教育，通过标语、板报、村民会议等形式的宣传，使群众了解《婚姻法》、《老年人权益保障法》等法律法规，使他们认识到赡养老人是公民应尽的义务，是法律规定的责任；提高村民赡养老人的法律意识，使有关赡养的法律规定在农村普及，使权益受到侵害的老年村民知道运用法律武器维护自身合法权益。

此外，要积极发挥人民法院对村委会人民调解委员会的指导作用，将赡养纠纷解决在最初阶段。基层民调组织应立足维护农村社会稳定，认真做好赡养问题的调处工作，发现问题多做调解、及时处理，帮助老年人尽快解决赡养问题，使赡养纠纷在基层得到及时解决，形成村委会、人民调解委员会、司法、民政、妇联等共同参与、全员上阵的调解网络，帮助农村老年人解决赡养纠纷，对不尽赡养义务的子女可根据村规民约给以批评教育，让不孝敬老人现象受到谴责，情节严重者要用法律手段约束。

六、关注扶贫项目资金的管理使用。建议通过构筑多道防线，强化项目资

总第 455 期

07

2020.02.19

新华社

高管信息

○ 毗邻湖北的重庆努力遏制疫情扩散
○ 重庆日均组织40多万人排查疫情
○ 超市账单显示：重庆居民生活消费回归理性
○ 谨防"防疫战"打成"疲劳战"
○ 调查数据：85%的中小微企业可能维持不了3个月
○ 揭开抗疫中那些"形式主义"面具
○ 新冠肺炎疫情对银行业影响几何？
○ 深度贫困乡镇抓好防控疫情和脱贫攻坚的建议

重庆

新华通讯社主管 中国经济信息社主办

第07期总第455期　　服务国家发展战略　　·55·

【专家建议】

深度贫困乡镇抓好防控疫情和脱贫攻坚的建议

本刊讯〔贾曦〕今年是全面打赢脱贫攻坚战的收官之年，但一场突如其来的疫情让贫困乡镇措手不及。当前如何在防控疫情的同时狠抓完成脱贫攻坚任务，既需要正视问题和困难，又要多想办法和对策。下面以重庆深度贫困乡镇秀山县膏口镇为例，分析出当前疫情下贫困乡镇面临的问题并提出对策建议。

秀山县膏口镇是重庆十八个深度贫困乡镇之一，其中的富裕村又是秀山县膏口镇最偏远的市级贫困村之一。全村6个村民小组、1000多村民分居住在海拔800米以上的山丘上，交通不便、土地贫瘠、水利及交通设施等基础条件差，村建直到2016年才大规模硬化。同时，当地无企业、无矿产，群众生活来源主要靠种桑蚕和外出打工，以前很多村民长期处在贫困线以下。

近几年来，通过市县网级政府的强力脱贫攻坚，富裕村比发展起特色种植，但总体上看，由于富裕村自然条件差、造血功能弱，已有的扶贫成果离稳干脱贫，自我造血功能机制尚未完全形成、风险依然处于高位，随时可能出现因疫因灾导致返贫的局面。这次新冠肺炎疫情对膏口镇这样深度贫困乡镇的农业生产、农民增收、脱贫攻坚都造成很大冲击，具体表现在以下方面：

一是村民眼下经济收入迅速减少。富裕村在深圳、广州、厦门、温州等地打工的青壮劳力有400多人，每人每年均收入超3万元以上。从去年腊月中旬开始，全村近300名务工人员陆续返回村中，春节过后，很多用工企业不能按时开工，一部分原先外出务工的村民面临着无工可打的情况，粗略统计、接外出务工人均每月3000元/月计算，仅务工返送这一块可能让全年收入减少达近百万元左右。如果疫情持续下去，支撑全村脱贫的务工收入这一部分会受到很大影响，不仅增加今年全镇完成脱贫任务的难度，也有可能出现部分返贫现象。

二是养蚕生产受到明显影响。以膏口镇富裕村为例，全村有栽桑3000余亩

5万多株，种植水稻、玉米和洋芋及其他经济作物超过1900亩，正常年景全村可以收获粮食6万公斤，洋芋、红薯约75万公斤，农民自有口粮完全自给自余。按往年的生产惯例，这个时间正是高山洋芋种植和冬小麦中稻、施肥、除草、打虫的大好时节，农民已在地里施过一次肥。打过一次药，但今年农民还在家里急急锁在地干活。只能减少每天的喂养，生猪的生长育肥受到影响。由于不能外出，也买不成猪仔，杨尤欢说，村里像他这样的养殖户都面临这样的难题一时得不到解决。村里基层牛的村民也买不到牛种和饲料，希望疫情能赶快过去。

四是村脱贫项目被堵达搁浅。富裕村抽沙河组附近的位置，经度不高，海拔却高达1300多米，具有冬暖夏凉的特点。加上山上的映山红和杜鹃花春常壮观，金银花盛开时，香气扑面，山财金黄，十分诱人。针对当地兼有的大量木质房屋群，驻村工作队、村支两委之前联系的交通大学专家规划将农户的木质住宅改造升级为特色民宿，预引游客夏季来避暑纳凉，冬季可以观山赏雪，与周带动村里其他产业发展，这一项目原已已落实资，但因疫情被搁浅了。

新冠肺炎疫情对农产品市场、农业生产、农民收入、脱贫攻坚的负面影响正在显现，秀山县膏口镇富裕村村支一书记贾曦建议：

一是进一步做好疫情防控、确保安全。自疫情发生以来，全村从外地回来近300名务工返乡人员，无一人感染甲冠病毒肺炎病症，行

第07期总第455期　　服务国家发展战略　　·57·

政村整体平稳。但现在不少村民不能出门行动，不能挣钱却干急脑腾躁。有的村民多次不听动员，不戴口罩出行。目前防疫进入关键时期，要想紧力量，加强防护。对村到村户开展宣传教育，动员群众恢复生产，慎少法律疫情造成的负面影响和防疫解除被毒。

二是为外出务工人员提供便利。为了降低务工人员的感染风险，建议组织专用车辆输送务工人员返到目的地。富裕村在广州、深圳方向有近200人，在上海、宁波等其他方向有近100人左右，建议使用大客车送村民为好，方便他们外出务工。

三是尽快恢复生产、摄服产业危局。在疫情防控允许的情况下，组织村民做好春播生产计划。对于高场联系迟的乡镇，村民所需要的种子、农药、化肥等物质可以组织专人统筹送上门，同时编导生产物资全部配送到位，每日进行体温测量登记、分散作业。驻村工作队、村支两委要组织村民开展有序的春蚕生产活动。对困难户、劳力缺少户等，驻村党员干部、青年志愿者等提供突击队，一方面帮助他们尽好春蚕生产，另一方面带他们做好疫防。

四是组织专家下乡、加强科技指导。不少村坐的养蚕种植专业户，在疫情期间受到损失。疫情控制住后建议组织一次较大规模的科技下乡活动，为村民和专业户提供技术帮助。

五是在经济上补助困难户，支持村的增牧项目。对在疫情中损失较重的家庭，建议由市、县、镇财政给予一定的经济补贴，带动他们过好这年关，提振恢复生产生活的信心。对于那不等创业的农村致富带头人，可提供无息贷款或低息贷款支持他们带领导群众脱贫致富。（作者为重庆秀山县膏口镇富裕村驻村第一书记）

1.媒体点名！这位驻村第一书记"火了"，文章被报送国务院扶贫办

媒体点名！这位驻村第一书记"火了"，文章被报送国务院扶贫办

中国教育那些事
发布时间: 04-03 18:58 | 教育领域创作者

在我国脱贫攻坚的艰苦奋斗中，数百万扶贫干部倾力奉献、苦干实干，同贫困群众想在一起、过在一起、干在一起。这其中就有一位重庆工商大学的校友，他始终以强烈的责任担当、无私的奉献精神，奋战在脱贫攻坚一线，充分展现了重工商大人不畏艰辛、敢于奋斗的精神。他就是**重庆工商大学**01级物流管理专业校友**贾曦**，现为重庆商务职业学院学工部（武装部）副部长、副教授。

▍聚焦群众问题，实干为先

作为驻村第一书记，贾曦进驻**重庆市秀山县隘口镇富裕村**工作后，首先带领驻村工作队员开展了进村入户、掌握实情的工作，也开展了全方位、多角度的扶贫政策宣讲活动。在宣讲过程中，贾曦带领驻村工作队运用通俗易懂接地气的语言，围绕上级脱贫攻坚工作精神，重点聚焦群众最关注的健康、教育、产业、就业等扶贫政策向大家详细宣传解读。

为了满足村民生活用水需要，他和驻村工作队员们协同村支两委**新建了1个供水点，惠及140户600余人，并和村支书多方协调资金300余万元资金项目，帮助村里修建了2.5公里的通组公路。**甚至他自己掏钱为贫困户购买小型抽水泵，有效解决了旱季用水的问题。同时，他协调中国移动、中国电信解决了大龙门、代家坪等区域无手机信号及不通网络的问题。

"中国教育那些事"报道

作者最新文章

首届全国教材建设奖出炉，哈工程获2项奖

华南理工大学2022本科生保研、研究生院拟录取数据

重磅！教育部发布全国最新高校名单，陕西97所，较去年增加1所

相关文章

华容区召开2021年度第一书记暨驻村工作队员专题培训会

乡村振兴第一书记系列报道之二

2. "三大法宝"助力秀山县隘口镇华丽转身

"三大法宝"助力秀山县隘口镇华丽转身

 地方平台发布内容

重庆学习平台
2020-11-10

＋订阅

作者：贾曦

"不要小瞧这些农产品，它们是我们致富的法宝，如果没有它们，我们也许还是贫困村的贫困户。"陈冬发说道。陈冬发曾是秀山县隘口镇远近闻名的贫困户，家中有5个孩子，其中有两个孩子先天智力发育不全，生活不能自理，为了照顾孩子，陈冬发平时只能和妻子在村子里做点临工维持一家人的生活。

随着脱贫攻坚工作的深入，陈冬发一家在帮扶干部的鼓励下，种植了2亩辣椒，开始发展辣椒种植，凭着勤奋好学、踏实肯干的精神，摘掉了贫困的"帽子"。用他自己的话说："你们扶我，我自己也要用力往走！"

学习强国刊登的文章1

3.重庆秀山隘口镇：因地制宜 黄精变"黄金"

重庆秀山隘口镇：因地制宜 黄精变"黄金"

▣ 地方平台发布内容

重庆学习平台
2020-11-10

＋订阅

作者：贾曦

在武陵山区腹地的重庆市秀山土家族苗族自治县隘口镇东坪村山峦起伏，空气清新，景色如画。这里生长着叶子细长，形似野百合苗杆的植物，人们称它为黄精，是一种中药材。

这几天，正是初冬时节，也正是挖黄精的好时机，村民们从田地里挖出来，一块块形如生姜，白嫩如小手的黄精。大家都乐呵呵地说："有了这宝贝，我们的致富路就越来越宽了。"

学习强国刊登的文章2

4. 大山里拳头产品：秀山隘口"山银花"

大山里拳头产品：秀山隘口"山银花"

 地方平台发布内容

重庆学习平台
2020-11-06

+订阅

作者：贾曦

每到初夏时节，如果你到我们秀山隘口镇来，当你欣赏到这里如诗如画的美景时，那一阵阵特殊的香味会扑鼻而来，那就是山上的金银花散发的味道。

隘口镇政府供图

由于这里的金银花都生长在洁净的山野之中，所以当地人就叫"山银花"。一听这个名字，就可以分辨出这种金银花和其他金银花的不同之处，因为这里金银花是大山里的金银花，不仅天然无公害，而且芬芳扑鼻，所以我们叫它"山银花"。

学习强国刊登的文章3

5.大山里拳头产品：秀山隘口金丝皇菊

学习强国刊登的文章4

6. 大山里拳头产品：秀山隘口土豆

大山里拳头产品：秀山隘口土豆

圀 地方平台发布内容

重庆学习平台
2020-11-06

＋订阅

作者：贾曦

隘口镇。朱华南 摄

重庆市秀山土家族苗族自治县隘口镇是重庆市18个深度贫困乡镇之一，地处武陵山脉腹地。这里风景优美，春天山花漫山遍野，夏季绿树成荫凉风习习，秋雨绵绵之时山间彩云漂漂，冬天雪景依然漂亮。

正是在这独特而幽净的环境，远离喧嚣的净土生长着一种富有营养的食物——高山土豆。

学习强国刊登的文章5

《驻村无悔》后记

我于2019年8月由学校选派推荐，经市委组织部、市商务委扶贫集团派驻到村。驻村工作期间，我走村入户，在田间地头和群众交流交谈，落实了中央、市委关于脱贫攻坚工作有关要求，经历了疫情防控阻击战和脱贫攻坚战，让整个人生受到了一次全面的洗礼。可谓是领悟重重，感慨万千，终生难忘。

但由于平时驻村工作较忙，日记只能在晚上完成。我每天坚持的恒心来自父母从小对我的教导，也来自领导、同事对我的关注和支持。在巩固拓展脱贫攻坚成果同乡村振兴有效衔接之际，我将我的驻村工作和生活展现给大家，让大家更能了解脱贫攻坚的不易，弘扬脱贫攻坚精神。

本书编写仍有很多不足之处，也没能达到理想的目标，但所幸最终坚持了下来。在此特别向关心和帮助过我的曾诚巡视、谭勇书记、李伟处长、刘红明书记、周世前镇长及特别关注我的同事丁谦、杨守康、张荣、舒鸿、夏德林、胡大勇、赵崇平、李律、谢颖、蔡淋芬等人表示崇高的敬意！对关心关爱过我驻村工作的领导、同事、朋友、亲属表示由衷的感谢！

贾曦

2021年3月9日